Jan 21/15

LES SALAUDS DEVRONT PAYER

Emmanuel Grand, né en 1966, vit à Colombes, en région parisienne. Son premier roman, *Terminus Belz*, sélectionné pour le Prix du meilleur polar 2015, a déjà remporté trois prix dont le Prix du polar SNCF en 2016.

EMMANUEL GRAND

Les salauds devront payer

LIANA LEVI

ISBN : 978-2-253-08607-9 – 1re publication LGF

Pour Audrey

Douve

1944. Brazzaville.

«Nous lisons de temps en temps que cette guerre doit se terminer par ce qu'on appelle un affranchissement des peuples coloniaux. Dans la grande France coloniale, il n'y a ni peuples à affranchir ni discriminations raciales à abolir. Il y a des populations qui sentent français, et qui veulent prendre et à qui la France veut donner une part de plus en plus large dans la vie et les institutions démocratiques de la communauté française. Il y a des populations que nous entendons conduire, étape par étape, à la personnalité, pour les plus mûres aux franchises politiques, mais qui n'entendent connaître d'autre indépendance que l'indépendance de la France.»

René Pleven, commissaire aux Colonies
Conférence de Brazzaville, le 30 janvier 1944

*

Juillet 1952. Haiphong.

Le scout avançait à faible allure sur la piste qui serpentait entre les rizières du delta. De chaque côté, c'étaient des champs de boue détrempés où des paysans en pyjama fouillaient le sol à mains nues. Sous leurs chapeaux de paille, écrasés par la canicule, ils répétaient à l'infini leurs gestes lents. Parfois, on apercevait des buffles noirs flegmatiques traînant leur grosse carcasse sur les digues de terre. Allongés sur leur dos, des enfants les cornaquaient avec une petite voix aiguë et un bout de ficelle. Et d'eux surtout il fallait se méfier. Le convoi passa dans un nuage de poussière. Les paysans, qui en voyaient tellement défiler, ne levèrent même pas la tête. C'est du moins l'impression qu'ils voulaient donner car le caporal Douve et ses camarades savaient pertinemment que, du coin de l'œil, les *nhàqués* les observaient.

Le scout-car M3A1 était une automitrailleuse bas de gamme héritée de la Seconde Guerre mondiale, au blindage fin et au moteur trop léger, montée sur des suspensions de camion civil totalement inadaptées aux terrains accidentés, que le corps expéditionnaire utilisait pour faire la navette entre les bases militaires et les postes avancés en pleine jungle. L'armée française s'en était fait fourguer des centaines d'exemplaires par les Américains qui avaient vu là une aubaine pour se débarrasser de leurs tacots merdiques, tout en donnant une preuve d'amitié à leurs fidèles alliés. Le scout était doté d'une plate-forme supportant trois mitrailleuses fixes, une M2 de calibre 50 à l'avant et deux brownings de calibre 30 à l'arrière.

Gérard Dubus, dit Gégé, conduisait tandis que Charron, le capitaine, tenait la mitrailleuse centrale.

Aux postes latéraux, Douve et Jo Barjo scrutaient les rizières et les diguettes de boue où les tireurs en embuscade aimaient se cacher. Derrière eux, dans un nuage brun, s'ébrouait le GMC rempli de caillasse et de sacs de ciment qu'ils avaient la mission d'escorter jusqu'aux avant-postes de la région de Phu Tho.

Ils avaient fini de charger le camion à quinze heures et Charron ne décolérait pas. Le *Président Durand*, un cargo en provenance de Marseille chargé jusqu'à la gueule, leur avait soufflé la priorité au port d'Haiphong. Trois heures de débarquement, trois heures d'attente. Tous les dockers réquisitionnés. Des montagnes de farine, de bière, de sardines à l'huile, de cassoulet et de choucroute garnie, cadeau de la métropole pour ses colonies tropicales. Douve s'était souvent demandé comment ces incapables de l'administration imaginaient l'Indo et s'ils croyaient vraiment qu'on allait se régaler avec leur putain de cassoulet. Dans le delta et même dans la jungle, il fait aussi chaud et humide que dans le cul du diable. La végétation sort de terre en rugissant, brune, filandreuse, emmêlée. Les troncs des arbres sont tordus et couverts de poils. Les branches sont molles, les feuilles énormes, épaisses comme du carton ou couvertes d'épines. L'herbe au sol est tellement drue qu'elle cisaille les pieds. Une vache de Normandie se déchirerait la panse avec une telle saloperie.

Charron et ses hommes avaient regardé défiler les caisses de vivres puis, quand le cargo avait ouvert grand ses soutes, tout le matériel de guerre. Fusils MAS, carabines USM, pistolets-mitrailleurs,

pistolets automatiques, mortiers, canons, mitrailleuses, bazookas, des munitions, des pièces déta-
chées et huit half-tracks M3 américains, la version
améliorée du scout. Le temps de la paperasse et du
reste, à quatre heures de l'après-midi, ils n'avaient
parcouru que vingt kilomètres en direction d'Hanoï.

Douve tourna la tête vers l'arrière et jeta un œil
sévère à Dreyer, le conducteur du GMC. Putain de
boche. Et l'autre, Nha Thang, un Thaï maigrichon
qui faisait copilote. Ils se marraient toujours, ces
deux-là. On aurait dit que c'était exprès pour les
faire chier. Quand, au port d'Haiphong, un Viet en
pyjama blanc leur avait expliqué qu'ils ne pouvaient
pas charger tout de suite, Dreyer n'avait même
pas protesté. Il s'était retourné vers Charron et ses
hommes en écartant les bras, un sourire aux lèvres,
comme son Thaï, en plus discret.

Trois heures de retard, c'était autant de chances
de tomber nez à nez sur une colonne de Viêt-minh
et ça ne les empêchait pas de se bidonner, ces deux
abrutis. Douve rêvait d'en prendre un pour taper
sur l'autre. Barjo, la main sur la mitrailleuse, se
sentait des fourmis dans les doigts. Mais Dreyer et
Nha Thang n'avaient aucun souci à se faire et ils le
savaient. Ce putain de boche était juste irrempla-
çable. C'était, sans mentir, le meilleur mécano du
Tonkin à la Cochinchine. Et pas un mécano des
villes, un vrai mécano de brousse, un type capable
de réparer un moteur diesel avec du fil de fer et des
morceaux de bambou. Ça valait de l'or. Il le savait et
ça le faisait marrer.

12

La touffeur les écrasait. Douve et Barjo se tenaient à leur arme torse nu, chapeau de toile vissé sur la tête. Le capitaine savait qu'ils n'arriveraient jamais à Phu Tho avant la tombée de la nuit. Bien sûr, il aurait pu demander à Dubus de forcer un peu l'allure et Gérard aurait appuyé sur la pédale sans se faire prier, mais c'était trop exiger du matériel. Les voies de communication étaient les cibles préférées du Viêt-minh. Ils venaient dans les villages embrigader les paysans à qui ils donnaient un fusil et une grenade avec ordre de tout balancer sur les Français. Les communistes étaient passés maîtres dans l'art de la persuasion et les *nhàqués* n'avaient d'autre choix que de s'exécuter. Alors il fallait redoubler d'attention et progresser lentement car ces salopards se fondaient dans le paysage, et le danger pouvait venir de chaque buisson, de chaque touffe d'herbe haute, de chaque butte de terre.

Pendant toute la traversée du delta, ils entendirent les avions bourdonner au-dessus de leurs têtes. Ça avait un côté rassurant. Leurs bombes pouvaient nettoyer en moins de deux n'importe quelle attaque ennemie. Mais ça mettait aussi les nerfs à cran, comme une alarme leur sifflant dans les oreilles en permanence. Par deux fois Douve arrosa la rizière à la mitrailleuse. Barjo vida son chargeur dans un bosquet où il avait cru voir un buffle noir. Les Viets s'en servent parfois de protection pour s'approcher des convois. Charron, lui, n'avait pas tiré mais pendant tout le trajet, la mâchoire serrée, il s'était encore un peu plus limé les dents.

Le convoi dépassa Hanoï à cinq heures du soir et le capitaine décida de poursuivre en direction de Viet Tri, un point stratégique au confluent de la rivière Claire et du fleuve Rouge où l'armée française tenait une place forte commandée par le colonel Florac. Ils atteignirent le camp à la tombée de la nuit. Les hommes rangèrent leur paquetage et leurs armes. Dreyer, qui avait décelé un bruit inhabituel dans le moteur, gardait la tête fourrée sous son capot tandis que Nha Thang avait filé à la cantine pour ramener deux bols de riz et du cassoulet.

— Un vrai petit couple, ces deux-là, plaisanta Dubus en sautant du scout avec son sac.

— Si je les vois s'enfiler derrière un bosquet, tata-tatata, fit Barjo.

— Ça m'étonnerait, reprit Douve. J'ai repéré Dreyer il y a deux jours dans un bordel d'Hanoï avec une bande de légionnaires. Il ne m'a pas vu. Mais je vous jure que c'était lui.

Les deux soldats, visiblement déçus, mirent leur sac sur leur dos.

— Les gars, vous allez vous passer de moi ce soir. Je suis invité avec Charron chez le colonel.

— Il paraît qu'il a du champagne ! dit Dubus.

— Et un planton qui lui mijote des petits plats avec de la viande fraîche et des légumes, ajouta Barjo.

— Je vous raconterai, dit Douve avec un sourire en coin avant de tourner les talons vers sa tente.

Le colonel Florac n'avait rien de ces badernes qu'on trouve à Hanoï ou Saigon, celles qui reçoivent en habit blanc, leurs décorations ostensiblement épinglées sur la poitrine, et qui dévident pendant des heures leur théorie imparable pour le mettre dans le cul au général Giap. C'était un homme de terrain, un grand type au visage tanné par le soleil, portant une moustache grise coupée à ras et des cheveux plaqués sur le crâne.

Il reçut le capitaine Charron et le caporal Douve en treillis militaire, les manches impeccablement repliées sur ses avant-bras. Les deux officiers se mirent au garde-à-vous, puis Florac leur fit signe de prendre place dans de larges fauteuils en osier.

Il avait ses quartiers dans une case en bambou sur pilotis, construite sur le modèle des pagodes qu'on voit en grand nombre dans la campagne du delta. La table était dressée sous un porche, protégée des regards par un simple rideau anti-moustiques qui pendait du plafond jusqu'au sol. Le ciel noir avait subitement crevé et une pluie chaude mitraillait le toit de chaume, faisant plus de boucan qu'un orage de grêle. Le sol argileux était saturé d'eau et, bien vite, une rivière coula sous la maison, ce qui ne tracassait nullement Florac, qui ouvrit les hostilités en débouchant lui-même une bouteille de bordeaux. Une nappe blanche, trois assiettes en porcelaine de Limoges, couverts en argent et verres ouvragés reflétant la lumière orangée de deux chandeliers, cet animal de Florac savait vivre. Le planton vietnamien se pressa discrètement autour des convives et leur servit de la langue de bœuf aux champignons. Douve salivait.

— Où allez-vous, capitaine? commença le colonel.

— Dans les environs de Phu Tho. Nous avons quatre postes à ravitailler.

— C'est devenu infernal par là-bas depuis une semaine, dit Florac en nappant sa viande de sauce. Je ne sais pas ce qu'ils mijotent, mais ils ont planqué des mines à traction partout. Deux de mes véhicules ont sauté aujourd'hui.

— Que recommandez-vous, mon colonel? demanda Charron.

— Je vous recommande de vous équiper, répondit-il en avalant un morceau de langue.

— Vous nous proposez une escorte?

— Une sorte… d'éclaireur, fit Florac en souriant.

Douve observait le colonel sans rien dire, en faisant attention à ne pas faire de taches sur la nappe blanche. Charron esquissa un sourire embarrassé.

— Je vous confie un prisonnier viêt-minh, continua Florac. Vous le mettrez sur un vélo et il avancera devant vous. Vous me suivez?

— Parfaitement, mon colonel. Merci, mon colonel, répondit Charron.

Puis Florac se tourna vers un petit buffet et empoigna un objet enveloppé dans du papier journal qu'il déplia devant ses hôtes.

— Vous avez vu ça? On l'a récupéré sur un prisonnier, dit-il en rougissant de colère.

— C'est un pistolet automatique Smith & Wesson calibre 38, mon colonel, dit Douve.

— Ce n'est pas du flingue que je parle.

Florac posa le pistolet sur la table et pinça entre ses doigts la page de journal qui lui servait d'emballage.

— Je vous parle de ça…, dit-il comme si un lépreux avait craché dedans.

— Merde, fit Douve. Sauf votre respect.

— Vous l'avez dit, caporal, répliqua Florac. Ce putain de Viet a enveloppé son flingue dans *L'Humanité*. Ceci, messieurs, est la preuve irréfutable que le parti communiste exporte son torchon jusqu'ici.

— Incroyable, dit Charron.

— Ça…, s'emporta Florac en agitant le papier journal, c'est la guerre mondiale ! Tonton Ho nous a bien eus ! Les revendications autonomistes, le Vietnam aux Vietnamiens et toutes ces conneries, c'est fini. Aujourd'hui, messieurs, ce que nous combattons, c'est l'expansionnisme communiste. La Chine souffle sur les braises, l'Amérique chie dans son froc et nous autres sommes plantés au milieu du gué, avec ces connards du PC qui nous tirent dans le dos.

— C'est révoltant, dit Charron.

— Dégueulasse, dit Douve.

— La guerre doit changer de formule, vous m'entendez ? Ici et maintenant. Ou bien nous ne la gagnerons jamais, asséna le colonel en se resservant du saint-émilion.

— Qu'entendez-vous par là, mon colonel ? demanda Charron.

— Il n'y a qu'un seul moyen de vaincre les Viets, c'est de se battre avec leurs méthodes.

— Quelles méthodes ? intervint Douve.

— La terreur, caporal. Les Viets tiennent ce pays en terrorisant les paysans. Giap peut envoyer cent mille gugusses au casse-pipe sans verser une larme. Si c'est la seule solution qu'il lui reste pour remporter la victoire, il n'hésitera pas. Ses soldats sont les plus coriaces qu'il m'ait été donné de combattre parce qu'ils se foutent de leur propre vie comme de leur première chemise. Nous devons nous aussi semer la terreur. Ne rien lâcher. Punir à tour de bras, pour l'exemple. Devenir pour les *nhàqués* plus effrayants encore que le Viêt-minh. C'est cela, messieurs, ou livrer la France aux cocos. Faites votre choix. Le conflit a changé de dimension. Les communistes nous font une guerre totale, ici dans la forêt, au nord derrière la frontière chinoise, à Moscou comme à Paris. Si nous ne réagissons pas, ils nous étrangleront.

Les trois officiers dînèrent jusque tard dans la nuit. Longtemps après ce jour, Douve se souviendrait de cette page de *L'Humanité*, de ce torrent de fiel qu'ils avaient déversé sur les rouges et de ce saint-émilion servi en pleine jungle qui leur faisait les lèvres vermeilles.

Ils s'ébranlèrent le lendemain à neuf heures. Charron, agrippé à sa M2, tenait en joue le jeune prisonnier qui pédalait devant eux sur un vélo Manufrance tout cabossé. Ils avaient rallongé le guidon avec une canne de bambou pour éviter que l'Annamite ne se débine au premier virage. Dubus était censé garder vingt mètres de distance entre le scout et le cycliste, si bien que le convoi n'avançait plus qu'à dix kilomètres-heure. Ça mettait le prochain poste à deux heures de route, si tout se passait bien. Et il n'y avait pas une minute à perdre car les gars devaient les attendre comme le Messie. Si l'on considérait les gesticulations et les atermoiements des zigotos du Palais-Bourbon et l'adage qui dit qu'on peut parfois gagner une guerre avec une stratégie médiocre mais jamais sans une logistique irréprochable, il fallait admettre que l'issue du conflit reposait essentiellement sur des types comme Charron et ses hommes. Ils apportaient avec eux de quoi reconstruire les fortins, remonter les murs, renforcer les protections : un soutien matériel et moral vital pour les troupes en mission sur les postes avancés, ces points jaunes qui, sur les cartes d'état-major, donnaient l'impression qu'elles avaient attrapé la gangrène. Le Viêtminh s'acharnait sur eux. Les réparer, c'était un peu comme tenter de protéger des châteaux de sable entre les vagues de l'océan. Depuis six mois, ils tombaient comme des mouches, les uns après les autres. Et à chaque fois, au QG du général de Linarès à Hanoï, une petite épingle à tête jaune rejoignait sa boîte en fer-blanc.

Sur la piste, le convoi allait son train de sénateur. Le cycliste viet roulait au milieu, remarquablement adroit sur ce chemin glissant. Charron avait mis Douve à la M2 et s'était casé derrière avec Barjo. Les arbres encombrés de lianes portaient jusqu'au ciel une muraille de végétation. La jungle étouffait les sons parasites et lointains, immergeant les soldats dans un cocon de bruissements de feuilles et de bourdonnements d'insectes. Sur le ronron des moteurs diesel, des piaillements d'oiseaux fusaient comme des flèches et de temps à autre, imprévisible, surgissait le cri des singes ou de quelque mammifère tropical.

Soudain, Dubus appuya sur le frein. Le cycliste s'était arrêté. Douve se redressa sur son arme.

— Qu'est-ce qu'il a? demanda-t-il à Dubus qui tentait de distinguer quelque chose à travers le pare-brise maculé de crasse.

— Chais pas. Il a vu un truc. Une mine?

Le Viet restait immobile. Douve se retourna mais Charron avait déjà bondi hors du scout.

— Tiens-le en joue, et au premier faux pas tu l'abats.

— Compris, répondit Douve au capitaine qui remontait vers l'avant du camion, mitraillette sous le bras.

Jo Barjo était comme monté sur ressort. Il balayait l'arrière du scout avec sa mitrailleuse, de droite à gauche puis de gauche à droite, en prenant garde de ne pas relâcher sa vigilance sous prétexte qu'il se passait un truc à l'avant. Dreyer n'avait pas coupé son moteur.

— *Was passiert?*

Barjo ne répondit pas. Pouvait pas parler français, le fridolin. Merde. De toute façon, Dreyer n'avait pas besoin de réponse pour piger. *Body language* universel. Barjo avait le doigt sur la gâchette. Prêt à tout faire péter au moindre coup de timbale des

Viets. Charron avait dépassé le scout, il avançait comme un coq au milieu de la basse-cour, attentif au moindre détail. Douve se passa la main sur le front. On entendait les singes crier. Quelque chose les excitait. Il n'aimait pas ça. Le cycliste, toujours immobile, respirait fort. On voyait son petit corps onduler sous son pyjama.

— Faites gaffe, capitaine. J'ai l'impression qu'il manigance quelque chose.

Douve ne croyait pas si bien dire. Avant qu'il ait terminé sa phrase, le cycliste se ramassa sur ses jambes et sauta d'un bond par-dessus le cadre du vélo qui bascula sur le côté.

— Vas-y ! Tire-le ! gueula Dubus.

Le Viet fit deux mètres à peine, puis s'effondra, tête la première dans la boue. La M2 fumait. Douve jurait contre ce salaud de « *nhàqué* ». Charron, qui avait rejoint le vélo avec précaution, fit un pas vers le cycliste quand une détonation infernale résonna dans toute la forêt. Des cris d'animaux retentirent et les arbres, d'un seul coup, vomirent dans les airs un millier d'oiseaux terrorisés. Le scout-car fut éclaboussé de boue. Barjo arrosa la végétation à l'aveugle tandis que Douve sautait par-dessus la plateforme. Dubus et Dreyer avaient mis pied à terre. Douve s'avança vers le capitaine en gueulant. La piste, l'herbe hirsute, les feuilles aux alentours, tout était maculé du sang de Charron qui resta un instant agenouillé, les deux bras sectionnés au niveau des coudes, les boyaux à l'air, le visage et le corps criblés d'éclats de verre et de clous, avant de s'écrouler sur le sol, à deux mètres à peine du cycliste.

Douve laissa choir son arme et tomba à genoux. Si des soldats avaient été embusqués, ils l'auraient cueilli comme une fleur. Derrière lui, Dubus et Dreyer avaient saisi leur pistolet et Barjo était agrippé à la M2. Ils étaient maintenant plongés dans un calme sidérant. Plus rien ne bougeait. Douve était à terre, plein de morve sur le visage et de sang sur les mains. Ils restèrent ainsi quelques instants, interdits, puis Douve se releva. Sans échanger une parole, ils attrapèrent le corps du capitaine et le hissèrent à l'arrière du scout. Dubus et Dreyer déplacèrent le vélo puis ce fut au tour du cycliste, qu'ils tirèrent par les bras pour le ranger sur le côté.

Les deux hommes s'en retournaient à leur véhicule pour reprendre la route quand Douve se mit en travers de leur chemin.

— On va trouver les enculés qu'ont fait ça.

— Douve…, hésita Dubus. Ça fait longtemps qu'ils sont partis. Ils ont installé cette mine et hop, envolés. Il faudrait marcher des jours dans la jungle…

— Et on n'est pas sûrs de les retrouver, continua Dreyer.

— C'est la guerre, renchérit Barjo.

— Il faut rejoindre le poste, conclut Dubus.

Impassible, Douve avait changé le chargeur de son MAS.

— C'est moi qui ai la charge du convoi, maintenant. On va pas laisser ces putains de communistes nous faire sauter sans leur rendre la monnaie de leur pièce. Autant les laisser se torcher avec le drapeau !

— On est d'accord, Douve, dit Barjo, mais…

— Caporal, articula Douve d'un air subitement plus sévère qu'à l'accoutumée. Pour gagner la guerre contre les communistes, continua-t-il en ajustant sa ceinture, il faut se battre comme les communistes. Ils nous cherchent ? Ils vont nous trouver. Prenez vos armes.

Les autres obéirent. Douve était le plus gradé et héritait du commandement. C'était sans appel. Ils descendirent des véhicules, rangèrent leurs pistolets dans les étuis et mirent leurs fusils en bandoulière.

— Où se trouve le village le plus proche ? demanda Douve.

Dubus déplia la carte sur le capot et mit le doigt sur un point gris.

— Kim Duc. C'est à une heure de marche.

Les cinq hommes entrèrent dans la forêt, armés jusqu'aux dents, ne sachant trop ce qu'ils allaient chercher ni ce qu'ils feraient quand ils l'auraient trouvé. Bientôt, ils furent avalés par un magma de fougères, de palmes, de cannes, de branchages emmêlés, de feuillages courbés sous leur propre poids, de troncs abattus mangés par des mousses gorgées d'eau et de feuilles mortes craquant sous leurs brodequins. Tout était vert, d'une seule couleur primaire sans nuances, et le ciel un trait bleu au-dessus de leurs têtes. Ils marchèrent plus d'une heure, en silence et aux aguets, puis débouchèrent au sommet d'une colline d'où ils dominaient une étendue grouillante, palpitante, où ondulaient à l'infini les voiles de brume qu'exsudait la terre humide du fond des vallées.

— On y est, dit Dubus.

En contrebas, quelques paillotes étaient disséminées près d'un bras de fleuve. Le caporal fit un signe de la main et ils descendirent en silence, le dos courbé.

Ils jaillirent à toute vitesse des palissades de bambou en faisant claquer leurs fusils. En moins de deux, ils occupèrent le village, rassemblèrent les paysans, les hommes d'un côté, les femmes et les enfants de l'autre. Une masse tremblante. Les femmes gémissaient. Les hommes regardaient leurs pieds sans un mot, cernés par Douve et ses sbires, fusil au poing.

— Qui a placé les mines sur la piste ? hurla Douve en tentant de distinguer chaque syllabe.

Il était rouge de haine. Barjo, qui le connaissait depuis deux ans, ne l'avait jamais vu comme ça. Le caporal s'avança vers les prisonniers et pointa son canon sur une tête au hasard, actionnant bruyamment le mécanisme de chargement pour ne laisser aucune ambiguïté sur ses intentions.

— Qui est le chef ici ?

Les prisonniers baissèrent la tête. Il répéta sa question en baladant son regard sur les nuques courbées. Personne ne répondit. Alors il retourna son fusil et décocha un violent coup de crosse sur le premier crâne à sa portée. L'homme s'effondra et on entendit un petit cri dans le groupe des femmes. Douve pointa son canon sur la tête du paysan et répéta sa question en armant son MAS. Un des villageois s'avança sans relever la tête.

— C'est toi le chef?

— Oui… chef…, murmura l'homme.

— Qui a posé les mines?

— Sais pas… Mines. Sais pas…

— Tu te fous de moi. Il y a des mines partout au-dessus de ton village. Mon capitaine a été tué il y a à peine une heure. Quelqu'un pose les mines et il n'est pas loin d'ici. Où se trouve-t-il?

— Mines… Sais pas…

Avant qu'il ait terminé ses jérémiades, Douve tira deux balles dans la tempe de celui qu'il avait cogné. Les paysans furent pris de stupeur. Une lamentation monta du côté des femmes. Du côté des hommes, on se ratatina un peu plus vers le sol.

— Prends-moi pour un con et je te jure que tu es le prochain sur la liste.

Puis il releva la tête pour s'adresser à tous.

— Je sais que les Viêt-minh sont passés ici. Je sais qu'ils ont laissé un homme avec vous, peut-être même plusieurs. Nous sommes l'armée française. Nous ne sommes pas en guerre contre vous, nous sommes en guerre contre les communistes du Viêt-minh. Qui est le Viêt-minh parmi vous? Parlez et il ne vous arrivera rien.

Douve avait pointé son arme sur un second crâne devant lui. Le paysan tremblait comme une feuille. Douve monta son arme à l'épaule et mis son doigt sur la détente.

— Lui… Viêt-minh. Lui… Viêt-minh.

Le chef braillait en tremblant de tout son corps. Il désigna un type qui se leva d'un bond pour tenter de s'échapper, mais il se retrouva nez à nez avec Barjo qui pointait vers lui son automatique. Le fugitif stoppa net sa course, lançant des regards inquiets dans toutes les directions.

— Amène-le, dit Douve à Barjo qui rappliqua aussitôt.

Au même moment, un autre Viet s'était élancé de l'autre côté et c'est Dubus cette fois qui l'intercepta. En quelques secondes, Douve se retrouva avec deux prisonniers agenouillés devant lui.

— Ce sont eux les communistes ? demanda Douve à celui qui prétendait être le chef.

— Oui… communistes…

Les deux Viets avaient relevé le menton et, à la lueur de défi qui brillait dans leurs yeux, il n'y avait aucun doute possible. C'était bien des soldats de Giap. Douve demanda aux villageois de regarder la scène. Comme ils hésitaient, il tira une salve vers les arbres, et les visages se levèrent. Il replaça son fusil dans son dos, demanda à Dreyer et Nha Thang de couper deux cannes de bambou pendant qu'il faisait quelques pas autour des deux Viets, caressant leurs joues du plat de son poignard. Puis il leur tourna le dos pour faire face aux paysans effrayés. Il était survolté, ivre de colère et de puissance. Il s'adressa à eux comme il ne l'avait jamais fait, comme un tribun.

— Nous sommes l'armée de France. Nous sommes vos amis. Les ennemis du Tonkin, ce sont eux, les communistes, dit-il en pointant les deux hommes avec son couteau. Ils posent des mines. Ils combattent l'armée française et nous les combattons. Vous aussi, vous devez les combattre. Ils n'ont aucun respect et feront de vous des esclaves. Ils brûleront vos villages. Ils tueront les hommes et violeront les femmes. Ce sont vos ennemis.

Puis il fit une pause et contempla son assistance. Tous étaient silencieux et semblaient grelotter dans la chaleur écrasante. Il voulut s'assurer qu'ils avaient bien saisi la teneur de son propos et hurla à la cantonade :

— Qui sont vos ennemis ?

Et une petite clameur lui répondit : « Les communistes. »

Douve s'obligea à répéter trois fois sa question et, par trois fois, il obtint la même réponse. Quand il eut la certitude que tous avaient compris, il se retourna vers les prisonniers, appuya sa grosse semelle sur le dos du premier qui bascula à terre, mit sa main sur la bouche du second et lui trancha la gorge d'un coup de lame, sans effort. Le sang noir coula par saccades de la carotide ouverte et le corps sans vie s'effondra. Douve se pencha alors sur le dos de l'autre, saisit ses cheveux à pleine main, tira sa tête en arrière et l'égorgea de la même manière. L'assistance était muette. Aucune plainte, aucun cri, aucun frémissement. Douve fit signe à Nha Thang de s'approcher, lui emprunta sa machette et en deux coups secs décapita les deux hommes. Il se releva, rouge et tremblant, les deux têtes dégoulinantes au bout des mains, et les enfonça sur les cannes de bambou que Nha Thang lui tendait. Il les planta au milieu du village. Dubus, Barjo et Dreyer tenaient l'assistance en respect du bout de leurs fusils. Douve rangea sa lame dans son fourreau et s'essuya les mains sur son treillis avant de revenir vers les paysans. Il approcha sa main d'une des femmes, comme pour lui caresser la tête, mais au moment d'entrer en contact avec sa chevelure noire et soyeuse, il retira son bras. Puis il donna un ordre bref et les cinq hommes disparurent à nouveau dans la jungle.

*

1954. Paris. Palais-Bourbon.

«Dans la nuit du 31 octobre au 1er novembre 1954, soixante-dix attentats sont perpétrés en Algérie. Voilà donc qu'un peu partout, d'un seul coup, se répand le bruit que l'Algérie est à feu et à sang. De même que le Maroc et la Tunisie ont connu ce phénomène du terrorisme individuel dans les villes et dans les campagnes, faut-il que l'Algérie ferme la boucle de cette ceinture du monde en révolte depuis quinze ans contre les nations qui prétendaient les tenir en tutelle? Eh bien! Non, cela ne sera pas, parce qu'il se trouve que l'Algérie, c'est la France, parce qu'il se trouve que les départements d'Algérie sont des départements de la République française. Des Flandres jusqu'au Congo [...], partout la loi s'impose et cette loi est la loi française, c'est celle que vous votez parce qu'il n'y a qu'un seul Parlement et qu'une seule nation dans les territoires d'outre-mer, comme dans les départements d'Algérie, comme dans la métropole [...]. Les mesures que nous avons prises ont été immédiates [...]. En l'espace de trois jours, seize compagnies républicaines de sécurité ont été transportées en Algérie, ce qui a porté à vingt le nombre total de ces compagnies sur le territoire algérien. En trois jours, tout a été mis en place. On a dit : "Est-ce pour maintenir l'ordre ?" Non, pas seulement. Mais pour affirmer la force française et marquer notre volonté. »

François Mitterrand, ministre de l'Intérieur
Assemblée nationale, le 12 novembre 1954

*

Octobre 1957. Alger.

De la terrasse où ils étaient postés, à deux cents mètres à peine de la caserne d'Orléans, ils pouvaient d'un seul regard embrasser Bab el-Oued et la Casbah. Les quelques villas construites sur les hauteurs de la ville étaient des lieux stratégiques que les paras du général Massu avaient investis dès les pleins pouvoirs, début janvier. Quand ils le pouvaient, les hommes se retrouvaient sur un de ces toits de craie pour savourer quelques instants de répit après des journées éreintantes passées à traquer les terroristes dans les arrière-cours d'Alger.

Ce 15 octobre, les soirées étaient encore chaudes. Ils étaient une douzaine en treillis de combat, alanguis contre le parapet, les loups maigres de Montfort, la crème de la crème.

Douve et Dubus avaient adossé leurs MAS 36 contre le mur. Barjo le conservait en bandoulière. Ils sirotaient une anisette fraîche en contemplant le dédale qui dévalait jusqu'au port. Ils surplombaient une dégringolade de cubes blancs enchevêtrés abritant un réseau inextricable de ruelles fumantes où ils déboulaient chaque jour à dix, en tenue léopard, PM au poignet, montant les escaliers quatre à quatre, défonçant les portes d'un coup de botte, mitraillant à tout-va, hurlant, courant, tabassant, passant les menottes. Depuis janvier, ils avaient abattu un travail de chien et Alger n'était plus qu'une plaie à vif. Dix mois de guerre acharnée, vingt-cinq mille arrestations, trois mille disparus. Dix mois d'attentats à la bombe, de batailles de rue, de grèves, d'arrestations, d'interrogatoires. Dix mois d'innombrables allées et venues à la villa Susini pour faire rendre leur jus aux ennemis de la France. Dix mois à tenir, même quand la métropole les lâchait.

Sur la terrasse, les hommes parlaient à voix basse. Le soleil s'abîmait en mer tandis que quelques explosions lointaines résonnaient dans la ville. Bien sûr, il y avait des moments de doute et, à chaque fois, Montfort montait au créneau. Il trouvait toujours les mots pour parler à ses loups. Oui, leurs efforts terribles, héroïques, étaient déterminants. Grâce à eux, la bataille d'Alger était gagnée et la victoire à portée de main.

La dernière fois qu'il s'était présenté devant ses hommes, c'était le 27 septembre, deux jours après l'arrestation de Yacef Saadi, le chef du réseau des poseurs de bombes. Il était remonté comme une pendule, tendu, prêt à mordre. La fin de la guerre était proche, son issue incontestable. Montfort avait fait l'Indo et, comme tous les vétérans, il n'avait jamais digéré de s'être fait botter le cul par les cocos du Nord-Vietnam. Pour beaucoup de soldats, c'était une arête difficile à avaler, mais pour lui c'était une paire de baguettes violemment enfoncée en travers de sa gorge. Et, bien qu'il ne l'avouât pas en public, la guerre d'Algérie se résumait pour lui à un seul objectif : prendre enfin leur revanche sur les communistes. L'ardoise laissée à Hanoï et Saigon, ils allaient la payer à Alger. *Bicots* et *nhàqués* couchaient dans le même lit. Le FLN était une organisation marxiste soutenue par l'URSS et par ces enculés du PCF. Comme le Viêt-minh en Indo. Là-dessus, pas de différence.

Montfort se tenait mains sur les hanches devant ses hommes, le béret bien ajusté, le treillis impeccable, la gorge déployée. «Vous êtes des seigneurs», assénait-il. Et eux buvaient ses paroles. «La victoire est à nous. La victoire est à vous, mes braves, et les communistes algériens sont aujourd'hui au fond du trou. Le sale boulot? Vous l'avez fait et il a porté ses fruits. Ceux qui savaient ont parlé et les réseaux ont été démantelés. Voilà les faits, ils sont irréfutables. Mais si l'ennemi a fui Alger, il n'a pas encore déguerpi du pays. Certains se cachent à Tizi Ouzou, à Sétif, à Constantine et à Biskra, retranchés dans les villages, dans les montagnes. Mais nous avons l'avantage. Et c'est le moment d'en faire usage, pour la victoire et pour la France. Aujourd'hui la patrie compte sur vous pour exterminer la vermine communiste des départements français d'Afrique du Nord. »

Il soufflait à s'en faire péter les cordes vocales, puis reprenait ses esprits et toisait ses grognards de son regard fiévreux. « Entendez-moi bien. Vous avez carte blanche. Il nous faut des résultats rapides et vous êtes couverts. Le commandement de l'armée vous couvre, le gouvernement vous couvre. Souvenez-vous-en quand vous aurez un traître au bout de votre fusil. Quand il vous implorera, qu'il tentera de vous amadouer. Une seule chose devra compter, votre devoir. » Il s'empourprait. « Aurait-on fait tout ce chemin pour caler si près du but ? Combien de morts civils, combien de camarades assassinés ? Pensez à eux et à leur sacrifice et punissez les complices de ces crimes. »

À la fin de son discours, Douve s'était avancé vers lui : « Mon colonel, au nom de tous mes camarades, je viens témoigner de la fierté que nous ressentons d'appartenir au 3e régiment de parachutistes coloniaux. Nous vous promettons d'être loyaux et intraitables. Mon colonel, vous pouvez nous faire confiance, nous réussirons. » Puis il l'avait salué avant de rejoindre les rangs.

Après l'Indochine d'où il était sorti avec le grade de sergent à dix-neuf ans, Douve était revenu en métropole. À Lille, il avait obtenu une place de commis au Crédit du Nord. Là, il avait pu mesurer tout le sens de ce que les anciens appelaient les «affres du retour à la vie civile». L'ennui d'une vie sans adrénaline, le sentiment d'étouffement qui culminait avec les remontrances tatillonnes de son chef de bureau, la neige poisseuse qui tenait jusqu'en mars. Bien vite, il avait compris qu'il ne s'y ferait pas. Son seul rayon de soleil s'appelait Adèle, rencontrée au printemps 1954 et qui devait devenir sa femme.

Barjo avait rejoint le commerce familial à Tourcoing et ne s'y plaisait guère plus. Dubus – le plus malin des trois, aimaient-ils à répéter – s'était réengagé en Afrique du Nord six mois après Diên Biên Phu. Douve et Barjo se revoyaient de temps en temps pour s'apitoyer sur leur sort, mais n'avaient pas tenu longtemps à ce régime. Neuf mois plus tard, ils partaient rejoindre leur camarade en Algérie. En 1957, à vingt-deux ans seulement, Douve était déjà monté en grade. Lieutenant et chef de peloton, il avait la charge d'une trentaine d'hommes, félins, secs et manœuvriers. Aussi unis que les doigts de la main, ils avaient gagné dans le sang leur réputation de durs à cuire. Dormant peu, toujours en tenue, prêts à bondir au premier accrochage, ils pouvaient être appelés en mission n'importe où, n'importe quand.

Ce soir d'octobre avait le goût délicieux de la trêve. Le soleil rouge sang disparut à l'horizon, les fumées de la ville se dissipèrent et les pétards moururent petit à petit. Douve reposa son verre et souhaita bonne nuit à ses hommes avant de prendre congé. Tous savaient que le répit serait court.

Il le fut en effet. Le lendemain à cinq heures, Dubus faisait le tour des tentes et réveillait ses camarades en sursaut. Trois minutes plus tard, le peloton s'était rassemblé sur un terrain vague. Les hommes étaient courbés, les mains sur les casquettes, le treillis faseyant dans les courants d'air terribles que produisaient les pales du Sikorsky S-58 qui se rapprochait du sol dans un vacarme formidable. Ils s'engouffrèrent à l'intérieur de la carlingue et l'hélicoptère s'envola vers la Kabylie. Une heure plus tard, alors que le petit matin émergeait des montagnes rouges, ils dépassèrent Tizi Ouzou. Un quart d'heure de plus, le Sikorsky débarquait les hommes sur un terre-plein caillouteux avant de disparaître dans le ciel outremer.

Douve rassembla les soldats et leur rappela les consignes. La cible : Charfa, un village du djebel que Salan voulait rayer de la carte. Motif : dépôt d'armes et base arrière pour les terroristes. Tactique : «carte blanche», ce qui voulait dire «tirer sur tout ce qui bouge». Les hommes acquiescèrent et le peloton se dispersa par groupes de quatre sur les pentes ocre et poussiéreuses.

Après deux heures de marche, ils arrivèrent en vue du village : quelques *mechtas* en terre rouge nichées sur un flanc de montagne et desservies par un chemin de terre. Barjo – et il n'était pas le seul – aurait volontiers parié une cartouche de Troupes que cet endroit n'était qu'un repaire de biques de l'Atlas et non de terroristes armés. Mais les ordres étaient les ordres et les paras se déployèrent. Au bout d'une demi-heure de manœuvres pour encercler le village, un habitant sortit d'une maison et se dirigea vers eux. Il fut abattu sur-le-champ et Douve donna le signal de l'assaut. Les PM claquèrent. Barjo passa près du corps de la première victime, une fillette de dix ans qui gisait sur le bord du chemin, la tête en sang, les yeux ouverts.

Les villageois quittaient leurs baraques en gesticulant. Les balles fusaient et ils tombaient comme des mouches. Des femmes et des enfants pour la plupart. Bientôt, des coups de fusil répondirent. Quelques soldats s'effondrèrent, le crâne fracassé ou la poitrine en sang.

— Nom de Dieu, planquez-vous ! Ça vient de là-haut !

Les paras répliquèrent. Les salves de MAS déchiquetèrent les murs. Des hommes en djellabas couraient, fusil à la main, avant de s'écrouler au bout de quelques mètres. Ici et là, on entendait des gémissements.

— Par le haut ! gueula Douve.

Deux groupes se faufilèrent pour prendre le foyer de résistance en tenaille. Ça pétaradait dans tous les coins. Quatre hommes tentèrent à nouveau de s'échapper et furent abattus à bout portant par les léopards. Puis les coups de feu s'espacèrent, laissant place aux cris de ralliement des soldats qui pénétrèrent dans les maisons pour sortir manu militari le reste des villageois. Tous ceux qui portaient une arme, mais ils n'étaient pas nombreux, étaient abattus sur-le-champ. Ceux qui se cachaient subissaient le même sort.

Jo Barjo prit la tête d'un petit groupe. Ils rassemblèrent les rebelles au milieu du village. Soixante-quatre, dont trente-deux morts. Barjo et un autre soldat s'assurèrent que c'était bien le cas. Les tirs à la mitraillette étaient parfois imprécis et il s'agissait de finir le travail proprement. On bousculait un peu les corps et on leur collait une balle dans la tête. Pendant que les léopards sécurisaient le village, Barjo fit consciencieusement le tour des blessés. Ses coups de feu résonnaient dans la montagne. Parfois, il croisait leur regard. Alors il tirait vite fait, en fermant les yeux. Mais cette fois-ci, la providence s'occupa de lui. Quand il eut terminé sa besogne, Douve désigna deux hommes menottés. Ils avaient été pris avec des armes et leur sort était scellé. Jo fit s'agenouiller le premier. Un homme d'une quarantaine d'années, le visage dur et serein. Quand il leva son pistolet sur lui, l'homme se mit au garde-à-vous et dit doucement :

— Caporal, vous pouvez me mettre ma médaille militaire ?

Barjo leva son pistolet et regarda le type de biais. Il manquait pas d'air, celui-là. Se foutre de la gueule d'un léopard dans un moment pareil.

— Une médaille? Et elle est où, ta médaille?

— Ici, caporal.

Le type montra sa poche d'un coup de menton. Barjo pointa son canon sur la poitrine de l'Algérien et fouilla de sa main gauche. Il en sortit une petite pièce de métal et un bout de tissu. D'un coup, il blêmit. Il y avait tout : le profil de l'Empereur entouré de lauriers argentés, l'inscription *République française* sur fond bleu, et le tissu jaune à liseré vert.

Ce paysan kabyle possédait une authentique médaille militaire, la plus haute distinction pour un homme du rang dans l'armée française. Barjo le savait mieux qu'un autre, il avait la même sur sa table de chevet.

— Dans ma poche, au fond, caporal.

Barjo fouilla à nouveau et sortit un papier huileux qu'il déplia. *Chancellerie de la Légion d'honneur. Adjudant Mourad Boutrame.* Il avait le diplôme, en plus.

— Et où tu l'as gagnée, ta médaille militaire? demanda Barjo.

— En Indo, mon petit. Moi, j'ai fait la guerre avant toi pour sauver ton pays. J'ai gagné une croix de guerre en Indochine. J'ai fait le débarquement de Marseille. J'ai combattu dans l'armée française, moi aussi.

Barjo se retourna vers Douve qui n'était qu'à cent mètres.

— Mon lieutenant! cria-t-il. Celui-là, il a la médaille militaire.

— Oublie. Il avait qu'à pas nous tirer dessus, répliqua Douve d'une voix lointaine.

Barjo se tourna vers le Kabyle, décontenancé.

— Il y a rien à faire, dit Boutrame. C'est les ordres.

Barjo se contenta de hocher la tête.

— Accroche-moi la médaille et puis vas-y. J'ai pas peur.

Alors Barjo se pencha sur l'homme à genoux et piqua la petite épingle sur sa tunique. L'adjudant Mourad Boutrame le regarda droit dans les yeux. Barjo ne pouvait se détacher de ce regard. Raide, digne, plein de courage. C'était exactement celui qu'il rêvait d'avoir lui aussi si un jour il se faisait prendre par l'ennemi. Un regard qui, il ne le savait pas encore, viendrait hanter ses nuits pendant les soixante années suivantes.

Les mains de Barjo serraient la crosse du PM, mais elles semblaient incapables de s'en détacher.

— Allez, petit, courage. Regarde-moi et vas-y, l'aida Boutrame.

Et Barjo pressa la détente.

*

1964. Lyon.

«Le progrès gagne toujours. Si les canuts ont été vaincus, ce n'est pas seulement par les soldats de Louis-Philippe, ni par le capitalisme. Ils ont été victimes du métier Jacquard. Ils ont été condamnés dans leur situation du moment, par les progrès de la technique.

Et je tire de cela la conclusion que le progrès technique est devenu, à notre époque, un véritable torrent, qu'il ne sert à rien de se dresser contre lui et de prétendre le ralentir. Que prétendre dresser des barrages et vivre à l'abri de ces barrages serait se condamner tôt ou tard à être emporté par le flot et détruit. Ce qu'il faut, c'est utiliser ce progrès, c'est le canaliser, et c'est le contrôler.

Mais, pour pouvoir canaliser le progrès, pour pouvoir l'utiliser, pour pouvoir le contrôler, il y faut un grand effort, un effort de tous. Un effort, d'abord, des chefs d'entreprise, qui se doivent bien sûr d'être constamment à la recherche des progrès techniques, à la recherche des améliorations qu'ils doivent apporter à leur production, à la recherche des transformations qui risquent de s'imposer à eux et qu'il leur faut prévoir pour pouvoir les introduire en temps utile. Mais aussi, devoir des chefs d'entreprise – de prévoir suffisamment longtemps à l'avance pour ne pas oublier les données humaines du problème et qu'au bout de tout cela il y a le travail des hommes et la peine des hommes. Rappeler que les décisions prises dans les bureaux, les coups de crayon que l'on donne se traduisent directement par des conséquences sur la vie des hommes, sur la tranquillité des foyers. Il y a là quelque chose, je dois le dire, que le patronat français dans son immense majorité a parfaitement compris. Quelque chose qu'en particulier les dirigeants de ce patronat, et au premier rang son président, votre compatriote, Georges Villiers, ont parfaitement compris. »

Georges Pompidou, Premier ministre
Lyon, le 15 mars 1964

*

1964. Wollaing. Siège de l'usine métallurgique Berga.

Pour son rendez-vous, Édouard avait mis un costume de laine grise assez strict qui le gênait aux entournures, une chemise blanche en popeline et une fine cravate noire qui le serrait au cou comme un condamné. Ses pieds étaient pris dans des souliers de ville trop fins, deux étaux de cuir qu'il n'avait pas portés depuis le mariage de son copain Lepoutre en juillet 1962. Les chairs à vif qui auraient fait se tordre de douleur n'importe qui n'entamaient pas le flegme d'Édouard, pour qui les ampoules aux pieds représentaient l'équivalent d'un centième de la douleur qu'il était capable d'endurer. Assis bien droit sur la banquette en skaï noir, sa sacoche vide ne contenant qu'une lettre de recommandation posée sagement à côté de lui, il observait en silence la salle d'attente de la direction de Berga.

Surdimensionnée, recouverte d'un linoléum aussi brillant que celui de l'aéroport d'Orly, elle était flanquée de trois murs gris acier sur lesquels étaient apposés deux photos de l'usine vue d'avion et le portrait en taille réelle d'un homme aux cheveux blancs et à la moustache impeccablement taillée. De son visage légèrement incliné émanait une force tranquille, son regard clair et intense tenait les visiteurs en respect. Incontestablement, et Édouard s'y connaissait, l'homme était un vrai chef. Et on était ici chez lui, cette usine était son œuvre.

Au centre de la salle, deux banquettes carrées en chrome et similicuir se faisaient face de part et d'autre d'une table basse en faux bois, démesurément longue. Au fond, une paroi vitrée donnant sur l'usine offrait une vue imprenable sur cette ville hurlante et trépidante, d'autant plus irréelle qu'aucun son ne transperçait l'épaisseur du verre.

La jeune secrétaire qui avait accueilli et installé Édouard avant de se retirer en se tortillant sur ses escarpins vernis était de retour. Elle lui adressa ce même sourire lisse qui donnait à Édouard la désagréable sensation qu'elle le prenait pour un demeuré.

— Monsieur le directeur va vous recevoir.

Édouard se leva, prit ses affaires et suivit la secrétaire qui marchait sur un fil imaginaire. Ils reprirent le couloir en sens inverse et, après deux virages, la jeune femme se planta devant une porte ouverte sur un vaste bureau lumineux, aux murs crème, à la moquette épaisse, embrumé d'une âcre fumée blanche. Un homme se leva puis se pencha en avant, la cigarette au bec et la main tendue.

— Devrard. Asseyez-vous, je vous prie.

Le fauteuil d'invité, doux et moelleux, était, lui, en vrai cuir et de première qualité sans aucun doute.

Édouard ramena sa sacoche sur ses genoux, sortit l'enveloppe et la tendit au directeur.

— Merci, fit ce dernier sans quitter son visiteur des yeux.

Il décacheta la lettre, la parcourut en diagonale. C'était un homme de taille moyenne, front large, coupe en brosse, tempes grisonnantes, petits yeux en amande sur un visage rond fendu d'une bouche aux lèvres fines presque absentes. Il se dégageait de sa personne une simplicité, une bonhomie qui tranchait avec l'image que l'on pouvait se faire du patron d'une des usines métallurgiques les plus importantes du pays. Devrard tenait dans ses mains les deux tiers de la production française de plomb, un tiers de celle de zinc et presque la moitié des produits de première transformation du cuivre, par le biais de sa filiale de Douai. Son usine comptait mille ouvriers, fondeurs, mouleurs, chaudronniers, tôliers, soudeurs, dont le moins qu'on puisse dire était qu'ils ne se laissaient pas tondre la laine sur le dos comme de gentils agneaux. Édouard s'était renseigné : la CGT y était implantée comme nulle part ailleurs.

— Je n'apprends rien dans cette lettre que je ne sache déjà, reprit le directeur en allumant une autre cigarette.

Il tendit son paquet à Édouard et s'affala dans son large fauteuil capitonné en crachant une épaisse volute.

— On m'a parlé de vous, Édouard. Ou Douve, devrais-je dire. On vous appelait ainsi, n'est-ce pas ?

— Exact. C'était mon nom de guerre. C'est Ligier qui vous a parlé de moi ?

Devrard leva des sourcils interrogateurs.

— Marcel Ligier, dit Bazooka, le commandant du 24e commando Delta, précisa Édouard.

— Son chef.

— Degueldre ?

— Lui-même. Il m'a dit le plus grand bien de vous. Vous avez fait combien de temps chez les Deltas ?

— Trois ans. Depuis le printemps 61.

— Vous avez pourtant eu le temps de faire parler de vous, fit Devrard en souriant.

— Les gaullistes ont fait croire que nous étions une armée, mais nous n'étions qu'une poignée.

— Pourquoi avez-vous rejoint les Deltas ?

— C'était un sacré foutoir à l'époque. On ne savait plus où donner de la tête. L'armée se déchirait. Du jour au lendemain, Salan était devenu un rebelle renié par la hiérarchie. Il fallait choisir son camp : obéissance à l'état-major ou fidélité à nos idéaux.

— Et vous avez choisi la fidélité, dit Devrard.

— Oui. Beaucoup de mes camarades ont fait un autre choix et je ne leur jette pas la pierre.

— Mais vous êtes devenu leur ennemi…

— Je ne connais pas un seul militaire d'Algérie qui ait fait ce choix à la légère. Obéir à Paris, c'était trahir nos camarades morts dans le djebel et en Indo. Rejoindre l'OAS faisait de nous des traîtres et des déserteurs. Mais au moins, on avait la conscience tranquille. La fidélité à nos morts nous donnait une force incomparable. Les soldats restés dans le rang nous enviaient. Certains me l'ont dit.

— C'est ce qui a sauvé Salan du peloton quand il est passé devant le Haut Tribunal militaire.

— Les généraux pissaient dans leur froc quand ils ont eu à juger Salan.

— Revenons à vous, dit Devrard. Si vous avez rejoint les Deltas, c'était pour vous battre, n'est-ce pas?

— C'était la guerre. Et la guerre se gagne en combattant.

— Vous avez combattu contre vos camarades?

— Même pas. De Gaulle n'a pas eu le cran de nous affronter en face. Il a envoyé une armée de truands et de métèques faire le sale boulot.

— Les barbouzes…

— Un ramassis de marginaux, de proxénètes et même d'anciens de la Gestapo. Avec des Viets et des bicots pour couronner le tout.

— Que vous avez bien corrigés, susurra Devrard.

— On en a fait de la purée, vous voulez dire. Nous étions des soldats et eux des branquignols.

— Depuis combien de temps avez-vous quitté l'Algérie?

— Je suis parti il y a deux semaines. Je suis venu rejoindre ma femme à Lille. Je suis marié depuis deux ans. Je l'ai rencontrée alors que j'étais en permission en 1954. À présent je veux tourner la page. Revenir à la vie civile. Dans quelques années, tout ça sera oublié. De Gaulle fera comme à la Libération.

Il coupera quelques têtes pour l'exemple et il votera l'amnistie pour le plus grand nombre. Il sait qu'une purge déstabiliserait l'armée et il n'y a aucun intérêt.

— Vous êtes un fin analyste politique, monsieur Vanderbeken.

Devrard se leva de son fauteuil et se dirigea vers une desserte en ronce de noyer. Il saisit une carafe et se servit un verre.

— Whisky ?

— Pas de refus.

Devrard tendit un fond de liquide jaune à Édouard. Il arborait un sourire complice et ses petits yeux brillaient avec intensité.

— Cette salope de de Gaulle nous a bien baisés.

Douve sentit un frisson lui parcourir l'épiderme.

— La grande Zohra…, murmura-t-il sans desserrer les dents.

— Si le Petit-Clamart avait réussi, tout aurait été différent.

— Certainement, concéda Édouard.

— Seulement voilà. Le Petit-Clamart a échoué, continua Devrard en sirotant son verre. Salan et Buscia sont en prison. Degueldre et Bastien-Thiry ont été fusillés. Bidault est en exil. Les réseaux sont démantelés. Le reste, c'est déjà de l'histoire.

Il reposa son verre, alluma une autre cigarette puis s'appuya de ses deux mains sur le bureau.

— Édouard, vous êtes un combattant et j'aime ça. La guerre est le ferment de l'homme. La guerre, entendez-vous, et non la guerre d'Algérie.

Celle-ci est perdue, et il faut tourner la page. Car une autre bataille se profile. Nous avons basculé dans un nouveau monde, où les maîtres mots sont *production*, *expansion* et *progrès* et, bien entendu, nous ne sommes pas les seuls à vouloir notre part du gâteau. Cette nouvelle guerre a ses armées, ses champs de bataille, ses morts et ses estropiés. C'est à cette guerre moderne que je vous propose de participer. À mes côtés. La guerre économique, Édouard. Une guerre qui ne dit pas son nom, mais qui, croyez-moi, peut s'avérer plus sanglante que celle qu'on mène avec de la poudre et des canons.

Il se leva et fit signe à Édouard de l'accompagner vers la large baie vitrée. Celle-ci donnait sur un impressionnant étalage de viscères en acier, de tours, de hangars, de cheminées de tous diamètres en brique, en tôle, droites ou courbes, crachant d'épaisses fumées jaunes et blanches, de passerelles enchevêtrées, de cuves gigantesques, de trains roulants, d'échafaudages et d'escaliers montant jusqu'au ciel, comme pour rappeler combien l'homme était minuscule à l'échelle de Berga.

— Je vous engage comme chef du personnel. Vous devrez être juste, mais inflexible. Il faut tenir les gars et je ne doute pas un instant que vous en ayez l'étoffe.

Devrard se tourna vers Édouard et lui tendit une main vigoureuse.

— Vous pouvez compter sur moi.

— Parlons des conditions. Je vous propose le même contrat que votre prédécesseur et…

— Ça ira très bien, coupa Édouard.

— Parfait. Nous allons mener cette lutte ensemble, Édouard, et cette fois-ci, je vous garantis que nous la gagnerons.

Wollaing

2015. Wollaing. Une petite ville du Nord à l'intersection de la D40 permettant de rejoindre l'autoroute et de la D13 reliant Douai à Valenciennes. De proche en proche, comme une vigne autour d'un grillage, des grappes de petites maisons aux toits de tuiles y avaient proliféré. Toutes pareilles, toutes différentes. La plupart en briques sombres, quelques-unes peintes en crème, flanquées d'un jardinet, ou d'un petit portail sur cour.

L'ornementation des rues était sommaire. Les fils électriques couraient dans tous les sens, soutenus par des poteaux EDF en béton supportant une série de lampadaires hors d'âge. Entre les deux kilomètres qui séparaient les panneaux d'entrée et de sortie de l'agglomération, on trouvait successivement la boulangerie, la boucherie chevaline, le dépôt de presse et la pharmacie. Le centre-ville était organisé autour de la place Auguste-Lainelle sur laquelle donnaient la poste, le salon de coiffure, le café des Sports au sud – pancarte Pelforth rouge et noir – et le bar de la Place au nord – enseignes bleue et verte de la Française des jeux et du PMU.

Si l'on empruntait la petite rue Anatole-France puis, à droite, la rue Jean-Pierre-Timbaud, on trouvait, cachée derrière une rangée de hêtres, une maison cossue en brique de Leers bâtie sur un grand terrain ceinturé de murs épais. Après la grille, une cour accueillait les visiteurs. Sur le côté droit, un garage ouvert abritait trois voitures, dont une Land Rover couleur sable. Sur la gauche, des murets bordaient une plantation de buis impeccablement taillés. Derrière la maison, on devinait de grands tilleuls, quelques bergères blanches et des bosquets d'arbustes. À l'entrée, deux plaques en laiton.

Dr Antoine Vanderbeken
Médecine générale
Diplômé de la faculté de médecine de Grenoble

Dr Henri Delcourt
Médecine générale
Lauréat de la faculté de médecine de Lille

Une porte aux vitres dépolies s'entrouvrit et un homme d'une soixantaine d'années appuyé sur une canne serra vigoureusement la main au médecin.

— À bientôt, docteur.

— À bientôt. N'oubliez pas de prendre régulièrement les médicaments que je vous ai prescrits. Vraiment, je ne peux rien vous dire de plus à ce stade.

— Comptez sur moi.

De retour à son cabinet, le docteur Vanderbeken poussa la porte de la salle d'attente.

— Madame Piquemal. Vous êtes la dernière, on dirait.

La femme attrapa son fils par le bras, passa devant le médecin en se faisant toute petite et s'installa dans le fauteuil tout aussi discrètement.

— Qu'est-ce qui vous amène ?

Cette question qu'il posait systématiquement au début de chaque consultation était dans le cas présent totalement superflue car, en ce qui concernait Mme Piquemal, Vanderbeken n'avait besoin d'aucune explication.

— C'est Fifi. Il a mal aux oreilles, dit la mère d'une voix hésitante.

Le docteur installa le gamin sur le divan d'examen, alluma son otoscope et l'introduisit dans l'oreille droite de l'enfant qui sursauta en serrant les dents. Des larmes coulèrent sur ses joues.

— Ça te fait un peu mal ou beaucoup mal ?

— Beaucoup.

Vanderbeken l'ausculta au stéthoscope puis lui demanda de se rhabiller et de rejoindre sa mère.

— Ça fait longtemps qu'il se plaint ?

— Deux, trois jours, répondit la mère.

— Il a une otite purulente. Son conduit auditif est totalement obstrué.

Il s'adressa au petit.

— Ça fait longtemps que tu as mal ?

Celui-ci hocha la tête. Vanderbeken se tourna vers la mère, dont les lèvres tremblaient.

— Vous auriez dû me l'amener plus tôt. Il a besoin d'un traitement antibiotique de choc.

— Je pensais que ça passerait tout seul, se défendit-elle. Je ne vais pas chez le médecin pour un oui ou pour un non.

— Vous avez raison et les otites se résorbent souvent d'elles-mêmes, mais celle-ci a dépassé ce stade.

Les yeux de la femme s'emplirent de larmes.

— Madame Piquemal, je vous ai déjà dit qu'on trouverait des solutions en cas de problème.

— Mais je ne peux quand même pas…, bredouilla-t-elle.

— Nous en avons déjà parlé. Ne vous inquiétez pas.

Le médecin se dirigea vers une armoire qu'il ouvrit d'un tour de clé. Il en retira deux petites boîtes, revint à son bureau et écrivit sur un papier blanc.

— Tenez. Celui-ci, trois fois par jour pendant cinq jours. Et celui-là, matin et soir, dans les deux oreilles jusqu'à ce que les écoulements cessent.

La femme prit les boîtes en s'essuyant les yeux. Et comme elle voulait ajouter quelque chose, Vanderbeken la coupa.

— Ce sont des échantillons. J'en garde toujours quelques-uns au cas où. Ne vous en faites pas. Soignez-le bien. Revenez me voir si la douleur persiste.

La femme se leva et serra très fort la main du médecin.

— Docteur, je ne sais pas comment…

Elle ne parvint pas à finir sa phrase. Le docteur la raccompagna jusqu'à l'entrée de son cabinet et la regarda s'éloigner d'une démarche lente, son petit garçon trottinant à côté d'elle.

*

La voix suraiguë de Yo-Landi, cette gamine de quinze ans complètement dézinguée, pilée par les infrabasses saturées de la beat box, dégueulait à volume dix des six haut-parleurs trafiqués dont Gérard Waterlos, dit Gigi, avait truffé la BMW. *I think you're freaky and I like you a lot*, hurlait la blondinette de ce groupe de *white trash* sud-africain. *Je pense que t'es timbré et je t'adore.* C'est la seule chose que Gigi avait retenue et ça lui suffisait amplement. Il reprenait avec elle en gesticulant sur son siège. À côté de lui, occupé à tapoter sur son iPhone, Frédéric Wallet, dit Freddie, était d'humeur maussade.

La BMW fonçait à travers la steppe verte, battue par les vents, striée çà et là de champs de colza jaune d'or. Le seul relief que la bruine grasse laissait deviner derrière les vitres teintées était les courbes des lignes à haute tension qui embrassaient l'horizon entre chaque pylône. Des grappes de toits bruns, des haies de thuyas taillées au cordeau, des barrières blanches rappelaient que des hommes vivaient là, parce qu'il faut bien vivre quelque part. De temps à autre, des bois émergeaient de la plaine, épargnés par le remembrement. Tout le reste était plat, à perte de vue. Les terrils étaient l'unique fantaisie de cette campagne où la route départementale filait sans entrave. *I think you're freaky*, rugit Waterlos et la BMW fit une embardée de trente mètres sur l'accotement.

— Gigi, merde, la route! gueula Freddie.

Gigi donna un coup de volant et, après un dérapage contrôlé, le bolide repiqua du nez sur l'asphalte.

— Oh, ma belle… Putain, les chleuhs c'est quand même les meilleurs question bagnoles, susurra Waterlos en redressant le volant.

— Gigi, on s'arrête à la prochaine station.

Ils traversèrent à toute allure les enfilades de maisons carrées jalonnant la D645. Cinq kilomètres après Douai, Gigi bifurqua et fit crisser les pneus sur les gravillons d'une vieille villa décatie reconvertie en station essence. Pas de pancarte lumineuse, pas de Shell, pas de Total, juste un panneau *Garage* en lettres rouges, et en dessous le nom du tôlier quasi illisible. Derrière l'énorme toit triangulaire recouvert de bac acier, un grand hangar était collé à la maison, ainsi qu'une guérite qui servait de boutique.

Gigi gara la S3 rutilante près d'une pompe en état de marche et extirpa son énorme carcasse de l'habitacle pour aller mettre le tuyau dans le réservoir. Freddie jeta un coup d'œil sur le tableau de bord. 12 h 30. Ils seraient à l'heure. Il détestait être en retard.

Un quart d'heure plus tard, la BMW se rangeait à quelques kilomètres de là, sur le parking de l'Auberge flamande. Une maison proprette, aux murs panachés de rouges, d'ocres et de bruns terreux, chamarrés de tout un harnachement de pancartes peintes, de lanternes, de jardinières dégoulinant de géraniums suspendues aux solives. Des glycines grimpaient dans les gouttières, grignotant les tuiles jusqu'à la base des deux chiens assis aux fenêtres blanches à croisillons. À l'arrière, une terrasse avec des tables de pique-nique en bois où les familles se ruaient dès les premiers beaux jours.

Freddie et Gigi poussèrent la porte de l'établissement tenu par Herman Friske. Un air moite et huileux leur tomba sur les épaules. L'intérieur était dans le plus pur style flamand. Poutres cirées, murs crépis recouverts de tableaux, dentelles aux fenêtres et, sur le linteau de la cheminée, un carrelage peint aux motifs chargés. L'auberge comptait deux salles. Une petite, à l'entrée, où se trouvait le bar – comptoir de chêne et pompes à bière en faïence de Delft – et quelques guéridons. Dans la seconde, plus vaste, des rangées de tables à tréteaux pouvaient accueillir jusqu'à deux cents personnes.

Dix ans auparavant, Herman avait rénové cet ancien estaminet promis à la destruction et, le moins qu'on puisse dire, est qu'il avait eu le nez creux. Tous les midis, les enfilades de tables se remplissaient, la machine à frites débitait son quintal de patates, et la bière coulait comme la Meuse à Namur.

Le brouhaha – on était samedi – était piqué de nombreux rires d'enfants. Le week-end, les familles débarquaient en nombre pour les fameux waterzoïs de poulet, tatins de boudin et autres carbonades flamandes, puis s'éternisaient une bonne partie de l'après-midi autour des tables de jeux. Herman avait ranimé cette tradition et elle participait pour une bonne part au succès de son restaurant. Après le repas bien arrosé, on faisait place nette et les tables se couvraient de jeux de plateau : aérobille, bagatelle, billard Nicolas, billard hollandais, hockey sur table… Tout un tas de jeux improbables, méconnus des autres régions de France, autour desquels petits et grands se lançaient des défis enflammés.

Freddie et Gigi s'installèrent dans la petite salle, près de la fenêtre, et commandèrent à manger et à boire. Freddie tapotait sur son écran tandis que Gigi regardait par la fenêtre, indifférent aux regards furtifs et inquiets qui se posaient sur eux. Après quelques minutes d'attente, c'est Herman qui leur apporta leur commande.

— Quel bon vent vous amène ? dit-il avec un accent du Nord à couper au couteau.

— L'odeur de tes boulettes, Herman, et de ta bonne vieille frite à l'ancienne, répondit Freddie en levant les yeux vers le patron carré comme un rugbyman.

— Je veux pas d'histoires, les gars. Si c'est pas trop vous demander.

Gigi n'avait pas décollé son nez de la fenêtre. Freddie répondit, en continuant de tapoter sur son portable.

— Nous non plus.

— Eh bien, c'est parfait…

— Nolf est là ? demanda Freddie sans sourciller.

— Tu me prends pour qui, Freddie ? J'ai dit pas d'histoires. Tu veux que je traduise en ch'ti ?

— Y a pas de raison qu'il y ait des histoires, Herman. Maintenant laisse-moi te poser une question, tu veux ? Supposons qu'un type vienne dans ton resto et s'enfile un bon repas avec terrine, entrecôte à la bière, plateau de fromages complet, dessert, café, pousse-café, le tout bien arrosé de plusieurs pichets de bière. Et supposons qu'il vienne te voir à la fin du repas en te disant qu'il a bien mangé, mais que question addition, il va falloir que tu t'assoies dessus, parce que, tu vois, pour le moment il est sans le sou et ça l'arrange pas. Imaginons ça, Herman. Qu'est-ce que tu dirais ?

Freddie avait durci le ton sans élever la voix et fixait Friske d'un regard farouche.

— Ça ne s'est jamais présenté, Freddie, alors...

— Imaginons que ça se présente, Herman. Tout arrive. Ma question, c'est : est-ce que tu le laisses partir tranquillement, avec son ventre bien gras et ton pognon plein ses poches ? Ou est-ce que tu lui dis gentiment qu'il y a des règles à respecter dans ce putain de monde de merde et qu'une des règles, c'est que si tu croques, tu payes ? Hein, Herman ?

— J'imagine... que oui...

— Si tu croques, tu payes. N'est-ce pas, Herman ? T'es d'accord avec moi. Un putain de Flamand comme toi.

Le sang monta aux joues du patron de l'auberge et il empoigna Freddie par son col de chemise, le repoussant vers le mur. Gigi se leva, le poing en avant, prêt à frapper, mais Freddie lui fit signe de se calmer. Friske respirait fort, les yeux brillants, ne sachant que faire de ses mains.

— Pas d'histoires dans mon établissement, Freddie. Est-ce que c'est clair ou est-ce que je te botte le cul pour te le faire *verstaen* ?

Il relâcha son emprise. Recouvrant son équilibre, Freddie fit un signe de tête à Gigi qui se leva de sa chaise. Herman laissa faire. Gigi resta un moment dans l'embrasure de la porte avant de pénétrer dans la grande salle. Freddie sortit un billet de cinquante euros qu'il glissa sous son assiette et se leva en rangeant son téléphone. Il contourna Herman, le salua d'un coup de menton et sortit sur la terrasse arrière.

Au fond de la salle, attablée sur la dernière rangée, une famille se gavait de frites et d'agneau en gelée. C'est Sandrine Nolf qui la première remarqua Waterlos qui s'avançait vers eux d'un pas lent. Elle fit signe à son mari qui manqua de s'étrangler en se retournant. Immédiatement, son visage devint blanc comme un cierge. À côté de lui, ses mioches aux lèvres grasses piquaient leurs frites dans la mayonnaise. Sandrine fixait alternativement Gigi et son mari, comme pour évaluer le moment de l'impact. Nolf toussa. Ses mains tremblaient. Gigi se planta au bout de leur table et esquissa un sourire niais qui ne trompait personne.

— B'jour. C'est bon ?

Nolf, la bouche pleine, se contenta de hocher la tête. C'est sa femme qui répondit.

— Oui.

— Et les enfants ? Ils aiment les frites, les enfants ?

Les deux gamins décochèrent un sourire sincère au colosse. Puis, comme Sandrine jetait des regards désespérés à son mari, celui-ci déglutit et adressa enfin la parole à Waterlos.

— Vous cherchez quelque chose ?

— On cherche un enculé.

La mère fusilla Gigi du regard. Les deux gamins pouffèrent.

— Et on s'était dit que peut-être tu le connaissais…

— Je… Il…

— On peut en parler dehors si tu préfères.

Du coup, c'est Nolf qui jeta un coup d'œil suppliant à sa femme. Mais celle-ci considéra les enfants, puis son mari, et lui retourna un visage vide d'expression.

— On peut parler de l'enculé ici, devant les enfants, ou bien dehors. C'est toi qui choisis, mais tu fais vite, d'accord ?

Nolf tremblait. Autour d'eux, les clients regardaient ailleurs. Gigi fixait Nolf et Nolf se leva.

— On en a juste pour quelques minutes.

Ils sortirent l'un derrière l'autre entre les murmures et les œillades discrètes.

Sur la terrasse déserte, Freddie avait posé une fesse sur une table et fumait en scrutant le ciel d'un air inspiré. Au moment où Gigi sortit avec Nolf, trois berlines se garèrent dans la cour. Freddie fit signe à Gigi de le suivre et ils longèrent le bâtiment jusqu'à une porte donnant sur une courette protégée des regards. L'endroit servait de débarras et de local poubelle. Une soufflerie en galva y déversait un torrent d'air brûlant empestant l'huile de friture. Freddie referma la porte derrière lui. Un cuisinier regardait par la fenêtre. Quand il aperçut le canon court du Glock 19 que Gigi agitait dans sa direction, il déguerpit illico. Freddie prit la parole.

— Nolf, est-ce que tu as une petite idée de pourquoi on est là ?

— Je vais vous payer… Je viens d'avoir une rentrée d'argent. Je…

— Une rentrée d'argent ? Putain. C'est vachement du bol, dis donc. Ça tombe pile poil.

— Ouais, répondit Nolf en secouant la tête et en se forçant à sourire.

Puis il cracha une grosse glaire avant de se casser en deux. Gigi lui avait envoyé une pleine droite dans le dos. Nolf sanglotait.

— Alors tu vois, reprit Freddie, il y a un truc que je déteste presque autant que de me faire piquer du fric, c'est qu'on se foute de ma gueule… Pas vrai, Gigi ?

Gigi acquiesça et Freddie envoya un violent coup de botte dans le ventre de Nolf qui cessa immédiatement de respirer.

— T'as trois mois de retard, enculé. T'as emprunté 40 000 balles et t'as remboursé 4 000. Au bout de quatre mensualités, tu nous mets trois mois dans la vue. Et après tu me parles d'une putain de rentrée d'argent. Non mais tu nous prends pour des cons ?

Et Freddie décocha un second coup de pied dans la mâchoire de Nolf. Quelque chose craqua à l'intérieur et il cracha du sang. Nolf lâcha la bonde et se mit à pleurer comme un bébé.

— Alors je t'explique et je ne t'expliquerai pas deux fois, compris? Tu viens dans trois jours à la salle et tu amènes les trois échéances que tu nous dois plus deux échéances d'avance. Sinon… On prend la Mercedes et on te crame la gueule. Est-ce que c'est clair?

Nolf était à terre, en sang, gémissant. Il fit un signe vague de la tête pour confirmer qu'il avait entendu. Alors, l'air dégoûté, Freddie et Gigi enjambèrent son corps et sortirent de la courette.

*

Antoine Vanderbeken avait fermé son cabinet depuis une demi-heure quand il entendit la sonnette du portail rugir sans discontinuer. Le médecin sortit dans la cour et se précipita jusqu'au portail.

— Qui est là?

Pour toute réponse, il n'entendit qu'un gémissement timide et ouvrit la porte. Assise contre le poteau de béton, démantibulée comme une poupée de chiffon, une jeune fille aux cheveux en bataille, tremblante, ne semblait plus en mesure d'entendre celui qui lui parlait. Il se baissa vers elle, prit ses joues entre ses mains, ouvrit ses paupières mi-closes. Ses pupilles étaient dilatées. Sa respiration devenait de plus en plus saccadée. Vanderbeken la saisit par les aisselles et fut surpris de constater à quel point elle était légère. Il l'aida à traverser la cour, monter les marches du perron, puis il la tira à l'intérieur pour l'étendre sur le canapé.

— Pauline, Pauline…, fit Vanderbeken en lui tapotant les joues.

La tête de la jeune fille avait roulé sur le côté. Elle était en sueur, le regard en proie à une terreur insondable. Ses mains frappaient les coussins sans la moindre force. Haletante, elle regardait le médecin les yeux écarquillés et se débattait comme si elle se noyait. Puis elle se raidit, suffoqua, s'agita encore et tomba à la renverse, les yeux révulsés. Vanderbeken colla son oreille contre sa poitrine. Son cœur battait à tout rompre. Toujours en la tenant par la taille, il lui parla doucement.

— Pauline. Est-ce que tu m'entends ?

La jeune fille tourna les yeux vers le médecin.

— Est-ce que tu me comprends, Pauline ?

Elle acquiesça en essayant de maîtriser ses tremblements. Vanderbeken lui demanda de fermer les yeux. Puis il se précipita vers son armoire, ouvrit un tiroir, sortit un sac en papier qu'il fit claquer pour le défroisser. Quand il le lui enfila sur la tête, la jeune fille se débattit, ses mains tambourinèrent dans tous les sens. Le médecin ne broncha pas et maintint le sac en place.

— Fais-moi confiance. Suis mes indications. Ferme les yeux et essaie de respirer profondément, dit-il.

Pauline s'y efforçait mais le sac l'en empêchait. L'air était chaud. Elle persévéra. Faire confiance…

Au bout d'une minute, les tremblements diminuèrent et finirent par cesser complètement. Vanderbeken retira doucement le sac. La jeune fille était pâle, exténuée. Lui aussi était en sueur. Ils restèrent de longues minutes ainsi sur le canapé. Vanderbeken tenait la tête de Pauline contre sa poitrine, vérifiant que le coup de stress était retombé. Quand elle fut totalement calme, il lui demanda d'une voix douce :

— Pauline, qu'est-ce que tu as pris ?

— Coke…

— Et quoi d'autre ?

— Valium.

Vanderbeken soupira.

— C'était quoi ? dit Pauline d'une voix faible.

— Spasmophilie cocaïnique.

— Quoi ?

— Une crise d'angoisse carabinée. Calmant sur opiacé. Tu ne dois jamais faire ça, Pauline. Tu risques la tétanie respiratoire. Tu risques d'y passer, bon sang. Regarde l'état dans lequel tu t'es mise. Je pensais que tu avais décroché.

Pauline détourna la tête. Des larmes coulaient sur ses joues creuses.

— On a essayé juste une fois…

— Une fois ? Tu te moques de moi. Avec qui ?

— Serge.

— Qui c'est ?

Pauline se tut.

Vanderbeken n'en demanda pas plus. Il lui caressa le front. Elle était venue le voir car elle savait qu'il s'occuperait d'elle sans poser de questions. Il se sentit aussi fragile qu'un fil de coton. Un des rares fils qui retenaient cette gamine à la vie.

— Pauline, la dernière fois qu'on s'est vus, tu devais complètement arrêter. Et à la moindre envie de replonger, tu devais venir m'en parler, tu te souviens?

Elle baissa les yeux.

— On ne peut pas jouer avec la drogue. Tu ne seras jamais gagnante. C'est elle qui dicte ses règles. Il faut tout arrêter maintenant. Tu comprends?

La jeune femme hocha la tête.

— C'est la dernière fois, Antoine. Je vous jure. On n'a pas réfléchi. On voulait juste se faire une petite soirée.

— Pauline, je ne te parle pas en tant que médecin, mais en tant qu'ami. J'ai l'âge d'être ton père et je connais Rémy depuis des années. Tu ne dois plus y toucher. Pour toi et pour lui. Il est au courant?

— Non, répondit-elle d'une voix suppliante.

— Je ne dirai rien. Secret médical. Mais toi…

— Je vous jure.

Vanderbeken soupira et lui caressa les cheveux.

— Comment te sens-tu? Tu peux te lever?

— Je crois.

Elle se redressa. Vanderbeken la soutint par le bras. Elle s'appuya sur lui en grimaçant, les jambes molles, et, à petits pas, il la raccompagna jusqu'à la grille.

*

C'est foutrement difficile de respirer avec des bandages plein la gueule, se disait Nolf devant la glace. Il était brisé de partout et l'interne de garde n'y était pas allé de main morte : il l'avait emmailloté comme un putain de pharaon. Avec cette tronche, il avait sa place dans un film d'horreur. Ce qui n'était pas bandé était gonflé, violacé, badigeonné de Bétadine et tout le bas du visage était pris dans une attelle en aluminium qui lui donnait l'air du monstre de Frankenstein. Ces salopards l'avaient salement amoché. Il examina son faciès avec une sorte de fascination morbide avant de sortir de la salle de bains et de traverser la chambre sur la pointe des pieds pour ne pas réveiller Sandrine.

Il attrapa un Bic dans le tiroir du buffet de la salle à manger, fouilla dans le panier à bois d'où il tira un exemplaire de *La Voix Annonces* qu'il ouvrit à la dernière page. Il parcourut les colonnes, puis entoura un numéro de téléphone. Il respirait avec peine. Les bandages puaient le médicament. Sa tête était prise dans un étau et, plusieurs fois, la migraine avait failli le remettre au lit. Il se concentra pour composer le numéro de téléphone. Ses doigts étaient tuméfiés. Lequel de ces sagouins lui avait écrasé les phalanges avec ses chaussures, il ne s'en souvenait pas. Ces deux ordures de toute façon, c'était bonnet blanc et blanc bonnet. Il s'appliqua… 39 45 77. Il porta le combiné à son oreille et attendit. Quand on décrocha, Nolf demanda le patron, exposa sa demande, nota sur un bout de papier ce que le garagiste lui disait.

— Vingt-six mille tout de suite. Bon. D'accord.

Il raccrocha, ivre de colère. Le patron du garage avait prétexté qu'il n'avait aucun besoin d'un véhicule de ce type en ce moment, que payer en liquide ne l'arrangeait pas... Mais la vérité, c'est que Nolf était dans une merde noire et que le type le savait. Il lui faisait une offre de rapace qu'il ne pouvait refuser. Soudain, du bruit dans le couloir. Il regarda la pendule. 7 h 45. Sandrine, les cheveux défaits, la robe de chambre entrouverte, débarqua dans la salle à manger.

— Tu es réveillée?

— Ben ouais. Avec ce raffut. Qu'est-ce que tu fabriques?

— Moi? Rien...

C'était la pire réplique qu'il pouvait sortir. Vraiment merdique. Série Z. Autant dire : «Ben tu vois, chérie, je suis en train de passer un coup de fil pendant que tu dors pour pas que tu t'en rendes compte. Parce que sinon, tu piquerais une gueulante d'enfer.» Sandrine aperçut la page de journal crayonnée.

— Fais voir.

Nolf n'était pas en condition pour résister. Elle lui arracha le papier et en clin d'œil devint rouge de colère.

— Philippe, dis-moi que je rêve. Dis-moi que C'EST PAS VRAI!

Nolf dodelinait de la tête comme s'il avait reçu un nouveau coup sur le crâne.

— Sandrine, y a pas d'autre moyen. Si j'en connaissais un, crois-moi, je...

66

— Mais autant nous jeter à la rue ! T'es en train de mettre en vente ton outil de travail ! Comment tu vas faire sans la Mercedes ?

— Je trouverai un autre boulot. Je ferai la plonge ou du gardiennage…

— Mais espèce de crétin, t'as cherché du boulot pendant deux ans avant de te mettre taxi. Tu sais comment ça se passe. Il y a plein de petits jeunes qui font la queue pour bosser. Les entreprises, elles ont pas besoin d'un mec de quarante-cinq ans. Ton taxi, c'est ton seul espoir de bosser, c'est notre seul espoir de nous en sortir à la fin du mois. Et toi, tu le vends ?

— Je dois leur payer 12 000 euros dans trois jours. Comment veux-tu que je trouve 12 000 euros ?

Sandrine tournait en rond dans la salle à manger.

— J'en sais rien, putain, mais pas la Mercedes. Tout sauf ça.

— Mais alors QUOI ?

Nolf s'écroula sur sa chaise. Maintenant, les larmes vrillaient la voix de Sandrine.

— Pourquoi t'as emprunté à ces salauds ? Tu te mets toujours dans des combines foireuses. Je te l'avais dit. Depuis le début je te l'avais dit. Pourquoi on n'a pas emprunté à une banque normale ? Avec une banque normale, on peut discuter.

Nolf hurla.

— Je t'ai dit cent fois que je les ai toutes vues, les banques. Toutes. Est-ce qu'il y en a une qui voulait me prêter ? Non. Pas une.

— Alors il fallait pas emprunter, gémit Sandrine.

— Et j'aurais fait comment pour me payer mon taxi, putain ? Faut savoir ce que tu veux.

— Je sais pas. Juste pas me retrouver à la rue avec les enfants.

— Mais on n'est pas à la rue. Qu'est-ce tu me chantes ? dit Nolf d'une voix qui déraillait.

— Mais regarde-toi, fit-elle avant de fondre en larmes. Regarde-nous.

Nolf leva le bras, mais le geste lui fit mal. Il grimaça de douleur et chancela sur sa chaise. Sandrine se précipita et le serra dans ses bras. Nolf se laissa faire, puis éclata en sanglots.

Il avait tout essayé. Son taxi, c'était son rêve. Plus de patron. Indépendant. Bien sûr, il fallait bosser deux fois plus, mais ça ne le gênait pas si c'était le prix de sa liberté. Ce qu'il voulait, c'est que plus personne les emmerde. Mettre tout le monde à l'abri. C'était pas demander la lune, non ? Et puis, il n'avait pas de plan B. C'était le taxi ou l'enfer. Sa combine avait marché pendant trois mois et maintenant il allait devoir vendre la Merco 26 000 balles à un garagiste véreux. Une bagnole achetée 40 000 trois mois auparavant. Mais il n'avait pas le choix. Les deux salauds ne lui feraient pas crédit un mois de plus. Nolf pleurait en se serrant contre sa femme, aussi fort qu'il le pouvait. Contre son ventre, contre ses seins. Un moment de répit. Il aurait voulu disparaître. Partir loin. Tout de suite. En finir. Mais c'était impossible. Alors au moins, tout oublier pendant quelques minutes. N'écouter que le cœur de Sandrine battre sous sa robe de chambre.

*

À Wollaing, l'épicerie de M. Haddouche était située à l'angle de la rue Jouffroy et de la rue Jules-Guesde. Taillée à la serpe dans la brique vermeille, ornée d'une base en briquettes noires, elle était signalée aux clients par trois enseignes bleues sur fond blanc portant chacune les inscriptions *Fruits*, *Alimentation générale* et *Légumes*, elles-mêmes soulignées de trois stores de toile verte délavée, festonnés d'un lambrequin *Bienvenue* couvert de crasse. Ses deux vitrines étaient à l'image du magasin : un capharnaüm incroyable où seul Haddouche était capable de retrouver ses petits. Dans la vitrine principale, à côté de la porte en verre couverte de publicité pour Red Bull, Lebara Mobile et Butagaz, il avait empilé comme il pouvait des bouteilles de Cristaline, du charbon de bois, des paquets de chips, des ballons de foot, un panier d'osier, une corde à sauter et des cartons d'emballage. Au-devant, à la première place, fruit d'une coquetterie aussi étrange qu'inattendue, l'épicier avait soigneusement disposé un cadre sous blister représentant la pochette de l'album *Bad* de Michael Jackson.

Pauline travaillait à tiers temps. Elle aidait à la manutention des cartons, à l'arrangement des rayons, à la caisse, là où Haddouche avait besoin d'elle. Il devait avoir dans les soixante-dix ans. Sa femme était décédée deux ans auparavant. Au début, il avait tenté de tenir le magasin seul, mais après plusieurs mois, il avait dû se faire une raison et se mettre à la recherche d'une employée. Pauline était une cliente gentille et attentionnée – elle lui avait régulièrement demandé des nouvelles de sa femme pendant sa maladie et c'est à elle qu'il fit la proposition, une proposition qu'elle accepta sans hésiter.

Le 7 janvier, c'était un mercredi, Pauline sortit de l'épicerie à treize heures, les bras chargés de deux gros sacs de courses. Haddouche lui vendait les produits à prix coûtant, ce qui revenait moins cher que chez Cora. Elle ne mettait donc plus les pieds au supermarché et revenait régulièrement chez son père avec des sacs pleins de commissions. Il n'y avait que huit cents mètres à parcourir jusqu'au 74 de la rue Gracchus-Babeuf, mais les sacs pesaient lourd. Elle s'arrêta trois fois pour souffler et dégourdir ses doigts cisaillés par les poignées de plastique avant de rejoindre la petite maison à un étage, un jardinet, une porte, une fenêtre mordant sur le toit, flanquée de part et d'autre d'une demi-douzaine de sœurs jumelles.

À cent mètres de chez elle, elle aperçut la BMW noire aux vitres teintées. Pauline sentit son pouls s'accélérer. Lestée de cinq kilos dans chaque main, elle ne pouvait faire marche arrière et changea de trottoir sans réfléchir. À cinquante mètres, la portière s'ouvrit. Celui qui en sortit était immense. Il s'appuya sur l'aile de la voiture et regarda Pauline s'approcher, claudiquant sous le poids des sacs. Quand elle fut tout près, il s'avança.

Rémy Leroy était en train d'éplucher les pommes de terre dans l'évier quand il repéra le capot de l'énorme berline noire garée sur le trottoir d'en face. Intrigué, il s'essuya les mains et sortit sur le perron. Le souffle coupé, il reconnut Gérard Waterlos en train de discuter avec sa fille. Il fit marche arrière et fonça en direction de l'armoire du salon. Il inséra deux cartouches de 12 dans son Baïkal 43 et sortit en furie du pavillon. Pauline avait à peine eu le temps de répondre à Waterlos qu'elle vit son père débouler, rouge écarlate, le doigt sur la gâchette de son fusil de chasse qu'il brandissait sous le nez du bodybuilder.

— Qui t'a permis d'emmerder ma fille ? Fous-moi le camp, espèce de taré.

Pas impressionné le moins du monde par le canon de 70 qui lui chatouillait le menton, Gigi recula calmement.

— Range ça, Rémy, dit Freddie en sortant du véhicule. On est juste en train de discuter.

— Tu discutes pas avec ma fille. Tu discutes avec qui tu veux, mais pas avec elle. Compris ?

Et il enfonça le canon dans le gras du bide de Gigi.

— On discute avec ta fille parce que ta fille nous doit du pognon, répondit calmement Freddie.

Une locomotive tomba sur les épaules de Rémy qui tourna la tête, incrédule, vers Pauline. Freddie comprit que Leroy débarquait.

— Oups ! Désolé. C'était un petit secret ? Cinq briques. Cinquante mille euros, Rémy. Ça fait quand même une somme. Enfin bon, nous, on juge pas. Mais il y a des règles et une en particulier : quand on emprunte, il faut rembourser. Et Pauline n'a pas remboursé. C'est tout simple, vois-tu.

Rémy gardait le fusil collé sous l'abdomen de Waterlos mais sa tête se tournait à toute vitesse de Freddie à sa fille.

— Tu mens ! hurla-t-il.

— Non. C'est vrai, intervint Pauline.

— Quoi ?! Je…

Mais ce n'était ni le lieu ni le moment de s'interroger sur le pourquoi du comment de cet emprunt à la con. Rémy se ressaisit et mitrailla Gigi de ses yeux incandescents.

— Prêt ou pas prêt, j'en ai rien à foutre. Tu parles pas à ma fille.

Waterlos ricana.

— La fifille à son papa…

— Ta gueule. Encore un mot et je te troue. Je t'avertis, j'en ai aligné des plus gros que toi avec ce flingue.

Gigi se raidit.

— Allez, on se calme, coupa Freddie. On va pas se tirer dessus pour si peu.

— Freddie, dis à ton malabar de reculer, rétorqua Rémy.

— C'est bon, Gigi. Vas-y.

Waterlos, le regard brûlant, fit un pas en arrière, puis un autre. Freddie avançait vers les deux hommes.

— Arrête-toi là, coupa Leroy.

— On a rien fait de mal, Rémy, répliqua Wallet. On vient rappeler à Pauline qu'elle a emprunté cinq briques de son plein gré et qu'elle a oublié de rembourser la première échéance. On est gentils. On ne veut faire de mal à personne, juste expliquer qu'il y a un contrat et qu'on peut pas partir avec du pognon sous le bras sans donner de nouvelles. J'imagine que c'est pas ce que tu as appris à ta gamine, non ?

— C'est bon, intervint Pauline. Ils m'ont rien fait. Je vais payer. Y a pas de problème.

— C'est moi qui dis s'il y a problème ou pas, coupa sèchement Rémy. (Puis se tournant vers Freddie) Me prends pas pour un con, toi. C'est pas ta grosse bagnole et ton grand couillon qui vont me faire peur. On se connaît depuis trop longtemps pour ça. Alors je vais avoir une petite discussion avec ma fille pour tirer cette affaire au clair, et toi, de ton côté, tu ne lui adresses plus la parole. Jamais. Et ça vaut pour l'autre, là, et tous les repris de justice de ton club de boxe à la con.

— Ta fille est mignonne, Rémy, rétorqua Wallet. Mais je suis pas venu ici pour faire la causette avec elle. Elle paye, elle n'entend plus parler de moi. Mais, je te préviens (le visage de Wallet s'était subitement empli d'une férocité contenue), si elle ne paie pas, c'est pas pour faire la causette que je reviendrai.

Rémy, hors de lui, épaula son fusil. Sa gorge était sèche et ses mains moites glissaient sur la crosse du Baïkal.

— Une dernière chose, camarade, continua Wallet. Arrête un peu de rejeter la faute sur les autres, parce que si ta petite affaire de ferraille permettait de subvenir aux besoins de ta fille, elle n'aurait pas besoin d'emprunter du pognon et ça nous ferait tous gagner du temps, OK ?

Rémy hurla en pointant son fusil sur le visage de Wallet. Mais au même moment, Gigi bondit de la BM, une mitraillette automatique entre les mains, et Freddie, profitant de la confusion, sortit un Glock de son manteau qu'il braqua sur le front de Leroy. Pauline gémit. Elle lâcha ses sacs et se précipita entre son père et les deux malfrats.

— Arrêtez! Arrêtez! hurla-t-elle. Je vais payer. Tout va s'arranger.

Elle se colla contre le torse de son père. Tous restèrent quelques instants figés dans cette position, puis le ferrailleur invita sa fille à ramasser ses sacs et à rentrer chez eux. Quand elle eut poussé le portillon, il recula lentement, son fusil de chasse toujours pointé sur Wallet. Freddie monta dans la voiture. Ce n'est que lorsque Rémy Leroy eut refermé sa porte derrière lui que Gigi releva sa mitraillette et disparut dans la BM.

*

Depuis midi, Maes tournait en rond dans l'appartement. Sur la table basse Ikea, deux cendriers débordaient de mégots au milieu de verres, de paquets de chips et de trois cadavres de bouteilles dont une avait roulé sur le tapis. Par la fenêtre du septième, il apercevait les pavillons uniformes du quartier Saint-Waast, à Valenciennes, écrasés par le ciel bas encombré de lignes électriques et de nuages noirs. Il colla le nez à la fenêtre. Au coin de la rue, derrière un épais grillage de cinq mètres de hauteur, fermé par deux murs couverts de graffitis, des ados en survêtement envoyaient des ballons dans un panier de basket. Maes passait parfois des heures à les regarder. Les bandes se formaient, se séparaient, se reformaient dans une configuration différente. Ils fumaient, jouaient, s'engueulaient. De temps en temps, l'un des gamins se levait de son banc en remontant son survêt sur ses hanches. Il traversait la rue et, quelques minutes plus tard, la sonnette de l'appartement de Maes carillonnait. Ces gamins étaient de bons clients. Tranquilles. Pas d'embrouilles. Débouchés assurés.

Maes les observait. Il était à cran. Il jouait gros. Il avait promis à Pauline d'attendre son coup de fil mais ça le démangeait d'appeler le premier. À quatre heures et quart, le téléphone sonna et il se précipita.

— Serge ?

— Pauline. Pourquoi tu appelles si tard ?

— Je me suis fait coincer par Wallet et Waterlos.

— Merde. Qu'est-ce qu'il s'est passé ?

— Rien. Ils ont fait les gros bras. Mais ils ne m'ont pas touchée. Ils veulent être repayés tout de suite.

— Paye. Discute pas. C'est pas grave.

— C'est ce que je vais faire, mais…

— Mais quoi ?

— Mon père est au courant.

— QUOI ? Tu déconnes.

— Au courant pour l'argent. Pas pour le reste.

— Tu es sûre ?

— Oui. Il était là quand Wallet m'a réclamé le fric. Il les a menacés avec son fusil. Maintenant, j'ai peur pour lui.

— Qu'il se tienne à carreau. Ces types sont pires que des dealers.

— Il m'a fait la morale pendant trois heures.

— Merde. On va l'avoir dans les pattes maintenant.

— Ça fait rien. On fait comme prévu. Je passe chez toi demain.

— OK.

— Ça va bien se passer, mon amour. On est presque au bout.

— T'inquiète pas pour moi. Faut juste qu'on en finisse.

Maes raccrocha, les mains moites. Dehors, les gamins avaient formé de nouvelles équipes. Ils se bousculaient pour marquer des paniers. Maes s'assit dans son canapé convertible et riva son regard sur la table basse du salon. Il respirait lentement. L'angoisse était en train de le gagner. Le coup qu'ils tentaient avec Pauline était sans doute la plus grosse connerie qu'il avait imaginée depuis des années, mais il avait cette fille dans la peau et il n'arrivait pas à se raisonner. S'ils réussissaient – et bon Dieu, il n'y avait aucune raison que ça ne marche pas… Ils avaient tout organisé. Tout préparé. Pendant des semaines. Si ça marchait… Ils étaient à deux doigts de changer de vie. Pour de bon. De dire adieu à cette banlieue de merde, à ce pays de merde, à ces salauds de merde. Se tirer. Tous les deux. C'était à portée de main. Serge renifla. Il ne parvenait pas à se calmer. Un petit tour dehors, pour prendre l'air. Juste un petit tour. Il se leva de son canapé et attrapa le calibre 38 qu'il fourra dans sa ceinture, puis il sortit de l'appartement.

*

Erik Buchmeyer ouvrit la fenêtre en grand et l'air s'engouffra dans la chambre 308. Il était nu, le ventre relâché. La brise glacée lui caressa l'épiderme. Il renversa la tête en arrière et respira profondément. L'air de l'hiver était celui qu'il préférait. Il semblait plus pur, mais ce n'était que le froid. Le ciel était bleu, dépourvu de nuages, ce qui est rare à Bruges en cette saison. De la fumée blanche sortait des cheminées plantées sur les toits de tuiles comme dans un décor de carton-pâte. Quand il avait besoin de tranquillité et de se détendre, Erik venait dans cette ville hors du temps, préservée de la modernité par ses rues étroites et son architecture classée. Pas de voiture, pas de cohue, que des cygnes et des amoureux, bras dessus bras dessous. L'endroit idéal pour passer inaperçu quand on a besoin d'un peu d'affection et de défonce.

— Tu fermes ? Ça pèle.

La voix sortit Erik de sa rêverie et il referma la fenêtre à l'espagnolette. La plainte avait surgi du lit. Une forme s'agitait sous les couvertures. Il s'assit sur le rebord du matelas. Anoko avait remonté le drap jusqu'à son cou. Ses lèvres rouges et charnues semblaient un bijou dans l'écrin que formait son épaisse tignasse noire sur le traversin. Erik s'approcha d'elle et l'embrassa. Elle se déroba. Il agrippa sa hanche, déploya sa main sur sa cuisse. Elle gloussa, se retourna. Il remonta entre ses jambes, serra son sexe à pleine main, le massa, y plongea le doigt. Il se glissa sous les couvertures. Anoko ne bougeait pas, frissonnait de temps en temps. Il approcha ses lèvres de son cou d'ébène, caressant toujours sa toison rêche et chaude. Elle ouvrit la bouche. Il se hissa sur ses hanches, son ventre, ses seins. Il les attrapa à pleines mains, puis fit valser les couvertures d'un coup de coude. Elle tourna la tête, bougea ses jambes.

— J'ai froid.

Il rabattit un drap sur eux et embrassa à pleine bouche les aréoles immenses.

— Anoko.

— Oui, mon petit loup.

Erik ne répondit pas. Il lui écarta les jambes et entra en elle en écarquillant les yeux. Pendant qu'il s'activait, elle balançait la tête de droite à gauche sur l'oreiller. Elle comprimait ses cuisses, passait sa langue sur ses lèvres, lui griffait le dos, accomplissait tout un ensemble de petits gestes signifiant le plaisir pour stimuler son client. Une fois repu, Erik se retourna sur le dos, rouge, respirant fort.

— Ça va mieux ?

Erik reprenait son souffle.

— Tu veux encore, ou c'est bon maintenant ?

Il fit un signe de la tête et allongea le bras vers la table de nuit.

— Attends, on va se prendre un petit stick.

— Je le fais, tu veux, mon lapin ?

— Oui.

Anoko se coucha sur lui, saisit le paquet de cigarettes et le petit sachet de plastique et se mit à confectionner un joint. Elle l'alluma, tira une énorme bouffée, inspira profondément et tendit le stick rougeoyant à Erik qui tira dessus à son tour, inhala à pleins poumons et, en quelques minutes, se mit à planer comme un goéland au-dessus des falaises d'Étretat.

Un quart d'heure plus tard, Anoko se leva et commença à s'habiller.

— Je vais y aller, chéri.

Les paupières lourdes, Erik demanda son blouson en levant le bras. Anoko le jeta sur le lit et Erik glissa la main dans sa poche intérieure. Son portefeuille. Les biffetons. Cent euros. Les biffetons ? Erik ouvrit le soufflet extérieur, le soufflet intérieur, puis la fermeture éclair. Merde.

— Anoko…

La prostituée lui jeta un regard d'acier, lui intimant sans le dire de ne pas prononcer un mot de plus. Erik se sentit aussi merdeux que s'il avait été surpris en train de piquer dans un supermarché.

— C'est pas grave. Je vais aller chercher du cash.

Mais Anoko entra dans une colère noire.

— Tu te fous de moi ? Je t'ai demandé hier de payer d'avance et tu m'as dit que tu avais l'argent sur toi et que ça ne changeait rien, sauf que c'était pas romantique, et toute cette connerie. Et maintenant, tu me dis que l'argent, il est au distributeur? Tu me prends pour qui? Tu crois que je vais te laisser filer?

— Je suis désolé… Attends, je vais te laisser mon portefeuille…

— Je m'en fous de ton portefeuille. Tu crois quoi, petit Français? Tu viens en Belgique pour consommer à l'œil? Mais les Belges sont pas des cons comme vous croyez. Tu vas voir.

Erik s'était redressé sur le lit.

— Arrête, Anoko. Je te jure que c'est une erreur. Je vais te payer. Cent cinquante. D'accord?

La Congolaise le fusilla du regard puis elle se précipita vers la porte.

— Tu vas voir ce que ça coûte de me prendre pour une conne.

Elle claqua la porte et sortit. Erik sauta hors du lit sans même prendre le temps de s'habiller. Cette pute était foutue d'ameuter tout l'hôtel et, si ça suffisait pas, de réveiller tout le quartier. Nom de Dieu! Le temps de le dire, Anoko avait disparu dans le couloir. Il lui courut après et la cueillit dans l'escalier. Elle se figea quand il lui ceintura la taille, et se mit à gueuler comme si on l'égorgeait. Erik ne savait comment s'y prendre. Elle lui frappait la poitrine en hurlant à l'aide et ce qui devait arriver arriva. Les portes des chambres 312 et 316 s'entrouvrirent, suivies par les 322, 306 et 310. Le spectacle n'avait pas besoin de sous-titre. Un type de cinquante ans, blanc, gras du bide et nu comme

80

un ver, aux prises avec une jeune beauté noire de vingt-cinq ans. Des clients protestèrent sans oser intervenir, d'autres se retirèrent dans leur chambre et, quelques secondes plus tard, le personnel de l'hôtel envahissait le couloir. Erik lâcha Anoko et regagna sa chambre. Il jurait, moins par indignation que pour conjurer la panique qui montait en lui. Pourquoi avait-il oublié de revérifier son portefeuille? Bien sûr qu'il n'avait aucune intention de la rouler. Il payait toujours grassement les prostituées avec lesquelles il montait, surtout quand elles étaient aussi douées qu'Anoko. Merde. Il s'était foutu dans une sacrée mouise. Il attrapa son téléphone portable et composa le numéro de Lamblin.

— Bernard? C'est Erik. Non, ça ne va pas…

Buchmeyer brossa la situation peu reluisante dans laquelle il se trouvait, avoua que, par-dessus le marché, il se trouvait en possession d'un paquet d'herbe.

— T'as combien de grammes sur toi? demanda Lamblin.

— Je sais pas. Trois, quatre…

— À trois grammes, les flics peuvent rien contre toi. Jette tout dans les toilettes, c'est plus sûr.

— Tu peux venir? supplia Erik.

— Tu fais chier, Erik. Faut que tu sois un peu plus…

— Bernard…

— Bon, je viens…, conclut Lamblin en soupirant.

Au moment où il raccrochait, quatre flics entraient dans la chambre 308. Erik, qui avait juste eu le temps d'enfiler un pantalon et une chemise, voyait déjà s'égrener les conséquences de l'esclandre.

— Inspecteur Buytaert. C'est votre chambre ?

Erik hocha la tête.

— Attentat à la pudeur et agression de la jeune Anoko Doré. C'est vous ?

Assis sur le rebord du lit, abattu, Erik ne répondit pas. Tout était de sa faute. Quel con. Un agent fouillait la chambre. Un autre avait saisi son blouson. Pourvu que Lamblin ne mette pas des plombes. L'inspecteur lui posait des questions qu'il entendait à peine. En bas, les flics interrogeaient Anoko. Il n'avait rien d'autre à faire qu'attendre. À ce moment, l'agent en uniforme, les yeux écarquillés, tendit le portefeuille qui lui brûlait les doigts à son supérieur qui tentait de garder sa contenance de catho coincé mais n'en revenait pas lui non plus.

— Erik Buchmeyer ?

Erik hocha la tête.

— Commandant Erik Buchmeyer, police nationale française ? répéta-t-il, ahuri, en détachant chaque syllabe.

— C'est bon, inspecteur, je prends les choses en main.

Lamblin venait d'entrer dans la chambre. Il fit déguerpir tous les flics belges et referma la porte derrière eux. Buchmeyer leva vers lui des yeux penauds et pleins de gratitude.

— Elle était bonne au moins ?

— Quoi, la beuh ?

— La pute. La petite blackette en bas qui peste comme si tu lui avais arraché un bras.

Erik sourit.

— Fantastique…

— Salaud, répliqua l'inspecteur Lamblin en donnant une tape sur la poitrine de son ami.

Pauline

Pauline était sortie de chez elle avant la tombée de la nuit et avait longé la rue Gracchus-Babeuf sur le trottoir encombré de voitures mal garées. Par-delà la toile d'araignée des fils électriques, le ciel était obscurci par d'immenses cumulus aux multiples nuances de gris, de blanc et de bleu, superposés dans un équilibre précaire. Le regard en l'air, elle trébucha sur une plaque d'égout et se fraya un passage entre une Twingo blanche et une Modus collée au muret des voisins. Elle aimait les ciels de sa région. Ces ciels ténébreux et tristes pour qui ne sait pas les regarder, en comprendre les nuances, apprécier leur beauté. Des ciels qui donnent aux imbéciles l'envie de fuir vers le sud, vers ces azurs monochromes, prévisibles et ennuyeux. Alors que dans le Nord on voit le soleil bien sûr, mais on y voit aussi la pluie, la bruine, l'averse, l'éclaircie, la neige, le déluge, la glace, la giboulée puis l'accalmie et parfois, ce que Pauline préférait, ces journées fabuleuses de plein hiver quand l'air est lumineux, limpide et que les seuls nuages sont ceux qu'on forme avec la bouche. Elle aimait le climat de son pays et ce n'était pas pour cette raison qu'elle avait décidé de le quitter.

Personne ne comprendrait, ou plutôt, tout le monde aurait l'impression de comprendre. La vérité, c'est que là où elle allait, il faisait toujours beau et qu'elle regretterait les ciels du Nord.

Elle tourna à gauche et remonta la rue Anatole-France jusqu'à la rue Jean-Pierre-Timbaud. Au niveau des platanes, elle glissa sa lettre dans la boîte du docteur Vanderbeken. Le sort en était jeté. Elle soupira et revint chez elle au pas de course. Quand Vanderbeken la lirait, elle serait déjà loin.

Cher Antoine,

Je devrais dire cher docteur Vanderbeken, mais c'est à l'ami que j'écris aujourd'hui, pas au médecin. Car je vous considère comme mon ami et vous aussi, je sais que vous me considérer comme votre amie. Je voulais vous remercié pour avoir pris soin de moi. Quand j'étais en manque. Quand j'étais accro à l'héro. Vous m'avez toujours soigner et vous m'avez jamais fait la morale. Je vous l'ai jamais dit mais si vous étiez pas la, je sais pas comment j'aurais tenu le coup. L'autre jour encore vous m'avez sauver la vie. Merci de tout mon cœur. Si il y avait plus de gens comme vous, il y aurait moins de malheur sur terre…

J'ai un service à vous demander. Je vais vous dire un secret que personne ne sait même pas mon père. Je vais partir de Wollaing avec mon ami, Serge. On a décider tous les deux de changer de vie. Ici pour des gens comme nous, c'est fini. Et nous, on veut s'en sortir. Alors, il faut qu'on parte loin. À l'étranger. On se débrouillera. On travaillera. Et je toucherai plus

jamais à l'héro ou la coco. Je voulais vous le dire. La
drogue pour moi c'est fini. Je voudrais que vous parlez
à mon père. Je ne lui ai rien dit. J'ai pas eu le courage.
Il m'empêcherait. Et peut-être que je ne partirais pas.
Il sait pas que j'étais droguée. Vous, vous lui explique-
rez. Expliquer lui que c'est pas contre lui que je suis
partie. Que c'est pour changer de vie. Vous lui direz
aussi que l'argent, Wallet le reverra jamais. Ça lui fera
plaisir. Vous lui direz que je l'embrasse très fort et que
je penserai toujours à lui. Et que un jour, je reviendrai
et qu'il pourra être fier de moi.

Cher Antoine, je vous embrasse très fort.

Pauline

*

Le lendemain, à trois heures, Pauline reçut un
appel sur son portable. Serge parlait tellement vite
qu'elle n'arrivait pas à le suivre. Il parlait pour ne
rien dire, pour conjurer son angoisse. Le jour J
approchait. Elle devait faire attention. En avait-elle
parlé à qui que ce soit? Son père se doutait-il de
quelque chose? Avait-elle toujours le fric avec elle?
Est-ce qu'elle avait payé Wallet? On avait parlé de
tout cela des dizaines de fois. Il fallait qu'il se calme.
Ça n'avait plus d'importance, parce que demain
ils seraient loin. Il avait fallu cinq minutes à Serge
pour se calmer. Quand elle raccrocha, après qu'ils
se furent rappelé encore une fois l'heure du rendez-vous, le téléphone sonna à nouveau. C'était
Joana, une copine de Wollaing qui l'invitait à une

soirée bowling à Denain. Pauline déclina, sans toutefois donner plus de détails. Joana insista, déçue de ne pas voir son amie ce soir-là. En raccrochant, Pauline prit subitement conscience qu'ils se préparaient à partir pour de bon et qu'ils n'avaient mis personne dans la confidence. Joana, Caro, Jibé, Michael, Sonia. Personne. C'était leur plan. Partir sans dire au revoir. Pauline sentit comme un point de côté. Ses doigts tremblaient. Elle éteignit son portable et se rendit chez M. Haddouche.

Le jeudi, elle avait l'habitude d'y travailler de quatre à six. Pauline ne voulait pas quitter Wollaing sans dire au revoir à l'épicier. Elle se demandait comment elle s'y prendrait. Mais le vieil homme n'était pas très loquace et elle se dit qu'elle trouverait bien un moyen de lui témoigner son affection sans qu'il réclame trop de détails en retour. Elle passa son dernier après-midi dans l'épicerie à ranger les cartons et nettoyer la réserve. Haddouche lui avait proposé de tenir la caisse, rôle qu'elle acceptait volontiers d'habitude car c'était le moins fatigant. Mais aujourd'hui, elle avait besoin d'occuper ses mains pour gamberger le moins possible. Elle passa dans tous les rayons pour les remettre en ordre, défit les cartons, remplit les étagères à ras bord, découpa les cartons vides au cutter pour qu'ils prennent moins de place. Elle s'activait pour ne pas penser au moment où Haddouche lui dirait qu'il était six heures et qu'elle pouvait rentrer. Mais les deux heures s'égrenèrent telle une poignée de sable sec entre les mains. Haddouche s'amusait de la voir s'agiter comme une abeille.

— Pauline. Viens par ici.

Elle traîna des pieds jusqu'au vieil homme.

— Je suis vieux et je ne parle pas beaucoup, mais j'ai des yeux pour voir. Et je vois que tu me caches quelque chose.

La jeune fille se décomposa. Le cutter tremblait dans sa main droite.

— Non… Rien… Je…

— Tu me prends pour un imbécile? continua Haddouche en souriant.

— Non… Pas du tout.

— Je te connais un peu maintenant. Et je sais quand tu as quelque chose sur le cœur.

Pauline hocha la tête en signe de dénégation.

— Ce n'est pas grave. Tu peux le garder pour toi. Mais si tu veux parler un jour, tu pourras venir me voir, d'accord?

— D'accord…, balbutia Pauline.

— Pour aujourd'hui, il est six heures et tu peux rentrer chez toi.

Pauline protesta qu'elle avait encore du travail, mais ses objections sonnaient faux et elle n'insista pas. Elle rassembla ses affaires et se dirigea vers l'épicier. Elle ouvrit les bras et le serra contre elle. C'est une familiarité dont ils n'avaient pas l'habitude et Haddouche ne sut trop comment réagir. Il serra ses bras à son tour et lui tapota le dos, avec le sourire malicieux de celui qui sait qu'il a vu juste.

Pauline quitta l'épicerie et remonta la rue Jules-Guesde qui était moins éclairée mais plus courte pour rentrer chez elle. Tous ces chemins, elle aurait pu les prendre les yeux fermés. Et tout cela, bientôt, ne serait que souvenirs. Si un jour elle avait des enfants, est-ce qu'elle leur raconterait les rues de Wollaing? Les caniveaux, les trous dans le bitume, la peinture qui s'écaille sur les murs, l'herbe qui jaillit des trottoirs. Leur parlerait-elle de cette dernière fois où elle avait emprunté la rue Jules-Guesde à la tombée de la nuit, dans un noir d'encre parce qu'il n'y avait pas de réverbère?

Soudain, une lumière blanche brilla dans la nuit. Dans son dos, deux phares. Elle se rangea sur le trottoir pour laisser passer le véhicule, mais il ne la doubla pas. Elle entendait à peine le ronron paisible du moteur. Elle continua à marcher. Le faisceau dessiné par les phares l'accompagnait comme un halo dévorant successivement une maison, un prunus, un poteau électrique. Pauline accéléra le pas. La voiture la suivit. Sans faire de bruit. Ce devait être une grosse berline, Mercedes ou Audi, un truc dans ce goût-là. Elle plongea la main dans sa poche. Son portable était éteint. Impossible de l'allumer à l'aveugle. Elle marcha plus vite. Une démarche pas naturelle. La voiture suivait toujours. Même distance. Mêmes feux. Pauline commença à paniquer. Des tonnes de questions l'assaillirent quand elle comprit soudain qui se trouvait derrière elle. Ils étaient juste arrivés avec un peu d'avance sur l'horaire. Elle réfléchit à toute allure. C'est elle qui avait l'initiative. C'est elle qui donnerait le top départ. Dès qu'elle commencerait à courir, ils mettraient les gaz et la rattraperaient en moins de deux. Elle avait vingt mètres d'avance.

Combien de temps tiendrait-elle? Elle connaissait ces rues par cœur. Mais eux aussi. Aller tout droit? Obliquer à gauche? Si elle courait au bout de la rue, ça les surprendrait. Elle gagnerait peut-être un petit avantage.

Pauline respira fort. Elle avait des larmes plein les yeux. Son rêve était en équilibre sur un fil que quelqu'un s'amusait à agiter de toutes ses forces. Soudain, elle bloqua sa respiration et fonça droit devant elle, sans réfléchir. Il avait commencé à pleuvioter et la voiture s'était fait surprendre. Il y eut un petit temps, avant que le moteur rugisse et que les pneus dérapent sur la chaussée. Pauline courait à perdre haleine. Elle donnait tout ce qu'elle avait et sa poitrine lui faisait mal. La berline mit la gomme. Ses phares grossirent dans la nuit. Encore cinquante mètres. Un muret donnait sur un champ broussailleux où elle pourrait se cacher. Avec le noir qu'il faisait, elle avait une chance de les semer. Ensuite elle appellerait son père et ces salauds auraient cinq minutes avant qu'il ne rapplique avec son flingue et ses potes. Quarante mètres. Un ronflement énorme la dépassa d'un cheveu. Elle courut droit devant elle et entendit les portières claquer. Trente mètres. Elle entendait des voix. Deux. Peut-être plus. Puis une déflagration, sur sa droite. Un morceau de mur vola. Elle sentit son cœur sur le point de lâcher. Vingt mètres. Elle courait aussi vite qu'elle pouvait. La voiture redémarra. Dix mètres. Les pas se rapprochaient. Ils accéléraient. Elle devait tenir. Ils étaient sur elle, elle entendait leur respiration. Vite. Elle sauta aussi loin qu'elle put par-dessus le muret et atterrit sur une motte de terre. Elle se tordit la cheville, gémit, serra les dents. Elle voulut hurler, mais se retint. Il fallait avancer, il fallait se cacher. Elle s'enfuit en zigzaguant, courbée dans les hautes herbes de ce terrain vague qui allait peut-être lui sauver la mise. Derrière elle, une masse écrasa les ronces.

— Dépêche-toi! Elle est là-dedans, fit une voix d'homme.

— Passe-moi la torche. Il fait noir comme dans le cul de ta mère ici.

Pauline avançait à quatre pattes. Sa cheville lui faisait un mal de chien. Ses cheveux accrochaient les épines. Ses doigts étaient en sang. Deux hommes avaient sauté dans le champ. Elle entendait leurs voix se rapprocher. Elle allait se cacher sous un roncier et ne plus bouger. C'était son plan. Un plan pourri, mais c'était tout ce qu'elle avait. Elle roula sur la droite. Sa cheville patina dans la boue. Elle poussa un petit cri, trop faible pour qu'ils l'entendent.

— Par ici. Elle est par ici.

Pauline se mordit les lèvres. Son cœur tapait dans sa poitrine. Elle avait envie de vomir. Vite. Le roncier. Ne plus bouger. Appeler papa. Elle se coucha à plat ventre et tâta sa poche droite. Son portable était là, Dieu soit loué. Les doigts pleins de boue, elle appuya sur les deux boutons, en priant pour que la batterie ne soit pas à plat. Autour d'elle, les buissons s'agitaient de toutes parts.

— Elle est où, bordel?

— Chais pas. Amène ta torche.

Le portable de Pauline s'alluma. Mais il joua aussi sa petite musique de merde. Pourquoi ces connards foutent des petites musiques dans leur putain de téléphone ! Pauline le plaqua sous son ventre.

— Elle est là, bordel. Elle a un téléphone.

— Chope-la. Vite.

Pauline porta l'écran lumineux devant ses yeux. Le pin. Le pin. Elle pleurait. LE PIN. Elle tapa les quatre chiffres, lentement, avec sang-froid, pour ne pas avoir à refaire la manipulation. Tout près, des bottes écrasaient les ronces. Enfin, le réseau s'afficha. Elle appuya sur le bouton contact, puis effleura l'écran jusqu'à la lettre P.

— Elle est là.

Pauline appuya sur « Papa ». Au même moment, un rai de lumière blanche traversa les broussailles, courut sur ses jambes, son corps, son visage. Papa ne décrochait pas. Pauline était pleine de morve, de larmes et de boue à cent mètres de chez elle et papa ne répondait pas.

— Papa, pap…

Une douleur monstrueuse lui chauffa le crâne. Elle glissa, se releva, distingua la silhouette sombre qui lui empoignait les cheveux. Elle cria mais son cri rentra immédiatement dans sa bouche. Une autre douleur, plus violente celle-là, contre sa joue. Puis l'odeur du sang. Et de nouveau cette masse qui la fixait intensément et qui serrait son cou. Elle se débattit. Tout devint flou, laiteux, opaque. Respirer. Plus resp… Papa… Pap… Puis le noir.

*

Le lendemain à dix heures, la rue Jules-Guesde était barrée à ses extrémités par deux Boxer à gyrophare et préservée d'une foule de curieux par un cordon de sécurité. Plusieurs voitures de police stationnaient en travers et des hommes en blanc s'affairaient près d'une ambulance au hayon ouvert. Des flics en uniforme allaient et venaient, téléphonaient, s'interpellaient. À l'intérieur du terrain vague, ils avaient délimité un périmètre à l'aide d'une bande en plastique jaune et noir. Dans un coin, un pharmacien de Denain, propriétaire du terrain où avait été retrouvée Pauline, était interrogé par le lieutenant Tellier, un jeune enquêteur de vingt-cinq ans aux cheveux courts et au physique de maître nageur. C'était un champ dont il n'avait plus l'usage depuis quinze ans et qui était devenu un nid à lièvres et à renards qu'il faisait ratiboiser de temps en temps pour éviter que ces nuisibles ne prolifèrent. Mais la dernière coupe remontait à presque un an et les broussailles s'élevaient à présent jusqu'à près d'un mètre cinquante.

Les hommes se rangèrent pour faire place aux brigadiers qui extirpèrent avec soin le corps de dessous les ronces. Les deux ambulanciers avaient disposé un sac en polyéthylène et les brigadiers se préparaient à l'y déposer quand une voix résonna derrière eux.

— Attendez. Ne refermez pas.

Derrière le muret, un officier en civil leur faisait des signes. C'était la nouvelle, accompagnée d'un homme en parka noire. Une rebeu. Tellier était rentré de congé la veille et ne l'avait pas encore rencontrée. Elle était arrivée quinze jours auparavant et c'était, de l'avis des collègues, un sacré joli brin. Célia Bouzen, un truc dans le genre. Le commissaire lui avait confié l'intervention parce qu'elle était la plus gradée depuis que le capitaine Destombes s'était pris une prune dans le bide. Elle sauta par-dessus le muret, suivie par l'homme en noir.

— Lieutenant Saliha Bouazem, dit-elle en serrant la main de Tellier. Et voici Rémy Leroy, le père de la victime.

— Bienvenue, lieutenant, répondit Tellier en la dévisageant discrètement.

— Vous tiendrez le coup ? demanda Saliha au père de Pauline.

Leroy, les yeux rougis et le dos voûté, hocha la tête quand une voix retentit derrière eux.

— Rémy, mon Dieu…

Escorté par un brigadier, le docteur Vanderbeken se fraya un chemin parmi les ronces. Il se précipita sur Leroy et le prit dans ses bras. Le père de Pauline se laissa embrasser par Vanderbeken et se retint pour ne pas exploser en sanglots.

— C'est ma faute…

— Bien sûr que non, Rémy. Que dis-tu là ?

— Ils l'avaient menacée.

— Qui l'a menacée ? demanda Saliha.

Rémy leva vers elle un visage livide puis se précipita sur le corps inerte.

— Lieutenant, dit-elle à Tellier. Vous consignez tous les indices et interrogez ceux qui auraient vu quelque chose. Quant au père, je m'en chargerai demain. Ce n'est pas le moment.

Tellier décampa sans demander son reste.

— Je ne me suis pas présenté. Antoine Vanderbeken. Je suis médecin.

Vanderbeken tendit la main à la lieutenant qui se présenta à son tour. Dans le champ, ambulanciers et brigadiers attendaient.

— Vous pouvez l'emmener, dit Saliha.

Ils allongèrent le corps sur la bâche en plastique noir. Il était sale, lacéré. Ses vêtements étaient en loques. Saliha voulut aider Rémy à se relever, mais celui-ci était collé à la dépouille de sa fille. Ils attendirent quelques instants puis les deux ambulanciers se penchèrent vers lui et Bouazem se retourna vers Vanderbeken.

— Docteur, je peux prendre votre déposition ?

— Je vous en prie.

Elle fit signe à un brigadier qui ouvrit son ordinateur portable, puis elle s'agenouilla près du cadavre, tourna les bras de Pauline vers l'extérieur et passa un doigt sur son cou.

— Elle a très probablement été étranglée. L'autopsie dira s'il y a eu agression sexuelle. À première vue, je ne pense pas.

Vanderbeken s'approcha tandis qu'on éloignait Leroy.

— Pauline était une gentille fille. J'étais le médecin de famille. Je l'ai connue toute jeune. La voir ainsi, dans ce terrain vague… Excusez-moi, c'est horrible.

— Je comprends, dit la lieutenant. Avait-elle des problèmes de santé ?

— C'est compliqué…, répondit Vanderbeken qui ne savait pas trop comment aborder la chose.

— Des problèmes de drogue, pour être précise, dit la lieutenant.

— Malheureusement, elle a eu des épisodes. Elle était capable de sombrer complètement puis de remonter la pente jusqu'à s'en sortir. Elle avait une volonté impressionnante pour son âge.

— Et récemment ?

— Elle n'était pas au mieux. Elle est venue au cabinet il y a quinze jours, en pleine crise d'hyperventilation. Mais je ne l'avais pas vue depuis des mois. Je croyais même qu'elle avait maîtrisé son addiction.

— Hyperventilation ?

— Une augmentation de la respiration qui amène à éliminer plus de gaz carbonique que l'organisme n'en produit. C'est causé par un stress anormalement élevé et on risque l'asphyxie.

— Elle a eu le temps de venir chez vous ?

— Elle n'habite pas loin et elle a sans doute vu le malaise arriver. Et puis, elle se sentait en sécurité avec moi. Je ne l'ai jamais jugée…

— Quel jour est-ce arrivé ?

— C'était un samedi… Le 3 janvier vers dix-sept heures, répondit le médecin. Je terminais mes consultations quand elle a sonné à la porte.

— Que s'est-il passé exactement ?

— Elle suffoquait. Je l'ai tout de suite amenée dans le cabinet et... je lui ai mis un sac sur la tête. C'est un truc pour juguler la baisse du niveau de CO_2 dans le sang. Le patient respire son propre gaz carbonique et les niveaux se réajustent. La seule difficulté est de gérer la panique. Je l'ai prise dans mes bras. Ça a marché.

— Elle vous a parlé de quelque chose ? De quelqu'un ?

Vanderbeken réfléchit.

— Elle m'a parlé d'un certain Serge, son ami. Elle avait pris de la cocaïne avec lui.

— Serge comment ?

— Elle ne me l'a pas dit.

— Vous souvenez-vous d'autre chose qui pourrait nous aider ?

— Non. Désolé. Vous allez retrouver celui qui a fait cela, n'est-ce pas ?

— Nous allons tout mettre en œuvre pour. Je vous le promets.

Un brigadier se présenta devant la lieutenant et lui tendit un téléphone portable. Le procureur Saintonge. Saliha prit le combiné en invitant le médecin à se ranger sur le côté pour que les ambulanciers emmènent le corps enveloppé dans son sarcophage de plastique noir. Les flics passaient le champ au peigne fin. Un des enquêteurs trouva un éclat de mur cinquante mètres plus loin et Vanderbeken, en remontant sur le parapet, se demanda pourquoi il n'avait pas évoqué la lettre bourrée de fautes d'orthographe qu'il avait découverte la veille dans sa boîte aux lettres. La gamine avait projeté de partir, de refaire sa vie avec ce fameux Serge. C'était peut-être sans importance, mais était-ce à lui d'en décider ? Il serait toujours temps de la remettre à la police. Il pouvait très bien l'avoir ouverte le lendemain.

*

Saliha avait laissé filer vingt-quatre heures avant d'interroger Rémy Leroy. Accompagnée du lieutenant Tellier, elle gara la Scénic grise devant le numéro 74. Leroy ouvrit après le troisième coup de sonnette. Il n'avait pas dormi de la nuit. Les cheveux en bataille, la barbe naissante, les paupières gonflées, il portait un pyjama vert délavé et un T-shirt blanc aux couleurs du supermarché Cora.

— Bonjour. On avait dit neuf heures et demie, s'excusa Saliha.

— Entrez.

Les deux flics hochèrent la tête. Leroy les installa à la table de la salle à manger dont la toile cirée collait aux doigts. L'intérieur était douillet. Carrelage terre de France, papier peint ocre et blanc, fausses poutres, cheminée en bois verni, buffet flambant neuf et scènes de chasse peintes sur des assiettes en céramique. Le père de Pauline apporta un pichet de café fumant et trois bols à pois rouges. Depuis la veille, le ferrailleur semblait avoir vieilli de dix ans. Il se déplaçait comme un petit vieux, traînant la savate, le dos voûté. Saliha devina qu'il avait passé la nuit à se morfondre, mais elle entrevit aussi, derrière ce visage ravagé par le chagrin, une frêle lueur qui ne demandait qu'à grandir et à prendre vie. La rage. Leroy leur servit à chacun un bol de café et lança d'une voix cassée :

— Je sais qui a tué ma fille.

Les deux flics se regardèrent. Tellier, qui prenait la déposition sur son ordinateur, fit répéter à Leroy ses nom, prénom, âge et qualité et nota cette sentence définitive avant de laisser reprendre l'interrogatoire.

— Wallet et Waterlos, lâcha Leroy en serrant les dents. Frédéric Wallet et Gérard Waterlos. Deux beaux salauds.

— Vous êtes sûr de ce que vous avancez? dit Saliha.

— Aussi sûr que dimanche vient après samedi.

— Pouvez-vous nous en dire plus?

— Freddie tient une salle de musculation entre Wollaing et Douai. C'est son boulot à mi-temps. L'autre moitié, il fait la chasse aux dettes impayées. Il travaille pour des officines qui accordent des prêts en liquide sans poser de questions.

— Des officines?

— Des sortes de banques sur Internet, répondit Leroy. Pret-sans-formalites.com et d'autres. Emprunter chez eux, c'est facile : ils ne demandent aucun papier, aucune garantie. Il suffit de remplir un formulaire en ligne et on se retrouve du jour au lendemain avec trois ou quatre briques en liquide. Beaucoup de gens font ça par ici. C'est tentant. Faut juste être sûr de pouvoir rembourser. Parce que si vous ne pouvez pas…

— Wallet et Waterlos viennent sonner à votre porte, continua Saliha.

— Comme vous dites.

— Pourtant, je n'ai pas le souvenir d'une seule plainte de la sorte, dit Tellier, et ça fait trois ans que je suis là.

— Les emprunteurs font tout ce qu'ils peuvent pour payer leurs échéances, dit Leroy. La plupart empruntent sur ces sites pour acheter leur écran plat ou leur bagnole et ils remboursent ça en premier sur leur salaire. S'il n'y a plus d'argent pour le loyer, la bouffe ou un autre prêt, ils mangent des pâtes et trouvent des arrangements avec leur banque ou leur proprio. Le principe de ces officines, c'est : pas de questions, mais tu nous paies en premier.

— Votre fille avait emprunté sur un de ces sites ? demanda Saliha.

— Oui. Pret-machin.com.

— Vous savez ce qui s'est passé ? dit la lieutenant Bouazem.

— Elle a emprunté une grosse somme. Je l'ai appris il y a dix jours. Elle ne m'avait rien dit. Cinquante mille euros…

Leroy détourna la tête et porta le dos de sa main à sa bouche. Pendant quelques instants il resta ainsi, attendant que sa respiration s'apaise. Puis il se retourna vers les deux flics, les yeux rouges et le visage déformé par la douleur.

— C'était ma petite fille…

Sa voix n'était plus qu'un filet d'air et Saliha posa une main sur son bras.

— Nous pouvons reprendre cet entretien une autre fois, si vous voulez.

Ils restèrent ainsi de longues minutes sans rien dire. Leroy déglutit pour se donner la force de parler.

— Non. Il faut arrêter ces ordures. Posez vos questions.

Tellier échangea un regard avec la lieutenant et Saliha décida de continuer.

— Vous disiez que votre fille avait emprunté 50 000 euros.

— Oui. Elle gagnait 400 euros par mois. Je ne sais pas comment elle prévoyait de rembourser…

— Elle avait fait un achat, récemment ?

Leroy secoua la tête.

— Vous n'avez aucune idée de la raison pour laquelle elle avait emprunté cette somme ?

— Aucune.

— Si elle n'a pas dépensé son argent, elle l'a gardé quelque part. Vous n'avez aucune idée de l'endroit où il pourrait se trouver ?

— Non. Pas ici en tout cas. Je connais cette maison par cœur. J'ai cherché et je n'ai rien trouvé.

Saliha parcourut la salle à manger du regard sans rien dire.

— Pauline ne me disait rien, continua son père. Je ne savais rien de sa vie. Elle vivait ici, bonjour-bonsoir, mais elle ne causait pas. Elle m'a appris qu'elle voyait un garçon juste avant sa…

Leroy buta sur le mot.

— Serge ? tenta Bouazem.

— Vous voyez, vous en savez autant que moi.

La lieutenant hésita sur la manière d'aborder le sujet. C'était rude mais il fallait en passer par là.

— Vous savez si Pauline se droguait ?

Leroy sursauta. Il fixa les deux flics d'un regard plein de rage et de désespoir.

— Elle ne me l'a jamais dit, mais… je m'en doutais.

— Pensez-vous que les 50 000 euros aient pu servir à acheter de la drogue ?

— J'en sais fichtre rien.

— Était-elle déprimée ou suicidaire ?

— Pas du tout. Elle était assez gaie au contraire. Tout ce que je sais, c'est qu'elle avait emprunté cet argent, qu'elle n'avait pas les moyens de rembourser et qu'elle était en retard pour ses échéances. La semaine dernière, Wallet et Waterlos sont venus la menacer devant chez moi. Je les ai vus. Ça s'est passé sous ma fenêtre. Ces salauds n'ont même pas pris la peine de se cacher. Ils ont débarqué en plein jour avec leur grosse bagnole alors que Pauline rentrait du travail.

— Ou travaillait-elle ? demanda Saliha.

— Chez Haddouche, l'épicier arabe. Ils l'ont suivie et ils l'ont serrée juste devant chez moi. Comme j'étais là et que je connais ces empaffés, je suis descendu avec mon fusil de chasse.

— Vous les avez menacés avec votre arme ?

— C'est des mafieux, lieutenant… Je suis sorti avec mon fusil et si vous voulez que je vous dise, je m'en voudrai toute ma vie de ne pas les avoir alignés tous les deux ce jour-là.

— Vous seriez allé en prison pour meurtre, rétorqua Saliha.

— M'en fous. Ma fille serait en vie !

— Comment pouvez-vous être sûr que Wallet et Waterlos l'ont tuée ? intervint Tellier.

— Parce qu'ils l'ont dit. Je les tenais au bout de mon fusil. Ils ont dit que si Pauline ne payait pas, ils viendraient s'occuper d'elle. Ce sont les propres termes de Freddie.

— S'occuper de quelqu'un, ça ne veut pas forcément dire l'assassiner…

— Vous ne les connaissez pas, coupa Rémy. Moi j'ai connu Wallet, il y a des années. On travaillait dans la même usine. C'est un cogneur. C'est pas le genre à se déplacer pour filer des avertissements. Ils avaient donné à Pauline jusqu'à hier pour rembourser. Elle n'a pas payé. Ils l'ont tuée. Point final.

— Si c'est vrai, ce sont des imbéciles en plus d'être des meurtriers, dit Tellier, incrédule.

— C'est la vérité, rétorqua Leroy. Vous allez voir. L'histoire va faire le tour de Wollaing et des environs, jusqu'à Lille et Arras si ça se trouve. Ça va foutre la trouille à tous ceux qui leur doivent du pognon.

— Une exécution pour l'exemple ? tenta Saliha.

— Ça se pourrait, acquiesça le ferrailleur en écumant de colère.

— Je vous remercie, monsieur Leroy, dit la lieutenant avant de se lever. On ne va pas vous embêter plus longtemps. Je vous garantis qu'on va tout mettre en œuvre pour retrouver ceux qui ont fait cela. On ne va pas les lâcher.

— Merci.

— Une dernière chose. On va être obligés de procéder à une perquisition de votre maison. Pour les indices… Vous comprenez ?

— Oui. Bien sûr.

Leroy raccompagna les deux flics à la porte et leur serra la main.

En sortant, Tellier demanda à Saliha :

— Pour la perquise, on cherche quoi ? De la dope ?

— L'argent, dit Saliha. Elle l'a forcément planqué quelque part. J'aimerais bien le retrouver et compter les billets.

Saliha se méfiait des prémonitions comme de la peste. Elle avait vu trop d'intuitions pervertir le cours des enquêtes, trop d'inspirations perdre les juges dans les méandres de leurs fantasmes. Son travail, c'est du moins ainsi qu'elle le concevait, consistait à reconstituer les faits par la logique du raisonnement, sans jamais sauter d'étape, en suivant la procédure, en ne se fiant qu'aux indices et aux preuves. Pourtant, en refermant le portillon du jardinet de Rémy Leroy, elle fut envahie par un sentiment morbide et diffus qu'elle n'arriva pas à chasser de son esprit, un pressentiment qu'elle ne pouvait rattacher à rien de tangible et qui lui soufflait que ce crime n'était que le début d'une série.

*

Sept heures. Un soleil trop faible pour percer les brouillards du matin déflorait l'horizon. La couche de ouate qui enveloppait la campagne, désagrégeant les formes, avalant les sons, se déchira soudain dans un rugissement. Mordant les accotements, grillant tous les stops, la 307 noire de Serge Maes filait à toute allure à travers les champs de colza pour rejoindre l'A23. À un kilomètre de l'autoroute, Maes, qui n'avait croisé aucun véhicule depuis Valenciennes, jeta un coup d'œil au rétroviseur et aperçut un 4×4 qui lui collait au train. Il grogna en tapant sur son volant.

— Merde, merde, merde !

Il remuait sur son siège comme s'il était assis sur un volcan. Ses mains étaient moites et il sentait l'adrénaline le submerger. La voiture qui le suivait était une Lexus noire aux vitres teintées qu'il connaissait très bien. C'était Decoopman, un des sbires des frères Boggaert. Comment avaient-ils su qu'il passerait par là, ce matin, à cette heure-là ? Il n'en avait aucune idée et cela importait peu. Leur tank était trois fois plus puissant que sa Peugeot. Mathématiquement, les jeux étaient faits. C'était le moment de trouver une idée géniale pour se tirer d'affaire. Maes réfléchit tout en évitant de verser dans le fossé. La Lexus était toujours là, à bonne distance. Il accéléra, doubla à l'arrache une Renault bordeaux et un Boxer blanc qui l'arrosèrent de copieux appels de phares avant de se faire doubler à leur tour par la Lexus enragée. Maes traversa le pont sous l'A23 et, au lieu de prendre l'autoroute comme il l'avait prévu, fonça tout droit, au flan. Direction Saint-Amand. La Lexus mordit le rond-point et accéléra si brusquement qu'elle vint littéralement se coller au pare-chocs de la Peugeot. Maes gémit en se cramponnant à son volant. Si ces enfoirés le rattrapaient, c'en était fini de lui… Toujours à court d'idées, il fonça vers la forêt.

— Merde, putain. Qu'est-ce que je fous là ?

Le bolide noir jouait avec la 307. À tout instant, il aurait pu passer devant et lui barrer la route, mais il jouait au chat et à la souris. Decoopman était au volant. Ça ne faisait aucun doute. Putain de Flamand. Putain de rapace. Il ramollissait sa proie avant de lui fondre dessus.

Ils pénétrèrent dans le domaine de Raismes. Au bout de trois cents mètres, sur la droite, une voie romaine traversait la forêt. Elle était barrée par une chaîne et un cadenas que les gardes forestiers oubliaient parfois de fermer derrière eux. Maes avait une chance sur deux que la voie soit ouverte. Il tourna violemment le volant et chassa du train arrière sur un demi-cercle. La chaîne était à terre. Il accéléra, passa dessus et s'engagea sur la rue pavée. Sa manœuvre était irrationnelle et le répit fut de courte durée. La Lexus, qui s'était laissé surprendre au virage et distancer de cinquante mètres, revint à la charge. Decoopman mit un coup de volant, dépassa la 307 et lui fit une queue de poisson monumentale, obligeant Serge à freiner de toutes ses forces pour finir sa course dans le fossé.

Deux hommes en survêtement sortirent du 4 × 4 et braquèrent leur kalachnikov sur Maes. Vidé, celui-ci laissa son front cogner le volant, avant de se faire extraire manu militari par un gros lard qui le retourna comme une crêpe sur le capot de la Peugeot. Maes était en nage. Le sang affluait à ses tempes. Un canon de kalachnikov lui piqua les reins. Les mecs en survêt entrèrent dans sa bagnole et la fouillèrent. Boîte à gants, sur les sièges, sous les sièges, coffre. Une porte claqua. Ça y est, se dit Maes. L'autre connard entre en scène.

— Dis donc, Sergio, t'as du bol qu'on soit pas des flics, parce que là, ton permis de conduire, tu pouvais te le carrer dans le cul.

Le type avait parlé avec un fort accent flamand. Les malabars se marrèrent. Pourquoi fallait-il qu'ils fassent toujours les malins avant de cogner ?

— Laisse-moi deviner, continua le Belge. T'as branché une super gonzesse et au dernier moment tu t'es aperçu que t'avais pas de capotes, c'est ça ? J'ai bon ?

Les autres rigolèrent de plus belle.

— Ou alors peut-être que tu te serais tiré en catimini avec un paquet de pognon qui ne t'appartiendrait pas ? Qu'est-ce t'en dis, hein ?

Plus de rires. Bing. Un coup de crosse dans les mollets. Maes souffla, les yeux exorbités.

— Dis donc, c'est sympa ici. Pour une petite explication entre potes, on peut pas trouver mieux, quasi...

Re-bing. Autre coup de crosse dans les reins. Maes cracha une glaire.

— Steve, il a du pognon dans son coffre, dit le gros qui avait trouvé le sac de sport de Maes.

— Tiens, tiens. Alors on aurait vu juste ? Tu serais vraiment le petit enculé qu'on croyait que t'étais. On va dire ça au patron, ça va le passionner, dis donc. D'ailleurs, on va te le passer, le patron, parce qu'il tenait à te dire un petit truc, en privé…

Le grand type qui répondait au nom de Steve Decoopman tira son téléphone de sa poche. Maes contemplait son mètre quatre-vingt-dix pour cent dix kilos avec les yeux du condamné à mort. Decoopman était un des quatre lieutenants de Boggaert. Crâne rasé. Un bel embonpoint qui ne l'empêchait pas de courir à la vitesse d'un lièvre qu'aurait un pétard dans le fion. Boggaert envoyait Decoopman dans deux cas de figure. Soit parce que son emploi du temps ne lui permettait pas de se déplacer, soit parce que le job était vraiment trop dégueulasse, et Maes priait pour que ça soit le premier cas. Decoopman s'approcha de lui.

— Avant de te passer Ron, je vais te dire quelque chose, Sergio. T'as voulu nous doubler. On t'a retrouvé et mon idée c'est qu'on devrait régler ça à l'amiable, sans douleur, une balle dans la tête. Mais le patron dit qu'il a besoin de toi pour faire affaire avec Polito Peres et c'est pour ça qu'il va te donner une seconde chance. Mais dis-toi bien que je vais pas te lâcher d'une semelle et qu'au premier pas de travers, à la première connerie, je te carre celui-là dans le gosier et je te vide le chargeur dans le bide. Est-ce que tu m'as bien compris, enculé?

Serge hocha la tête et Decoopman composa le numéro de Boggaert. Maes était soulagé. Le patron allait lui passer un savon. Il le menacerait de lui couper les couilles et de le cramer au chalumeau, mais cette fois-ci il s'en tirait. Une voix de crécelle grésilla dans le portable.

— Oui, Ron, c'est Serge.

Boggaert parla trente secondes. Maes resta muet, puis devint livide. Decoopman reprit le téléphone et le fourra dans sa poche.

— Bon alors, biloute. Le message est clair?

Serge leva les yeux vers Decoopman.

— Bande d'enc…

Un coup de crosse sur le crâne lui coupa la chique.

— On règle c't'affaire vite fait maintenant. Sergio, le patron t'a donné le choix : tu reviens finir le deal avec Polito, ou bien (il brandit le canon de son Beretta) Jimmy te transforme en steak haché. Tu choisis et tu mets pas des heures.

— Je peux pas revenir à Valenciennes. Les flics sont en train d'enquêter sur la mort de Pauline. Ils vont me tomber dessus. Dans trois jours je suis en taule.

— T'inquiète pas pour ça.

— Si, je m'inquiète. Qu'est-ce que tu crois? Tu te prends pour Al Capone?

— *Té vas printe su t'guife*[1]!

_____

1. Tu vas en prendre une dans ta gueule.

110

Jimmy, un des deux malabars en survêtement, avait bondi sur lui. Decoopman l'écarta et pointa son canon sur la joue de Maes.

— OK, Sergio. T'as le droit de refuser. Vous êtes témoins, il a dit non. On aurait dû m'écouter, on aurait moins perdu de temps, dit Steve aux gros lards qui hochèrent la tête.

Puis il raidit son bras et contracta son index sur la détente.

— C'est bon. C'est bon, dit Maes en levant la main au-dessus de sa tête. Je reprends Polito. Je reprends Polito !

*

Le bar de la Place, qui se partageait la clientèle de Wollaing avec le café des Sports, était tenu par William Reigniez, un ancien mineur qui avait monté son commerce trente ans auparavant. Les Reigniez avaient travaillé dans les houillères de père en fils et vécu à Méricourt jusqu'en 1984, au début de la déconfiture des mines. Les socialistes, qui avaient pris douche après douche depuis 1982, avaient lâché un maximum de subventions et les plans de reconversion de l'époque étaient avantageux. Ils représentaient de belles aubaines pour ceux qui avaient le cran de prendre leur destin en main. Le père Reigniez avait prédit à son fils que les charbonnages mettraient la clé sous la porte, que tous les puits seraient bientôt fermés et que, malgré leurs promesses et leurs jérémiades, ils ne laisseraient derrière eux que des friches, une poignée de PME et quelques milliers d'emplois, une goutte d'eau comparée aux deux cent mille gars qui travaillaient autrefois dans le bassin.

William avait écouté le paternel et s'était porté volontaire pour le plan de reconversion. On lui avait d'abord proposé un boulot de commercial en Lorraine. Mais comme il fallait quitter le Nord, sa déprime, son temps de chiotte et les copains, Reigniez avait renoncé. Il y avait aussi des aides à la création d'entreprise, comme ils disaient un peu pompeusement. C'est comme ça que Rémy Leroy avait monté son magasin de ferraille. Un autre, Desmarais, s'était mis vendeur de systèmes d'alarme. Et Reigniez, quant à lui, avait monté un dossier pour acheter un bistrot. La picole, s'était-il dit, c'est pas près de disparaître. Il avait touché 200 000 francs. Un beau chèque à l'époque. Il avait trouvé une occase à Wollaing, un vieux qui prenait sa retraite, s'était installé avec sa femme et, à bien y réfléchir, trente ans plus tard, au vu de ce qu'il était advenu des copains, il estimait n'avoir pas trop mal joué.

Ce dimanche à onze heures, le bar était bondé. Le liquide valsait dans les chopes. Les verres tintaient. Des vapeurs de Ricard, de vin blanc, de Pelforth blonde et de Jenlain se répandaient dans l'atmosphère confinée de la salle. À droite, c'était la queue pour le tabac et le PMU. Au fond, près de la baie vitrée, un jeu vidéo du siècle dernier avec un gros écran de télé et une manette rouge jouxtait un flipper Cloclo et ses Clodettes qui roucoulait sous les coups de boutoir d'un type en polaire verte. Le brouhaha absorbait tout. Il enveloppait, réchauffait l'âme, même de ceux qui ne parlaient pas, et c'est d'abord pour ça qu'on se pressait ici, le dimanche, comme chaque jour de la semaine. Pour avaler un verre ou descendre toute une bouteille et se tenir chaud avec les siens. « À nous guifes[1] ! »

Ce dimanche à onze heures, au comptoir du bar de la Place, le meurtre de Pauline Leroy était sur toutes les lèvres. Chacun y allait de son hypothèse, de son avis, de son indice. Dominique Duez, un type dont le fils avait vaguement frayé avec Pauline, était convaincu que rien de tout cela ne serait jamais arrivé si, il s'en excusait car il ne voulait pas jeter la pierre à Leroy en pareille circonstance, Pauline et son père avaient été en meilleurs termes.

— Ça n'a rien à voir, objecta Barbier. Ç'aurait très bien pu arriver à ton fils.

— Je pense pas, dit Duez. Parce que s'il avait eu des problèmes de blé, il m'en aurait parlé. Alors que la petite Pauline, elle a emprunté 50 000 balles sans en dire un mot à Rémy.

— J'suis d'accord avec Dominique, fit une voix.

— Où elle en est, la police ? demanda une autre.

— Pas bien loin, dit Reigniez derrière son comptoir.

— Ben... Ça fait que trois jours, dit Tiberghien, un vendeur de chaussettes sur les marchés du coin.

— Peu importe le temps qu'ils mettront, je peux vous dire où ils arriveront, lança Catteau, le

---

1. À la nôtre.

coiffeur qui avait son salon sur la place à trente mètres de là.

Sa sortie refroidit un temps la discussion. Personne ne semblait trop savoir comment embrayer là-dessus.

— Eh bien vas-y, on t'écoute, finit par dire Duez avec malice.

— Vous savez très bien de qui je parle, répondit Catteau en serrant l'anse de sa chope de bière.

Les nez piquèrent dans les verres. Mais une légère excitation planait dans l'air.

— Dis toujours, qu'on soit sûrs, lança Desprez, le patron de la maison de la presse.

— Vous ne savez pas qui a tué Pauline? taquina Catteau.

Barbier fit la moue. Duez et Desprez haussèrent les épaules.

— Moi, j'en ai rien à foutre, parce que j'ai jamais eu affaire à eux et que je peux vous garantir que c'est pas près de m'arriver. Je parle de Freddie Wallet et Gérard Waterlos, puisque leurs noms vous écorchent la bouche. Ce sont ces deux-là qui ont tué Pauline et peu importe le temps qu'il faudra à la police pour s'en rendre compte, c'est à cette conclusion qu'elle arrivera à la fin. Et maintenant, *garchon, armet lés vères conme is étòtte*[1]! dit-il à l'adresse de Reigniez qui attrapa sa chope et la remplit à ras bord de Jenlain brune et mousseuse.

— Tout ça ne serait pas arrivé du temps de la Socrepa, continua Lemaire.

---

1. Garçon, remets-nous ça!

Clément Lemaire était un homme d'une quarantaine d'années, originaire d'Arras, qui s'était établi à Wollaing cinq ans auparavant. Il travaillait dans une agence d'intérim à Valenciennes et disait en voir des vertes et des pas mûres, notamment dans le bâtiment. Il racontait que les employeurs ne se gênaient pas pour embaucher des étrangers sans papiers au tiers du prix du travailleur légal. Ça le débectait et il ne se privait pas d'en faire étalage. Pas mal de monde allait dans son sens. La Socrepa – pour Société de recyclage de pièces automobiles – avait fermé deux ans auparavant. Un nouveau traumatisme pour Wollaing. Ils étaient nombreux à y avoir travaillé et à avoir lutté jusqu'à la fin pour empêcher la fermeture du site. Barbier et Duez en particulier. Quinze jours de piquets de grève avant de jeter l'éponge devant le manque de volonté politique. Le recyclage, c'était pourtant un filon d'avenir. C'est ce qu'on leur avait rabâché et ils y avaient cru. Mais la Socrepa n'avait pas résisté à la concurrence et la boîte avait coulé cinq ans après son implantation sur l'ancien site de l'usine Berga.

— Quel rapport avec la Socrepa ? demanda Reigniez.

— Du temps de la Socrepa, la ferraille de Leroy se vendait bien et sa fille n'aurait pas eu besoin d'argent. C'est ça que tu voulais dire, Clément, non ? dit Duez.

Lemaire hocha la tête.

— Ces banques à la con sur Internet, reprit Barbier, psf.com et l'autre machin je sais pas quoi, plus on est dans la merde, plus ils se gavent. C'est un scandale…

Un murmure d'approbation traversa la salle.

— En même temps, personne n'est obligé d'aller les voir, objecta Tiberghien.

— Facile à dire ! dit Desprez. Quand tu peux plus boucler tes fins de mois…

— Une chose est sûre, si les industriels n'avaient pas pris la poudre d'escampette, il n'y aurait pas tout ce surendettement et tous ces problèmes, conclut Lemaire.

— Et s'il y avait moins d'Arabes, y aurait moins de chômage, pas vrai ? lança Catteau.

On murmura. Reigniez saisit la balle au bond.

— Moins d'Arabes et moins de Belges. Les Arabes nous piquent peut-être nos emplois, mais les Belges nous piquent nos usines.

— Bien dit, fit Duez.

— Très bien dit, renchérit Lemaire.

— C'est facile de toujours tout mettre sur le dos des Arabes et des Belges, dit Tiberghien. C'est quand même pas de leur faute si Pauline a emprunté cinq briques à ce salaud de Wallet.

— Ils n'empruntent pas à Wallet, corrigea Catteau.

— Ça va, je sais, répliqua Tiberghien. Ce que je dis, c'est que c'est Pauline qui s'est mise dans la merde et je me demande bien pourquoi elle avait besoin d'autant d'argent.

— Moi j'en sais rien, dit Desprez, mais le docteur Vanderbeken est un des derniers à l'avoir vue, à ce qu'il paraît.

— Henri, vous devez savoir, vous? dit Reigniez en se retournant vers un homme rondouillard qui sirotait un pastis en lisant *Nord Éclair*.

— Pardon?

L'homme qui leva le nez de son journal semblait ne rien avoir entendu de la conversation qu'il avait au contraire écoutée avec force attention. C'était Henri Delcourt, l'associé d'Antoine Vanderbeken.

— On se demandait pourquoi la petite Pauline avait emprunté cinq briques sur Internet. Vous savez peut-être?

— Aucune idée, répondit Delcourt.

— Elle se serait peut-être confiée à son médecin?

— Peut-être, mais ce n'est pas moi qui la suivais. C'est Antoine.

Sur quoi, Delcourt replia son journal soigneusement, finit son verre de pastis et salua la compagnie.

*

Valenciennes. Hôtel de police. Quartier de l'Horloge.

— Ici.

Le brigadier présenta au commissaire Delcroix une page dactylographiée au bas de laquelle il apposa une élégante arabesque à l'encre noire.

— Et là. C'est la transmission au parquet de l'affaire Saadi.

Delcroix signa une nouvelle fois et le brigadier referma le parapheur qu'il coinça sous son bras.

Puis il lui tendit un rapport de cinq feuilles imprimées sur papier à en-tête du ministère de la Justice.

— C'est la commission rogatoire pour l'affaire Leroy.

— La junkie de Wollaing?

Le brigadier hocha la tête et Delcroix parcourut le document en diagonale en maugréant.

— Merde, c'est la juge Brès qui a été saisie. Une gamine dans un terrain vague… Elle va nous faire chier.

Delcroix s'était avachi dans son fauteuil, la main sur le front, et le brigadier tenta de faire diversion.

— Vous conduirez jusqu'à Lille, commissaire, ou vous voulez un chauffeur?

— Un chauffeur, s'il vous plaît.

— Dix heures et demie?

— Parfait. Faites barrage, voulez-vous. Je voudrais lire un rapport, j'ai besoin de concentration.

Le brigadier s'éclipsa puis, avant de franchir la porte du bureau, se retourna vers le patron.

— J'oubliais, commissaire. Le commandant Buchmeyer est là. Il vous attend.

— Ah… La barbe. Qu'il revienne demain.

— Euh… On lui a déjà dit ça hier. C'est la deuxième fois qu'il vient.

— Eh bien, jamais deux sans trois.

Mais avant que le brigadier ait refermé la porte derrière lui, le commissaire l'interpella.

— Et merde! Faites-le entrer.

Et il ajouta, assez fort pour être entendu depuis le couloir :

— Ça ne va pas prendre longtemps.

Le commissaire divisionnaire Yves Delcroix possédait un bureau d'angle donnant sur la rue des Dentellières. Clair et lumineux, marqué par un goût prononcé pour le style « Trente Glorieuses ». Il l'avait fait peindre en blanc, avait installé des étagères en chêne remplies d'ouvrages juridiques, mais aussi de quelques livres d'art et de littérature. Blanche aussi, la cheminée en bois sculptée XIXe, surmontée d'un miroir en plâtre ouvragé de volutes végétales. Table Knoll lui servant de bureau, fauteuil Eames en cuir noir, lampes champignon orange et Pipistrello blanche de Gae Aulenti posée sur une desserte moderne en merisier rouge foncé. Yves Delcroix se rêvait-il préfet ou même ministre ? Il en avait déjà le bureau. Erik Buchmeyer poussa la porte. Main sur le front et lunettes sur le nez, Delcroix était absorbé dans la lecture d'un document. De sa main gauche, il désigna le fauteuil réservé à ses invités, avant de replonger dans sa lecture, sans mot dire.

Buchmeyer et Delcroix se connaissaient depuis longtemps. Ils avaient partagé dix ans de carrière au commissariat de Valenciennes et avaient traité ensemble plusieurs affaires délicates qui leur avaient valu à tous deux respect et avancement. Parmi les plus emblématiques, le détournement de fonds à la CPAM de Valenciennes en 2007, qui avait impliqué tout un aréopage de notables de gauche bon teint. Le scandale avait décimé un bon tiers du conseil municipal et fait perdre les élections au maire. Delcroix avait senti le vent du boulet, mais il avait tenu bon.

Il y avait aussi cette affaire mémorable de démantèlement d'un réseau de trafic d'organes impliquant plusieurs cliniques privées de Lille, Douai et Valenciennes. Les médecins qui trempaient dans la combine faisaient des prélèvements non autorisés et revendaient les poumons, les cœurs, les foies, les reins, pour 5 000 à 50 000 euros pièce, à diverses organisations mafieuses alimentant le marché noir international. Buchmeyer et son équipe avaient filé le réseau pendant des mois et fini par prendre les types la main dans le sac. Le sac en l'occurrence était une Laguna bleu nuit appartenant à un des pontes de la clinique des Flandres à Douai. Sûr de son impunité, le mandarin faisait son transport lui-même et, quand Buchmeyer avait découvert dans son coffre trois glacières pleines de bidoche non répertoriée, à destination de Gand, ce salaud avait eu le culot de le prendre de haut. Comme cardio il était réputé, mais comme truand, c'était un débutant. Quand il réalisa ce qui était en train de lui arriver, comment tout était en train de couler à pic, la bicoque à deux briques, le Boston Whaler, les gamins en école privée, Saint-Barth, Courchevel, quand Buchmeyer évoqua les eaux saumâtres du caniveau dans lequel la presse locale allait le traîner comme une vieille wassingue[1] puante, le cardiologue supplia Buchmeyer à genoux,

---

1. Serpillière.

pleurnichant comme une merde, essayant tous les artifices de série B, y compris le pognon, pour le faire mollir. Mais Buchmeyer était sourd aux jérémiades des voyous, fussent-ils en col ou en blouse blanche. Dans cette affaire délicate, Delcroix avait été parfait. Il faut imaginer la levée de boucliers du conseil de l'ordre, les appels du préfet et de quelque secrétaire d'État pour bien se rendre compte que Buchmeyer n'aurait jamais pu terminer son enquête sans le soutien du commissaire.

Ils avaient aussi suivi de nombreuses affaires de crimes de sang. Des pétages de plombs sur les parkings de grandes surfaces, des dézingages familiaux au fusil de chasse ou des mamies encombrantes qui faisaient le saut de l'ange depuis le huitième étage. Mais celles qui avaient entraîné Buchmeyer et Delcroix le plus loin étaient incontestablement liées au trafic de drogue. Là on changeait de dimension. D'ailleurs, on n'était plus «aux commandes», mais «en collaboration». Dunkerque, Lille, Valenciennes étaient aux premières loges. Chaque année, quinze tonnes de cocaïne et huit tonnes d'héroïne transitaient par les ports et les aéroports belges, à destination de la France. L'aéroport Bruxelles-National était de plus en plus utilisé pour faire entrer de l'argent sale en Europe, et Anvers, où il est connu que des dockers sont impliqués dans la réception et le déchargement de la dope, demeurait le port favori des organisations criminelles pour le transit de came sud-américaine vers l'ensemble des pays européens. Buchmeyer avait bossé aux stups et y avait conservé quelques utiles accointances. Les coups de filet, quoique spectaculaires, ne concernaient que quelques pourcents de la drogue en circulation dans cette région. Ces opérations, menées de concert avec la police belge contre des malfrats très organisés et très bien armés, étaient excessivement risquées et plusieurs flics l'avaient payé au prix fort.

Dans ces tourmentes, Delcroix et Buchmeyer avaient toujours joué serré et filé droit. Il n'est pas déraisonnable de dire qu'ils avaient, au fil des années, acquis l'un pour l'autre une incontestable estime professionnelle qui ne devait jamais oblitérer le fait qu'ils n'étaient pas du même bois et ne navigueraient jamais dans les mêmes eaux. Entre autres choses, Delcroix était avant tout un carriériste. Il suivait une trajectoire qui devait le mener à intégrer l'inspection générale d'ici une dizaine d'années, puis le corps des préfets, si tout se passait bien. Les places étaient chères, les nominations excessivement politiques et la voie pour un commissaire divisionnaire de Valenciennes, fût-il secrétaire général du Syndicat des commissaires de police, étroite. Sa carrière était jusque-là un sans-faute et il était bien dans ses intentions qu'elle continue sur sa lancée. Buchmeyer, quant à lui, n'avait jamais pensé à sa carrière et, au-delà de toute leur complicité, c'était la différence irréductible qui faisait que ces deux-là ne se comprendraient jamais tout à fait.

Buchmeyer s'assit en face de Delcroix sur le fauteuil Mies van der Rohe que son patron lui avait désigné. Il observait le commissaire qui passait ses

122

doigts longs et fins sur les pages d'un rapport quelconque, juste pour l'emmerder. Il trouva ce jeu de pouvoir un peu puéril mais ne fit rien qui puisse trahir son agacement. La balle était dans le camp de Delcroix et c'était à lui de jouer.

— Erik, vous vous demandez ce que je suis en train de lire, n'est-ce pas?

— Non.

Delcroix bascula en arrière sur son fauteuil en cuir et retira ses lunettes de presbyte.

— Eh bien, je vais vous le dire. C'est le rapport de l'inspecteur principal Bernard Lamblin, de la police fédérale du royaume de Belgique, transmis directement par le commissaire général Mark de Witte à mon attention. Dans ce rapport, il est fait état d'une altercation entre un homme de nationalité française, surpris totalement nu dans un couloir du Park Hotel de Bruges en train de, je cite, se « bagarrer » avec une prostituée belge d'origine congolaise. Dois-je vous préciser les détails factuels de ce rapport, commandant Buchmeyer?

— C'est inutile, répondit Erik.

— Et je vous épargne le petit mot, griffonné à la main par cette salope de de Witte. En revanche, je vais vous demander, commandant Buchmeyer, quel est le foutu argument que vous allez me donner pour m'empêcher de vous arracher vos insignes et de vous foutre séance tenante à la circulation à Blainville-de-mes-deux-couilles.

Delcroix était rouge écarlate. Il bouillait littéralement. Tout cela l'aurait plutôt fait marrer en d'autres circonstances. Mais là, de Witte s'était payé sa tête, et le commissaire général déjeunait régulièrement avec le directeur de la police nationale française, le préfet de police de Paris et même le ministre de l'Intérieur. Des destins peuvent se jouer sur un mot, un haussement d'épaules ou un rictus moqueur entre la poire et le fromage d'un grand restaurant parisien, Delcroix le savait mieux que quiconque, et Buchmeyer avec ses histoires de cul à deux balles l'avait mis dans cette seringue-là.

— Erik, merde, vous avez pensé à moi?

— Ce jour-là, commissaire, non.

— Vous vous foutez de ma gueule, en plus?

— Non. Je suis tout à fait désolé. Cette histoire est un terrible malentendu. Je n'avais pas d'argent…

— Épargnez-moi les détails. La question est : que vais-je faire de vous à présent? Vous n'imaginez tout de même pas que je vais classer ce rapport sans mesure disciplinaire, n'est-ce pas?

— En effet, répondit Buchmeyer d'une voix brouillée.

Delcroix se leva et fit les cent pas dans son bureau. Le ciel couleur de plomb laissa filtrer un rayon de soleil qui transperça les carreaux humides de la fenêtre. Delcroix se retourna brusquement vers Buchmeyer.

— Vous êtes un excellent flic, Erik. Là n'est pas la question. Et je me suis toujours arrangé de votre conception personnelle (il appuya sur le mot) de la discipline. Que vous soyez alcoolique, fumeur de joints et amateur de prostituées, je m'en accommode, tant que cela reste DANS LE CADRE DE VOTRE VIE PRIVÉE.

Il avait fini sa phrase en hurlant.

— Mais que vous soyez assez con pour que tout cela se retrouve consigné dans un rapport de police me dépasse. Enfin quoi, Erik, vous n'êtes pas tombé de la dernière pluie, que je sache.

Buchmeyer regarda Delcroix d'un air las en récitant à voix basse : *Ce voyageur ailé, comme il est gauche et veule! / Lui, naguère si beau, qu'il est comique et laid!*

— Qu'est-ce que vous marmonnez? hurla Delcroix.

— Rien, patron.

Delcroix fulminait. Pour la forme, Erik le savait. Car, sur le fond, il pouvait compter sur la clémence de son supérieur. Après tant d'années de collaboration, il avait appris à le comprendre. En le sanctionnant trop durement, étant donné leur proximité et leur connivence qui, quoi qu'on en dise, était connue bien au-delà du cercle départemental, en donnant un écho trop énergique aux accusations de mauvaises mœurs dont Buchmeyer faisait l'objet, Delcroix prenait le risque de se déjuger et *in fine* d'en faire les frais. Sous quelle forme? À la faveur de quel haussement de sourcil, de quelle moue dubitative, dans quel dîner bien arrosé aux frais du contribuable? Il l'ignorait, mais c'était un risque que le commissaire, d'après ce que Buchmeyer connaissait de lui, ne serait pas prêt à prendre.

Delcroix se rassit et fit signe à Buchmeyer de se lever.

— Le mieux, Erik, est que vous vous fassiez oublier quelque temps. Je n'ai pas encore d'idée, mais…

Delcroix s'arrêta net et un imperceptible sourire fleurit au coin de ses lèvres.

— Tenez, dit-il en tendant les cinq feuilles de la commission rogatoire du juge Brès qu'il avait posées sur son bureau. C'est une petite affaire, pas de quoi casser trois pattes à un canard, mais ça vous donnera le temps de réfléchir.

— Merci patron, répondit Buchmeyer.

— Erik… Pas de vagues, hein. Je compte sur vous. *Piano, piano.*

Saliha

Assise sur un banc en plastique calé le long de l'immense corridor jaune pisseux de l'institut médico-légal, Saliha patientait en jouant au casse-briques sur son portable. Elle essayait de vider son esprit, sans y parvenir vraiment. Dès qu'elle relâchait son attention, ses pensées déraillaient à nouveau. Elle avait reçu le matin même un coup de fil d'une de ses amies de Thionville, qui lui avait demandé de ses nouvelles, comment elle était installée, comment ça se passait avec ses nouveaux collègues, si elle s'était fait des amis. Des questions simples auxquelles elle n'avait pas eu envie de répondre. Il n'y avait rien à dire. Valenciennes, le F2 au dixième étage, le commissariat, les collègues, le jeune lieutenant Tellier qui en pinçait déjà pour elle. RAS. Son portable chuinta. Une petite mélodie et les mots GAME OVER clignotèrent sur son écran. Saliha laissa tomber sa tête entre ses mains.

Stéphane. Ce prénom couvert d'ombres qu'elle tentait depuis plus de dix ans d'enfouir au fond de sa mémoire ressurgissait toujours, à l'improviste. Stéphane. Les contours de son visage étaient toujours aussi nets, toujours aussi présents à son esprit. Tout un album défila soudain devant ses yeux. Stéphane dans la cour du lycée, en cours, conduisant la voiture, explosant de rire, en maillot sur la plage. Et puis cette route. Maudite.

C'était en juillet 2003. Les élèves de terminale avaient obtenu leurs résultats du bac. Saliha avait décroché une mention. Ses parents étaient fiers et soulagés. À l'époque, elle voulait devenir avocate. Redresseuse de torts, déjà. Stéphane aussi avait été reçu et, dans l'euphorie générale, il l'avait convaincue de l'accompagner chez un oncle qui avait un appartement à Mimizan, sur la côte landaise. Ils étaient partis le 8 juillet pour la petite station balnéaire, un paradis pour les surfeurs dont la population quintuplait pendant les mois d'été. C'était un été de canicule. L'eau était tiède et le sable brûlait les pieds. Partout à proximité de la plage, des bars, des restos, des magasins de souvenirs, des vendeurs de glaces et de churros. La nuit tombée, on se retrouvait au Mambo ou au Pacha Club. Le Pacha était une boîte légèrement excentrée dont l'entrée ne coûtait que dix euros, ce qui en faisait un repaire pour les étudiants et les zonards sans le sou. Une piste de danse, des jeux de lumière basiques, des canapés où les clients se prélassaient en descendant leurs cocktails et en se roulant des patins. La musique était un mélange de tubes indémodables et de playlists d'Ibiza des années précédentes.

Dès le deuxième soir, Saliha s'était acheté une petite robe rouge dans une boutique près de la plage et s'était maquillée, ce qui n'était pas dans ses habitudes. Elle était sublime et Stéphane fier de l'avoir à son bras. La soirée débuta comme les autres. Musique à fond. Alcool, cigarette et ribambelle de paires d'yeux courant sur les hanches de la jeune femme. Un type en particulier n'arrivait pas à la quitter des yeux. Plutôt petit, cheveux courts, T-shirt blanc sans manches. Sur la piste, il se rapprochait de Saliha qui l'éconduisait gentiment. Quand il ne dansait pas, il était au bar avec ses copains. Il était revenu vers elle deux fois. La troisième, Stéphane était intervenu et des coups de coude s'étaient échangés. «Ça va, on rigole», avait objecté le type en regagnant le bar, escorté par deux videurs, mais les regards démentaient la thèse de la plaisanterie. Dès lors, il n'avait plus décollé les yeux de Saliha. Il avait fini par revenir sur la piste pour se coller à elle. Quand Stéphane s'en était aperçu, il s'était jeté sur lui. Les videurs avaient réagi en un clin d'œil et mis le type dehors avec ses potes, mais la soirée était gâchée. Un quart d'heure plus tard, les deux amoureux décidaient de rentrer.

Le Pacha se trouvait à deux kilomètres de la plage. Ce soir-là, la nuit était belle et ils marchèrent en se tenant par la taille, s'arrêtant de temps en temps pour admirer les étoiles et s'embrasser. Ils avaient parcouru la moitié du chemin quand une voiture les dépassa, une Golf grise d'où s'échappaient des infrabasses entêtantes et assourdies. Saliha, collée à la bouche de Stéphane, observa les phares rouges qui s'éloignaient, emportant avec eux le tintamarre de la sono. Les phares disparurent dans la forêt. Puis ils réapparurent. Blancs. Et le boum-boum se rapprocha d'eux.

— Stéphane, la voiture. Elle fait demi-tour.

La route était sinueuse et les distances difficiles à évaluer. Autour d'eux une forêt de pins s'étendait à perte de vue. Quand la Golf passa à nouveau devant eux à toute allure, les vitres baissées, plusieurs têtes penchées aux portières, Stéphane décida de couper par la forêt. Il entraîna Saliha. Le sol était sablonneux et ils avançaient beaucoup plus péniblement que sur la route. Derrière eux, des portes claquèrent. Ils avaient compris à qui ils avaient affaire. Ils coururent mais les types étaient du coin et, en moins de deux minutes, ils étaient cinq à fondre sur eux. Les cris de terreur que Saliha avait poussés ce soir-là hantaient encore ses nuits, près de douze années plus tard. Elle ne savait combien de temps cela avait duré. Une éternité sans doute, jusqu'à ce que les types s'en aillent et qu'elle se traîne jusqu'à Stéphane qui n'était plus qu'une plaie sanguinolente. Ses derniers souvenirs de cette nuit étaient l'odeur du pin et du sang mélangés. Après, plus rien, jusqu'à cette chambre d'hôpital. Ce couloir au carrelage jaune et aux vitres basculantes, un quart ouvertes, par lesquelles pénétrait une chaleur insupportable.

Une blouse blanche se planta devant elle.

— Lieutenant Bouazem ?

Un médecin se penchait vers elle, qui semblait ne pas l'entendre.

— Vous êtes la lieutenant Bouazem ?

130

— C'est moi. Excusez-moi.

C'était un homme de petite taille. Asiatique.

— Docteur François Huong. J'ai réalisé l'autopsie de Pauline Leroy. Vous voulez me suivre ?

Saliha suivit le docteur dans un bureau étroit garni de quelques étagères débordant de dossiers.

— Asseyez-vous. On ne se connaît pas, vous êtes nouvelle ? demanda le légiste.

— Oui. Je suis arrivée il y a deux semaines.

— Vous venez d'où ?

— Thionville.

— Ah…

Huong voulut dire un petit mot sur Thionville, mais manqua d'inspiration. Il fouilla dans un dossier intitulé « Pauline Leroy » posé sur son bureau et étala quelques clichés sur la table.

— La victime est morte par strangulation. Voyez ici, les marques violettes. Après une course-poursuite. On a retrouvé des piquants de ronces dans sa peau, de la terre sous ses ongles. Et je ne parle pas de l'état des vêtements. Elle ne s'est pas laissé faire. On a des traces de lutte, des hématomes sur les bras, le ventre, les cuisses. Là, là et là.

Huong indiquait du doigt les preuves photographiques de chacune de ses conclusions, quand on frappa à la porte.

— Entrez !

Un homme d'une cinquantaine d'années pénétra dans la pièce sans faire de bruit.

— Tiens, Bouc, dit Huong. J'avais commencé sans toi, tu veux que je recommence ?

L'autre fit non de la tête en montrant les paumes de ses mains. Saliha se tourna vers le nouveau venu, puis revint vers Huong.

— Pas d'agression sexuelle ?

— Aucune trace.

— Que donne l'analyse de sang ?

— Cocaïne. Kétamine. Ça coûte moitié prix en Belgique. Je parierais sur une longue période de sevrage, suivie d'une rechute.

— Pas d'autre cicatrice ? Des tatouages ?

— D'anciennes traces de piqûres sur les bras. En dehors de ça, une opération de l'appendicite. Une marque du BCG sur le bras gauche, une brûlure sur la cuisse droite, probablement due à une cendre de cigarette, et un serpent tatoué dans le bas du dos, dit le légiste en montrant le cliché du tatouage.

— C'est un truc décoratif. Aucune signification, dit la voix de l'homme que Huong avait appelé Bouc et qui s'était collé à l'étagère.

Il s'avança et tendit la main à Saliha.

— Commandant Erik Buchmeyer. Enchanté.

Saliha lui serra la main d'une poigne hésitante.

— Lieutenant Bouazem.

Buchmeyer, les mains dans les poches, parlait avec lenteur.

— J'ai été désigné chef d'enquête par le patron.

— Vous remplacez le capitaine Destombes ?

— Oui. Avec ce qu'il s'est pris dans le bide, il en a pour six mois. Quand il reviendra, cette affaire sera bouclée.

— Vous croyez ? dit Saliha.

— J'ai lu le rapport. Le parquet a saisi la juge Brès. Vous la connaissez?

Saliha fit non de la tête.

— Marie-Ange Brès, une pète-sec assez chatouilleuse sur les meurtres de jeunes filles. Il va falloir produire des résultats. Alors qu'est-ce qu'on en dit?

Bouazem considéra Buchmeyer avec attention. En moins de cinq secondes, son diagnostic était fait. Fumeur, buveur, macho, désinvolte et prétentieux. Un concentré de tout ce qu'elle détestait chez les hommes rassemblé en un type qui avait l'heur d'être son nouveau chef.

— Vous voulez mes conclusions?

— Ou vos hypothèses, si vous préférez.

— Je dirais, règlement de comptes entre dealers.

— Mouais…, fit le commandant en promenant son regard dans le bureau de Huong. Vous avez fait une perquise chez elle?

— On a tout retourné, du sol au plafond. Et on a rien trouvé.

— Ça ne m'étonne pas.

Saliha se tut. Buchmeyer salua Huong et proposa à la lieutenant de dîner avec lui le soir même. Elle bredouilla et Buchmeyer lui donna rendez-vous à La Perle du Sichuan à vingt heures.

*

Avant le dîner, Buchmeyer avait fait une petite virée à Wollaing pour faire un repérage, sentir le coin, histoire de se mettre dans le bain. Il avait quitté le commissariat en fin d'après-midi au volant de sa Renault banalisée et traversé la campagne à l'aveugle, le pied sur le frein, redoutant à tout moment la camionnette enragée zigzaguant au milieu de la route. Des accidents, il en avait vu. Ça se passait toujours sur le trajet que les mecs prenaient au quotidien depuis des années. Chaque croisement, chaque virage, chaque défaut dans la chaussée; ils connaissaient tout par cœur, et un beau matin, aussi sûrs d'eux que s'ils conduisaient une voiturette de golf sur un parking de supermarché, ils déboulaient à toute allure et s'explosaient sur le truc à quatre roues qui avait le malheur de venir dans l'autre sens. Ça finissait en tôle déchirée et en viande hachée et le seul moyen de s'en garantir était, qu'on le veuille ou non, de lever le pied de la pédale de droite.

Buchmeyer se gara sur la place de la mairie à dix-sept heures, les mains moites et les épaules dures comme du bois. Il faisait un froid de gueux et il se rua à l'intérieur du bar de la Place où une dizaine d'habitués sirotaient leur apéro. Il s'assit à une table en bois verni, commanda une bière sans rien manquer des regards qui obliquaient discrètement dans sa direction. Sa poche vibra et un SMS apparut sur l'écran de son téléphone. *Erik chéri, quand tu viens voir ton chuque?* Il soupira.

Magali travaillait comme serveuse à l'hôtel de l'Escaut, un quatre étoiles des environs de Lille. Il l'avait rencontrée un soir d'hiver. Un client en voyage avec sa femme pour leurs vingt ans de mariage avait jeté sa bourgeoise du quatrième étage. Un médecin du

Havre bien sous tous rapports. Une dispute à la con avait fait exploser sa boîte à malaises. Buchmeyer était venu ramasser les morceaux et Magali l'avait conduit dans la chambre, la salle de bains et sur le balcon. Les circonstances avaient beau être dramatiques, Erik n'avait cessé de plaisanter et de faire marrer la jeune femme, sans jamais abuser de son rôle de flic ni faire aucune allusion à la jupe qu'elle portait ultracourte en application stricte des consignes de la direction. Magali était tombée sous le charme. Le pétard sous l'aisselle n'y était certainement pas pour rien. Bref, elle l'avait rappelé le lendemain, et depuis, c'était le grand amour. Enfin, presque.

Reigniez apporta sa bière à Buchmeyer qui leva les yeux de l'exemplaire de *Nord Éclair* qu'il avait attrapé sur la table.

— C'est vous le patron?

— Oui.

— Je peux vous poser une question?

— Allez-y toujours.

Buchmeyer se pencha comme pour confier un secret.

— Vous voyez passer plein de monde ici? Et ça discute beaucoup, pas vrai?

— Pas mal, dit Reigniez.

— Je suis de Lens. Vous croyez vraiment qu'on risque la relégation?

La Perle du Sichuan était le seul restaurant chinois de la place d'Armes de Valenciennes. Saliha poussa la porte à huit heures et quart. C'était une assez grande salle ceinturée de miroirs et décorée de tout un attirail de chinoiseries bon marché, des fresques bucoliques de paysans des rizières, des dragons ailés, des fleurs de lotus dans des écrins de bois laqué. L'homme qui l'avait accueillie tout sourire avait, pour la rejoindre, enjambé un petit pont au-dessus d'un ruisseau artificiel grouillant de carpes koï chamarrées. M. Wong salua abondamment Saliha avant de lui demander de le suivre. Ils montèrent quelques marches, passèrent devant un miroir où Saliha constata qu'elle avait une tête de déterrée. Ils slalomèrent entre les tables et se dirigèrent vers le fond de la salle où le commandant Buchmeyer était assis, le nez dans la carte qu'il connaissait par cœur. Wong proposa à Saliha de lui prendre son manteau mais elle refusa poliment.

— Je suis en retard, désolée.

— Aucun problème, dit Erik. Tu as sans doute passé un temps infini dans la salle de bains.

— Non, je sors de chez le coiffeur, dit-elle en s'asseyant.

Buchmeyer sourit.

— Alors on se tutoie? demanda Saliha.

— C'est l'usage. Entre officiers…

La lieutenant parcourut la carte en diagonale.

— Tout est bon, dit Erik. C'est un des meilleurs chinois de la ville.

Saliha tourna les pages plastifiées, en avant puis en arrière, avant de refermer la carte d'un coup sec.

— Alors, demanda Buchmeyer, quelles sont tes premières impressions de Valenciennes?

— Plutôt riant.

— Riant ?

— Oui. Des collègues sympas. Des affaires tranquilles. Des invites au resto par la hiérarchie…

Saliha affichait un visage fermé. Buchmeyer sourit.

— Je ne drague jamais les collègues, si ça peut te rassurer. Je voulais juste qu'on fasse connaissance.

— Ça me va.

— Alors. Par où on commence ? Je ne sais pas grand-chose de toi, sauf que tu es arrivée il y a quinze jours et que tu as bénéficié d'une promotion, ce dont je te félicite…

— Moi, j'en sais un peu plus sur toi, répondit Saliha, interrompue par Wong qui venait prendre les commandes.

Saliha choisit des nems et un poulet à la sichuanaise, Buchmeyer des raviolis de porc et un poulet à la sauce brune. Wong barbouilla son calepin de trois signes cabalistiques et s'éclipsa.

— Alors, que sais-tu de moi ? demanda Buchmeyer.

— Cinquante ans, célibataire, une réputation d'excellent flic quoique incontrôlable. Inséparable du commissaire divisionnaire Delcroix. Pourtant, il semblerait qu'il t'ait demandé de te tenir à carreau.

— Vraiment ?

— Oui. Une affaire de mœurs. Il paraît que ce n'est pas la première fois…

— Me voilà bien. Je peux répondre, Votre Honneur ?

— On ne se tutoie plus ? dit Saliha en souriant à son tour.

— Touché, concéda le commandant. Eh bien, je te dirai d'abord que les gens parlent beaucoup et souvent trop. J'ai vingt-cinq ans de métier et j'ai appris à me méfier du qu'en-dira-t-on. Ma vie privée n'est malheureusement pas aussi intéressante que la rumeur le prétend. Je suis séparé depuis dix ans et je meuble ma vie sentimentale avec les moyens du bord. Comme les nouvelles vont vite et que la réalité est sans doute amplement déformée, je te précise tout de suite que je suis très respectueux des femmes avec qui je couche, qui sont toutes majeures et consentantes. Et celles qui exigent une rémunération contre leurs services, je mets un point d'honneur à les payer grassement.

— Quand tu as du liquide sur toi...

Buchmeyer s'empourpra.

— Désolée.

— Bref... Et toi ? Trois ans d'ancienneté, une mutation sur Valenciennes ? Tu voulais venir dans le Nord ?

— Je voulais surtout quitter Thionville. Raisons personnelles. Valenciennes a été ma première opportunité. J'ai sauté sur l'occasion. Tu penses que je n'aurais pas dû ?

Wong arriva avec les entrées fumantes qu'il disposa devant les deux flics.

— Au contraire. C'est un très bon choix. Moi, je suis né en Alsace, mais j'ai vécu dix ans à Lens et j'aime cette région. Pas facile, mais ça bouge beaucoup. Si tu veux apprendre ici, tu apprendras vite.

138

Et puis les collègues sont très bien… Quelques célibataires dont tu devras te méfier, mais je te fais confiance pour te défendre.

— J'essaierai, dit Saliha en trempant un nem dans un ramequin de sauce sucrée.

— Au sujet de Pauline Leroy, qui as-tu rencontré?

— Le père et le médecin, un certain Antoine Vanderbeken. Selon Leroy, c'est signé par deux gros bras. Wallet et Waterlos. Recouvreurs de dettes pour le site pret-sans-formalites.com, basé au Luxembourg. Pauline leur avait emprunté 50 000 euros et, apparemment, elle ne pouvait pas rembourser. Le père connaît les types et prétend qu'ils ont menacé sa fille et que c'est tout à fait dans leurs cordes de buter les mauvais payeurs.

— Pourquoi a-t-elle emprunté de l'argent? demanda Buchmeyer en se suçant les doigts.

— Ce n'est pas clair. Vanderbeken, qui est une des dernières personnes à l'avoir vue, dit qu'elle se droguait.

— Elle dealait? Parce que 50 000 pour de la conso perso…

— Je ne sais pas, poursuivit Saliha. Elle vivait chez son père, qui n'est au courant de rien. Il a appris l'histoire de l'emprunt quelques jours avant la mort de sa fille et il est tombé de l'arbre.

— On sait où se trouve le fric?

— Pas chez lui en tout cas.

— À moins qu'il ne l'ait déjà trouvé lui-même… De toute façon, une dealeuse qui touche à la came, je le sens pas, marmonna Buchmeyer, perplexe.

— Elle s'est peut-être improvisée dealeuse pour se faire un peu de fric.

À ce moment, Wong se présenta pour enlever les entrées et les remplacer par les plats.

— Merci Li. Tu prends quelque chose à boire ?

— Du vin.

— Du vin ? s'étonna Buchmeyer.

— Je ne suis pas pratiquante. C'était la question ?

— Ouais. Alors, un gamay, demanda Buchmeyer en hochant la tête à l'intention de Wong qui disparut comme un trait de fumée. Et donc en quoi crois-tu ? reprit-il.

— Pas en Dieu, répondit-elle en trempant les lèvres dans son verre. Ni dans l'intuition. Je crois aux faits et aux preuves.

— Félicitations, dit le commandant en hochant la tête.

— Les sentiments nous induisent en erreur. J'ai vu une enquête qui nous a menés droit dans le mur à cause de ça. Et puis… il y a Outreau.

— C'est juste. Moi je suis un dinosaure. Je fais confiance à mon instinct.

— Eh bien, on va dire qu'on se complète, répondit Saliha.

Buchmeyer s'essuya les lèvres, les yeux rieurs. Cette fille ne s'en laissait pas conter et ça lui plaisait. Ils continuèrent à bavarder pendant plus d'une heure. À 22 h 30, alors qu'ils se resservaient un dernier verre d'alcool de riz, on pouvait dire que le plan de Buchmeyer avait fonctionné. La Perle du Sichuan avait brisé la glace. Wong leur apporta l'addition.

— Cinquante cinquante ? proposa la jeune femme.

— Je t'invite, protesta Buchmeyer.

— Pas question.

— Je te rappelle que je suis vieux jeu et que je l'assume, dit-il en arrachant la note des mains de la lieutenant. Je vais aller rendre visite à ce docteur Vanderbeken. Quant à toi, tu vas joindre l'utile à l'agréable en prenant rendez-vous chez M. Catteau.

— Qui est-ce ?

Pour toute réponse, Buchmeyer lui tendit la petite carte de visite qu'il avait récupérée l'après-midi au bar de la Place.

Roland Catteau – Salon de coiffure
Place de la Mairie, Wollaing

*

Saliha arriva à Wollaing sans aucun espoir de passer inaperçue. L'idée de Buchmeyer était foireuse. Quatre jours plus tôt, elle avait débarqué sur une scène de crime avec sa petite gueule de rebeu, les cheveux frisés, brassard à l'épaule, un car de flics dans le dos, et malgré cela, Buchmeyer pensait qu'il y avait une chance que son visage n'ait pas encore imprimé les consciences et qu'il fallait tenter le coup. Il avait fait le bar. Elle irait chez le coiffeur. Elle avait voulu prendre rendez-vous pour onze heures, mais au salon de Catteau il fallait se pointer en dehors des heures de repas et attendre son tour. Elle gara sa voiture dans la rue Henri-Durre, tourna sur la place du Marché, longea la quincaillerie, s'y arrêta un instant pour se regarder dans la vitrine. Sa coupe était très bien comme elle était et Buchmeyer avec ses allusions à deux balles pouvait aller se faire foutre. Elle poussa néanmoins la porte du salon.

— Bonjour madame.

La jeune femme qui accueillit Saliha la fit asseoir sur un fauteuil en skaï rouge, derrière une petite table en verre encombrée de magazines, avant de se retourner vers une cliente qui patientait devant son miroir. Saliha baissa la tête, sans rien perdre de ce qui se passait autour d'elle. La coiffeuse jeta une œillade à sa collègue, une petite blonde décolorée, comprimée dans une robe moulante. Elle portait des talons aiguilles, ce qui fascinait Saliha qui n'avait jamais compris comment les femmes pouvaient marcher avec des chaussures pareilles.

Face aux miroirs, les deux clientes d'une soixantaine d'années s'observaient sous toutes les coutures sans mot dire et Saliha comprit à leurs yeux brillants qu'elle avait interrompu une conversation brûlante. Sur la banquette, un homme lisait son journal qu'il baissa à hauteur de poitrine pour lui adresser un léger signe de tête avant de replonger dans sa lecture. Buchmeyer avait vu juste. Aucune de ces cinq personnes ne l'avait reconnue. Elle attrapa un exemplaire de *Closer* et se cala au fond de son fauteuil. La cliente de gauche fit une remarque sur une mèche rebelle. Celle de droite chuchota quelque chose à la petite blonde en mimant un globe autour de son crâne. Puis les coiffeuses se remirent à l'ouvrage et l'on évoqua le temps de cochon, la hernie de Mme Gendron et la déprime de M. Blain avant de revenir au sujet qui les démangeait tous.

— C'est quand même malheureux.

— À Wollaing! On n'a jamais vu ça.

— Jamais. À Denain, il y a des problèmes.

— À Denain ou à Valenciennes.

— Des problèmes de drogue et de bandes.

— C'est vrai. Dans les cités.

— Surtout avec vous voyez qui…

— Alors là oui, surtout avec eux.

— Vous pouvez le dire, madame Clément, dit l'homme au journal. Surtout avec les immigrés.

— Ça ne sert à rien de se le cacher. Moi je veux bien pas être raciste, mais quand même il faudrait qu'ils y mettent du leur…

— Il y a des limites.

— Il y a des limites à tout. Franchement…

— Une gosse de vingt ans qu'on connaissait depuis toute petite…

— J'espère qu'on va les retrouver et qu'ils vont payer!

— Faudrait, mais j'y crois pas trop. Les criminels s'en sortent toujours. La police, ils sont jamais foutus de mettre la main dessus.

— Vous ne pouvez pas dire ça, dit l'homme au journal. Quand on laisse la police faire son travail, elle coince les délinquants. Le problème, ce sont les juges qui les remettent en liberté. Il n'y en a pas un qui fait sa peine.

— Il a raison.

— Ils font cinq ans et puis ils sortent. Et qu'est-ce qu'ils font quand ils sortent? demanda l'homme par-dessus son journal.

— Ils recommencent.

— Eh oui!

— C'est malheureux tout de même.

— Vous parlez de ça?

Saliha s'invita dans la conversation en brandissant la page 3 de *Nord Éclair*. On y voyait, sur une demi-page, une photo de Pauline et un article sur l'affaire.

— Oui. C'est elle. Quelle tragédie.

— Vous croyez donc que des Arabes ont tué la jeune fille? reprit Saliha.

Les autres hésitèrent. Il y eut un blanc. Le lecteur du journal prit la parole.

— Des délinquants, certainement.

— J'ai lu, continua Saliha, que la victime avait des démêlés avec un certain Wallet.

— C'est vrai, dit la coiffeuse. Je connaissais bien Pauline. Elle ne m'avait pas donné les détails, mais je savais qu'elle avait emprunté de l'argent.

— Beaucoup de monde emprunte de l'argent, dit la cliente de droite, et ils ne se font pas tuer pour autant.

— Vous les avez vus, Wallet et le gros Waterlos? Ils font peur.

— Moi je les ai vus à l'Auberge flamande l'autre samedi. Ils sont venus pour emmerder Frédéric Nolf, y a pas d'autre mot, alors qu'il déjeunait avec sa famille. Eh bien, personne n'a protesté.

— J'aimerais pas les croiser un soir dans la rue.

— Moi non plus.

— Vous pensez qu'ils sont capables de tuer? renchérit Saliha.

— Moi, je le crois.

— Moi aussi.

La coiffeuse blonde fit une moue et l'homme au journal haussa les épaules. Puis les deux clientes se levèrent presque en même temps de leur fauteuil, inspectèrent leur brushing et leur mise en plis, payèrent leur note et saluèrent tout le monde, laissant leur place encore chaude à Saliha et à l'autre client.

— Au fait, Clément Lemaire, enchanté.

— Saliha Bouazem, répondit la lieutenant la main tendue.

— Ne prenez pas mal les mots qui...

— Je ne me sentais pas visée, coupa Saliha.

La petite brune l'enveloppa d'un tablier vert avant de lui basculer la tête en arrière. Elle se laissa faire et respira profondément alors que l'eau tiède coulait sur son crâne.

— Vous avez des cheveux superbes.

— Merci. Vous étiez une amie de Pauline?

— On était à l'école ensemble. Mais on se voyait moins depuis quelques années.

— Ça arrive, dit Saliha. On se voit, puis on se voit moins.

— Eh oui...

La coiffeuse fit mousser le shampoing et se mit à masser le cuir chevelu. Saliha ferma les yeux. C'était bon. Elle n'avait pas mis les pieds chez un coiffeur depuis des années. À Thionville, c'était toujours sa mère qui lui coupait les cheveux. Elles avaient pris cette habitude quand elle était gamine et n'avaient jamais cru bon de la changer. La petite brune continua son massage. Saliha se laissa aller. Tous ses muscles se relâchèrent et un courant chaud descendit le long de son corps. Elle dut faire un effort pour reprendre la conversation.

— Elle avait un petit ami ?

— Oui.

— Comment s'appelait-il ?

— Vous êtes de la police ? s'enquit la coiffeuse.

— Excusez-moi.

— Je rigole, poursuivit-elle sur un ton mielleux. Il s'appelait, je veux dire, il s'appelle, Serge Maes. Il habite Valenciennes. Elle m'avait montré sa photo il y a quelques semaines. Plutôt beau gosse.

— Ça a dû lui faire un choc. Ils étaient ensemble depuis longtemps ?

— Je sais pas. Quelques mois. Elle avait l'air très amoureuse.

— Et lui ?

— J'en sais rien. Je l'ai jamais vu. Dites donc, ça vous intéresse, on dirait…

Elle enroula une serviette autour de la tête de Saliha, la frictionna énergiquement, considéra avec amusement les cheveux en bataille de sa cliente et saisit une paire de ciseaux qu'elle fit claquer entre ses petits doigts potelés. Puis, une main sur la hanche, demanda :

— Alors, cette dame de la police, qu'est-ce qu'on lui fait comme coupe ?

146

Tout l'après-midi, entre chaque patient, le docteur Vanderbeken n'avait cessé de lire et de relire la lettre trouvée la veille dans sa boîte. Naïf, profondément touchant, jusque dans l'avalanche de fautes d'orthographe dont il était truffé, le mot de Pauline l'avait bouleversé. Au fil des lectures, il se trouvait de plus en plus misérable de ne pas avoir anticipé le cours des événements. Il était son médecin, que diable, et il savait que ses rapports avec son père ne permettraient pas à cette gamine de se sortir de l'ornière dans laquelle elle était engagée. Elle s'était mise, sans même s'en apercevoir, dans un traquenard, un piège aux mailles si grossières qu'il aurait certainement pu tenter quelque chose s'il s'était montré plus attentif. *Vous m'avez toujours soigner et vous m'avez jamais fait la morale.* Vanderbeken avait relu plusieurs fois cette phrase qui le blessait plus que toutes car il y lisait entre les lignes qu'il n'avait jamais été au-delà de son rôle de médecin. Était-ce par peur ? Par indifférence ? Pour cela, elle le remerciait alors que lui se maudissait. Et plus loin : *je vais partir de Wollaing avec mon ami, Serge. On a décidé tous les deux de changer de vie.* Que s'était-elle mis en tête ? De voler de l'argent à des truands et de partir à l'autre bout du monde pour vivre d'amour et d'eau fraîche ? C'était consternant de candeur et Vanderbeken frappa plusieurs fois son bureau de rage.

La journée du lundi fut assez chargée. Rhumes, angines, otites, sciatiques avaient défilé jusqu'en fin d'après-midi et il était dix-neuf heures trente quand il raccompagna sur le pas de sa porte le dernier patient, une mère de famille dont le mal de dos ne pouvait se soigner qu'à coups d'antidépresseurs. Celle-ci était sur le point de franchir le seuil quand un autre patient, qui ne figurait pas parmi ses habitués, s'avança vers l'entrée. Il avait le visage défait. Sa barbe avait poussé et des gouttes de sueur perlaient à la racine de ses cheveux.

— Rémy. Entre, je t'en prie.

— Désolé de venir si tard.

À la lumière, il semblait encore plus à cran qu'il ne l'avait imaginé.

— Comment te sens-tu? demanda le médecin.

— Mal, dit Leroy. Je n'arrive plus à dormir. Je me mets dans le lit le soir, épuisé, et je n'arrive pas à fermer l'œil avant quatre heures du matin.

Vanderbeken le fit se déshabiller et l'examina.

— Antoine, c'est bien toi qui as soigné Philippe Nolf, le chauffeur de taxi? demanda tout à coup Leroy.

— Oui. Hématomes et fracture de la mâchoire.

— Il t'a dit comment c'était arrivé?

— Il s'est fait agresser par des voyous.

— Faux, répondit Leroy en observant Vanderbeken. Il a emprunté de l'argent sur un de ces sites Internet, le même que Pauline, et il s'est fait tabasser par Wallet.

Vanderbeken soupira. Nous y voilà, pensa-t-il. Leroy reprit avant que le médecin ait le temps d'en placer une.

— Je n'arrive pas à dormir et, quand je dors, je fais toujours le même cauchemar. Wallet débarque chez moi avec un malabar et ils menacent Pauline, dit-il la voix tremblante. Je revois sans cesse la même image : ces deux salauds entrent dans mon salon avec leur fusil à pompe. Le ton monte. Ils me menacent. Et puis…

Leroy respirait difficilement. Sa tête cherchait à droite et à gauche. Ses mains se crispèrent sur les accoudoirs.

— Et puis c'est toujours la même scène. Pauline crie. Wallet lui donne une gifle. Puis un coup de poing. Elle s'effondre. Elle crache du sang. Moi, je deviens dingue et j'attrape une batte accrochée au-dessus de la cheminée. Je sais pas d'où me vient cette idée, vu que j'ai jamais joué au base-ball de ma vie, mais je l'attrape, je la lève et je l'abats sur la tête de Wallet. Ça fait crac. Il me regarde sans comprendre. Waterlos se jette sur moi et je lui décroche la mâchoire. Il tombe à genoux. Alors je deviens fou. Le sang gicle. Rien ne peut plus m'arrêter. Je leur tape dessus en hurlant.

Leroy interrompit son récit à bout de souffle.

— Combien de fois as-tu fait ce rêve ? intervint le médecin.

— Toutes les nuits depuis la mort de Pauline. Et quand je rêve pas, je ne pense qu'à une chose : aller chez lui et lui casser la gueule.

— Rémy, tu dois faire confiance à la police. Qui que ce soit, elle trouvera le coupable et il finira ses jours en prison. Tu ne peux pas te faire justice toi-même. Tu dois t'ôter cette idée de la tête à tout prix.

Leroy baissa les yeux, écoutant les paroles que Vanderbeken voulait apaisantes mais qui lui transperçaient le cœur.

— Et puis…, ajouta le médecin. Wallet est un voyou sans doute, mais… je ne pense pas qu'il soit un meurtrier.

— Qu'est-ce qui te fait dire ça ?

— C'est souvent ceux qui parlent le plus qui font le moins. Je crois que c'est surtout une grande gueule. Je peux me tromper, mais je ne crois pas que ce soit… comment dirais-je ? dans ses cordes.

Vanderbeken observa Leroy dont la physionomie avait subitement changé. Une pointe de cruauté s'était allumée dans ses yeux.

— Tu veux que je te confie un secret ? murmura le ferrailleur.

— Je t'écoute.

— Tu te souviens de Zermani, ce syndicaliste du temps de Berga, soi-disant mort accidentellement ?

Vanderbeken devint livide. Le drame remontait au printemps 1983, lorsqu'il était encore adolescent. L'année de la mort de son père.

— Je le connaissais bien, reprit Leroy. On n'était pas de la même centrale, mais on se parlait. Tout ce que je peux te dire, c'est que Wallet et d'autres étaient derrière l'affaire Zermani.

— Que veux-tu dire ?

— Qu'assassin et manipulateur, c'est tout à fait dans ses cordes, tu peux me croire…

Vanderbeken se cala dans sa chaise et laissa filer quelques instants avant de se redresser et d'esquisser un faible sourire.

— Rémy, je vais te prescrire des calmants. Ça t'aidera à passer le cap. Il faut t'efforcer de faire confiance à la police. Et lâcher prise. Tu penses que tu y arriveras?

— J'essaierai, dit Leroy en hochant la tête.

— Parfait. Je t'en mets pour un mois. Si la fatigue persiste, reviens me voir.

Vanderbeken mit son bloc-notes sur la table et rédigea son ordonnance.

— Merci Antoine. Et… Tout cela reste entre nous, n'est-ce pas?

— Absolument. Tu as ma parole, dit le médecin en raccompagnant Leroy à la porte du cabinet.

*

Buchmeyer en avait vu défiler durant sa carrière de flic tout-terrain. Il avait coursé, flingue au poing, des dealers de crack dans les faubourgs du port de Dunkerque, serré des proxénètes russes ivres morts dans des bars à putes pourris, sorti menottes aux poignets des escrocs en col blanc de leur bureau à 15 000 le mètre carré, traîné sa carcasse dans un nombre impressionnant de coups tordus, usé de la menace, subi la trahison et jamais hésité à jouer des poings quand la persuasion amiable s'avérait inefficace. En un mot, ce n'était pas un enfant de chœur et seules les facéties de l'alchimie nerveuse étaient à même d'expliquer les trois lubies de dame patronnesse dont il était affublé, l'allergie à toute forme ou tout dérivé du chocolat, l'exaspérante habitude de se déchausser avant d'entrer chez lui et l'incapacité congénitale à envisager d'arriver en retard à un rendez-vous. Il avait convenu de passer voir Vanderbeken à neuf heures et, à neuf heures deux, il poussait le portail du cabinet médical. Sous un porche, il remarqua la Land Rover beige maculée de boue et une petite 205 mangée par la rouille. Il monta les trois marches du perron mais n'eut pas le temps de frapper à la porte qu'un homme d'un mètre quatre-vingts portant un sous-pull à col roulé et une veste de tweed se tenait devant lui.

— Commandant Buchmeyer?

— Docteur Vanderbeken?

— Enchanté. Je vous attendais. Vous êtes pile à l'heure.

— Oui. Je suis un peu maniaque.

Buchmeyer serra la main que lui tendait le médecin et ne put s'empêcher de remarquer un détail singulier : deux doigts manquaient à sa main droite. Vanderbeken s'aperçut de son trouble et sourit.

— Un petit accident qui remonte à mon enfance. Nous portons tous nos stigmates, n'est-ce pas? Entrez, je vous prie. J'ai une heure à vous consacrer avant mes rendez-vous.

Vanderbeken conduisit Buchmeyer dans son bureau et l'installa dans le fauteuil en rotin destiné aux patients. Puis il alluma une bouilloire et proposa un café au commandant, qui déclina l'offre.

— C'est à propos de Pauline? demanda Vanderbeken en versant une cuillerée de café soluble dans une tasse blanche.

— Oui. Je suis chargé de l'affaire.

— Avec la jeune femme…

— La lieutenant Bouazem. Elle travaille avec moi. Vous étiez proche de la victime, n'est-ce pas?

— Oui, soupira le médecin. C'est terrible. J'ai vu cette gamine grandir. J'ai soigné sa varicelle. Je connais son père depuis des années. Il est effondré.

— Vous connaissez donc les antécédents médicaux de Pauline.

— Oui, répondit Vanderbeken en baissant les yeux.

— Elle se droguait, n'est-ce pas?

Le médecin acquiesça.

— Elle a commencé à quatorze ans. J'ai été le premier au courant. J'avais beaucoup d'affection pour elle. Je la comprenais. Que voulez-vous dire à une gamine qui vit dans une ville comme Wollaing avec 25 % de chômeurs, 50 % d'alcooliques? Ici, les jeunes rêvent tous de devenir joueurs de foot ou stars de la télé. Vous voyez le tableau?

— Je suis de la région.

— Alors vous connaissez la chanson. Le problème, c'est que les derniers à travailler, à travailler vraiment, je veux dire, je ne parle pas des CDD de trois mois enchaînés les uns après les autres, je parle des vrais boulots, ceux où on part le matin et d'où on revient le soir du lundi au vendredi, les derniers à avoir connu ça, ce sont les grands-parents. Même les parents n'y ont pas eu droit.

Il tourna sa cuillère dans sa tasse, avala le breuvage d'un trait et répéta :

— Que voulez-vous dire à une gamine qui vit là-dedans ? Arrête de fuir la réalité ? Arrête de te mettre des saloperies dans le nez ?

— Vous ne l'avez pas dissuadée ?

— Bien sûr que si… Mais que valaient mes discours face au champ de ruines dans lequel elle a été élevée. Vous voyez, ça n'a rien empêché.

— Elle fréquentait des dealers ?

— Je l'ignore. Nous étions proches, mais elle ne me disait pas tout. Je sais qu'elle avait touché à l'héroïne et qu'elle était parvenue à s'en défaire. C'était il y a quatre ans. Elle avait une volonté de fer. C'est vraiment injuste.

— Vous l'avez vue quand pour la dernière fois ?

Le médecin consulta son agenda.

— Le 3 janvier. C'était un samedi.

— Et ensuite ?

— Plus de nouvelles.

— Jusqu'à sa mort ?

Vanderbeken hésita, puis il tira d'un tiroir de son bureau une enveloppe décachetée qu'il tendit à Buchmeyer, le visage fermé.

— C'est elle qui l'a écrite.

Buchmeyer lut la lettre en fronçant les sourcils à chaque fois qu'il butait sur une bizarrerie orthographique. Puis il releva la tête.

— Ils projetaient de partir ?

— C'est ce qu'elle dit.

— Elle ne vous en avait jamais parlé auparavant ?

— Jamais. J'ai découvert l'enveloppe dans ma boîte aux lettres le jour de sa mort.

— Vous permettez, dit Buchmeyer en la rangeant dans la poche intérieure de son blouson. Elle évoque son ami, Serge, vous le connaissiez ?

— Pas le moins du monde. Je ne savais rien de sa vie privée.

— Elle parle aussi d'une somme d'argent qu'elle aurait empruntée à un certain Wallet. Ça vous dit quelque chose ?

— Frédéric Wallet. C'est un type peu recommandable. Il tient une salle de musculation vers Douai. Il a des activités à la limite de la légalité…

— Il est recouvreur de dettes, c'est cela ?

Le médecin hocha la tête.

— Vous croyez qu'il aurait pu tuer Pauline ?

Vanderbeken haussa les épaules. Buchmeyer balada son regard autour de lui.

On entendit alors des coups de griffe sur la porte. Vanderbeken se leva et fit entrer un chien à la robe brune et mouchetée.

— C'est un chien de chasse ?

— Un braque allemand, confirma Vanderbeken. Je vous présente Vega.

Le chien se précipita vers son maître en remuant la queue.

— Vous chassez ? demanda le policier.

— Oui. Comme beaucoup de monde ici. Vous aussi ?

— Non, répondit-il, comme si l'idée lui semblait totalement saugrenue. Je pratique le tir à l'arme de poing, ça me suffit.

— Ce n'est pas du tout la même chose, reprit le médecin. La chasse est avant tout une communion avec la nature. Du moins, celle que je pratique.

— Vous chassez à l'approche?

— Autant que possible. Les battues ne m'amusent pas. L'animal n'a quasi aucune chance, c'est une armée qui charge un troupeau de moutons. Alors qu'à l'approche, c'est un duel. Et puis Vega est une compagne hors pair, dit-il en tapotant la gueule de l'animal qui se frottait contre sa cuisse et lui léchait la main. Voulez-vous nous accompagner un de ces jours, commandant? Je chasse avec le docteur Delcourt.

— La vieille 205 verte?

— En effet, dit Vanderbeken en souriant. Henri n'est pas très attaché aux choses matérielles mais c'est un excellent tireur. Alors? Ça vous tente?

Buchmeyer ne savait comment refuser, mais Vanderbeken eut le tact de ne pas insister.

— Je ne vous presse pas, mais si vous changez d'avis…

— Je vous remercie. Je vais vous laisser. Et de votre côté, si un détail vous revenait concernant Pauline, Wallet, ce Serge ou qui que ce soit, même si cela vous semble insignifiant, n'hésitez surtout pas, dit-il en tendant sa carte à Vanderbeken. À n'importe quelle heure.

— Je n'y manquerai pas.

Le docteur Vanderbeken regarda sa montre qui indiquait 9 h 45 et raccompagna le policier. Buchmeyer foula l'allée gravillonnée, fit grincer la grille en fer forgée et rejoignit sa voiture garée sur la place.

Il s'appuya sur l'aile droite, alluma une Lucky Strike et aspira une bouffée de fumée, puis sortit son téléphone portable et composa un numéro.

— Lieutenant Bouazem? Buchmeyer. J'ai du nouveau.

*

Le mercredi en fin d'après-midi, le supermarché Cora des Quatre-Routes était plein à craquer. Un pic de fréquentation récurrent que les gérants du magasin avaient eux-mêmes du mal à expliquer. C'était comme si la population de Wollaing et des environs se donnait secrètement rendez-vous au milieu d'une forêt de pancartes promotionnelles, sous des grappes de haut-parleurs distillant cette musique suave censée mettre le client dans de bonnes dispositions. Peut-être était-ce la preuve que la jouissance est toujours plus intense à plusieurs, en particulier celle que procurent ces déambulations paresseuses quand le caddie est vide et que tout est encore possible. Toujours est-il qu'on était mercredi et que c'était bondé.

L'allée centrale fourmillait de chariots débordant de paquets, de bouteilles, de sachets bariolés aux couleurs criardes. On avait peine à circuler et les allées secondaires n'étaient guère moins encombrées. Au fond, entre les fruits et légumes et les plats préparés, se trouvait le rayon boucherie. Pas de comptoir, ni de viande à la découpe, mais de grands frigos ouverts où étaient rangées dans des barquettes en polystyrène les portions de viande préparées dans la salle de découpe. Le client qui souhaitait être rassuré sur la fraîcheur des produits pouvait voir les bouchers s'activer à travers une baie vitrée. Ce mercredi, Kader, le jeune apprenti, était parti plus tôt que d'habitude et Thierry Flament rangeait son rayon tout seul.

C'est à ce moment-là que Gigi Waterlos et Freddie Wallet pénétrèrent dans l'enceinte du magasin, suivis du coin de l'œil par Amadou, le vigile camerounais. Dès qu'il les aperçut, celui-ci murmura dans le micro qu'il portait sur le col de sa veste. Les deux hommes, l'air de rien, passèrent la barrière automatique et remontèrent lentement l'allée centrale. Gigi reluqua le rayon des télés à écran plat où une affiche démesurée vantait une promo exceptionnelle à 990 euros. Freddie caressa la montagne de bouteilles de Coca-Cola placée au milieu de l'allée. Les roulettes en caoutchouc glissaient sur le carrelage jaune. Gigi et Freddie suivaient le mouvement. Sur la droite, les ustensiles de cuisine puis les accessoires auto. Sur la gauche, les couches-culottes, le lait en poudre, la layette, suivis du charbon de bois, des parasols, etc. Puis le rayon des spiritueux où Gigi disparut un instant avant de reparaître, une bouteille d'alcool à la main. Les deux hommes tournèrent encore à gauche, comme la caméra invisible qui épiait leur progression.

Ils avançaient tranquillement, sans bousculer personne. Charcuterie. Plats préparés. Ils firent une halte. Freddie fit un signe de tête à Gigi qui obliqua pour longer les frigos. Porc. Agneau. Veau. Bœuf. Derrière la baie vitrée, Flament rangeait ses ustensiles. Porte à droite. Gigi posa la main sur la poignée et entra. Flament sursauta. La caméra de surveillance fit le point sur la baie vitrée. Mais derrière la porte, Gigi tourna le petit bouton fixé au montant intérieur de la baie. Lentement, les stores vénitiens se refermèrent, jusqu'à obstruer complètement la vue sur la salle de découpe. Freddie traversa l'allée, contourna les caddies et les frigos remplis de bidoche, poussa la porte et la referma derrière lui sans bruit.

Flament s'était collé au mur. Ses yeux faisaient des allers et retours désespérés entre Gigi, Freddie et la panoplie d'ustensiles de boucherie qui traînaient sur la paillasse. Il était terrifié. Flament n'était pas un rapide, mais là, tout se remettait en place à toute allure. Nom de Dieu de nom de Dieu… Comment en était-il arrivé là ?

Tout avait commencé six mois auparavant, lorsqu'il avait rencontré J.-M. au bar de la Place. Jean-Marc Poulain, un pote de collège qu'il n'avait pas vu depuis au moins vingt ans et qui avait débarqué comme ça, à l'improviste. Il avait plutôt pas mal tourné, le J.-M. Commercial dans le bâtiment. Il faisait le tour de France et ce jour-là, alors qu'un client de Béthune lui avait fait retarder un rendez-vous, il avait eu la bonne idée de faire un détour par Wollaing, histoire peut-être de retrouver quelques têtes connues. Coup de bol, il était tombé sur son pote de troisième. Tout de suite sympa. Grande gueule, comme à l'époque. Il avait insisté pour payer l'apéro et, une heure plus tard, c'était reparti comme en quarante. Faut dire qu'ils avaient du retard à combler. J.-M. avait foiré ses études et s'en vantait presque. Il était parti à Besançon, stagiaire chez Saint-Gobain, et de fil en aiguille était devenu commercial. Ça lui allait bien. Il ne s'était jamais vu derrière un bureau. Il avait la bougeotte. Il lui fallait du contact, du concret. Avec son bagou, il était comme un poisson dans l'eau. Les clients en redemandaient et son chef de secteur lui attribuait des primes qui pouvaient tutoyer les trois mois de salaire. Il était heureux. Bien payé, vivant aux frais de la princesse et roulant en Audi. Il ne s'était d'ailleurs pas privé de faire monter son pote Titi dedans. Ben mon vieux, on pourra dire ce qu'on voudra, mais la qualité allemande, c'est pas du pipeau.

Après l'apéro, J.-M. avait proposé à Thierry de l'inviter au resto. Note de frais et tout le toutim. Flament avait accepté. Vachement bon. Vraiment sympa. Pourtant, au fur et à mesure que la soirée avançait, J.-M. avait commencé à avouer que sa situation ne lui convenait pas tout à fait. Il avait un bon job de salarié, mais ce n'était encore que ça : un job salarié. Dans son métier, il avait croisé un tas de types dans le bâtiment, des entrepreneurs, des plombiers, des gérants de clubs de golf qui s'étaient fait des couilles en or avec une bonne idée et un petit peu de risque. Les mecs avaient gagné tellement de pognon qu'ils étaient à l'abri pour le restant de leurs jours. À dire vrai, s'ils continuaient de bosser, c'était soit pour se distraire, soit pour faire une culbute encore plus grosse. Pour J.-M., c'était ça le rêve. Quand il aurait ça, il pourrait tout arrêter. Alors Thierry lui avait demandé s'il était sur le chemin, s'il avait une idée. J.-M. s'était resservi à boire. Ils en étaient au fromage et ses yeux pétillaient. Thierry avait visé juste, J.-M. était sur un coup. Il l'avait, sa putain d'idée pour devenir riche. Nom de Dieu, comme sa respiration s'était affolée quand Thierry lui avait posé la question. Il hésitait à en parler. Une bonne idée, ça reste bon, tant que c'est gardé au secret. Si on en raconte trop, ça peut faire pschiitt. Thierry n'avait pas insisté, mais J.-M. n'en pouvait plus. Le vin rouge y était aussi peut-être pour quelque chose. Toujours est-il que J.-M. fit jurer à Thierry qu'il garderait sa langue et, comme Thierry jura, il lui raconta son plan. C'était tout con, et J.-M. disait que c'était pour ça que c'était une bonne idée. Fallait que ça soit simple. Fallait aussi que ça déchire. Et ça, c'était pas un cocktail qu'on trouvait sous le sabot d'un cheval, mais lui, Jean-Marc Poulain, l'avait trouvé, nom d'un chien.

Il expliqua qu'il avait rencontré pas mal de mairies et de clubs de foot qui dépensaient un pognon pas possible dans l'entretien des pelouses. On le voit pas à la télé, mais ceux qui pratiquent, et Thierry en faisait partie, savent très bien qu'au bout de quelques matchs, un terrain de foot ne vaut rien de plus qu'un terrain de boue et qu'il faut le réparer sans arrêt pour qu'il garde l'aspect d'une pelouse digne de ce nom. Eh bien ça, mon pote, ça coûte une blinde aux clubs et aux mairies, avait dit J.-M., parce que la pelouse c'est fragile, c'est comme ça. Titi avait hoché la tête en se resservant de l'île flottante et J.-M., triomphant, avait lâché que maintenant non, c'était plus comme ça. Car il s'était associé avec un chercheur en agronomie, un mec vachement bon dans son labo, mais nul en affaires, qui avait mis au point une pelouse «à mémoire». Titi avait haussé les sourcils. «À mémoire», ça veut dire que quand on l'écrase avec le pied – et ça marche aussi avec les sabots d'un cheval, donc pour les terrains de jumping je te laisse deviner –, bref, quand on écrase l'herbe ou qu'on lui donne un coup de tatane, elle se remet en place, comme si elle était en caoutchouc. Je l'ai vue, avait-il ajouté. Une tuerie. Imagine : la pelouse qui, match après match, reste neuve comme au premier jour. Voilà notre idée, avait-il conclu les yeux brillants. Encore un petit effort de 50 000 euros et le produit sera breveté à mon nom et au nom de mon associé. Le marché potentiel, c'est rien d'autre que tous les terrains de foot de la planète. Le prix sera 50 % plus cher qu'une pelouse classique et la pelouse sera amortie en moins d'un an. Les gérants de clubs de foot, de rugby, de saut à canasson et de golf vont faire la queue au portillon. Tu peux me croire, Titi, c'est des millions, peut-être des milliards. Non mais imagine. Le pognon qui circule dans le foot. On va en ponctionner une toute petite partie et ça va nous couvrir de biffetons pour le restant de nos jours.

Thierry bien entendu en était resté bouche bée. Lui, son parcours, c'était apprenti boucher, puis boucher et chef de rayon chez Cora. Ce n'était pas déméritant, mais les milliards, il avait vu ça que de loin, à la télé. J.-M., quant à lui, était électrique. Il réexpliqua qu'il manquait juste 50 000 euros pour terminer les essais et déposer le brevet, qu'ils étaient presque au bout du tunnel et que c'était une chance qu'ils se soient revus cette année, parce que l'année prochaine, il habiterait sur la Côte d'Azur, dans une villa avec plage privée. Comme Thierry était sincèrement content pour lui et touché par cette générosité et par la faveur du destin qui faisait se recroiser leurs routes, J.-M. lui proposa de rejoindre leur association. Thierry opposa que c'était pas son idée et qu'il ne connaissait rien au gazon, mais J.-M. le rassura tout de suite. Il ne lui offrait pas 50 % de la société, mais 10. Lui et son associé garderaient 45 % chacun, ce qui était une très bonne chose parce qu'à 50/50, si on s'engueulait, c'était insoluble. Alors qu'à trois, on pouvait toujours se sortir d'affaire. Bref, ça l'arrangeait. Thierry avait demandé ce qu'il devait faire. J.-M. lui avait répondu qu'il suffisait de mettre les 50 000 restants. Ils en avaient déjà mis 450 000 à eux deux. 50 000 et il avait 10 % de la société. Il vendrait le truc à son associé sans problème, il pouvait lui faire confiance.

Thierry avait objecté qu'il n'avait pas 50 000 euros à mettre. Alors J.-M. avait pris une mine d'enterrement et avait dit à Titi qu'il lui proposait de changer de vie, que tout était bouclé et qu'il n'y avait plus qu'à jeter 50 000 dans la cagnotte. Il avait ajouté qu'une chance pareille ne passait qu'une fois dans la vie d'un homme et que la plupart du temps elle ne passait même jamais, que c'était la providence qui les avait réunis, mais que malheureusement, il ne pouvait pas faire le dernier mètre à la place de son pote. Si celui-ci ne pouvait pas, tant pis, mais qu'il lui jure de ne jamais l'appeler pour lui demander de ses nouvelles, parce qu'il aurait trop de peine à lui raconter ses balades en hors-bord quand lui serait toujours à débiter de la bidoche chez Cora parce qu'il n'avait pas eu les couilles de saisir sa chance. C'est à peu près comme ça qu'il le lui avait dit. Très convaincant. Toujours est-il que Thierry lui avait demandé deux jours de réflexion.

Le lendemain, il contractait un prêt de 50 000 euros sur pret-sans-formalites.com et deux jours plus tard, fier comme Artaban, il refilait une valoche pleine de billets à son pote J.-M. qui avait presque les larmes aux yeux en lui remettant un document signé stipulant qu'il était propriétaire de 10 % du capital de MemorySeed SA. Les premiers contrats étaient attendus sous trois mois, tout comme les premières échéances de son emprunt. Et voilà.

Flament n'entendit plus jamais parler de Jean-Marc. Aucune société du nom de MemorySeed n'avait jamais été enregistrée au registre du commerce et Saint-Gobain, qu'il contacta en les menaçant de porter plainte pour escroquerie, n'avait jamais eu de salarié répondant au nom de Jean-Marc Poulain. Flament était un solide garçon. Il s'était fait rouler comme un bleu, mais il n'allait pas sombrer pour autant. Il allait trouver un moyen de rembourser. Il lui fallait juste un peu de temps. Un petit peu, pas grand-chose.

Et à présent que Gigi et Freddie l'avaient coincé dans la salle de découpe du rayon boucherie de Cora, il avait l'impression désagréable que ce petit sursis lui avait été définitivement refusé.

Trois mois de retard. Flament avait reçu deux courriers de relance et n'avait jamais pris le temps de répondre. Le troisième courrier n'était pas envoyé par la poste, mais par porteur, et le porteur s'appelait Freddie Wallet. Freddie et Gigi se répartissaient invariablement les tâches de la même façon : Freddie lisait le courrier, Gigi le faisait rentrer dans la tête du client.

Freddie lut donc le courrier du début jusqu'à la fin puis replia la feuille A4 en expliquant à Flament que pour leur première visite ils devaient simplement s'assurer qu'il avait bien enregistré la teneur de ses obligations. Gigi avait saisi une feuille de boucher dont il caressait le fil. Thierry hurla mais, le temps de le dire, Gigi lui fondit dessus en lui décochant une série de coups de poing dans le ventre à lui faire vomir ses tripes. Freddie tourna les talons et sortit de la salle pour se poster devant la porte. Amadou, le type de la sécurité, s'était approché du rayon, mais restait à distance, marmonnant dans son micro. Quinze secondes plus tard, Gigi quitta la salle de découpe et les deux hommes se pressèrent vers la sortie du magasin.

*

Ce mercredi après-midi avait été un peu moins chargé que d'habitude et Vanderbeken en avait profité pour s'offrir deux heures de liberté. Il avait refilé à Henri Delcourt les deux rendez-vous de seize heures et seize heures trente, enfilé sa parka et quitté le cabinet à la hâte pour une promenade dans la campagne. Il s'était engouffré dans sa Land Rover et, en moins de deux, s'était retrouvé sur une de ces routes rectilignes et désertes si caractéristiques du Valenciennois. Il s'était garé sur un chemin menant à une terre agricole et avait allumé une cigarette. Il avait arrêté de fumer des années auparavant et ne s'en grillait une que très occasionnellement, quand le besoin s'en faisait ressentir. Il inspira profondément la fumée en fermant les yeux. Autour de lui, deux étendues, démesurées, sans début ni fin. Les champs de blé balayés par le vent qui se perdaient à l'horizon dans le ciel tourmenté. Au milieu, il se sentait aussi dérisoire qu'un grain de blé entre deux meules de pierre.

Pauline était morte depuis moins d'une semaine et il lui semblait que c'était hier. Tout était allé si vite. Son décès l'avait durement affecté. Bien sûr, il était proche d'elle, de son père, mais il n'avait nullement besoin de se raconter des histoires. La disparition de la jeune fille avait réveillé autre chose en lui. Un drame qui avait tout détruit sur son passage à une certaine époque et qui, à la faveur du temps, avait fini par s'estomper. En remettant la lettre de Pauline à Buchmeyer, Vanderbeken avait eu l'impression d'ouvrir la boîte de Pandore. C'est sans doute la raison pour laquelle il l'avait conservée dans un premier temps, jusqu'à ce qu'il lui semble impossible de la garder sans entraver l'enquête de police. Buchmeyer était un bon flic. Il l'avait tout de suite vu. Il avait eu confiance en lui dès le premier regard. Il saurait tirer cette affaire au clair avant qu'elle ne dégénère.

Une fois sa cigarette terminée, Vanderbeken s'enfonça à travers champs. Il avançait au hasard dans les terrains boueux avec une agilité et une énergie impressionnantes. La chasse était une activité physique, quoi qu'on en dise, et il était capable de marcher des heures sur un sol accidenté sans même ralentir son allure. Il n'avait pas besoin de traquer un animal pour entrer en communion avec la nature. Le silence, le souffle du vent dans les herbes et à travers les feuillages lui suffisaient. Les odeurs pénétrantes de la campagne le rassérénaient. L'herbe, la terre humide, le bois, l'odeur des animaux. Tout ici l'apaisait, le débarrassait de ses mauvais rêves. Il progressait en caressant les hautes herbes du plat de la main, longeant les champs, franchissant les fossés à gué, attentif aux lièvres qui détalaient sur son passage, aux grives et aux chevaliers gambette qui s'envolaient des haies à son approche. Il longea plusieurs champs, traversa deux ruisseaux et, quand les premières gouttes de pluie sonnèrent l'heure du retour, il sentit qu'un poids était tombé de ses épaules.

Cette promenade improvisée lui avait fait le plus grand bien. Il se sentait léger, propre, régénéré dans son corps et dans son âme comme s'il avait pris un bain en pleine rivière. Il regagna la Land Rover avant que la pluie ne commence à mitrailler la campagne.

Buchmeyer

Le mercredi après-midi, le quartier Saint-Waast se métamorphosait. Les gamins prenaient possession des rues. Ils se rassemblaient par grappes sur les bancs, les marches des immeubles, venaient à pied, à vélo, en scooter, gesticulant, s'esclaffant pour un rien. Un des hauts lieux de rassemblement se trouvait en bas de l'immeuble de Serge Maes au milieu d'un square cerné par une enfilade de petits pavillons, tous identiques et tous différents par les teintes brunâtres des murs et les coulures de crasse plus ou moins prononcées sur les toits de tuiles à deux pans. À cet endroit, dix ans auparavant, la mairie avait dynamité une usine vétuste pour y construire une médiathèque. Mais le financement avait fait défaut et le site était resté à l'état de friche pendant plusieurs années. La ville avait finalement décidé d'y construire un terrain de basket et de restituer le reste aux résidents sous la forme de jardins communaux où les plus acharnés s'évertuaient à faire pousser quelques endives, salades et pommes de terre. Le terrain que Serge Maes apercevait de son balcon était ceinturé de hauts grillages, recouvert de bitume et planté de deux paniers de basket auxquels il manquait les filets. Les gamins s'étaient chargés de la déco. Ils avaient tagué les murs de tôle et de béton préfabriqué de superbes inscriptions gonflées à l'hélium, où il était pour l'essentiel question de foot, de dope et de rap.

Il était quatorze heures et le ciel argenté, grevé d'une demi-douzaine de cumulus cendrés, semblait vouloir se vider d'un instant à l'autre. Des ballons changeaient de main. Les gamins couraient sur le bitume. Maes se posta à sa fenêtre et embrassa tout le square d'un seul coup d'œil, repérant ses petites souris disséminées aux quatre coins. Plus loin sur la rue, il aperçut deux silhouettes qu'il ne reconnaissait pas. Il se pencha pour mieux voir mais ils lui tournaient le dos. Le premier portait une veste en jean, l'autre un survêtement et un blouson noir. Ils ne se mélangeaient pas, observaient les choses de loin. Maes se mordit les lèvres.

Les nouvelles allaient décidément très vite. Il n'avait pas baissé la garde deux jours qu'il se retrouvait avec des dealers d'Anzin ou de Marly dans les pattes, en train de renifler pour voir si la maison était toujours tenue. Il faillit appeler Boggaert avant de se raviser. Il voulait d'abord se faire son idée. Il appela Mehdi qui patrouillait en bas, et enfila son blouson. L'ascenseur était en panne. Il descendit les sept étages de son immeuble quatre à quatre. Il poussa la porte d'entrée, dégagea du pied trois gamins assis sur les marches, traversa la rue les mains dans les poches, passant devant un groupe d'ados en scooter, un œil sur les deux types qui n'avaient pas bougé depuis tout à l'heure.

Mehdi le rejoignit en se déhanchant comme une girafe qu'aurait attrapé la chaude-pisse. Il remonta le trottoir sur vingt mètres, longea le terrain de basket. Tito était assis sur le banc avec ses potes. Quand il les aperçut, il faillit se lever mais un regard de Maes suffit à l'en dissuader. Suivi à distance par Mehdi, Maes s'approcha des deux hommes en tapotant sur son téléphone portable. Il les dépassa et Mehdi se posta au coin de la rue, regardant ses pompes. Inconnus au bataillon. De deux choses l'une, soit il avait tout faux, soit il avait mis dans le mille et ces types venaient de plus loin, de Maubeuge ou même de Lille. Il tourna à droite, se dirigea vers l'épicerie, en ressortit quelques minutes plus tard, les bras chargés de deux sacs de provisions. Il repassa au même endroit. Mehdi semblait concentré sur deux merdes de pigeon au bout de ses Nike. Les deux types ne mouftaient toujours pas. Maes avança sans se presser quand soudain, les yeux de Tito se gonflèrent d'anxiété. Il lui faisait signe de se grouiller. Mehdi se tirait à reculons. Serge traversa la rue et, au même moment, une Clio déboula à toute allure et pila juste devant lui. Maes piétinait sur le trottoir quand il sentit deux mains se refermer sur son bras. Un flux de liquide glacé inonda ses artères. Survêtement et veste en jean lui coupèrent la retraite, pendant que les deux portes de la Clio s'ouvraient en même temps.

— Serge Maes ? Police. Il faut qu'on parle.

Il y eut un petit mouvement dans le square. Mehdi avait disparu et les gamins détournèrent leurs regards. Maes jeta un coup d'œil circulaire.

— Je montais chez moi. On peut se voir là-haut ?

— Passe devant, on te suit.

Maes grimpa les sept étages, suivi par les quatre flics. Il réfléchissait à toute allure. Boggaert. Ce salaud l'avait-il balancé ? Ça ne lui ressemblait pas... Venaient-ils pour Pauline ? Une chose le rassurait, les flics pouvaient mettre son appart à sac, ils ne trouveraient rien chez lui, même pas une rognure d'ongle de dope. Septième étage. Maes était à bout de souffle. Les flics transpiraient. Il fouilla dans sa poche, tira son trousseau. Sa main tremblait et il dut s'y reprendre à trois fois avant d'introduire la clé dans le putain de trou. Il s'essuya le front. La porte s'ouvrit enfin.

— Entrez.

Les lieutenants Tellier et Jerzak le précédèrent dans le séjour, tandis que Saliha se tenait derrière lui avec un brigadier. Il devait se calmer, putain. Ces types allaient s'imaginer des trucs.

— Tu connaissais Pauline Leroy, commença Saliha.

Maes hésita.

— Je couchais avec elle si vous voulez savoir.

— Nous savions déjà. La question est : qu'est-ce qui lui est arrivé ?

— Si je savais, je vous le dirais. Parce que le salaud qui a fait ça mérite d'aller en taule.

— Ou de se prendre une balle...

— Si c'est vous qui le dites, répondit Maes.

— Parle-nous un peu de Pauline.

Maes ne savait par où commencer, et surtout, il réfléchissait à toute vitesse à ce qu'il devait lâcher ou pas.

— Pauline et moi, on s'est rencontrés il y a six mois dans une boîte à Marly. Elle était avec des copines. Elle m'a plu. On a fini la soirée ensemble. Voilà.

— Et ensuite ?

— Ensuite on s'est revus. On est restés ensemble, c'est tout.

— Et vous aviez des projets ou bien c'était juste pour le cul ? intervint Tellier.

— On avait des projets.

— Quel genre ? demanda Saliha.

Maes regarda les flics, redoutant qu'ils le prennent pour un affabulateur.

— On voulait partir.

— Partir où ?

— Loin.

— Où ça, si c'est pas indiscret ?

— Au Brésil. À Fortaleza.

— Fortaleza ? siffla Saliha, admirative. Avec toi ? Juste après six mois ? Qu'est-ce qu'elle voulait faire à Fortaleza ? Elle parlait portugais au moins ?

— Non. Ça a l'air dingue, je sais, mais c'est ce qu'elle voulait. Partir loin et tout recommencer à zéro.

— Rapport à la dope ?

Maes ne répondit pas.

— Et toi tu te barrais au Brésil comme ça sans crier gare ? T'as pas un boulot ? Des traites sur ta bagnole ?

— Non. Enfin si, mais…

— T'es aussi barré qu'elle, en fait, fit Tellier.

— Ou bien tu te fous de notre gueule, continua Saliha.

— Tu travailles où ?

— Jardiland. À la Sentinelle.

Saliha hocha la tête, excédée. Tellier nota l'adresse dans l'idée qu'il allait devoir y faire un tour.

— Et l'argent qu'elle a emprunté, c'était pour les billets d'avion ? demanda Saliha.

— C'est ça, et puis pour voir venir.

— Et toi, tu voyageais aux frais de la princesse ou tu apportais un peu de flouze ?

— J'ai 10 000 balles à la banque, je devais les prendre avec moi.

— OK, je résume : vous vous faites votre petit plan sac à dos. Pauline emprunte du fric pour se tirer avec toi sous les tropiques. Elle oublie de rembourser son emprunteur qui voit rouge et la fait buter.

Maes ne réagit pas et Saliha enchaîna :

— Et t'as aucune idée de qui a pu faire ça ?

— Le type qui lui a filé le fric, j'imagine. C'est vous qui l'avez dit.

— Tu te fous de notre gueule. Ton histoire ne tient pas debout. Elle a emprunté l'argent il y a trois mois. Pourquoi elle n'est pas partie tout de suite après ?

— Elle avait un point de chute là-bas, répondit Maes. Le copain d'une copine. On devait partir début décembre, mais au dernier moment, ça marchait plus. C'était un bon plan, il suffisait d'attendre un peu.

Saliha se passa la main dans les cheveux pendant que Maes regardait au-dehors par la fenêtre du balcon.

— Elle a acheté les billets?

— Non.

— Donc le fric est encore quelque part. Où?

— J'en sais rien.

Tellier empoigna Maes par le col, le plaqua contre le mur et serra sa main autour de son cou. Maes déglutit et commença à suffoquer.

— Vous… n'avez… pas le droit.

— T'en parleras à ton avocat. Mais nous, on commence à en avoir plein le cul de se faire balader comme des demeurés.

— Je vais te dire ce que je pense, continua Saliha. Pauline a emprunté du fric pour se payer de la came, et comme elle ne dealait pas, elle te l'a filé pour que tu t'en occupes.

— Non. Je touche pas à ça.

— Pourtant, t'as un vrai supermarché en bas de chez toi, intervint Jerzak qui observait la rue depuis la fenêtre.

— Il y a de la drogue dans le quartier, c'est vrai. Mais tout le monde ne se drogue pas ici. En tout cas pas moi. Et je ne deale pas non plus.

— Et Pauline, elle l'achetait où, sa came?

— Elle m'en parlait pas. Je vous l'ai dit, elle voulait tout plaquer.

— On va retourner ton appart de fond en comble et on va aller faire un petit tour à Jardiland, dit Saliha.

Elle appuya sur la pomme d'Adam de Maes qui se débattit comme un poisson rouge hors de son bocal.

— Et si tu te fous de notre gueule, on te colle le meurtre sur le dos.

*

Buchmeyer gara sa voiture sur le parking entre une Kangoo blanche de livraison et un 4 × 4 Volkswagen noir. Au-dessus de la porte d'entrée on pouvait lire l'inscription *Muscle Connection* en lettres scriptes rouges peintes sur un panneau de contreplaqué. Et en dessous *Machines-Boxe-Fitness*. Buchmeyer frappa du poing sur la porte en métal qui vibra dans un bruit de tonnerre. À la seconde frappe, la porte s'entrouvrit. Une armoire à glace. Le gars, couvert de tatouages, dévisagea le flic sans un mot.

— Police. Je veux voir le patron.

Buchmeyer pénétra dans une salle éclairée au néon empestant la sueur rance. Il y régnait une atmosphère studieuse, à peine éraflée par le grincement des ressorts et le froissement des sacs. Au fond, contre le mur de parpaing badigeonné de blanc, sur un ring surélevé, un malabar casqué frappait sur les pattes d'ours qu'avait enfilées un type plus âgé qui lui hurlait de taper plus fort. Sur la droite, une paire de colosses en T-shirt sans

176

manches se défoulaient sur des sacs cylindriques pendus au plafond. Sur la gauche, trois montagnes rouge écarlate, le cou et les épaules ornés d'inscriptions gothiques, des cuisses à la place des biceps, tiraient sur des machines de torture, gonflaient leurs pectoraux, poussaient, ahanaient à s'en faire claquer les artères. Au fur et à mesure qu'ils l'évacuaient, la rage de ces hommes se désagrégeait dans l'air humide pour ne plus subsister qu'à l'état de traces dans le chuintement des câbles sur les poulies et le claquement des poids sur leur base. L'armoire à glace avançait d'un pas souple. Ils empruntèrent une petite coursive jusqu'à une porte vitrée qui donnait sur un bureau. Il frappa deux fois.

— Freddie. C'est pour toi.

Freddie jeta un coup d'œil par-dessus l'épaule du colosse et se leva pour demander à Buchmeyer d'entrer.

— Merci Tino. Tu peux nous laisser. Frédéric Wallet. Je suis le gérant du club.

Wallet tendit la main à Buchmeyer.

— Erik Buchmeyer, police judiciaire.

Wallet sentait l'eau de Cologne. Brut de Fabergé. Il portait une chemisette à rayures pastel. Ses cheveux étaient humides, sa petite barbiche grisonnante, taillée de près.

— Asseyez-vous. Que puis-je pour vous ?

Buchmeyer s'installa dans le fauteuil en plastique moulé qui faisait face au bureau couvert de paperasse.

— Vous voulez vous entraîner? dit Wallet.

— J'ai une plainte contre vous. Thierry Flament. Responsable du rayon boucherie du supermarché Cora. Ça vous dit quelque chose?

— Une plainte? fit Wallet, étonné.

— Deux côtes cassées, une douzaine d'hématomes au visage et dans le dos. Flament s'est fait passer à tabac. Et selon lui, c'est vous et un de vos gros bras, Gégé...

— Gigi?

— C'est ça. Gérard Waterlos. Vous reconnaissez les faits?

Wallet bascula au fond de son fauteuil, un demi-sourire aux lèvres.

— Les faits? Si je reconnais les faits? répéta-t-il, incrédule. Un type se fait passer à tabac et évidemment, parce que je tiens un club de musculation, c'est moi qui suis derrière. Je vais vous dire une chose, monsieur Buchmeyer, c'est pas la première fois. J'entraîne des garçons qui font en moyenne cent dix kilos, alors dès qu'il y a un type qui se coince le doigt dans une porte ou qui se fait cogner par sa bonne femme, c'est Wallet qu'a fait le coup... Sauf qu'à chaque fois, vous pourrez vérifier, à chaque fois, les accusateurs ont retiré leur plainte.

— Bien sûr. Quelques jours plus tard, comme par enchantement. Je vous préviens, j'ai mis deux flics chez Flament. Vous pouvez vous asseoir sur la petite visite de courtoisie que vous aviez sans doute l'intention de lui rendre.

178

Wallet accusa le coup sans laisser transparaître la moindre émotion.

— Vous fabulez. Je m'excuse, mais je n'ai pas passé ce Flament à tabac, ni moi ni aucun de mes « gros bras » comme vous dites.

— Nous avons des témoins.

— Des témoins qui ont vu Gigi cogner ce type ? dit Wallet en faisant rouler sa chaise.

— Non. Pas exactement. Mais on vous a vu mercredi à dix-huit heures au supermarché, avec Waterlos.

— Vous avez des témoins qui nous ont vus, Gigi et moi, au Cora, mercredi soir à dix-huit heures ?

Il se retourna et se leva pour fouiller dans la poche intérieure de son blouson qu'il avait accroché au mur. Il tira une poignée de tickets de caisse qu'il examina de près. Puis il en tendit un à Buchmeyer, triomphant.

— Ne vous fatiguez pas, moi aussi, j'ai la preuve. Mercredi soir. 18 h 27. Voici mon ticket de caisse. J'étais au supermarché Cora comme un millier d'autres gugusses. Est-ce que ça fait de moi un suspect ?

Buchmeyer examina le ticket, puis regarda Wallet droit dans les yeux.

— Êtes-vous en train de me dire que vous ne faites jamais le recouvreur de dettes ?

— Moi, commandant, à la différence de pas mal de monde dans ce patelin, j'ai un travail, et un travail honnête par-dessus le marché. Je tiens une salle de sport. Des types s'entraînent ici tous les jours et je vais vous faire une confidence : certains ne tiennent debout que grâce à cette salle. Pourquoi ? Parce que je les ai ramassés dans le caniveau et que je les ai aidés. Parce que je leur ai dit que s'ils lâchaient pas la dope et les conneries, je leur péterais les dents moi-même, qu'ils se prendraient la dérouillée de leur vie puisque je leur donne une chance de s'en sortir et qu'ils ont pas intérêt à la gâcher. Tenez, regardez…

Wallet s'approcha de la vitre qui donnait sur la salle d'entraînement. Il montra à Buchmeyer le garçon sur le ring qui frappait comme un sourd en se faisant gueuler dessus.

— Vous voyez ce garçon en train de boxer ? Sur le torse, il a un pansement et, sous ce pansement, il y a une plaie béante où on peut mettre le doigt jusqu'à lui toucher la côte. Vous savez comment il s'est fait ça ?

Buchmeyer ne pipait mot, observant le manège de Wallet.

— Il a pris un couteau de cuisine et il se l'est enfoncé dans le ventre. Tout seul, comme un grand. Ce type fait cent kilos, il est monté comme un cheval de course. Il peut remporter le championnat de boxe régional parce qu'il en a le talent et la capacité, et parfois, quand il se prend un coup de cafard, il s'envoie des coups de couteau dans le bide. La question à dix balles, monsieur Buchmeyer, c'est pourquoi. Pourquoi-donc-bordel-de-merde ce gamin se découpe-t-il en tranches dès que j'ai le dos tourné ? Eh bien, je vais vous le dire. C'est tout simple. Il s'est fait enculer par son beau-père quand il avait dix ans. Et depuis, il n'arrive pas à se regarder dans une glace. Parce qu'il a honte. Honte de ne pas être un homme. C'est un truc qui le suit depuis quinze ans et dont il n'arrive toujours pas à se débarrasser. Depuis quinze ans, il prend des risques insensés avec sa vie, il vole, il se came, il se bat, conduit à 180 sur les petites routes de campagne. Et comme si ça ne suffisait pas, il n'hésite pas à se mutiler pour se prouver qu'il est capable d'endurer la douleur. Et toujours pour la même raison : se prouver qu'il est un homme. Ce gamin, commandant, je l'ai récupéré complètement cuit. À vingt-quatre ans. Je l'ai pris en main, je l'ai mis à l'entraînement et je lui ai promis que s'il se mutilait encore, je le fouterais dehors, parce que je veux pas de petit enculé dans mon établissement, parce que chez moi, commandant, y a qu'une seule règle, on bosse et on fait pas de conneries. Et la règle est valable pour tout le monde, Gigi et moi compris.

Wallet se rassit dans son fauteuil. Buchmeyer faisait rouler une pièce de deux euros entre ses doigts. Wallet avait de la repartie, mais s'il croyait l'embrouiller de la sorte, il se foutait le doigt dans l'œil.

— Ça fait combien de temps que vous tenez cette salle ?

— Douze ans.

— Et avant, vous faisiez quoi ?

— Des choses et d'autres. C'est la crise, faut s'adapter, pas vrai ?

— Avez-vous une activité de recouvreur de dettes ?

— Pas dans le sens où vous l'entendez. Il m'arrive de rendre des petits services pour tel ou tel. Tout est ici (Wallet montrait des classeurs rangés sur une étagère) et tout est légal. Je tiens une comptabilité en bonne et due forme. Parfois, certains organismes ne parviennent pas à se faire payer, alors nous faisons l'intermédiaire. On appelle les débiteurs et, la plupart du temps, tout se règle au téléphone. Il suffit de dire : «Bonjour, Frédéric Wallet de la Muscle Connection» et, comme par enchantement, les malentendus se règlent. C'est pour cela qu'on fait appel à nous.

— Et quand ça ne suffit pas?

— Quand ça ne suffit pas, on se déplace. On leur fout un peu la trouille, mais on ne va pas plus loin.

— Jamais?

— Jamais. Regardez celui-là.

Il montra un type au crâne rasé et aux épaules titanesques dont la moitié du visage était mangée par une sorte d'animal à corne gravé sur la peau.

— Imaginez que je me pointe chez Ducon-la-joie avec celui-là pour expliquer gentiment qu'il doit payer sa dette maintenant, parce que sinon il va falloir qu'il s'explique avec «Black Death». Qu'est-ce qui se passe à votre avis? Neuf fois sur dix, le type paie séance tenante et il nous offre même le café pour nous remercier d'être venus.

— Et la dixième fois?

— La dixième fois..., soupira Wallet. La dixième fois on peut se brosser pour le café.

— Vous connaissiez Pauline Leroy?

Wallet souffla.

— Je suis de Wollaing, commandant. Je connais pas mal de monde. Est-ce que vous insinuez que j'aurais tué Pauline ?

— Je n'insinue rien, répondit Buchmeyer. Mais je sais que Pauline devait de l'argent à psf.com et que vous travaillez pour eux. Je sais que vous lui avez réclamé de l'argent et que, peu de temps après, elle a été retrouvée morte dans un terrain vague.

— Je suis désolé pour la petite. Notre mission est de faire l'intermédiaire entre des organismes de crédit et leurs clients, ce n'est pas de tuer les clients.

— Et si, au bout du compte, quand vous avez tout tenté, et je comprends bien que vous commencez par prendre le thé, puis leur chanter une petite chanson, et tout et tout… Mais au bout du compte, quand vous savez que votre client ne vous paiera pas…

— Le client paie toujours, le coupa Wallet d'un ton grave.

Puis il signifia à Buchmeyer que s'il n'avait rien d'autre à lui demander, il avait du travail. Alors Buchmeyer se leva et gagna la sortie, déclinant du revers de la main l'aide d'un bodybuilder qui s'était spontanément proposé pour l'escorter.

*

Le pavillon de chasse du domaine de Raismes était situé en pleine forêt. Ce n'était pas une bicoque en tôle, comme Buchmeyer se l'était imaginé, mais une maison plutôt cossue, formée de trois corps de bâtiment en brique de Leers, un premier élevé sur deux niveaux et deux ailes situées de part et d'autre. On y accédait par une allée gravillonnée qui desservait le pavillon en formant une boucle autour d'un parking bordé de buis. Buchmeyer roulait au pas. Il était sept heures trente du matin et l'endroit était déjà plein. Au cul des voitures garées en épi, des hommes s'affairaient à décharger leur matériel. Certains, assis sur le plancher de leur coffre ouvert, enfilaient leur cuissard et leurs bottes pendant que d'autres ouvraient les niches en polyéthylène d'où jaillissaient leurs beagles, leurs bassets, leurs épagneuls, le poil luisant et la queue raide, bondissant, jappant, s'ébrouant et secouant leurs robes blanches, noires et cannelle. Buchmeyer avançait au pas au milieu de ce tonnerre d'aboiements et de cabrioles. Il aperçut la 205 verte de Delcourt et la Land Rover d'Antoine Vanderbeken et se gara à côté d'elles, sur une place baignant dans l'eau boueuse.

— Bienvenue, commandant, dit Vanderbeken qui s'était pressé au-devant de Buchmeyer. Ravi que vous ayez changé d'avis.

— J'ai bien failli ne pas trouver, répondit le policier en claquant sa portière et en faisant un écart pour éviter la flaque.

L'air était humide. Au-delà de vingt mètres, un épais brouillard avalait la forêt.

— Je vous présente Henri Delcourt, mon associé.

— Enchanté.

— Très heureux. C'est moi qui vais m'occuper de vous.

Vanderbeken retourna à sa voiture tandis que Delcourt prenait Buchmeyer par le bras.

— Vous allez croire à un guet-apens, dit-il. C'est le club valenciennois qui organise une battue au sanglier. Mais on ne se gênera pas. Leur traque se situe au nord-est et nous irons dans le sens opposé. Êtes-vous équipé ?

— J'ai des bottes.

— Parfait. Je vais vous prêter un cuissard et une parka.

Delcourt ouvrit son coffre et sortit des vêtements de chasse qui sentaient le moisi.

— Tenez, dit-il en saisissant un slug browning gold par la crosse. Essayez cela. Vous pouvez y aller, il est déchargé.

Buchmeyer épaula le fusil et pointa la cime des arbres. Puis il ramena le canon à lui, pressa le verrou et cassa le fusil.

— Dites-moi, j'ai reconnu deux ou trois visages. Vous me présentez ?

— Bien sûr.

Le médecin referma son coffre, prit sa carabine Remington à l'épaule et se fraya un chemin vers la petite troupe qui devisait devant le pavillon. Il brisa le cercle et présenta Buchmeyer aux chasseurs. Clément Lemaire, le président de chasse, fut le premier à lui serrer la main.

— Enchanté. Vous chasserez avec nous ?

— Non, répondit Buchmeyer. Je vais au chevreuil avec les docteurs Delcourt et Vanderbeken.

— À la bonne heure. Et j'espère que vous coincerez rapidement les salopards qui ont tué cette pauvre Pauline Leroy.

— Nous les aurons, répondit Buchmeyer en plissant les paupières.

Les autres hommes se présentèrent au policier qui faisait l'effort de se souvenir de chaque nom et de chaque visage. William Reigniez, Jacques Barbier, Dominique Duez, des commerçants de Wollaing.

— Avez-vous interrogé Frédéric Wallet ? demanda un certain Paul Desprez qui fixait Buchmeyer d'un regard incandescent.

— Oui.

Desprez sursauta. Un deuxième ligne de rugby aux cheveux blancs se précipita au-devant du commandant.

— Herman Friske, de l'Auberge flamande. Si vous avez besoin d'informations, je suis à votre disposition. C'est votre première chasse à Raismes ?

— Oui. J'ai chassé une fois dans les Ardennes, mais ça remonte à des années.

— Ah, les battues au gros dans les Ardennes, dit Friske, ce sont les meilleures chasses. C'est là qu'il y a de l'adrénaline.

— À l'approche, il y a plus de sport, reprit Desprez. Chacun a sa chance. C'est un peu comme les gendarmes et les voleurs. N'est-ce pas, commandant ?

Buchmeyer considéra son assistance. Il avait hésité avant de venir. Le gibier et la poudre ne l'intéressaient guère, mais il voulait rencontrer les gens du coin dans un cadre différent. Et de ce point de vue, il n'avait pas à se plaindre. Il n'arrivait pas à s'ôter de l'idée que le meurtrier de Pauline se trouvait peut-être parmi ces hommes. Il prit la parole pour leur dire ce qu'il pensait des gendarmes et des voleurs.

— Je vois quand même une petite différence. Dans mon métier, les flics risquent leur peau à courir après les voyous. Alors qu'à la chasse, on se met à quarante autour de la traque, les rabatteurs agitent les buissons, les cochons sortent ventre à terre pour vous passer devant. Et si je me souviens bien des règles, c'est fusil à l'épaule, une balle dans le cul et on marque un point, ce qui, je vous l'avoue, me rappelle plus la fête foraine que le bureau.

Les présents restèrent interdits, ne sachant si c'était du lard ou, c'était le cas de le dire, du cochon. Lemaire intervint d'un air débonnaire.

— Monsieur Buchmeyer, les chasseurs aussi risquent leur vie. Je ne sais pas si vous vous êtes déjà retrouvé face à un sanglier de cent cinquante kilos qui charge à pleine vitesse ?

— Non, mais je me suis retrouvé face à un type de quarante kilos en manque de crack qui pointait un 9 mm dans ma direction, et je vous garantis que j'échange contre le cochon.

Delcourt, qui voyait le désappointement sur les visages, s'immisça dans la conversation.

— Commandant, si vous le voulez bien, je crois que nous sommes attendus. Quelque chose me dit que nous allons voir du gibier.

— Si le brouillard se dissipe, dit Lemaire.

— Oh… d'ici une heure tout sera dégagé, répondit Delcourt en regardant la cime des arbres.

Gaudi, une superbe chienne aux longs poils noirs, à l'exception des pattes mouchetées de blanc, fourrait sa truffe humide dans la main de Friske en la léchant abondamment.

— On ferait bien d'y aller nous aussi. Les chiens sont à cran.

Lemaire recula de quelques pas et sonna le rappel pour le cercle, la séance de briefing obligatoire dont il se servait toujours pour glisser quelques messages qui n'avaient rien à voir avec la chasse.

— Qui c'est, ce Lemaire ? demanda Buchmeyer à Delcourt alors qu'ils retournaient vers le parking.

— C'est le patron d'une boîte d'intérim de Denain. Il habite Wollaing depuis trois ans et s'est beaucoup investi dans la vie locale. Il préside deux battues au sanglier dans l'année. Il est bénévole à la kermesse, donne toujours un coup de main pour le dîner annuel des anciens de Berga et il n'est pas rare de le voir sur les bancs des supporters lors des matchs de foot du dimanche. Il est très apprécié.

— Il connaissait Pauline ?

— Je ne pense pas. On lui prête surtout des ambitions politiques.

Delcourt et Buchmeyer rejoignirent la voiture où Vanderbeken les attendait. Tout en scrutant le brouillard qui tardait à se dissiper, il vérifiait son arme avec une agilité impressionnante malgré l'annulaire et l'auriculaire qui manquaient à sa main droite. Vega était totalement excitée. Le braque plongeait dans les buissons, détalait sur les chemins, s'arrêtait soudain, changeait de direction, revenait à toute allure. Vanderbeken se tourna vers Buchmeyer et lui demanda s'il était prêt. Puis il lui rappela les quelques règles indispensables. Aucun tir sans identification formelle de l'animal. Ne pas se laisser obnubiler par la cible. Surveiller sa ligne de tir. Armes vers le sol ou le ciel. Tir fichant.

— Henri, tu prends le commandant avec toi?

Les trois hommes inspectèrent une dernière fois leur matériel avant de contourner le pavillon pour prendre la direction de la forêt.

Le chemin des Carmes était une ancienne voie romaine bordée de deux haies immenses qui s'enfonçait, rectiligne, dans un océan de verdure. Après quelques minutes, les voix des chasseurs restés au pavillon s'atténuèrent jusqu'à se dissoudre complètement dans la brume. On ne percevait que le bruissement des feuilles, le craquement des branches et les jappements de Vega. Ils avançaient en file indienne, Vanderbeken devant, Delcourt en deuxième et Buchmeyer en dernier. Au bout de quelques minutes, Vanderbeken leva la main et bifurqua à gauche. Il enjamba le fossé où un mince filet d'eau claire courait sur la boue noire. Delcourt et Buchmeyer le suivirent et s'engouffrèrent dans les bois.

Ils se frayèrent un passage dans un embrouillamini d'arbustes et de branches tordues, puis débouchèrent sous un dôme de verdure étrangement paisible et silencieux. Le ciel avait disparu. Autour d'eux, tout n'était plus que vert et brun. Le sol était un tapis de feuilles décomposées, d'où émergeaient çà et là quelques formes noires, des troncs d'arbres abattus, surnageant tels des noyés sur un lac endormi. Vega avait cessé d'aboyer. Elle tournoyait autour de son maître, raide et survoltée. Vanderbeken força l'allure et ils s'enfoncèrent dans les broussailles en silence.

— Henri, tu longes le ruisseau jusqu'à la chênaie ? Je passe par le haut.

Delcourt fit signe à Buchmeyer de le suivre et Vanderbeken s'engagea derrière son chien. Vega reniflait par terre en décrivant des huit. Ils parvinrent bientôt près d'un énorme tas de ronces. File là-dedans ! lui ordonna son maître, et le chien sauta dans le buisson d'épines. Ces saloperies, hérissées de pointes coupantes comme des rasoirs, étaient impénétrables pour l'homme mais le braque se rua dedans comme un fantassin sous les balles ennemies. File là-dedans ! Bon chien. Vanderbeken restait à l'écart, carabine à la main, prêt à tirer. Le gibier adore les ronces, il s'y réfugie comme dans un terrier. Vega galopait là-dessous en aboyant. De l'extérieur, on voyait les broussailles vibrer. Vanderbeken était aux aguets. Un chevreuil pouvait bondir à n'importe quel moment, ne lui laissant qu'une ou deux secondes pour réagir. Soudain, Vega ressortit du roncier la queue battante. La chienne courait autour de son maître, couverte d'épines, sans se plaindre. S'il n'y avait aucun gibier ici, il fallait essayer un autre endroit, puis un autre et un autre encore jusqu'à ce qu'ils débusquent leur bête. Bon chien ! Vanderbeken releva son fusil et enjamba un tronc mort pour pousser un peu plus loin vers la droite.

Il donna un coup de sifflet pour s'annoncer à Delcourt, qui lui répondit. Ils continuèrent tout droit. La forêt s'éclaircissait un peu. Le toit de verdure laissait passer un peu de lumière grise. À huit cents mètres environ, on débouchait sur les prairies et il n'était pas rare qu'ils dussent traquer des chevreuils jusqu'à la lisière du bois avant de les abattre à découvert. Ils arrivèrent bientôt devant un nouvel entrelacs de ronces, plus épais que le premier, une forteresse imprenable, un des endroits les plus dangereux pour les chiens et les plus recherchés par le gibier qui s'y sent en sécurité. File là-dedans ! commanda Vanderbeken. Vega rampait sur le sol, griffait la terre noire pour se frayer un chemin sous les épines. File là-dedans ! Le chien couina mais rampa en souterrain, et les ronces s'animèrent. Bon chien ! Une onde se propagea. Les feuilles bruissèrent. Vanderbeken se tenait droit, les genoux fléchis. Vega continuait son cirque. Elle partait vers le centre, revenait à l'extérieur, une fois, deux fois. Un craquement. Bang ! Bang ! Nom de Dieu. L'odeur de poudre. Vega sortit de dessous le roncier. Mais le chevreuil qu'elle avait délogé avait filé entre les balles de Vanderbeken. Un beau brocard aux cornes de velours. Il sautilla deux fois comme une puce avant de s'évanouir dans les bois. Vanderbeken actionna le levier de son arme et enfila deux nouvelles balles.

Delcourt, de son côté, avait entendu les coups de feu.

— On va avoir de la visite, s'était-il exclamé avant de fléchir les jambes pour se cacher.

Buchmeyer l'imita. Ils attendirent sans faire de bruit, guettant les moindres froissements, les moindres cris d'oiseaux, mais le brocard ne parut pas. Puis ils entendirent les jappements de Vega et aperçurent Vanderbeken, carabine à l'épaule, qui traçait à travers la forêt d'un pas de coureur de fond. Ils échangèrent de nouvelles instructions. Delcourt, suivi par Buchmeyer, remonta vers le nord, tandis que Vanderbeken faisait un arc de cercle à l'est, en lisière de forêt, pour le rejoindre. Ils croisèrent un chemin boueux, le longèrent sur deux cents mètres puis se postèrent à couvert en contrebas du poste qu'occupait Vanderbeken.

— Ouvrons l'œil. Ça devrait refluer par ici.

Ils répétèrent deux fois cette stratégie. Delcourt devant. Vanderbeken derrière. Deux coups pour rien. Et alors que Delcourt se postait pour la troisième fois, Buchmeyer donna un coup de tête pour attirer l'attention de son coéquipier.

Delcourt se retourna. Il eut une poussée d'adrénaline et son sang se glaça dans ses veines. À vingt mètres derrière eux, au pied d'un chêne, un énorme sanglier aux poils longs et noirs fouillait l'humus avec son groin. Il était seul. Cent cinquante kilos de muscle. Delcourt demeurait interdit. C'était le plus beau qu'il lui fût donné d'approcher depuis des années. Il fit signe à Buchmeyer de ne surtout pas bouger. Le mastodonte ne les avait pas encore remarqués. S'il avait pu choisir, Delcourt se serait légèrement déporté sur la gauche pour se positionner face au flanc de l'animal. Quelques pas auraient suffi. Mais il était trop près. S'il marchait ne serait-ce que sur une brindille, le sanglier l'entendrait et leur foncerait dessus. Un spécimen de cette taille lancé à toute allure pouvait tuer un homme sans même ralentir sa course. Delcourt n'avait qu'une option. Tirer. Et surtout ne pas manquer son coup.

Il mit la bête en joue. Buchmeyer se tenait en retrait, fusil à la main. Pour bien placer l'animal dans sa ligne de mire, le médecin se pencha légèrement sur la gauche. Sa botte ripa sur un morceau de roche grasse. Une branche trembla et « Neandertal » tourna la tête dans leur direction. De face, il était encore plus monstrueux que de profil. Une tête énorme, une crinière noire et épaisse, deux petits yeux rouges, un groin éléphantesque maculé de terre et deux défenses tordues, longues et pointues comme des poignards. Il n'hésita pas une seconde et les chargea. Delcourt tenta de se rééquilibrer et tira ses deux balles, sans effet. La bête continua à charger et le médecin, voyant le monstre prêt à l'éventrer, se jeta dans le buisson sur sa droite. Le buisson vola en l'air, arraché comme une primevère dans un jardin de curé. Placé un peu en retrait, Buchmeyer avait armé son slug et visait l'animal qui passa devant lui à quelques mètres. Il dut attendre et se retourner complètement pour ne pas courir le risque de toucher Delcourt. Quand il eut fait un demi-tour sur lui-même et qu'il eut le dos de l'animal en vue, il tira. L'animal sursauta. Un hurlement qui venait du fond des âges résonna dans la forêt. Sa course changea d'allure mais ne s'arrêta pas pour autant. Buchmeyer courut après l'animal, mais celui-ci courait plus vite que lui et il dut renoncer. Sur les feuilles qui jonchaient le sol, on pouvait voir par endroits de fines gouttelettes de sang. Cette foutue bestiole s'était pris une balle de 9.3 dans la paillasse et continuait de courir comme un cabri. Buchmeyer revint vers Delcourt qui siffla trois coups dans son sifflet et épousseta sa parka.

Vanderbeken, qui avait entendu les coups de feu, s'était posté à la lisière du bois. Delcourt et Buchmeyer avaient touché un animal sans le tuer et, avec un peu de chance, il viendrait dans sa direction. Il resta embusqué et épaula sa carabine. Trente secondes plus tard, ce qu'il vit sortir du bois le laissa muet de stupeur. Il jura dans sa barbe avant de mettre en joue l'animal. La bête, noire comme la suie, avançait avec la démarche d'un éléphant de mer sur la banquise, tirant ses deux pattes arrière comme un fardeau. Vanderbeken n'en revenait pas. L'animal avait reçu une balle qui avait dû lui briser la colonne. Les deux pattes paralysées, ce satané bestiau trouvait encore le moyen de cavaler dans la prairie. Les poils d'Antoine se dressèrent sur sa peau. Il eut ce sentiment étrange, qu'il ne ressentait qu'à la chasse dans ce corps à corps avec l'animal,

194

quand il est question de vie et de mort, de poudre et de sang, cette communion avec la nature et cette forme indescriptible de respect qu'on éprouve pour le gibier. Vanderbeken ajusta son tir. La force vitale que déployait ce sanglier pour échapper à ses poursuivants, se cacher et continuer de vivre le fascinait. Il était à cent mètres et courait sans faiblir à travers la prairie pour rejoindre le bois d'en face. Vanderbeken cessa alors de respirer, serra sa crosse dans sa main droite, appuya sur la détente et la bête s'effondra en plein champ.

*

Ce même samedi, Saliha s'était levée à huit heures. Elle avait repéré, entre Fenain et Wandignies, une départementale qui ne ressemblait à aucune autre, où elle comptait aller courir. Une route pavée en pleine campagne. Elle serpentait entre les champs de blé et de colza, se déroulait à perte de vue, bordée de deux fossés taillés à la serpe qui fleurissaient parfois en une haie sur quelques dizaines de mètres avant de replonger sous terre. Nul obstacle n'y brisait la molle ondulation de la plaine qui laissait parfois éclore un alignement de peupliers, un bois, des maisons blanches aux tuiles brunes. Sur la droite, à quelques kilomètres, dominant tous les environs, l'énorme cheminée de la centrale thermique d'Hornaing crachait ses nuages de vapeur et donnait à ce paysage paisible un faux air de cocotte-minute près d'exploser.

Saliha versa trois cuillerées à soupe de café dans le filtre de la cafetière. Pieds nus sur le carrelage, elle regardait par la fenêtre les motifs extravagants que dessinaient les nuages dans le ciel. Au-dessus de l'alignement à peu près coordonné de tuiles, de cheminées et d'antennes télé, c'était un tumulte, une scène d'apocalypse. Si on s'en donnait le temps, on pouvait distinguer un chien jetant son traîneau dans un énorme pied retourné à six orteils, un berger au corps écrasé mais aux joues et au béret noir intacts, soufflant sur la terre comme pour apaiser une brûlure, ou encore un requin inoffensif, aux dents pointues mais à l'œil rieur. Saliha se versa un bol de café et leva sa chaussure droite pour serrer ses lacets, mais la semelle, usée jusqu'à la corde, se déchira entre ses mains.

Elle arriva au Décathlon d'Aulnoy-lez-Valenciennes dès l'ouverture. Il était désert. Saliha aimait l'atmosphère de ces magasins. Cette odeur de caoutchouc et de moquette synthétique, cette profusion d'accessoires plus ou moins indispensables, cette ambiance feutrée entièrement dédiée au confort du marathonien, du cycliste ou du tireur à l'arc, ces vendeurs cool en T-shirts bleus. Partout l'éloge de la performance sans la souffrance, du résultat sans l'effort. Saliha se repéra aux panneaux. Cyclisme. Randonnée. Running. Homme. Femme. Elle scruta le rayon de gauche à droite puis de bas en haut et repéra une paire qui lui plaisait. Elle se mit en quête d'un vendeur et en trouva un au rayon «escalade».

— Bonjour, vous auriez ça en 39 ?

Un jeune homme occupé à ranger du matériel en hauteur descendit de son escabeau et inspecta la paire de chaussures. Puis il demanda à Saliha de le suivre jusqu'à l'ordinateur situé au bout du rayon, tapota sur le clavier et consulta son stock. Saliha l'observait. Vingt-cinq ans, trente maximum, des cheveux bruns, une barbe de cinq jours, le nez fin, les yeux clairs, un corps mince et sportif.

— Il m'en reste une paire en noir. Vous voulez que j'aille vous la chercher ?

— Oui. S'il vous plaît.

— Attendez-moi là. Je reviens tout de suite.

Saliha s'assit sur un banc au milieu du rayon jusqu'à ce que le vendeur revienne avec une boîte d'où il extirpa la paire de tennis. Son prénom était inscrit au feutre sur le badge qu'il portait à la poitrine. Jérémy. Saliha enfila les chaussures et se redressa.

— Vous vous sentez à l'aise ?

— Oui.

— C'est pour faire du tennis ?

— Non, c'est pour courir.

Il la regarda avec étonnement.

— Ce sont des chaussures de tennis.

— Bah… C'est pareil, non ?

— Elles sont beaucoup plus rigides que les chaussures de course. Le cuir est plus épais pour bien tenir les chevilles… Mais pour courir, elles sont trop lourdes. Il vous faut des chaussures légères avec beaucoup d'amorti.

Saliha ne s'était jamais posé ce genre de questions et réalisa qu'elle avait probablement couru pendant des années avec les mauvaises chaussures.

— Vous me conseillez quoi?

— Vous allez courir où?

— Sur une rue pavée.

Il pouffa de rire. Saliha aussi.

— En ville?

— Non. En pleine campagne. Entre Hornaing et… je ne sais plus.

— Vous n'êtes pas du coin…

— Je suis de Thionville, je viens d'emménager.

— Vous travaillez ici alors?

— Oui.

C'était le moment que Saliha redoutait. Elle connaissait la question qui suivrait et il y avait une chance sur deux pour que la conversation s'arrête là.

— Vous faites quoi?

Saliha hésita. Elle esquissa une petite moue ironique.

— Coureuse de fond. Professionnelle.

Jérémy éclata de rire.

— Non. Sérieusement.

— Sérieusement? Je suis flic.

— Oh…

Le visage de Jérémy passa de l'incrédulité à la perplexité et de la perplexité à la curiosité.

— Flic?

— Ouais.

— Flic qui court.

— Ouais.

— Flic qui court sur des rues pavées de campagne et qui s'appelle comment ?

Saliha rit.

— Saliha. Saliha, le flic. Et vous, c'est Jérémy, le vendeur du Décathlon...

— Trop fort.

— Je sais, je suis une sorte de magicienne.

— Magicienne ? Alors, vous pouvez deviner mes deux passions dans la vie.

Il avait un sourire charmeur.

— Je dirais pour la première : l'escalade.

Jérémy en eut le souffle coupé. Son expression changea du tout au tout.

— Merde. Je veux dire... Bravo ! Comment vous... Et pour la seconde ? dit-il en s'appuyant du coude sur le rayonnage.

— La seconde... je dirais... je ne sais pas... l'archéologie ?

— Faux ! triompha-t-il. Mais pas mal quand même... La photo.

— Vous photographiez quoi ?

— Des ruines.

— Des ruines ? J'étais pas très loin.

— Des ruines industrielles. Des usines désaffectées. Y en a partout ici.

— C'est bizarre de photographier ça.

— Au contraire, c'est très beau. Complètement désert, pris dans les herbes, rouillé, défoncé. C'est paisible, alors que ça devait être un enfer. Si on écoute bien, on peut entendre les voix de ceux qui travaillaient là.

— C'est vous qui vous moquez de moi maintenant.

— Non. Il faut écouter attentivement et…

— … et on entend des fantômes ? plaisanta Saliha.

— Je vous jure. Si vous voulez, je vous montre.

— OK.

Elle s'étonna d'avoir répondu si vite. C'était venu tout seul, sans réfléchir.

— Vous faites quoi demain ?

— Demain ? Je ne sais pas. C'est dimanche. Rien…

— Alors vous venez avec moi ? Vous habitez Valenciennes, c'est ça ?

— Oui.

— Justement, il y a un site que j'ai très envie de photographier. À côté de Denain, à Wollaing.

— Wollaing ? s'étrangla Saliha.

— Oui. Vous êtes à quelle adresse ?

— 10, boulevard Clemenceau.

— Je passe vous prendre à neuf heures. Ça vous va ?

— Ça me va.

— On ira voir les fantômes !

— D'accord.

Puis il se précipita dans le rayon, fouilla quelques secondes et retira une paire de chaussures blanc et orange fluo, taille 39, qu'il mit dans les mains de Saliha.

— Prenez ça. Pour la course, c'est le mieux.

*

Vanderbeken, Delcourt et Buchmeyer avaient quitté la forêt de Raismes vers quatorze heures. Le chargement du sanglier à bord de la Land Rover leur avait pris un temps considérable. L'animal pesait si lourd qu'ils n'avaient eu d'autre choix que d'amener le 4 × 4 à travers champs jusqu'à l'endroit où il avait été abattu. Les trois hommes suèrent sang et eau pour le hisser à l'intérieur. Ils avaient à peine terminé que le ciel noir creva et ils quittèrent la prairie sous des trombes d'eau.

Une demi-heure plus tard, le 4 × 4, suivi des deux autres voitures, entrait dans la cour du cabinet médical. Vanderbeken ouvrit la porte arrière et libéra Vega qui bondit hors du véhicule, excitée par les exhalaisons de suint et de sang qui empuantissaient l'habitacle. Ils débarquèrent la bête dans le garage et Vanderbeken proposa à Buchmeyer de le rejoindre pour la découpe, mais celui-ci refusa.

— Merci. Je crois que j'ai eu ma dose pour aujourd'hui. Je suis un peu barbouillé. Si vous avez de l'eau, je suis preneur.

— Antoine! cria Henri. J'accompagne le commandant à la cuisine.

Delcourt emmena Buchmeyer et l'installa sur une chaise de paille avant de lui servir un grand verre d'eau et de se décapsuler une bouteille de bière.

— Je peux vous poser une question? demanda le médecin après avoir englouti trois rasades d'un trait.

— Allez-y.

— Pour le meurtre de Pauline, vous avez un coupable?

— Pas encore, répondit le commandant en s'agrippant à son verre. Beaucoup de soupçons pèsent sur Frédéric Wallet. C'est notre suspect numéro un, mais pas encore notre coupable.

— Il vous manque des preuves?

— Oui. On est sûrs à 80 %.

— C'est pas mal…

— Mais pas suffisant. Il nous faut des certitudes et ces derniers 20 % sont les plus coriaces.

— Vous pensez qu'il vous faudra combien de temps?

— Je ne sais pas. Peut-être un mois, lança Buchmeyer au hasard. Je crois que nous n'aurons aucune difficulté à recueillir d'autres témoignages. C'est impressionnant le nombre d'ennemis que s'est faits ce type.

— Il prospère sur le malheur des gens. Ici, toutes les familles comptent plusieurs chômeurs. Certains le sont de père en fils. Les fins de mois difficiles, le casse-tête des traites à payer pour la voiture, la maison, les vêtements des enfants, tout le monde connaît ça par cœur. Les combines pour s'en sortir, l'argent emprunté ici ou là, c'est totalement banal et ils savent tous qu'à ce jeu-là, un jour ou l'autre, on peut louper une marche et être convoqué par la banque…

— Ou bien recevoir la visite de Wallet, releva Buchmeyer.

— Oui. Et là, c'est une autre paire de manches.

— Vous pensez que Pauline a joué avec le feu?

Delcourt soupira et avala une autre gorgée de bière.

— C'était une gamine en difficulté. On vous l'a sans doute raconté?

— Oui.

— Une fille intelligente pourtant. Elle aurait dû mesurer les risques qu'elle prenait. En empruntant sur Internet comme elle l'a fait, elle en prenait un. Et franchement, ça m'étonne qu'elle ait poussé le bouchon au point de se faire tuer.

— Je peux vous dire une chose, docteur Delcourt?

— Henri, appelez-moi Henri.

— Henri, je pense exactement la même chose que vous.

— Vous pensez que Wallet est hors de cause?

— Je n'ai pas dit ça. Mais je pense que l'histoire de Pauline cloche. Elle décide de partir en voyage avec son compagnon. Elle veut changer de vie, s'installer à l'autre bout du monde… Elle emprunte de l'argent qu'elle prévoit de ne jamais rembourser. Wallet est un dur, mais c'est aussi un second couteau. Muscle Connection, c'est pas Cosa Nostra. Pauline se dit que dès qu'elle aura passé la frontière, ils perdront sa trace, et de ce point de vue, je crois qu'elle est dans le vrai. Le truc qui cloche, c'est : pourquoi, alors qu'elle n'a pas dépensé son argent, ne prend-elle pas la peine de rembourser une ou deux échéances? Elle gagnerait du temps et ne prendrait aucun risque. Elle rembourse comme prévu, du coup Wallet n'a aucune raison de la tuer.

— Vous avez interrogé son père?

— Il ne sait rien. Il n'a qu'une obsession, se venger.

— Leroy et Wallet, c'est comme l'eau et le feu, répondit Delcourt.

— C'est-à-dire ?

— Ça remonte à Berga.

— Ça me dit quelque chose.

— L'usine de Wollaing. Ils y travaillaient tous les deux. C'est de l'histoire ancienne. Elle a été fermée en mai 83.

— C'était une usine de quoi, déjà ?

— Métallurgie. Aciers non ferreux. Il y avait une tour à plomb, spécialement étudiée pour fabriquer les munitions des chasseurs. C'était une tour unique dans la région. Vous savez qu'elle existe encore ?

— La tour ?

— Non, l'usine. Elle est désaffectée, mais elle n'a pas été détruite. Trop cher, apparemment. Et puis, le site n'intéresse personne.

— Vous parliez de Leroy et Wallet.

— Leroy était CSL, Wallet CGT.

— Sans blague ? Wallet est un ex-syndicaliste ?

— Oui. Il avait vingt ans au début des années quatre-vingt. C'était un gamin et il était surtout là pour en découdre. Il y avait beaucoup de conflits sociaux à l'époque, à Berga comme dans toute la région. C'était la fin des années soixante-dix, le début de la désindustrialisation. Les syndicats se sont battus comme des chiens. Si vous voulez comprendre les gens de Wollaing, qui s'entend avec qui et qui ne peut pas s'encadrer, bien souvent, il suffit de les remettre sur l'organigramme de Berga et tout devient clair. Wallet, c'était un petit nerveux, il

204

aimait la bagarre. Il s'est encarté et il a pu s'en donner à cœur joie.

— Et Leroy?

— Il était CSL. Confédération des syndicats libres. Une centrale très minoritaire qui a disparu depuis. Un syndicat à la solde de la direction, autrement dit des jaunes. Je ne connais pas le détail des histoires, mais je sais que ça chauffait dur entre eux et la CGT.

— Dur comment? demanda Buchmeyer.

— Je ne sais pas pour Leroy et Wallet en particulier, mais ils ne peuvent pas se supporter et ça remonte à Berga. Ça c'est sûr.

— C'était une grosse usine?

— La plus grosse du coin. À Wollaing, tout le monde ou presque y travaillait. Tous les vieux que vous avez croisés, le père d'Antoine y compris.

— Antoine Vanderbeken?

— Oui. Son père, Édouard, était chef du personnel. Quand l'usine a fermé, ça a été un traumatisme pour toute la région.

— Et depuis? Personne n'a tenté de reprendre le flambeau?

— Oh… plusieurs boîtes ont essayé. La dernière en date s'appelait la Socrepa. Une société de recyclage de pièces automobiles. Elle a marché dix ans avant de péricliter elle aussi. Dans les années quatre-vingt-dix, il y a eu Autopart, un sous-traitant automobile, et une autre boîte dont j'ai oublié le nom, un groupe hollandais spécialisé dans la métallurgie de pointe. À chaque fois, tout le monde a voulu y croire. Les gens se sont reconvertis, ils ont fait des formations. Certains changeaient de métier à cinquante ans. C'était très dur. Le nombre d'emplois n'avait rien de comparable avec Berga, mais c'était toujours bon à prendre. Les gens s'accrochaient au nouveau projet, ils étaient prêts à faire des sacrifices. Mais la greffe n'a jamais pris. Le scénario était toujours le même. Les pouvoirs publics attiraient les boîtes avec des avantages fiscaux faramineux. Au bout de trois ans, ils fermaient le robinet. C'était prévu. On ne peut pas exempter d'impôt qui que ce soit *ad vitam aeternam*, n'est-ce pas ? Mais les conseils d'administration s'en moquaient éperdument. Dès que les facilités cessaient, ils fermaient la boîte et s'en allaient ailleurs.

— Et aujourd'hui ?

— Aujourd'hui on a 25 % de chômeurs. Pour les autres, ce sont des petits boulots, de l'intérim, des CDD pour les plus chanceux. Les fast-foods, les stations-service, les supermarchés, les entreprises de nettoyage… Et ceux qui travaillent, travaillent souvent ailleurs, à Valenciennes, à Douai ou à Lille.

— Rien à voir avec la grande époque, compléta Buchmeyer.

— Ça c'est sûr. Berga, c'était le cœur de Wollaing. Quand un gamin de seize ans entrait à l'usine, il avait l'impression de rentrer chez lui parce que son père et son grand-père lui avaient rebattu les oreilles avec. Elle a tout de même eu son cortège de drames, remarquez. La vie n'y était pas rose, mais dans la région, depuis un siècle, c'était elle qui faisait vivre les gens. Aujourd'hui, Wollaing a perdu son cœur. Ses autres organes fonctionnent encore, sous perfusion. Mais la ville n'est plus que l'ombre d'elle-même.

Soudain, un souffle de vent balaya la cuisine et Antoine Vanderbeken apparut dans l'embrasure de la porte, vêtu d'un tablier blanc maculé de sang.

— Voilà. C'est fait. Commandant, nous ferez-vous l'honneur de venir déguster une daube de sanglier, dimanche prochain?

*

Saliha était en train d'enfiler un T-shirt quand un coup de klaxon monta du boulevard Clemenceau. Elle se précipita à la fenêtre et aperçut Jérémy en blouson de cuir, un casque à la main, à cheval sur une grosse Honda Shadow. Elle lui fit un signe de la main, referma sa fenêtre, finit de mettre ses chaussures, engloutit la fin de son bol de café en manquant d'en renverser la moitié, puis ferma à double tour et dévala les escaliers.

— Salut.

— Toujours prête pour la chasse aux fantômes? dit Jérémy en souriant.

— Prête.

— C'est celui de mon frère, il devrait vous aller, fit-il en lui tendant un casque intégral gris métallisé.

Saliha ramena sa chevelure en arrière et enfila le casque pendant que Jérémy remettait le sien.

— Vous montez?

Saliha enjamba la moto et se cala sur le siège passager. Jérémy devina qu'elle hésitait.

— Vous pouvez me tenir aux épaules ou à la taille.

Saliha ne dit rien. Il donna un coup de pied à la béquille, la moto tangua légèrement et deux mains se serrèrent contre son abdomen. Alors il fit rugir le moteur, déboîta et descendit la rue vers l'énorme cheminée de brique qu'on apercevait au-delà des maisons d'ouvriers.

Le ciel était encombré de cumulus gris ardoise et quelques gouttes contraignaient Jérémy à ralentir l'allure. Ils quittèrent la départementale et empruntèrent une route privative mal entretenue au goudron fissuré par les racines des arbres. Ils traversèrent un bois et au bout de cinq cents mètres tombèrent sur un rond-point désaffecté. Un panneau portant le sigle de la Socrepa pointait vers un embranchement qui bifurquait vers la droite. L'autre sortie, au fond, était dépourvue d'indication mais on devinait bien qu'il s'agissait de l'entrée principale. Ils contournèrent le rond-point à vitesse réduite. Berga était là, toute proche. Ils longèrent sur cinquante mètres un mur surmonté de barbelés. L'usine était fermée par une clôture bétonnée plus récente que le reste des bâtiments. Quelques écriteaux subsistaient, portant des instructions de sécurité, vitesse limitée à vingt kilomètres-heure, port du casque obligatoire, interdiction de fumer, adresse du poste de secours… Mais les pancartes principales avaient été arrachées des mâts en acier qui gardaient l'entrée. La voie qui pénétrait dans l'enceinte du site était bordée de poteaux blancs reliés par des chaînes, barrée par un poste de sécurité dont la guérite avait disparu et de deux barrières rouge et blanc dont une seule était levée.

Jérémy avança sans même poser pied à terre. L'entrée était un alignement de bâtiments aux fenêtres cassées. De chaque côté subsistaient des lampadaires de rue et des poteaux électriques identiques à ceux qu'on trouve sur la voie publique. Il tourna à gauche, longea une sorte de centrale électrique miniature ceinturée de grillages rouillés. En face, un hangar tout en longueur, en brique, métal et verre, semblait avoir été conçu avec une attention architecturale particulière. Il s'élevait sur deux étages. Au rez-de-chaussée, des châssis métalliques s'étendaient sur des dizaines de mètres de part et d'autre d'une grande entrée obstruée par un mur de parpaing. Au premier, on retrouvait le même motif avec cette fois d'immenses baies vitrées dont quelques-unes étaient encore intactes.

— C'est le château, dit Jérémy.

— Le château?

— Les bureaux de la direction.

Il tourna à droite et entra dans une cour gigantesque qui semblait desservir une ville fantôme et monumentale. Des bâtiments abandonnés, des hangars de tôle, d'acier et de verre, certains longs et fins, d'autres larges ou carrés, certains vissés au sol, d'autres suspendus dans les airs. En surgissaient au hasard des cheminées de métal et de brique d'où plus aucune fumée ne sortirait jamais, des châteaux

d'eau, des citernes, toute une tuyauterie monstrueuse qui jaillissait entre les bâtiments, ou à la ver-
ticale d'un toit pour replonger deux coudes plus loin
dans un autre. L'édifice central avait les proportions
d'une cathédrale. Haut et fin, flanqué sur six étages
de plusieurs enfilades de verrières à moitié cassées à
travers lesquelles la lumière du jour filtrait, paré de
coursives rouillées et éventrées, et repris sur les côtés
par deux derricks verts dotés d'escaliers extérieurs
desservant des plateformes perchées au-dessus d'immenses puits fermés.

Jérémy arrêta sa moto au milieu de cet atelier
des enfers. Saliha sauta la première. Elle défit son
casque, et secoua ses cheveux bruns.

— Qu'en penses-tu ? Euh… On peut se tutoyer ?

Jérémy était heureux comme s'il avait déniché un
trésor. Saliha jeta un coup d'œil circulaire sur l'usine.
Berga lui rappelait, en beaucoup plus massive, les
usines de Lorraine où avaient travaillé son père et ses
oncles à Thionville, Gandrange ou Sarreguemines.
Elle avait souvenir de mondes hostiles, puants et
fumants dans lesquels ces hommes perdaient leur
santé pour nourrir leur famille. À la différence de
Jérémy qui dévorait l'endroit des yeux, elle n'arrivait
pas à percevoir la beauté de ces bâtiments abandonnés, même si elle ressentait quelque chose de fort sur
lequel elle aurait eu du mal à mettre des mots.

— Je vais ranger la moto.

Jérémy conduisit sa Honda quelques dizaines de
mètres plus loin, derrière un mur de parpaing.

— Saliha, viens par là…

Elle posa son casque pendant que le jeune homme, un sac en bandoulière, vissait un objectif de grande taille sur son boîtier. Puis il se retourna vers elle et la mitrailla.

— Qu'est-ce que tu fais ?

— Rien, c'est pour les réglages.

Il laissa pendre son appareil à son cou.

— Tu viens ? On va par là.

— Tu connais ?

— Non, dit-il en souriant, mais c'est pas ma première usine. On va commencer par le château. En général, c'est là qu'il y a le plus de trucs à voir.

Ils dénichèrent un mur éventré par lequel ils se faufilèrent. La première salle était sombre. Il devait s'agir de bureaux. Tout le mobilier avait disparu à l'exception de quelques fauteuils défoncés.

— On voit que dalle, dit Jérémy. Fais gaffe.

Ils continuèrent et débouchèrent dans un couloir revêtu de lino gondolé. Ils prirent à droite, vers la lumière. C'était un dédale, mais ils arrivèrent bientôt dans une sorte de hall de gare, dont les portes extérieures avaient été murées. Un peu de lumière entrait par la verrière supérieure. Jérémy, l'œil rivé au viseur de son appareil, mitraillait l'intérieur du hall de réception, où subsistaient quelques guichets et fauteuils hors d'usage. Deux escaliers montaient à l'étage supérieur. Ils empruntèrent celui de droite et se retrouvèrent dans ce qui avait dû être une salle d'attente monumentale, sans doute destinée à impressionner le visiteur – et plus de trente ans plus tard, délabrée et envahie de moisissures, elle faisait toujours son effet. Jérémy s'approcha du mur de gauche. Le portrait d'un homme en costume et à moustache dans un cadre en bois bouffé par l'humidité gisait par terre. C'était comme le corps noyé d'un capitaine dans l'épave de son navire. Jérémy le photographia sous plusieurs angles. Sur la droite, des couloirs en enfilade donnaient sur des bureaux auxquels il manquait les portes, car tout ce qui pouvait servir, tout ce qui pouvait être revendu, tout ce qui pouvait brûler avait été pillé. Jérémy jubilait. Par là, la lumière était meilleure. Elle inondait les pièces par les verrières du haut. Il mitraillait ces intérieurs dévastés, ces murs flétris, ces plafonds éventrés, ces bureaux vides, stigmates d'un monde englouti. Ils avançaient en silence, comme dans des catacombes.

Ils entrèrent dans un bureau plus grand que les autres. Il était vide mais sa baie vitrée était intacte.

— Le bureau du patron, dit-il. Mets-toi là que je te prenne en photo.

— Pour ton album perso ?

— Comment tu sais ça ? Tu te mets là, devant la vitre. Tu poses comme tu veux. OK ?

— OK.

Ils inspectèrent ensuite chaque pièce puis Jérémy proposa de se rendre à la cathédrale. Ils redescendirent les escaliers et repassèrent par le trou de souris qu'ils avaient emprunté à l'aller. De retour dans la cour, Jérémy prenait des centaines de clichés. Chaque détail comptait. Il était électrique et tournait sur lui-même dans un bruissement de clic-clac.

— À la cathédrale !

— À mort l'évêque, répondit Saliha.

Jérémy éclata de rire et passa devant elle. Le sol était couvert de déchets, amoncellements de gravats, bouts de tôle, fragments de cuves éventrées, cheminées tombées à terre, éparpillement de tuyaux tordus et emmêlés comme si un déluge de bombes s'était déversé ici. Ils se frayèrent un chemin dans ce décor de guerre et cherchèrent une voie d'entrée. Saliha se hissa sur un quai et, se tenant au garde-corps, tendit la main à Jérémy qui se hissa à son tour en prenant garde à son appareil. Puis ils sautèrent à l'intérieur d'un atelier gigantesque. Vingt à trente mille mètres carrés au bas mot. Entièrement nettoyé. Seules quelques tuyauteries pendaient des plafonds. Des poteaux en acier gisaient par terre. Saliha avait l'impression de découvrir une grotte. L'histoire de Wollaing et de tout le pays était incrustée dans ces murs. Les ancêtres avaient respiré cet air. Ils avaient sué et gagné leur vie ici. Wollaing, si paisible et ennuyeuse aujourd'hui, avait rugi dans le passé. Ici même. Dans ces cages de béton et d'acier désertes et vides. Les verrières sales, longues et étroites qui couraient sur les deux flancs du plateau inondaient l'étage de lumière. Ils se rapprochèrent du centre de l'atelier, où une trémie monumentale permettait d'apercevoir les autres étages en enfilade. Jérémy n'en perdait pas une miette. Les perspectives étaient étourdissantes. Les rayons du soleil avaient percé le ciel noir et projetaient des rais jaunes et poussiéreux. Saliha aussi était envoûtée. Elle touchait du doigt une émotion, pour ne pas dire une beauté, qu'elle n'avait jamais soupçonnée.

— Et les fantômes? Ils sont où?

— Ils sont là, dit Jérémy. Tu ne les entends pas?

Jérémy gardait son œil collé à l'objectif. Saliha tendit l'oreille. Soudain, un bruit de moteur brisa le silence. Puis un autre. Des crissements de pneus. Encore un autre véhicule. Ils venaient de la cour centrale.

Saliha se retourna vers le jeune homme, un doigt sur ses lèvres. Ils s'avancèrent tous deux vers la face nord, en prenant garde de ne pas faire de bruit. Trois voitures. Une camionnette blanche. Un break gris. Marque indéfinissable. Puis une Mercedes noire flambant neuve. La camionnette et le break étaient garés l'une à côté de l'autre et la Mercedes se tenait en retrait. Deux types sortirent du break. L'un d'eux portait une mitraillette en bandoulière. Jérémy se raidit sur ses jambes. Son pouls s'accéléra. Un autre type se dirigea vers la camionnette, parla au conducteur, puis s'avança vers la berline. Il s'adressa au passager sur la banquette arrière et revint vers la camionnette.

Jérémy prenait des photos sans discontinuer. Saliha fouilla ses poches et en tira son téléphone.

— Merde.

— Quoi?

— J'ai oublié mon portable. Tu as le tien?

— Euh… Il est dans ma moto.

— Merde. La moto…

La Shadow de Jérémy était garée à trente mètres de la scène. Il suffisait qu'un des types décide de faire un petit tour pour aller pisser derrière le mur et il tomberait dessus.

— On dirait un trafic, dit Saliha. Fais attention. Surtout pas de bruit.

— Qu'est-ce qu'ils font ?

— On va voir, mais à mon avis ils transfèrent une grosse quantité. Peut-être plusieurs dizaines de kilos.

Les deux coffres étaient désormais ouverts et deux types montaient la garde avec des kalachnikovs pendant que deux autres transbordaient des paquets entre la camionnette et le break. Saliha crut reconnaître un visage.

— Jérémy, le type en blouson beige.

— J'arrive pas à le prendre. Il tourne la tête.

— Les plaques des voitures.

— Elles sont cachées.

En quelques minutes, l'opération fut terminée. Les types rentrèrent dans leurs voitures, à l'exception d'un garde armé qui quitta le centre de la cour pour s'approcher du mur où Jérémy avait garé la Honda.

— Qu'est-ce qu'il fait, putain ? susurra Saliha.

La lieutenant n'avait pas d'arme sur elle. Si ce type découvrait la moto, la probabilité qu'ils passent leur chemin et repartent tranquillement dealer dans l'usine d'à côté était de zéro, nada. Et son plan si les mecs se mettaient à cavaler dans toute l'usine en faisant brailler leurs kalachs ? C'était simple, elle n'en avait pas. Saliha se retourna, dos au mur. Elle regarda Jérémy sans parvenir à lui sourire. Ils n'avaient plus qu'une chose à faire : prier. Allah, le bon Dieu, la

Vierge, saint-je-sais-pas-quoi-on-s'en-fout, pour que le trafiquant ne tombe pas sur la moto.

Le type s'approcha du mur, mitraillette au poing. Puis il abaissa son arme, défit sa braguette et pissa, jambes écartées. La bécane se trouvait à cinquante centimètres de son jet, de l'autre côté. Saliha et Jérémy respiraient fort. Un coup de klaxon très bref les fit sursauter. Le mec se secoua et revint sur ses pas, en maugréant. Les types réembarquèrent. Les moteurs ronflèrent.

— Les plaques, vite, souffla Saliha.

Et pendant que les voitures manœuvraient, Jérémy les mitrailla encore une fois à leur insu.

Berga

Buchmeyer avait attrapé une fièvre de cheval à Raismes et passé son dimanche au fond de son lit. Il avait reçu plusieurs SMS de Saliha auxquels il n'avait pas eu le courage de répondre et une demi-douzaine d'appels sur son téléphone fixe qu'il avait laissé sonner en enfouissant la tête sous l'oreiller. Il avait fini par émerger à onze heures, hagard, le crâne comme un tambour, son portable lui bourdonnant dans les oreilles. Il avait décroché. Magali était en colère. Il ne répondait jamais. Sauf quand il avait besoin d'elle. Il se moquait du monde. Puisque c'était ainsi, qu'il aille se faire foutre. Erik avait répondu d'une voix pâteuse et Magali s'était ramollie comme un caramel. Pauvre petit chou malade. Elle avait accouru et l'avait bordé comme un enfant. Il s'était un peu ragaillardi et ils avaient passé la nuit ensemble.

Le lendemain, le commandant se présenta à la mairie dès l'ouverture. Il monta directement au premier, à la salle des archives. C'était une pièce moderne et lumineuse, récemment repeinte, une exception dans une ville où les équipements publics étaient le plus souvent laissés à l'abandon.

Il présenta sa carte à une employée municipale qui lui trouva illico un bureau au calme, avec siège capitonné et ordinateur à écran plat. Les archives municipales recelaient une collection impressionnante de revues, rapports, études en tout genre sur tout ce qui avait trait à l'activité économique de la région, ainsi qu'une banque de microfilms où étaient conservés sur des petites plaques de verre tous les numéros de la presse locale depuis la fin du XIXᵉ siècle. Buchmeyer s'était adressé aux archives plusieurs fois par le passé, au cours d'enquêtes où tout finissait pas s'emmêler dans son cerveau et où il était contraint, en quelque sorte, de prendre du recul pour avancer. Cette fois-ci, c'était différent. Il avait un besoin impératif de plonger dans le passé de la petite ville de Wollaing et il pensait se trouver au bon endroit pour ça.

Il commença par un tour d'horizon sur Internet. BERGA furent les cinq premières lettres qu'il entra dans le carré de recherche de Google. Il apprit que l'usine avait été fondée en 1907 par la famille Bertoya, de riches industriels andalous exploitants de mines dans le sud de l'Espagne depuis le milieu du XIXᵉ siècle. Destinée à la production de zinc dont la demande montait en flèche grâce à l'essor du bâtiment parisien, elle avait été implantée à dessein à Wollaing en raison de la proximité du site avec les mines de charbon, le traitement de la calamine étant lui-même très gourmand en énergie. Réquisitionnée par les Allemands pendant la Première Guerre mondiale, elle avait été transformée en usine d'armement puis revendue dans les années vingt aux Usines métallurgiques de Charleroi, une compagnie belge qui y avait créé de nouveaux ateliers pour le pressage et le laminage du plomb. C'est les UMC qui avaient bâti la fameuse tour à plomb mentionnée par Delcourt et dont Internet confirmait qu'elle avait servi à fondre des milliards de munitions depuis sa création jusqu'à son dynamitage en 1983.

En 1964, les UMC avaient été rachetées à leur tour par un conglomérat germano-suisse, la Stich AG, implanté à Lausanne. Les années soixante avaient été florissantes pour Berga dont la production et les effectifs n'avaient cessé de grimper pour atteindre un pic de 1 150 salariés en 1969.

Buchmeyer consulta aussi de nombreuses photos d'époque montrant l'inauguration en grande pompe des nouveaux ateliers en 1964, des vues aériennes, des reportages intra-muros. Il se balada sur des sites amateurs de qualité inégale, vantant telle équipe de chaudronniers, de tôliers ou de soudeurs et faisant la part belle aux témoignages d'anciens. Des reportages intitulés «Wollaing autrefois» ou «Berga, patrimoine historique du Valenciennois», des interviews, des rétrospectives... Après quelques minutes de navigation, il sautait aux yeux que Berga avait sombré avant l'apparition d'Internet. Depuis cette époque, beaucoup d'eau avait coulé sous les ponts et Buchmeyer n'en apprit guère plus sur la Toile que ce que Delcourt lui avait déjà confié. Les microfilms lui apporteraient peut-être quelque chose de plus consistant.

Il rédigea sa requête sur un demi-A4 et la remit à une documentaliste aux yeux globuleux qui s'enfuit entre les rayonnages pour revenir quelques minutes plus tard avec sous le bras deux boîtes à chaussures contenant l'intégralité des éditions de *Nord Éclair* et de *La Voix du Nord* entre le 1er janvier 1970 et le 30 juin 1983.

Buchmeyer s'empara des boîtes et s'installa devant l'un des deux lecteurs de microfilms de la salle de consultation. La machine s'illumina d'un voile opaque jaune pisseux. La première boîte réunissait la presse locale des années soixante-dix. Durant cette période, Berga avait défrayé la chronique. Les UMC, le nouvel actionnaire, rechignaient à mener les investissements nécessaires à la modernisation des infrastructures. La productivité avait commencé à s'en ressentir ainsi que la sécurité des installations. On rapportait une vingtaine d'accidents graves liés à des explosions de dépôts de nitrate de soufre ou de colonnes de raffinage. Des conflits sociaux à répétition opposant les syndicats CGT et FO à une direction inflexible, représentée par le directeur général Arnaud Devrard. Buchmeyer balaya de multiples comptes rendus au cœur des grèves, des analyses économiques de tous bords, des interviews de représentants syndicaux, des déclarations de Devrard et d'Alain Stern, le maire de Wollaing. Pendant plus de deux heures, il avala des dizaines de pages, prenant des notes et se frottant régulièrement les yeux. La consultation de ces films en noir et blanc nécessitait un nombre impressionnant de mises au point, de calages, de zooms avant et arrière sur un écran de piètre qualité et donnait vite la migraine. Pour autant, écran après écran, la magie opérait. Berga et ses hommes reprenaient vie. Le policier percevait leur colère, leur émotion, leur hargne ou leur découragement.

Un article particulièrement enflammé de *La Voix du Nord*, daté du 25 octobre 1975, faisait état des conditions de travail déplorables sur un train de laminage. Il commençait par décrire avec fièvre l'ambiance d'enfer à l'intérieur du plus grand atelier de l'usine. « *Une machine dantesque de 300 mètres de long, où les immenses brames d'acier sont chauffées à 1 300 degrés dans les mâchoires incandescentes des fours avant de filer sur un tapis roulant jusqu'aux laminoirs. Huit ogres, en file indienne. Des machines hautes et larges comme des pavillons de banlieue. Palpitantes et rugissantes, écrasant de leurs gigantesques rouleaux de fonte les plaques de métal en fusion.* » Puis le journaliste s'arrêtait sur le coup de gueule d'un tôlier, leader cégétiste. Mahklouf Zermani et ceux de son équipe supervisaient l'écoulement de l'acier sur le train. Il fallait une vigilance de tous les instants pour éviter de se faire brûler ou happer par la machine. C'était un travail dangereux, et depuis plusieurs semaines, les pinces extractives montraient des signes de faiblesse. Les hommes devaient sans cesse corriger les erreurs de trajectoire. Buchmeyer lut que ce Zermani avait plusieurs fois rapporté l'anomalie au contremaître et que sa section syndicale était montée au créneau pour mettre en demeure la direction, mais que rien n'avait changé. Réparer impliquait d'arrêter la chaîne de production pendant plusieurs jours et les patrons ne s'y résignaient qu'en toute dernière extrémité. Ce jour-là, racontait le journaliste, dans une atmosphère tendue à l'extrême, Mahklouf Zermani, monté sur un escalier, avait harangué la centaine d'ouvriers de l'atelier en présence du chef du personnel, Édouard Vanderbeken. Grand, les cheveux bruns coupés court, le visage creusé, les yeux verts et lumineux, Zermani avait, semblait-il, une voix exceptionnelle qui donnait à ses discours des accents théâtraux. L'article reproduisait de larges extraits de son réquisitoire.

« Combien d'hommes devront payer de leur vie ? Combien de familles devront enterrer leur fils ou leur père, monsieur Vanderbeken, avant que la direction n'entende nos revendications ? Les camarades doivent savoir ! Vous savez que le four est vétuste et la situation, dangereuse pour nous tous. Le rapport de la section syndicale contresigné par l'union locale, l'Union syndicale des travailleurs de la métallurgie, la Fédération des métaux et l'union départementale de la CGT est sur votre bureau depuis le mois dernier. Il est plus qu'alarmant et vous ne faites rien. Parce que la seule chose qui vous occupe, c'est de faire toujours plus de profit, et nous autres métallos ne sommes que des pions à exploiter avant qu'on les

jette ou qu'ils périssent. Mais nous vous mettons en garde, vous, la direction et tous les patrons : nous voulons vivre en travaillant, et non travailler pour mourir. »

L'article rappelait que le plaidoyer de Zermani avait été plusieurs fois interrompu par des applaudissements et des acclamations qui n'avaient jamais laissé à Vanderbeken le temps d'intervenir. *« Les mots de Zermani sont percutants,* rappelait le journaliste, *poignants, galvanisants, et la vague qui monte parmi les ouvriers éclate à la fin de chaque phrase, comme la houle sur les rochers un jour de tempête. Pierre Thury, le chef de la section, se tient à ses côtés et reprend en chœur les applaudissements de l'assistance. La foule répète à tue-tête : "Nous voulons vivre en travaillant et non travailler pour mourir." »*

Buchmeyer notait sur un carnet les faits et les noms qui lui semblaient importants. Mahklouf Zermani et Édouard Vanderbeken en faisaient partie. Le nom de Pierre Thury, responsable de l'union locale CGT de Denain et délégué syndical à Berga, revenait aussi dans d'autres articles.

« Pour les patrons, les technocrates et les politiciens, racontait Thury au début de l'année 1979, *les choses semblent faciles. Pour eux, les hommes sont des pions. Un métallo peut devenir mineur, un travailleur du sous-sol peut travailler dans une usine automobile ou une centrale électrique. À les croire, nous sommes interchangeables. Mais l'histoire de notre*

région prouve que les choses ne sont pas si simples.
S'il ne tient pas compte de l'humain, le combat écono-
mique ne peut engendrer que de nouvelles souffrances
pour les travailleurs. Pour le monde politique inféodé
au patronat, c'est inévitable. Nous, à la CGT, nous ne
l'accepterons jamais. »

Et encore en 1980 : « *Comment voulez-vous qu'on*
fasse confiance aux patrons ? Leur maître mot, c'est le
saccage de l'outil industriel. Regardez autour de vous,
les directions délocalisent à tour de bras depuis 1976.
Les patrons du Nord ferment les usines de Roubaix, de
Tourcoing ou d'Hautmont pour investir au Maroc, au
Mexique et en Tunisie. Pourquoi ? Parce qu'ils n'ont
qu'un seul souci : garnir les poches des actionnaires.
Et une seule volonté : casser la classe ouvrière, ces
travailleurs si revendicatifs, si prompts à lutter pour
défendre leurs droits et vivre dignement avec leurs
familles. »

Buchmeyer bascula en arrière sur son siège et
se massa le cou. La presse locale retraçait d'autres
conflits, d'autres prises de position virulentes de la
part de la CGT, et se faisait l'écho d'une certaine
confusion. Que s'était-il vraiment passé durant ces
années ? Le commandant essayait de reconstituer
les faits à l'aide des pièces à sa disposition mais le
tableau était mité de cases grises indéchiffrables.
La vue d'ensemble se dérobait dès qu'il tentait de
l'approcher. Ce n'était plus un travail de flic mais
d'historien. Ses yeux le piquaient. Il avait besoin de
prendre une pause quand son téléphone portable
vibra dans sa poche.

— Allô.

— Erik, c'est Saliha.

Buchmeyer sortit de la mairie une cigarette à la main.

— Je t'écoute, dit-il, le portable coincé contre l'épaule.

— Serge Maes nous a menés en bateau.

— Comment ça ?

— Il a dit qu'il travaillait à la jardinerie, tu te souviens ?

— Mmm, fit Buchmeyer en tirant sur sa cigarette.

— C'est du pipeau. Je l'ai vu hier trafiquer dans les locaux désaffectés de l'usine de Wollaing.

— Berga ? demanda le commandant, médusé.

— Oui. C'est une ruine. Je me baladais et…

— Tu te baladais à l'usine Berga hier ?

— Oui… Je suis allée faire des photos.

— Tu fais de la photo ?

— Oui. Enfin non. C'est pas le sujet. J'y étais, voilà tout. Ce qui importe, c'est que j'ai vu Maes. Avec d'autres types. Ils étaient tous armés. Un trafic de came.

— Tu as des preuves ?

— Pas encore. Dès qu'elles seront développées.

— Tu amènes tes pellicules chez le photographe, toi ?

— Non. Enfin, Erik, on s'en fout. Tu verras. Maes nous a menés en bateau. C'est un dealer et pas un troisième couteau.

— Si c'est le cas, on ira lui causer. Merci Saliha.

225

Qu'est-ce que Saliha avait été foutre à Berga ce week-end ? Ça ne pouvait être une coïncidence. Plutôt le signe qu'il devait plonger à nouveau dans sa recherche. Il sourit en repensant à sa conversation avec la lieutenant à La Perle du Sichuan : « Je crois aux faits et aux preuves. » Cette nana avait un sacré tempérament. Ça lui plaisait. Mais ça ne l'empêcherait certainement pas de mener son enquête comme il l'avait toujours fait, à l'intuite. Il écrasa son mégot, s'engouffra dans la mairie, monta se réinstaller à sa table et se remit à son travail de fourmi.

*

Saliha mit un point final au PV et cliqua sur l'icône « imprimer ». La machine cracha deux pages qu'elle arracha d'une main pour les tendre au garçon en survêtement bleu et blanc assis en face d'elle.

— Tiens. Tu relis et tu signes ici.

Le gamin prit le Bic noir, gribouilla une signature alambiquée et rendit les feuilles à la lieutenant en la fusillant du regard.

— Qu'est-ce qu'il y a ? T'as un problème ?

Il remua sur sa chaise. Il semblait hésiter mais se lança.

— J'ai pas de problème. C'est toi qu'as un problème.

Saliha se leva et contourna son bureau, furieuse. Son visage était maintenant à cinquante centimètres du garçon.

— D'où est-ce que tu me tutoies, toi ?

— Et toi ? Qu'est-ce que tu fais là, au lieu de t'occuper de ton mari ?

Saliha se jeta sur le gamin en hurlant. Elle le gifla une fois, deux fois. L'autre hurla à son tour. La porte du bureau s'entrouvrit. Tellier apparut et se précipita sur sa collègue pour la séparer du gamin.

— J'veux un avocat !

— Ta gueule ! TA GUEULE ! cria Saliha en le menaçant du plat de la main.

Tellier saisit Saliha par les épaules et la tira hors du bureau, tandis que Jerzak entrait accompagné de deux gardiens de la paix qui refermèrent la porte derrière eux.

— Ça va ? demanda Tellier à Saliha qui se tenait adossée au mur, les mains sur les genoux.

— Ça va, répondit-elle d'une voix essoufflée.

— On va s'en occuper. Va prendre un peu l'air.

Tellier entra dans le bureau et en ressortit aussitôt, le blouson de Saliha sous le bras. Elle le prit, jeta un coup d'œil à la pendule sur le mur et quitta le commissariat.

Une fois dehors, elle sortit une petite carte bristol de sa poche et composa le numéro qui y était inscrit. Elle attendit neuf sonneries avant que le correspondant décroche.

— Jérémy ? Salut, c'est Saliha.

— Salut.

— Tu as les photos ?

— Pas encore. J'étais justement à la cave en train de les développer.

— Tu auras fini quand ?

— J'ai presque terminé.

— Je peux venir les voir ?

— OK. Passe dans une heure. Je ne bouge pas.

Jérémy habitait un petit deux-pièces dans une maison couleur menthe transformée en appartements. Quand Saliha sonna à sa porte, il était en train de siroter une bière sur son canapé. Il dévala l'escalier intérieur et vint ouvrir. Elle se tenait devant lui, les mains dans les poches. Il bruinait et une mèche brune lui barrait le front. Elle sembla hésiter un instant puis se hissa sur la pointe des pieds et l'embrassa furtivement sur la joue.

— C'est ici chez toi ?

— Oui. J'habite à l'étage, mais je développe à la cave. Tu veux boire quelque chose ?

— D'accord.

L'appartement de Jérémy était clair. Deux fenêtres assez larges donnaient sur la rue. Les murs étaient encombrés de photos et d'étagères débordant de livres. Un canapé, deux fauteuils, une table, des lampes de lecture. Saliha n'aurait su dire pourquoi, mais on s'y sentait tout de suite bien. Le contraste avec son F2, tout blanc et presque vide, était saisissant. Jérémy lui tendit une Heineken fraîche.

— C'est bien chez toi.

— Tu aimes ?

— Ouais. Tu verrais chez moi. C'est pas du tout comme ça. C'est toi qui as pris ces photos?

Saliha montrait du doigt des paysages désolés en noir et blanc, des décharges, des terrains de basket aux murs tagués, des usines abandonnées.

— Oui. Tout vient de la région, à quelques exceptions près.

— Ça ne te déprime pas trop?

— Non, c'est les centres commerciaux qui me dépriment. La foule, les montagnes de bouffe.

Il s'approcha de l'image d'une usine décatie qui surgissait d'un magma de broussailles et d'herbes folles.

— C'est comme si toute la vie accumulée dans ces murs, emprisonnée depuis des années, était encore là sous une autre forme. Une sorte de truc radioactif. C'est plus là, mais les traces subsistent et elles ne sont pas près de s'effacer. Tu vois ce que je veux dire?

— Peut-être…

— Je ressens ça quand je les photographie. C'est bizarre. Parfois, j'ai même l'impression d'entendre des voix, des sons du passé, je te jure. Assez flippant…

— C'est le principe des fantômes…

— Fous-toi de moi, répondit Jérémy en lui donnant une bourrade.

— Bon, on va les voir, ces photos?

Au bas de l'escalier, il ouvrit une petite porte en bois ajouré et ils descendirent à la cave. Au fond d'un couloir étroit qui empestait la terre humide et le salpêtre, il y avait une porte en métal. Jérémy invita Saliha à le suivre à l'intérieur, guidé par l'ampoule rouge suspendue au plafond voûté. Ça sentait le vinaigre et elle plissa les yeux. Sur des fils tendus, des photos séchaient comme sur une corde à linge. Contre le mur, sur une table longue et étroite qu'elle peinait à distinguer dans l'obscurité, deux bacs en plastique remplis de liquide reposaient de part et d'autre d'un agrandisseur.

— Voilà les premiers tirages.

Jérémy lui montra les photos ruisselantes de fixateur. Elle reconnut l'entrée de l'usine, les tours d'acier, les hangars. Les noir et blanc nimbés de lumière rouge leur donnaient l'air encore plus sinistre et inquiétant qu'en réalité.

— Tu as les dernières ? Celles avec les types.

— C'est sur mon deuxième rouleau.

Jérémy dévissa un petit tube en plastique noir, pinça le film à l'intérieur et le déroula entièrement. Puis il examina la pellicule en la faisant lentement défiler devant l'ampoule rouge. Les clichés apparaissaient en négatif, contours et matières inversés, et Saliha n'y distinguait pas grand-chose. Jérémy, lui, les considérait avec attention car il en avait pris une bonne partie planqué derrière un mur, à l'aveuglette.

— Là, regarde ! Les types qui sortent de la voiture.

— Ils sont trop petits. On ne voit pas leurs visages. Tu en as d'autres ?

Jérémy continua d'inspecter la pellicule.

— Ici. Avec un flingue. Mais on ne voit pas bien ses traits.

Saliha plissa les yeux et inclina la tête pour tenter de discerner les détails.

— C'est le type à la voiture. Là encore. Et là. Ici, le type qui va pisser. La voiture. Encore la voiture. J'ai pas l'impression qu'on pourra les identifier avec ça, dit-elle, déçue. Tu peux les développer?

— Le développement c'est fini. Il faut les tirer, répondit-il avec malice.

— Oh moi, tu sais, les trucs d'avant-guerre…

— T'exagères. Mon matos date de 76.

— Je n'étais pas née.

— Moi non plus, lieutenant, dit Jérémy en riant.

Il ouvrit la gueule de l'agrandisseur et inséra la pellicule. Puis il alluma le projecteur et les négatifs apparurent en grand format sur la table. Il fit défiler les clichés, s'arrêta sur l'un d'eux, déchira une enveloppe en plastique noir, inséra une feuille dans le guide en métal, enleva le cache, et la lumière blanche jaillit pendant trois secondes. Il souleva le papier par le coin droit et le plongea dans le bac jaune rempli de révélateur. Saliha observait l'opération avec attention. Des traînées grises émergèrent petit à petit sur la feuille immaculée, dessinant progressivement un bout de mur, un rebord de fenêtre, le capot d'une voiture, une silhouette. C'était, de l'avis de Saliha qui le découvrait pour la première fois, un processus mystérieux et poétique, une sorte de naissance. Fascinée, elle se pencha pour mieux voir et perdit l'équilibre pour finir collée au dos de Jérémy. Surpris alors qu'il remuait le papier dans le bain, il ne

231

fit rien pour se dégager. Saliha ne bougea pas non plus. Ils restèrent ainsi quelques instants. Puis elle le repoussa doucement et tous deux se penchèrent au-dessus du bain. À travers les remous du liquide translucide, un troisième personnage en noir et blanc, le visage dur et tendu, les regardait.

— Tu le connais ? demanda Jérémy.

— Oui. Il s'appelle Serge Maes. C'était l'ami de Pauline Leroy.

— Celle qui s'est fait tuer à Wollaing ?

— Oui.

— Merde. C'est un dealer.

— Je m'en doutais, maintenant on en a la preuve. Et les autres, on les voit bien ?

— J'ai peur que non, répondit Jérémy. Celui-là a tourné la tête dans notre direction au moment où j'ai pris la photo. Mais c'est un coup de bol.

Il sortit la photo du révélateur, la plongea dans le fixateur puis se remit à faire défiler la pellicule. Malheureusement, les autres visages étaient pris de dos ou bien coupés. Aucun n'était clairement identifiable.

— Celle-là. Reviens sur celle-là.

Saliha s'était arrêtée sur une photo à peu près complète de la voiture où on ne discernait que des ombres à l'intérieur de l'habitacle.

— Tu peux l'agrandir ? Là.

Elle désigna un endroit sur le négatif. Jérémy fit le point.

— Parfait, tu peux la sortir comme ça ?

— Sans problème.

232

L'agrandissement montrait clairement qu'il s'agissait d'une voiture belge.

— À mon avis, c'est une voiture de location et il n'y aura rien à en tirer, mais je vais quand même tenter le coup…

Jérémy sortit le cliché du bain et le suspendit à côté des autres. Puis ils sélectionnèrent d'autres photos et, quand Jérémy eut terminé, il tendit à Saliha le portrait de Serge Maes, la plaque minéralogique de la Mercedes et les clichés qui montraient précisément la nature du trafic qui avait eu lieu ce jour-là à l'usine Berga.

Avant de remonter, Saliha jeta un coup d'œil sur l'extrémité de la corde à linge. Elle ne put retenir un sourire.

— Tu les veux? Je te les offre, dit Jérémy en décrochant les deux portraits qu'il avait pris d'elle en train de dénouer ses cheveux.

— Garde-les. C'est cadeau.

Puis ils remontèrent l'escalier. Dehors, il faisait nuit noire.

— Je vais y aller, dit Saliha.

— Il est huit heures. Tu veux pas rester dîner?

— Non, merci. Je vais rentrer.

Jérémy chercha un truc pour la retenir et manqua son coup.

— T'aimes pas les mecs?

Saliha explosa d'un rire forcé.

— Qu'est-ce que tu me chantes?

— T'aimes pas les mecs et c'est sur moi que ça tombe, c'est pas grave…

— Arrête tes conneries, Jérémy. S'il te plaît…

— Alors je suis pas ton genre, c'est ça ?

Saliha secoua la tête, incrédule.

Jérémy ne savait plus quoi dire. Il se sentait merdeux. La jeune femme le considéra, dépitée et sans doute un peu déçue. Alors elle serra les tirages contre elle, tourna les talons et claqua la porte.

*

Mai 1983. Nord Éclair.

Confrontée depuis 1978 à des difficultés économiques et à des conflits sociaux à répétition, l'usine métallurgique de Berga, implantée à Wollaing depuis le milieu du XIXᵉ siècle, devrait fermer ses portes avant la fin du mois, supprimant ainsi 950 postes.

« C'est un triste anniversaire. On a installé une plaque mortuaire devant la grille d'entrée, histoire de marquer le coup », raconte, le cœur gros, Dominique Lemay, militant CGT. En effet, la première réunion de concertation entre salariés et direction en vue de négocier un plan de fermeture progressif a eu lieu il y a un an, jour pour jour. À l'époque, le président du groupe belge Debaas (actionnaire majoritaire depuis 1976), accompagné par le directeur de l'usine, Arnaud Devrard, était venu en personne rassurer les salariés sur le plan de reclassement et les projets de reprise d'une partie des activités. Déjà à l'époque, la CGT, par la voix de son représentant Pierre Thury, formulait de sérieux doutes quant à la bonne foi de la direction. M. Thury avait martelé dans nos colonnes

sa certitude que le calendrier et les conditions affichés ne seraient pas respectés par la direction. Une certitude contestée par le groupe Debaas qui affirmait étudier des plans de transfert d'activité sur les sites de Liège, Andenne et Charleroi. Interrogé par notre rédaction il y a un an, M. Devrard refusait de parler de licenciements et répugnait encore plus à donner des dates. Mais ces précautions oratoires n'ont pas permis de dissiper les craintes des salariés et de certains élus communistes du département. Aujourd'hui, force est de constater que les faits ont confirmé ces craintes. La grève éclair décrétée il y a quinze jours à la suite de la rupture d'une poutrelle de soutènement qui avait provoqué la mort du leader syndical Mahklouf Zermani n'a pas permis d'inverser le cours des choses. Au contraire, pendant une semaine de grande confusion qui a vu les maires de Wollaing et de Valenciennes s'impliquer personnellement, ainsi que les directions nationales de la CGT et de FO, de violents heurts ont éclaté dans l'enceinte de l'usine, entraînant même le suicide du chef du personnel, Édouard Vanderbeken. « Cette usine est devenue insalubre, clame Arnaud Devrard. Elle doit être fermée au plus vite si nous voulons éviter d'autres accidents. » Une thèse qui a convaincu les autorités alors que les difficultés de l'usine étaient connues de tous depuis longtemps.

En effet, Berga, qui depuis le 15 août 1982 avait recours au chômage partiel, était en droit d'alerte depuis un an, une procédure qui implique l'examen annuel des comptes par un expert indépendant. En 1981 déjà, une première restructuration avait conduit à 150 licenciements, suivie en janvier 1982 par une deuxième vague de 200 départs. « À ce moment-là, on avait espéré que ça reprendrait, surtout si on trouvait de nouveaux clients », ajoute Michel Caron, délégué CGT. Mais il n'y a pas eu de nouveaux marchés et « le plan précédent n'a pas permis de redresser la barre », reconnaît la direction.

L'usine, où la moyenne d'âge est de 45 ans, fait vivre directement et indirectement environ 10 000 personnes dans le département où la moyenne du chômage est plus élevée qu'ailleurs en France. Avec la fermeture du site de Wollaing, c'est tout un chapitre de l'histoire ouvrière de la région qui va se refermer. Clément Lambert, père de deux enfants, ne s'inquiète pas pour son avenir. « Moi ça va, ma femme travaille comme expert-comptable et je vais retrouver du travail facilement, j'ai déjà bossé dans la menuiserie. Le problème, c'est pour les autres… », explique-t-il en jetant un regard soucieux vers un collègue plus âgé.

Hier, trois camions-grues passaient les grilles de l'usine. Ce sont les déménageurs. Le bâtiment de 10 000 m² a déjà été vidé de la moitié de ses machines. « On a de quoi faire un vrai terrain de football là-de-dans », sourit Dominique Lemay. « Il y avait vraiment une très bonne ambiance ici. On se voyait souvent en dehors des heures de travail, je ne retrouverai jamais ça ailleurs. C'est dur », regrette Jean-Philippe Dumont qui a décidé de dire « adieu » à l'industrie et s'est ins-crit à un atelier découverte du métier d'animateur.

Sur le parking de l'usine, tout le monde a le cœur lourd. Chaque poignée de main est peut-être la

dernière. On parle peu, mais les regards en disent long.
Un à un, les ouvriers sortent. Dominique porte une
petite pile dans ses bras, son bleu de travail, ses chaus-
sures de sécurité, ses gants : seize ans chez Berga.

Hier, Dominique a rendu ses clés et son badge à
l'agent d'accueil. Très bientôt, ce dernier verra passer
les salariés qui viendront faire les derniers nettoyages,
et peut-être les potentiels acheteurs de la coquille vide.

Buchmeyer se leva et étira ses bras derrière ses
épaules. Cela faisait une éternité qu'il n'avait pas lu
la presse cinq heures d'affilée. En rassemblant ses
notes, il fut impressionné par le nombre de pages à
petits carreaux qu'il avait noircies. Il releva la concomitance des drames survenus lors du printemps
1983 et chercha d'autres détails sur l'accident de
Mahklouf Zermani et le suicide d'Édouard Vanderbeken. Pour ce dernier, *Nord Éclair* et *La Voix*
du Nord évoquaient des problèmes familiaux, indé-
pendants de son activité professionnelle. Il s'était,
paraît-il, enfermé à double tour dans son bureau et
jeté par la fenêtre.

Buchmeyer avait relevé plusieurs fois dans la
presse les noms de Devrard et Vanderbeken. Thury
et Caron, Lemay et Zermani. En revanche, il n'avait
rien trouvé sur Wallet qui était sans doute trop jeune
à l'époque pour intéresser qui que ce soit. En une
matinée, il avait eu l'impression de voir cette usine
immense, puissante et fière, se cabrer, fléchir et tomber à terre. Il avait vu, entendu et ressenti ce drame
qui progressait, à travers d'innombrables bagarres,

victoires, coups tordus et victimes collatérales, vers son épilogue le 5 mai 1983.

Le commandant rendit la boîte à chaussures à la documentaliste aux yeux de poisson. Puis il regarda sa montre et sursauta. 14 h 22. Il prit ses affaires et descendit l'escalier à toute allure car la brasserie des Mines ne servait plus après la demie.

*

Maes était assis en slip sur son canapé. Une tasse de café dans la main droite, il regardait d'un œil distrait le vendeur d'une émission de téléachat qui frétillait d'admiration pour une pelle à ordures électrique révolutionnaire. Soudain, une cavalcade gronda dans la cage d'escalier. Il renversa le liquide brûlant sur sa cuisse, jura et tenta d'improviser une stratégie à toute allure quand sa porte d'entrée se mit à résonner comme un tambour du Bronx. Huit heures. Merde.

— Ouvrez ! Police !

Il se précipita dans sa chambre, enfila son pantalon en maugréant au moment où la porte cédait, laissant entrer trois flics armés et casqués dans son appartement. Derrière eux, la lieutenant Bouazem, la démarche volontaire et le visage fermé comme si elle avait passé la nuit bloquée dans un ascenseur. En un quart de seconde, ils avaient bondi sur Maes et l'avaient plaqué contre le mur, un flingue sous le menton. Furax, Saliha brandissait une poignée de photos sous ses yeux ahuris.

— Tu t'es foutu de nous, Maes. Tu deales, espèce de salopard. Et pas qu'un peu...

Elle jeta la liasse sur le lit. Les clichés en noir et blanc s'éparpillèrent.

— Regarde. Elles ont été prises dimanche à l'usine Berga. Des Mercedes, des types avec des flingues, des paquets qui changent de coffre et là, on voit clairement ta petite gueule.

Maes balayait du regard les photos étalées sur le lit. Du boulot de pro. Il reconnaissait tout le monde. Jimmy, Steeve Decoopman, les Boggaert, mais aucun des visages de ces enfoirés n'apparaissait en clair. Seul le sien était pris de face. Une seconde, il avait dû relever sa casquette et le photographe l'avait chopé à ce moment-là. La poisse.

— C'est quoi ça? Vous venez chez moi à huit heures comme des...

— Ta gueule! rétorqua Saliha en appuyant sa ranger sur le pied nu de Maes.

— Aïe! Arrêtez, merde!

— Tu sais ce que tu risques avec ça?

— C'est pas moi, on ne voit rien!

— Tu te fous de ma gueule, répliqua-t-elle en lui collant les tirages sous le nez. On te reconnaît comme si tu t'étais fait tirer le portrait. Les stups vont te cuisiner. Tu vas prendre vingt ans. Quand tu ressortiras, t'auras du bide et la prostate en compote.

Maes paniqua. Les canons d'acier sur son cou l'empêchaient de bouger.

— À la réflexion, t'as qu'une seule carte à jouer...

— Quoi? Qu'est-ce que vous voulez? hurla-t-il.

— Que tu nous dises qui a tué Pauline Leroy.

— Je… Mais putain, je ne sais pas… Je vous l'ai dit cent fois.

— Tu nous as raconté n'importe quoi depuis le début. Tu nous prends pour des cons.

— C'est faux. Qu'est-ce que je vous ai dit comme connerie ?

— Que tu travailles à Jardiland…

— Ouais. Je travaille à Jardiland. Vous voulez voir mes feuilles de paye ?

— Tes feuilles de paye, on s'en tape. Ça fait un mois qu'ils t'ont pas vu à Jardiland, et ça m'étonnerait que tu fasses des heures sup le week-end, parce que le dimanche t'as d'autres trucs à faire.

Maes sentait le sang affluer sous son crâne. Ses membres étaient brûlants.

— Qu'est-ce que vous voulez savoir ?

— La vérité.

— Mais je vous ai dit la vérité. Qu'est-ce que… Ouch…

Saliha lui décocha un kakato geri en plein thorax. Maes se plia en deux, le souffle coupé. Les deux flics en tenue se regardèrent sans rien dire.

— Pour l'instant, tu nous as menés en barque. Maintenant tu vas dire la vérité. Sinon, je te brise les os. Compris ?

Maes n'osa pas récriminer. Saliha continua.

— On recommence depuis le début. Raconte-moi pour Pauline.

— On était ensemble, je vous l'ai dit, répondit-il en se tenant le ventre.

— Tu l'as rencontrée comment ? C'était ta cliente ?

Maes hésita, puis il hocha la tête.

— Eh ben voilà, on progresse. Ensuite ?

— Elle voulait qu'on parte au Brésil pour changer de vie. Je vous jure que c'est vrai. Elle n'avait pas d'argent et elle a décidé d'emprunter sur un site. Elle disait que c'était simple et qu'elle ne rembourserait jamais.

— Ensuite ?

— On avait prévu de partir en décembre, mais ça a traîné. Du coup, ceux qui avaient prêté l'argent ont voulu être repayés et elle est morte. Je vous jure que c'est la vérité.

Maes avait insisté sur le JURE. Il était prêt à confesser tout et n'importe quoi pour ne pas être soupçonné de meurtre. Saliha décida de le pousser encore un peu.

— Il y a un trou dans ton histoire. Moi je vais t'en raconter une autre. Pauline s'amourache de toi. Tu lui fais miroiter les îles ou le Brésil. Comme il faut du fric pour partir, tu lui proposes de faire un emprunt sur psf.com. Elle obéit. Tu récupères l'argent, sachant très bien que tous les soupçons se porteront sur Wallet. Tu la tues. Le tour est joué.

— Non… Je vous jure…

— Moi, je te jure que ça s'est passé comme ça et que si on cherche un peu, on va trouver le fric chez toi.

— Vous vous trompez ! J'aimais Pauline et je ne l'ai pas tuée. Je n'ai pas l'argent, mais je sais où elle l'a caché !

Un quart de seconde, tout se figea, puis Maes reprit :

— Chez son père.

— On y est allés, dit Saliha. On a tout fouillé. On a rien trouvé.

— Eh bien fouillez encore. Je ne sais pas exactement où il est, insista Maes. Mais c'est ce qu'elle m'a dit. Je le jure.

— Tu jures tout le temps. Ça nous avance à rien, tonna Saliha.

— Je peux… Je peux vous montrer quelque chose.

Saliha acquiesça. Maes plongea la main dans un tiroir. Les flics baissèrent leurs armes. Maes en tira doucement une petite boîte laquée. Saliha s'en empara et l'ouvrit.

— C'est quoi, ça ?

— La clé du coffre. Elle m'a dit qu'elle avait mis l'argent dans un coffre et elle m'a donné la clé, sans me dire où il se trouvait.

— Sage précaution, ricana Saliha.

— Prenez la clé et allez chez son père. Le coffre est là-bas, c'est tout ce que je sais. Putain. C'est la vérité !

Saliha observa la clé. Une petite clé Vachette en laiton ronde et dentelée. Elle la mit dans sa poche.

— Passez-lui les menottes.

*

Mardi 27 janvier, Erik Buchmeyer débarqua un peu avant dix-neuf heures au domicile du docteur

242

Vanderbeken. Un véhicule de police stationnait déjà dans la cour, balayant la maison d'un rai de lumière bleue. Il monta les marches et trouva Madeleine Durlin, l'employée de maison, dans la salle d'attente.

— C'est vous qui avez appelé la police, je crois. Comment va Antoine ? demanda Buchmeyer.

— Il se repose dans le cabinet du docteur Delcourt. Il a demandé à ne pas être dérangé.

— Pouvez-vous me raconter exactement ce qui s'est passé ?

— Il était dix-huit heures environ. Je rangeais la cuisine chez Mme Vanderbeken.

— Elle n'habite pas ici ?

— Pas tout à fait. Elle vit dans le petit pavillon. C'est plus calme. Ici, il y a toutes les allées et venues des patients.

— Je ne l'ai jamais vue, s'étonna Buchmeyer.

— Elle ne sort presque plus. Elle est malade depuis plusieurs années.

— Quel âge a-t-elle ?

— Soixante-treize ans.

— Continuez, dit le policier.

— Je terminais de ranger quand j'ai entendu quelque chose comme un cri. Nous avons déjà été cambriolés, en 2004 et en 2008, alors je veille au grain. J'ai éteint mon poste de radio, j'ai tendu l'oreille et cette fois-ci pas d'erreur, c'était bien un cri et ça venait du cabinet d'Antoine. J'ai descendu l'escalier aussi vite que je pouvais et, arrivée près de la porte, j'ai entendu des bruits à l'intérieur, comme des chaises qu'on renversait, des portes qui claquaient.

243

J'ai compris qu'il se passait quelque chose d'anormal et je me suis précipitée sur le téléphone pour appeler la police.

— Bon réflexe. Ensuite?

— J'ai essayé de rentrer dans le cabinet, mais la porte était fermée. C'est un tout petit loquet. Je n'ai eu aucun mal à le forcer. Au début, je n'ai rien vu. Le bureau était plongé dans le noir. J'ai appelé Antoine. Pas de réponse. Alors j'ai allumé la lumière et je l'ai vu recroquevillé contre le mur, près du radiateur.

— Vous n'avez vu personne d'autre?

— La fenêtre était grande ouverte. Je suis sortie mais je n'ai rien vu. Il avait dû filer.

Buchmeyer se gratta le menton.

— Savez-vous si le docteur a des ennemis?

— Grands dieux non! dit-elle, effrayée à cette seule idée. Le docteur est apprécié de tout le monde ici. Il ne s'est jamais mis qui que ce soit à dos. Savez-vous que le maire de Wollaing, M. Vermeersch, lui a proposé plusieurs fois d'être sur sa liste? C'est un signe.

— Il a refusé?

— Oui. Je crois qu'il n'est pas intéressé par la politique. Les marchés, les réunions… C'est un vrai sacerdoce et il a déjà beaucoup à faire avec son cabinet. Il se donne beaucoup de mal, vous savez. Et s'il exerce à Wollaing, ce n'est pas par appât du gain. S'il avait voulu, il aurait pu s'installer en ville, à Valenciennes ou à Lille, et il s'en mettrait bien plus dans la poche qu'ici.

— Pourquoi s'est-il établi à Wollaing?

— Il est né ici. Sa mère a toujours refusé de quitter la ville. Il est resté pour prendre soin d'elle, voilà tout.

— Et vous? Depuis combien de temps êtes-vous au service de Mme Vanderbeken?

— Je suis arrivée en 84. Ça fera trente et un ans en mai.

— Vous étiez sa première employée de maison?

— Non. Elle en a eu une autre auparavant. Jeanne. Une gentille fille, mais pas bien fine.

— C'est après la mort de son mari qu'elle a fait appel à vous?

— Oui. La mort de son mari et de son fils.

— Son fils?

— Le frère d'Antoine. Ils étaient jumeaux et pourtant, de caractères bien différents. À ce qu'on m'a dit, car je ne l'ai pas connu.

— Comment s'appelait-il?

— Paul. Il est mort à dix-neuf ans, dans un accident de montagne.

— Que s'est-il passé?

— C'est une histoire tragique. Après le décès de son époux, Mme Vanderbeken a fait une grosse dépression. Elle n'arrivait pas à s'en sortir. Ça a duré un an. Son médecin a fini par lui recommander une cure de sommeil. C'était au début de l'été 84. Elle a mis ses deux fils en colonie de vacances à Chamonix et elle est partie au Mont-Dore. Plus tard, elle s'en est beaucoup voulu. Toujours est-il qu'au cours d'une randonnée sur la mer de Glace, Paul s'est tué.

C'était un garçon turbulent, l'inverse de son frère. Ils sortaient toujours en groupe, accompagnés par un guide. Mais Paul a dû commettre une imprudence. Il a fait une chute dans une crevasse et il est mort sur le coup.

— En pleine dépression, elle a donc perdu un fils après la mort de son mari ?

— Oui. Le décès de son mari a été un choc, mais la mort de Paul a été le coup de grâce. Elle était dévastée. D'ailleurs, elle ne s'en est jamais vraiment remise. Elle est entrée dans un semi-mutisme dont elle n'est jamais complètement sortie. Toujours est-il que c'est à ce moment qu'elle a fait appel à moi.

— Et les deux frères. Comment s'entendaient-ils ?

— Je n'ai pas connu Paul. Mais apparemment, ils étaient inséparables. Différents mais complices. Paul était un sacré numéro, à ce qu'il paraît ; toujours prêt à entraîner son frère dans des combines. Parfois, ça pouvait mal finir. Vous avez remarqué que le docteur a deux doigts en moins à la main droite ?

— Oui.

— Il s'est fait cela avec Paul quand ils avaient dix ans. Un jour, ils sont allés dans l'atelier de leur père. Ils ont joué avec une scie électrique et hop, Antoine, qu'était moins dégourdi que son frère, y a perdu ses doigts.

À cet instant, un brigadier sortit du bureau du médecin, interrompant leur conversation.

— Ça y est, mon commandant. On a relevé toutes les empreintes. Je fais envoyer tout ça à l'identité judiciaire.

— Merci.

Au même moment, le docteur Delcourt surgit dans le couloir, sourire aux lèvres.

— Alors, comment va-t-il ? demanda Madeleine.

— Mieux. Il a fait une crise d'angoisse. Je lui ai donné du Lexomil. Il a besoin de repos, mais il va bien. Commandant, voulez-vous me suivre ?

Buchmeyer s'excusa auprès de Madeleine et emboîta le pas au médecin. Son cabinet et celui de Vanderbeken n'étaient séparés que par la salle d'attente qu'ils partageaient. Il régnait dans les deux pièces, pourtant sensiblement de la même taille et des mêmes proportions, deux atmosphères très différentes. Ordre, sobriété chez Vanderbeken. Étagères de guingois, bureau en désordre et fauteuils fatigués chez Delcourt. Une décontraction à l'image du personnage. Dans une seconde partie de la pièce, éclairée par un néon, se trouvait le divan d'examen. Vanderbeken y était installé, couvert d'une robe de chambre. Il semblait assoupi mais il releva immédiatement la tête quand Erik approcha.

— Commandant Buchmeyer… Je suis désolé de vous avoir fait déplacer pour si peu.

— C'est mon travail. Comment allez-vous ?

— Bien, je vous remercie. Plus de peur que de mal. Et puis j'ai mon médecin à domicile, dit-il en souriant à son confrère.

— Que s'est-il passé?

— Un individu est entré chez moi par effraction. Il m'a demandé si j'avais un coffre-fort. Je lui ai répondu que non. Il a saisi mon coupe-papier et m'a menacé. J'ai crié. Il a paniqué et je me suis évanoui.

— Il vous a volé quelque chose?

— Un paquet d'ordonnances.

— Vous aviez déjà vu cet homme?

— Non, répondit Vanderbeken.

Erik lui demanda s'il se souvenait du physique de son agresseur. Vanderbeken le décrivit comme un type au bout du rouleau qui finalement n'avait commis aucun crime et pour qui la priorité était de se faire soigner. Un drogué, sans doute.

— Vous devriez être plus prudent. Renforcer vos serrures, peut-être.

— Ne vous inquiétez pas, répondit le médecin. Nous avons vécu ainsi pendant des années. Tout ça n'est pas très grave. Mais je vous remercie d'être venu si vite.

Buchmeyer s'apprêtait à prendre congé.

— Ça tient toujours pour la daube de sanglier, dimanche prochain? demanda Vanderbeken.

— Oui. Si vous vous sentez d'attaque, répondit le policier.

— Bien sûr. Et puis c'est Madeleine qui la cuisinera, autant dire que ça sera un régal.

Le policier salua et se fit raccompagner sur le perron par le docteur Delcourt. Celui-ci gardait au fond de lui une vague inquiétude.

— Qu'en pensez-vous ? dit-il alors qu'Erik remontait la fermeture de son blouson jusqu'au cou, car soudain, il s'était mis à bruiner.

— Je crois qu'il s'agit d'un banal cambriolage qui aurait pu très mal finir. On ne sait jamais ce qu'un type peut faire avec un coupe-papier qui ne lui appartient pas.

Wallet

Quand Saliha poussa la porte du bureau 117, Buchmeyer se tenait immobile face à la fenêtre, le regard perdu au travers de la pluie épaisse qui dégoulinait sur les carreaux. Depuis une semaine, Valenciennes étouffait sous un couvercle de plomb humide et glacé. Le ciel avait progressivement viré du gris au noir et fini par se répandre d'un coup sur la ville, telle une outre pleine d'eau éventrée d'un coup de rasoir. Erik aimait la pluie qui nettoyait toute la crasse des rues, toutes les moisissures des âmes. La grande lessive salvatrice tombée du ciel, presque une bénédiction dans ce pays maudit.

— Erik ?

Buchmeyer sursauta.

— Tu veux un café ? demanda Saliha en refermant la porte du bureau, un gobelet brûlant à la main.

— Merci.

Son portable vibra. Il esquissa une grimace. Une voix écrasée hurlait dans l'appareil. Buchmeyer l'éloigna de son oreille avant de le rapprocher lentement, sans quitter sa collègue des yeux.

— Je t'entends, susurra-t-il la main devant sa bouche. Non... Je t'ai appelée... Si... Non... Bon, écoute...

Saliha remua la touillette dans son gobelet. La moindre des corrections eût été de se détourner ou de quitter momentanément la pièce, mais elle n'en fit rien et s'avança au contraire vers le bureau de son chef pour se laisser tomber lourdement dans le fauteuil en skaï sans rien dire, en continuant de remuer son café. Elle toisait Erik d'un regard sévère en essayant de ne pas laisser transparaître ses sentiments. Mais son visage parlait pour elle. Il disait : « Erik, tu es un salopard. » Buchmeyer marmonnait dans son portable et Saliha n'avait pas besoin qu'on lui fasse de dessin. Il était aux prises avec une de ses conquêtes. Une de ces femmes qui frétillent à la seule vue d'un holster sous un blouson.

Elle en avait soupé jusqu'à la nausée des blagues de chambrée de ses collègues mâles. Leur grand jeu, si on peut dire, était de se pointer chez une femme, seule ou mariée peu importe, juste après qu'elle avait subi une agression ou un vol avec effraction. Le scénario était toujours le même. La victime bouleversée appelait les flics qui débarquaient avec l'attirail complet : uniformes, rangers et talkie-walkie. Après la frayeur qu'elle venait de subir, le déploiement de testostérone sur la moquette de son salon la mettait dans un état d'agitation qui s'épanchait habituellement en grosse crise de larmes. Un des flics était désigné pour offrir son épaule généreuse et lui jurer qu'elle pouvait compter sur lui et sur le ministère de l'Intérieur, accessoirement, pour tout mettre en œuvre afin de retrouver le coupable même s'il fallait aller le chercher jusqu'au fond du Tadjikistan. Fin du premier acte. Les représentants de la loi s'éclipsaient, souples comme des panthères. Acte 2. Le lendemain, à un moment où la femme était seule, ce qu'ils avaient soigneusement noté la veille lors d'un interrogatoire sommaire, le flic à l'épaule généreuse revenait sonner à sa porte, prétextant avoir oublié de vérifier un détail, une empreinte, un angle de vue, n'importe quoi. La victime lui offrait un café. Il acceptait et enlevait sa veste en arborant ostensiblement son holster bien garni. À la vue du pétard, 90 % des nanas se pâmaient devant ce mâle protecteur que leur offrait la divine providence. Dès lors, l'affaire était dans le sac. Les officiers faisaient des compétitions et à ce jeu-là certains d'entre eux, au physique sportif et à la voix grave, n'avaient pas assez de leurs deux mains pour compter leurs points. Évidemment, ils s'en vantaient copieusement et Saliha leur avait souvent volé dans les plumes à ces occasions.

Pendant qu'elle tournait tout ça dans sa tête, Buchmeyer tentait tant bien que mal de mettre un terme à sa conversation. Enfin, il replaça son téléphone dans sa poche et, imperturbable, demanda :

— Alors, Saliha... Ce Maes... Coupable ou non coupable ?

La jeune femme inspira profondément, mais décida de manifester sa lassitude en se taisant un long moment.

— Saliha ? Le chat a mangé ta langue ?

— Maes est un dealer, reprit-elle. C'est lui le responsable de l'ensemble du trafic dans le quartier Saint-Waast. C'est un lieutenant du réseau. Peut-être même un capitaine.

— Pour qui travaille-t-il ?

— Les frères Boggaert.

Erik fit la moue.

— Les stups sont sur le coup ?

— Oui. Ils ont tout le dossier depuis ce matin. On l'a cuisiné pendant sa garde à vue et il a fini par craquer. Les photos à l'usine l'ont achevé. Je lui ai fait comprendre qu'il nous était très facile d'en envoyer une copie aux frères Boggaert en suggérant que c'était lui qui nous avait renseignés. Du coup, il a craché le morceau.

— Bien joué. Et côté Pauline ?

— Il ne démord pas de son histoire de voyage au Brésil. Il m'a ressorti tout ce qu'il avait déjà dit à la virgule près. L'argent emprunté par Pauline, les menaces de Wallet, le voyage repoussé...

— Et lui dans tout ça ?

— Il prétend avoir été un spectateur impuissant.

— Ça ne cadre pas avec son personnage.

— C'est ce que je lui ai fait remarquer, acquiesça Saliha. Je lui ai dit qu'un jury de cour d'assises n'achèterait jamais son petit numéro de dealer qui regarde passer les billets les bras ballants. Je lui ai bien expliqué qu'il était le suspect numéro un et qu'il avait un mobile en béton, vu qu'à ce jour, personne n'a remis la main sur les 50 000 balles empruntées par Pauline.

— Comment a-t-il réagi ? demanda Buchmeyer en se renversant dans son siège.

Saliha glissa sa main dans la poche de son blouson et en sortit une clé qu'elle fit claquer sur le bureau du commandant.

— Il m'a remis ça.

— C'est quoi ?

— Selon lui, la clé du coffre où Pauline a caché l'argent.

— Drôle de coffre.

— Je ne te le fais pas dire.

— Et où se trouve-t-il ?

— Toujours selon lui, chez Rémy Leroy.

— Le père ? Impossible, on a ratissé sa bicoque au peigne fin.

— C'est pourtant ce qu'il avance. Selon lui, Pauline aurait planqué l'argent chez elle et caché la clé chez Maes, ce qui montre qu'elle se méfiait à la fois de son père et de son amant.

— Sauf que ce sont des pros qui ont fouillé la maison de Leroy, opposa Buchmeyer. Si Pauline y avait planqué ne serait-ce qu'un paquet de clopes, ils l'auraient trouvé. C'est totalement impossible qu'ils aient laissé un coffre-fort derrière eux.

— C'est pas un coffre-fort.

— Peu importe. Même une boîte à musique, ils l'auraient trouvée.

— Ça confirme ce que je pense. Maes ment, reprit Saliha, et il m'a refilé une clé bidon pour gagner du temps.

— Et comme il sait très bien qu'on va aller vérifier, il ne fait qu'acheter quelques jours de sursis. Il en est conscient mais il n'a pas le choix. Conclusion ?

— Il est aux abois.

Le commandant se retourna vers la fenêtre. La pluie tombait toujours à verse et l'hôtel de police semblait désormais un navire en pleine tempête.

— Partons de là, suggéra-t-il. Maes ment. Pauline est manipulée. Elle emprunte de l'argent sur lequel son amant fait main basse. L'argent disparaît. Wallet réclame son dû. Pauline ne peut pas payer. Wallet comprend qu'ils ne reverront jamais le fric. Il informe psf.com qui lui donne le feu vert pour la supprimer, attendu qu'au passage ça remettra un coup de pression sur les autres débiteurs. Wallet est le meurtrier. Wollaing tient son coupable.

— Maintenant, la deuxième hypothèse, enchaîna Saliha. Pauline emprunte le fric, le confie à Maes qui n'a aucune intention de le lui rendre. Elle s'est fait rouler. Maes se débarrasse de Pauline lui-même, conscient que tout accusera cette grosse brute de Wallet.

— Ça me plaît bien, dit Buchmeyer. C'est plus crédible. Sauf que…

Le commandant s'était assombri.

— Il y a une troisième hypothèse qu'on ne peut pas encore tout à fait exclure.

— Laquelle ?

— Le meurtrier n'est ni Maes ni Wallet, mais un troisième larron avec un autre mobile.

— Qui ? demanda Saliha.

— Je n'en sais rien.

— Alors qu'est-ce qui te fait dire ça?

— La réalité est toujours plus complexe que ce qu'elle donne à voir. Nos scénarios peuvent s'écrouler à cause d'une petite erreur, un détail mal interprété qui nous fait passer à côté de la vérité.

Saliha leva les yeux au ciel.

— Tu penses à quelque chose ou quelqu'un?

— Pas vraiment. C'est une sorte...

Buchmeyer regarda Saliha droit dans les yeux.

— ... une sorte de prémonition que je ne parviens à relier à aucun fait, si tu veux savoir, mais que je n'ai pas envie d'exclure totalement.

Saliha s'était raidie sur son siège.

— Erik, honnêtement...

Buchmeyer esquissa un sourire.

— Saliha, j'ai appris avec l'expérience à ne tirer aucune conclusion qui heurte de plein fouet mon intime conviction.

Saliha fit la moue.

— Arrête ton cirque. Explique-moi plutôt pourquoi tu penses que Maes n'est pas coupable.

— Je ne sais pas. Tout ce merdier pour 50 000 euros?

— On se tire dessus pour moins que ça, répondit Saliha.

— Oui, mais si Maes est un dealer de la trempe que tu évoques, il brasse beaucoup d'argent. Prendrait-il des risques inconsidérés pour si peu?

— Pas d'accord. Rappelle-toi que tout accusera Wallet. C'est sans risque.

— Certes, mais je n'accuse pas Wallet, du moins pas encore. Et puis, il y a un détail que je voudrais éclaircir avant de conclure. Ça n'a peut-être rien à voir mais ça me tracasse.

— Lequel?

— Le docteur Vanderbeken a été agressé chez lui, sans doute par un junkie. Il s'est fait voler un paquet d'ordonnances.

— Le médecin de Wollaing? Qu'est-ce qu'il a à voir là-dedans?

— Rien à titre personnel, mais c'était le médecin de Pauline. Elle est venue chez lui quand elle était très mal. Elle lui a écrit une lettre avant de mourir. Et je me demande si l'agresseur du docteur la connaissait. Les bons plans se refilent vite entre junkies. Par ailleurs, Wallet et Vanderbeken sont liés.

— Comment ça?

— Édouard Vanderbeken, le père d'Antoine, était chef du personnel à l'usine Berga quand Wallet était militant CGT. Les conflits ont été extrêmement violents au début des années quatre-vingt entre la direction et les syndicats. Ces deux-là se sont forcément retrouvés face à face.

— Quel rapport avec le docteur?

— Je ne sais pas. Imagine une vieille rancœur entre le père Vanderbeken et Wallet, quelque chose qui aurait été enfoui et qui ressurgirait.

— Quelle rancœur? Et pourquoi maintenant?

— Je n'en sais rien. Mais je suis allé chasser avec Vanderbeken et Delcourt, son associé au cabinet médical, tu te souviens?

— Oui.

— En revenant, Delcourt a évoqué quelque chose que je n'ai pas noté sur le moment mais qui depuis ne cesse de m'obséder. Il m'a dit que pour comprendre les rapports entre les habitants de Wollaing aujourd'hui, il suffisait de les replacer sur l'ancien organigramme de Berga.

— Mais l'usine a fermé il y a trente ans, s'énerva Saliha. La plupart des gens d'ici n'y ont même pas travaillé. Antoine n'y a pas travaillé. Pauline non plus. Maes encore moins.

— Mais Wallet et Leroy, si. Regarde.

Les yeux de Buchmeyer brillaient quand il sortit du tiroir de son bureau une feuille A3 pliée en deux. Il l'avait intitulée tout simplement « BERGA » et y avait placé huit noms, reliés par des lignes brisées. Arnaud Devrard, PDG. Édouard Vanderbeken, chef du personnel (†). En dessous à gauche, les militants CGT : Pierre Thury et Frédéric Wallet, chaudronniers. Michel Caron, soudeur. Dominique Lemay, tôlier. Enfin, Mahklouf Zermani, tôlier (†). Au même niveau, à droite, Rémy Leroy, contremaître, tôlier, militant CSL. Puis il avait dessiné des flèches pour matérialiser les conflits entre les protagonistes. Celle qui reliait Vanderbeken à Wallet avait été passée plusieurs fois au stylo rouge.

— Tu t'égares sur une fausse piste, Erik. Laisse donc ce Delcourt interpréter les choses comme il veut et nous, tenons-nous-en aux faits. Excuse-moi mais tout ce que je vois ici, ce sont des flèches sur une feuille. Et je doute que ça vaille quelque chose devant la juge.

Buchmeyer considéra sa coéquipière. Il se souvint de sa conversation avec Delcroix et comprit pourquoi ce fourbe l'avait mis en duo avec Saliha. C'était une foutue pragmatique. Une cartésienne. Lui aimait se perdre en conjectures, en suppositions parfois hasardeuses, car il avait la conviction profonde que la réalité que nous apercevons avec nos yeux et touchons avec nos doigts n'est que la surface du réel, sa peau et non sa chair, sa face émergée et non son épaisseur. Et il ne doutait jamais que le boulot de flic, qui consistait à reconstituer un enchaînement d'événements à partir d'indices laissés sur une scène de crime, nécessitait de creuser dans l'épaisseur du réel, de fouiller dans ses non-dits, son obscurité et son passé. C'était un travail de l'esprit, une errance plus qu'une procédure, pour laquelle il fallait écouter son instinct, divaguer, imaginer, se perdre dans la nuit pour faire émerger la lumière. Inutile d'expliquer tout ça à Saliha. Delcroix lui-même ne l'avait jamais compris. Lui aussi, c'était un pragmatique. Noir c'était noir. Et blanc, putain de Dieu, c'était quand même blanc, oui ou merde ? La seule chose qu'il admettait, c'est que Buchmeyer avec ses méthodes erratiques obtenait souvent d'excellents résultats. Cette fois-ci cependant, en lui mettant Saliha dans les pattes, il avait manifestement voulu lui donner une leçon.

Buchmeyer replia la feuille A3 qu'il replaça dans son tiroir. Puis, en se calant dans son fauteuil, il dit d'une voix paisible :

— Peut-être as-tu raison, lieutenant. Peut-être que Maes a tout simplement tué Pauline pour son argent et que Wallet n'a rien à voir là-dedans.

Saliha pencha légèrement la tête en tentant de réfréner un petit sourire de satisfaction.

— Si c'est le cas, il faut le déférer devant la juge.

— Tu as mon accord. De toute façon, ce loustic mérite un interrogatoire approfondi. Pour ma part, avant de mettre Wallet définitivement hors de cause, je vais lui rendre une dernière petite visite. La semaine prochaine.

— D'ici là, je peux te donner un conseil ? demanda Saliha.

— Bien sûr.

— Repose-toi ce week-end et mets-toi au bouillon. T'as une tronche de déterré.

— Ça tombe bien, répondit Buchmeyer en souriant. Dimanche, je suis invité pour un bon petit gueuleton.

*

En ce premier dimanche de février, l'ensemble du département s'était retrouvé vitrifié sous une épaisse couche de glace qui avait pris tout le monde par surprise. Un anticyclone polaire avait subitement fait plonger les températures et nettoyé le ciel en une nuit. Sur les cinq kilomètres qui séparaient son domicile de Wollaing, Buchmeyer avait failli plonger par deux fois dans le fossé. Le trajet qu'il faisait d'habitude en cinq minutes lui avait pris une bonne demi-heure et il passa la grille de la maison de son hôte avec un quart d'heure de retard.

Antoine Vanderbeken se tenait sur les marches du perron quand Buchmeyer claqua sa portière. La poignée de main fut ferme. Le médecin semblait en excellente forme, totalement remis de ses émotions du début de semaine. Il était presque guilleret, ce qui ne cadrait pas avec son caractère plutôt taciturne. Buchmeyer pensa que le temps clair y était pour quelque chose, mais quand il eut pénétré dans le vestibule et accroché son manteau à la patère de bois, il comprit ce qui le mettait en joie. Il flottait jusque dans l'entrée un fumet exquis, sucré et parfumé, qui emplissait d'aise quiconque venait de l'extérieur par un froid pareil.

— Comment vous sentez-vous? demanda Buchmeyer.

— Très bien. Plus de peur que de mal. Mais, entrez plutôt.

Les deux hommes pénétrèrent dans un grand salon aux murs tapissés d'une toile de Jouy bleu canard et au sol carrelé de tomettes. Le mobilier était campagnard, d'excellente facture. Une armoire en orme couleur miel aux ferrures de cuivre ciselées, un séage de grande envergure au bois luisant, supportant une impressionnante collection d'assiettes peintes, deux canapés de velours et, au fond de la pièce, une cheminée en pierre blanche. Assis sur une chauffeuse, Delcourt attisait le feu à l'aide de feuilles de journal roulées en fuseau qu'il agitait sous les buches. Dès qu'ils poussèrent la porte, le parfum que Buchmeyer avait deviné dans l'entrée explosa à ses narines puis se détailla en multiples nuances de vin et de romarin, d'oignon et de lard fumé, de tomate et de chocolat, qui enveloppaient un puissant arôme de viande confite. Madeleine Durlin s'était surpassée. Un sentiment aigu de déjà-vu frappa alors Buchmeyer. Le feu qui crépitait, les émanations de cuisine mêlées à l'odeur de cire lustrée le replongèrent instantanément dans un de ces dimanches d'hiver chez son grand-père, en Alsace, quand la famille se retrouvait après la messe autour d'un baeckeoffe ou d'une tourte à la viande. Delcourt se leva et vint à la rencontre du policier.

— Comment allez-vous, commandant ?

— Bien, merci. Ce sanglier me rit déjà dans le ventre.

— Je pense que nous n'allons pas être déçus, répondit Delcourt en se rasseyant car le feu avait encore besoin de lui.

À ses côtés, au creux d'un canapé en velours beige, emmaillotée dans une robe de laine sombre, se tenait celle que Buchmeyer n'avait encore jamais rencontrée. Adèle Vanderbeken, telle une statue de cire, ne réagit pas à la main que lui tendait Erik.

— Maman, c'est le commandant Buchmeyer, dit Antoine. Il est venu chasser le sanglier avec Henri et moi. Il déjeunera avec nous.

Aucun geste, aucun mot. La mère ne bougea pas d'un cil. Vanderbeken toussa et prit Buchmeyer par le bras en l'éloignant.

— Excusez-la, commandant. Malheureusement, ma pauvre mère n'a plus toute sa tête.

— Depuis quand est-elle ainsi?

— Des années. Mais sa situation s'est détériorée depuis environ trois ans.

— Que s'est-il passé? demanda Buchmeyer à voix basse.

— La vieillesse est un naufrage, commandant.

Puis il ajouta :

— Je l'ai fait ausculter par des neurologues, des psychiatres. Je lui ai fait faire toute une batterie d'analyses, IRM et scanner. Ça n'a rien donné. Je me rassure en me disant qu'elle ne souffre pas.

Madeleine entra et Buchmeyer lui serra la main en la félicitant par avance pour son civet. Elle rougit avant de se presser au-devant d'Adèle, qu'elle aida à se lever pour la conduire à la salle à manger.

— Qu'est-ce que vous prendrez? Porto, Martini, Suze? demanda Vanderbeken en ouvrant les deux battants de son cabinet à alcools.

— Un Martini, merci.

— Et toi Henri?

— Un porto, s'il te plaît.

— Commandant, avant toute chose, je voulais vous remercier.

— Aujourd'hui, appelez-moi Erik.

— Erik. Excusez-moi, j'ai parfois du mal avec les familiarités. Je voulais vous féliciter pour votre travail sur l'affaire du meurtre de Pauline.

— Merci, dit Buchmeyer en attrapant son verre de Martini. Je fais juste mon boulot.

— Nous faisons tous notre boulot, comme vous dites. Mais qu'est-ce qui nous empêche de le bâcler? Qui viendra nous chercher des noises? Vous comme moi.

— J'ai une hiérarchie. Croyez-moi, elle ne se gêne pas.

— J'ai des patients. Eux aussi, ils attendent des résultats, mais sur les diagnostics, la conduite des analyses, nous sommes seuls maîtres à bord, pas vrai? Tout dépend de nous, de notre application à bien faire notre travail. De notre acharnement à débusquer le mal et à le mettre hors d'état de nuire. Je crois que vous n'êtes pas du genre à renoncer devant la difficulté, et pour ceux qui aimaient cette petite, c'est réconfortant. D'ailleurs, où en êtes-vous?

— Nous avançons. Je crois même que nous touchons au but.

Vanderbeken s'assit en face de Buchmeyer, un verre de porto à la main. Delcourt, qui avait allumé un véritable feu de joie, s'était également tourné vers le policier en portant son verre à ses lèvres. Ils étaient tout ouïe. Erik ne les fit pas attendre.

— Vous connaissez Serge Maes?

— Des policiers ont évoqué son nom, mais je ne le connais pas, non, répliqua Antoine tandis qu'Henri esquissait une moue interrogative.

— C'est l'ex-petit ami de Pauline et très probablement le coupable. Il fait partie d'un vaste réseau de trafic de drogue. C'est une histoire d'argent.

— Pas possible? dit Delcourt. Et Wallet?

— Wallet est hors de cause, si vous voulez mon avis.

— C'est ce que je disais, vous ne vous laissez pas impressionner par les apparences, commenta Antoine.

— Mais c'est bien à lui qu'elle a emprunté une grosse somme. Et c'est un type violent, dit Delcourt. C'est tout à fait dans ses cordes.

— Exact, répliqua Erik. Tout accuse Wallet. Mais il lui manque un mobile sérieux.

— L'argent. C'est pas mal comme mobile, tenta Vanderbeken.

— C'est vrai. Si toutefois Pauline ne l'a pas remboursé. Imaginez maintenant qu'elle ait remboursé Wallet, celui-ci n'aurait aucune raison de la tuer.

— Vous avez retrouvé l'argent?

— Pas encore.

— Alors vous en êtes encore aux suppositions.

— Oui, ce sont des suppositions, fut contraint d'avouer Buchmeyer. Mais vous me demandiez où nous en étions…

— Vous avez raison, conclut Vanderbeken. Il ne faut pas brûler les étapes.

Les deux médecins échangèrent un regard désappointé. Wallet et Waterloos avaient cristallisé les ressentiments à un point que Buchmeyer n'imaginait sans doute pas. Pour les habitants de Wollaing, ils devaient payer. Pour ce qu'ils avaient certainement fait subir à Pauline, mais aussi pour ce qu'ils représentaient. En réparation de ce que tous ici avaient subi depuis des années et dont, à sa manière, Wallet profitait. Les promesses non tenues, les désillusions, l'humiliation, la peur du lendemain, l'incompréhension face à un monde qui les rejetait et auquel ils ne comprenaient plus rien. Pour tout cela, ces salauds devaient payer et c'était peu de dire que la frustration serait grande quand, tout près de se prendre dans les mailles du filet, Wallet et Waterloos réussiraient finalement à s'en dégager.

À ce moment, la porte du salon grinça, laissant apparaître l'épaisse silhouette de Madeleine.

— Le déjeuner est servi.

Les trois hommes se levèrent et passèrent à la salle à manger. Autour de la table ovale recouverte d'une nappe blanche brodée étaient disposés cinq couverts. Au bout, Adèle était déjà assise, raide comme la justice. Madeleine se plaça à côté d'elle, puis Delcourt, Buchmeyer et enfin Antoine. Madeleine servit une excellente soupe aux champignons avant d'apporter le plat de résistance, son civet de sanglier aux carottes et au vin. Tous s'extasièrent, à l'exception de la mère qui demeurait imperturbable. La chair de l'animal était tendre à souhait. Cuite à petit feu pendant des heures, elle fondait sous la langue et les légumes épicés explosaient en bouche. Vanderbeken servit un saint-julien 1982.

— Savez-vous, Erik, dit Antoine, ce que j'aime dans la chasse?

— Vous allez me l'apprendre, dit Buchmeyer en sortant une esquille de sa bouche.

— L'imprévu. Nous nous étions préparés pour le chevreuil, et voilà que nous tombons sur un sanglier. Si j'avais su, j'aurais pris une autre arme. Vous aussi d'ailleurs. Du coup, nous avons dû nous y mettre à deux pour l'achever.

— Il était d'une force impressionnante, dit Delcourt. Quand j'ai entendu le coup de feu, savez-vous ce que j'ai pensé?

— Non, dit Antoine en avalant une bouchée.

— J'ai cru que je m'étais tiré dessus. Je ne sentais rien mais j'étais persuadé que la frayeur avait anesthésié la douleur. Je cherchais la tache de sang. Je n'en menais pas large, je vous assure.

— Et vous, Erik, vous avez tiré avec une sacrée précision, reprit Antoine.

— Il est passé près de moi à toute allure, mais la ligne de mire était dégagée. J'ai eu de la chance.

— Quant à moi, continua Vanderbeken, quand j'ai vu cette bête courir dans la prairie avec l'arrière-train paralysé, j'étais subjugué. Je n'ai pas peur de le dire. Un homme qui reçoit une balle de 9.3 dans la colonne, aussi fort et courageux soit-il, se tord de douleur en appelant sa mère à la rescousse, mais lui courait droit devant, vers le bosquet où il se serait effondré à bout de forces, cent mètres plus loin, pour mourir à l'abri des regards. N'est-ce pas fascinant ? Ne sommes-nous pas devenus totalement étrangers au règne animal ?

— Combien en avez-vous tué cette année ? demanda Buchmeyer.

— C'est le premier. Le sanglier prolifère dans les Ardennes. Nous autres, c'est plutôt le lièvre, le canard ou le perdreau.

— La bécassine et le chevalier gambette, compléta Henri.

— Nous devons partager avec les Belges, ajouta Vanderbeken.

— Pourquoi ? demanda Buchmeyer.

— Les lois sont draconiennes en Belgique. Il n'y a plus que cinq espèces chassables chez eux contre trente en France.

Au cours du repas, Buchmeyer, qui observait discrètement Adèle, remarqua que peu à peu son visage se déridait. Le regard de la vieille femme croisa un instant le sien. En une fraction de seconde, il eut l'intuition qu'elle n'était pas aussi folle qu'elle pouvait le laisser paraître. Ou bien que cette folie était, comment dire, volontaire. C'était une impression étrange, qu'il n'aurait osé partager avec personne. Mais il ressentait, par les gestes avortés et les coups d'œil furtifs – elle avait compris que Buchmeyer l'observait –, qu'Adèle s'était en quelque sorte retirée de ce monde de son plein gré.

La conversation reprit. On congratula encore Madeleine, puis on passa au plateau de fromages.

Un haut-médoc succéda au saint-julien. On parla politique locale. Déboires de la gauche aux dernières élections. Fébrilité de tous les partis classiques. Montée du Front national.

— Vermeersch est socialiste, non ? demanda Buchmeyer.

— Oui, répondit Henri. Wollaing vote à gauche depuis toujours. Même si, depuis quelques élections, nous faisons un peu office de village gaulois.

— L'UMP gratte à la porte et le FN a fait des percées impressionnantes autour de nous, renchérit Vanderbeken. À Denain, à Somain et Saint-Amand. À Wollaing, il n'a présenté que des candidats de moyenne envergure et la sauce n'a pas pris. Dieu merci.

— Vous ne vous êtes jamais engagé en politique ? demanda Erik.

— Cela exige beaucoup de temps et d'énergie, et mon métier ne m'en laisse pas assez. Je crois qu'Henri et moi sommes plus utiles à soigner nos patients qu'à distribuer des tracts.

— Vous avez sans doute raison.

Le repas touchait à sa fin quand Buchmeyer eut l'impression qu'Adèle allait s'exprimer. Ses lèvres remuaient. Quelque chose remontait à la surface, péniblement. Erik ne pouvait s'empêcher de l'observer et cette attention ne passa pas inaperçue. Leurs regards se croisèrent. Adèle se redressa sur ses coudes. Elle empoigna son verre de vin d'une main tremblante. Était-ce l'émotion ? Elle lâcha prise et le verre se renversa sur la nappe blanche. Vanderbeken explosa. « Maman ! » Ce fut tout. Il serra les poings pour maîtriser sa colère. Madeleine se précipita et épongea la nappe avec une serviette. Adèle se referma comme une huître et Madeleine la prit par le bras pour l'emmener à la cuisine. Delcourt s'adressa à Buchmeyer.

— Commandant, suivez-moi, je vais vous montrer les serres.

Vanderbeken leur fit signe d'y aller sans l'attendre avant de se retirer d'un pas pressé. Il était déjà quinze heures.

— Dites-moi, dit Buchmeyer une fois qu'ils furent seuls, vous êtes plus qu'un confrère pour Vanderbeken, non ?

— Je suis veuf depuis trois ans et par ailleurs nous nous connaissons depuis près de vingt-cinq ans avec Antoine. Une si longue association ne peut tenir sans estime réciproque et sans amitié.

Ils poussèrent la porte-fenêtre donnant sur le jardin. La pelouse, à l'ombre, était encore recouverte de givre et craquait sous leurs pas. Ils se dirigèrent vers une grande serre en chêne ouvragé située derrière un saule, contre le mur du voisin.

— Magnifique, n'est-ce pas ? suggéra Delcourt en poussant la porte de bois vitrée qui résistait en râpant contre le sol. C'est une fabrication d'Anvers. Elle semble ancienne, mais elle n'a que cinq ans. Antoine l'a fait installer pour sa mère. Elle l'a utilisée pendant deux ans. C'est très agréable au printemps, quand le fond de l'air est encore frais.

— Que s'est-il passé tout à l'heure? demanda Buchmeyer. Pourquoi cette colère? Sa mère n'a fait que renverser un verre de vin.

— L'histoire d'Antoine et d'Adèle est compliquée, soupira Delcourt. Vous savez qu'il avait un frère?

— Oui. Madeleine me l'a appris.

— Un frère jumeau décédé il y a vingt ans.

— Le frère préféré? tenta Buchmeyer.

— En l'occurrence, non. C'était Antoine le préféré.

— Et Adèle s'est sentie coupable de la mort de son autre fils, c'est cela?

— Exact. Paul a fait une chute pendant une sortie en montagne.

— Madeleine me l'a raconté.

— Ce qu'elle ne vous a pas dit, car tout le monde l'ignore, c'est si Paul a réellement eu un accident.

— Il aurait été tué?

— Non. Les gamins faisaient une sortie avec un guide. La police a entendu tous les témoins. Paul s'est écarté tout seul du chemin avant de tomber dans une crevasse.

— Un suicide?

— Le doute a toujours plané dans cette maison. Elle est hantée par cette possibilité. C'est pour cela qu'elle s'est emmurée dans le silence. Et il est probable qu'Antoine partage un peu de cette culpabilité. Comme je vous le disais, c'est compliqué. Tenez, regardez.

Delcourt avait soulevé un bac empli de terreau, au centre duquel deux minuscules confettis avaient germé.

— Les premières pousses.

— Henri, pendant que nous sommes dans les histoires de famille, pourriez-vous me parler du père, Édouard Vanderbeken ?

— Je ne l'ai pas connu moi-même, mais il paraît que c'était un homme à poigne. Il était chef du personnel chez Berga et il gérait son monde comme un escadron. C'était un ancien militaire, avec tout ce qui va avec.

— Justement, rétorqua Buchmeyer. Il y a quelque chose qui ne colle pas. Selon la presse de l'époque, il se serait suicidé. Et je ne comprends pas comment un militaire endurci peut en arriver à se supprimer à cause de conflits sociaux, aussi graves soient-ils.

— Alors là, Erik, détrompez-vous. Un père aimant peut devenir un soldat impitoyable par le seul fait de l'obéissance aux ordres ou de la mort sous ses yeux de ses camarades. À l'inverse, plongé dans des circonstances différentes, le loup peut redevenir agneau. Mon métier m'a amené à fréquenter quantité de dépressifs et je vous garantis que les profils des candidats au suicide sont d'une variété impressionnante. Un ex-militaire vingt ans après, cela ne me semble pas du tout impossible.

Buchmeyer hocha la tête en signe d'approbation. Puis il sortit un calepin noir qu'il ouvrit au milieu.

— J'ai noté d'autres noms. Peut-être vous diront-ils quelque chose. Michel Caron et Pierre Thury.

— Caron, ça ne me dit rien. Pierre Thury, oui. C'était un leader syndical du temps de Berga. Un dur. Un bolchevique et une grande gueule. Un mètre quatre-vingt-dix. Un charisme impressionnant.

— Qu'est-ce qu'il est devenu?

— Ah, Erik… la vie est une catin. Thury est à La Rose des vents maintenant. C'est une maison de retraite à Denain. Il a quatre-vingt-cinq ans et il est complètement gâteux. Je consulte régulièrement là-bas et il fait partie de mes patients. Mais…

Delcourt se gratta le menton en regardant Buchmeyer droit dans les yeux.

— Pourquoi ces questions? Cela concerne l'enquête sur Pauline?

— Oui. Quand nous sommes revenus de la chasse, vous m'avez dit que pour comprendre les rapports entre les gens, il fallait reconstituer l'organigramme de Berga. Vous vous souvenez?

— Je me souviens. Mais vous l'avez sans doute un peu trop pris au pied de la lettre. C'était une remarque en passant. Je ne voulais pas…

Delcourt hésita. Buchmeyer l'encouragea à terminer sa phrase.

— Je ne voudrais pas que vous perdiez votre temps par ma faute.

— Vous avez l'impression que je perds mon temps?

Delcourt était gêné.

— Je… Je pense que vous vous égarez.

Buchmeyer considéra Delcourt. Ce type lui plaisait. Un médecin de campagne qui s'interrogeait sur le monde sans se perdre en conjectures et qui avait

274

toujours le souci d'éviter les questions auxquelles il ne trouverait aucune réponse.

— Vous avez sans doute raison, Henri. Vous avez même certainement raison. Ce meurtre est crapuleux, commis de sang-froid pour de l'argent. Une tragédie muette. Et nous allons y mettre un point final très bientôt.

Delcourt tapota le bras de Buchmeyer avant de le raccompagner vers la maison. Sur les marches de pierre, le policier l'arrêta.

— Puis-je vous demander un dernier service, Henri ?

— Oui. Bien sûr. Avec plaisir.

Alors, Buchmeyer se pencha vers lui et murmura quelques mots à son oreille.

*

« Message reçu lundi 2 février à 7 h 56. Bip. Salut, c'est Jérémy. Je suis désolé pour l'autre jour. Je voudrais qu'on se voie. Je sors du boulot à quatre heures. Appelle-moi. Fin des messages. »

Pieds nus sur le carrelage froid de la cuisine, Saliha posa son téléphone portable sur le plan de travail. La bouilloire siffla et elle versa l'eau brûlante au fond de sa tasse en songeant à Jérémy. Pourquoi, même quand ils étaient doux et gentils, les mecs finissaient-ils toujours par déraper ? Qu'est-ce qui les poussait à dire le mot de trop, à foutre les pieds dans le plat et à tout gâcher ? C'était comme si leur nature même, le truc mou qui pendait entre leurs deux jambes depuis l'aube de l'humanité éprouvait le besoin irrépressible de se mettre à parler au pire moment qui soit. Qui portait la responsabilité d'une telle gaucherie, d'une telle inaptitude ? Qui avait fait les hommes aussi cons ? Et si ce n'était pas Dieu, puisqu'elle n'y croyait pas, la responsabilité n'était-elle pas du côté de leurs mères ? Ah… les mamans des petits garçons. Jalouses, aveugles, éperdument amoureuses de leur petit couillu. D'un amour vif et coupable dès le plus jeune âge, dès les premiers langes, quand elles lavaient ce petit zguègue élastique comme une coquillette trop cuite, qu'elles enduisaient leur prodige de crème, le saupoudraient de talc en lui chantant des berceuses… Et plus tard, quand elles lui passaient tout, se pâmaient quand il faisait des bulles dans sa soupe, s'enthousiasmaient quand il shootait avec des flingues en plastique, s'émerveillaient de ses bleus aux genoux, lui apprenaient à dominer les filles, à écraser les copains, à pousser son petit brame dérisoire d'apprenti mâle dominant. Coupables. Coupables d'avoir laissé faire, quand elles n'avaient pas elles-mêmes nourri la bête.

Saliha beurra une biscotte qui se brisa entre ses doigts et avala une grande gorgée de café. Elle songeait à Pauline, le regard vagabondant sur l'étendue de toits qu'elle apercevait depuis la fenêtre, quand soudain elle se figea. Elle se leva, quitta la cuisine, se passa un coup d'eau sur le visage, s'habilla en quatrième vitesse et claqua la porte de son appartement. Elle traversa le parking d'un pas résolu, s'engouffra dans sa voiture en jetant son blouson sur le siège passager. Elle avait eu une idée soudaine, une idée dont il n'était pas exclu qu'elle fût lumineuse, mais qui ne pouvait attendre le lendemain pour être vérifiée. Quelques minutes plus tard, elle gara sa voiture sur la place Auguste-Lainelle de Wollaing avant de traverser l'esplanade déserte pour rejoindre la rue Jouffroy.

Quand elle poussa la porte en verre du magasin d'alimentation, un carillon made in China cracha les huit notes de Big Ben, version chaise électrique. Au bout de quelques secondes, un vieil homme en chemise à carreaux, charentaises et bonnet de laine vint à sa rencontre.

— Bonjour madame, dit Haddouche.

— Lieutenant de police Bouazem, c'est moi qui enquête sur le meurtre de Pauline Leroy.

— Je me souviens, répondit-il.

Il s'était raidi. Il avait vu Saliha en coup de vent le soir du meurtre. Nom, prénom, vu quelque chose? Entendu du bruit? L'entretien avait été sommaire et Haddouche s'était docilement soumis à l'exercice. À l'issue de ce bref interrogatoire, il avait néanmoins eu le sentiment qu'il lui restait des choses à dire, des choses qu'il avait gardées pour lui, moins par dissimulation que par souci de ne pas interférer avec le travail des policiers. Nul doute que leur enquête les amènerait à approfondir certains détails, et quand ils auraient à nouveau besoin de lui, ils sauraient où le trouver. Depuis la mort de Pauline, la police avait interrogé plusieurs témoins, plus ou moins proches d'elle. Haddouche le savait car les gens sont bavards dans une petite ville comme Wollaing. Et manifestement, au-delà des quelques renseignements sommaires qu'on lui avait soutirés, son avis n'intéressait guère les autorités. Aussi, quand Saliha se présenta chez lui ce matin-là, eut-il un léger mouvement de recul, mélange d'orgueil froissé et de soulagement.

— Pouvez-vous me dire si vous reconnaissez ceci? commença Saliha en tirant de la poche de son blouson la petite clé en laiton que lui avait confiée Serge Maes.

Haddouche regarda la clé avec attention. Il savait très bien ce dont il s'agissait et ce qu'il lui restait à faire, mais il décida de prendre un peu son temps.

— Vous permettez? dit-il en tendant la main vers la clé.

L'épicier l'examina sous toutes ses coutures, avec une attention ostensiblement exagérée. Puis il la rendit à Saliha et disparut dans son arrière-boutique en la priant d'attendre. Il revint deux minutes plus tard avec une mallette bleue en métal de la taille d'une boîte à chaussures.

— C'est peut-être ça? Pauline me l'avait confiée.

Haddouche posa la boîte sur son comptoir et Saliha introduisit la clé dans la serrure. Quand elle releva le couvercle, elle découvrit les liasses de billets.

— Est-ce que je peux aller dans votre arrière-boutique? demanda-t-elle en refermant la boîte.

Haddouche l'accompagna derrière le rideau de perles, refusant de la laisser seule avec le trésor que lui avait confié Pauline et dont il s'estimait responsable.

Quelques minutes plus tard, Saliha envoya un message à Buchmeyer.

Erik. J'ai retrouvé l'argent de Pauline. 40 000 euros.
Il manque 10 000.

— Personne en dehors de vous n'a touché à cette cassette ?

— Ni moi ni personne, répondit Haddouche. La dernière à avoir ouvert cette boîte, c'est Pauline.

— Savez-vous quand ?

— Je ne sais pas. Il y a peut-être deux ou trois semaines.

Saliha fit ses comptes. Si Haddouche disait vrai, et elle était tout à fait encline à le croire, Pauline avait déposé la totalité de son emprunt dans cette boîte et prélevé elle-même 10 000 euros. Elle pouvait s'être acheté quelque chose, mais ils n'avaient trouvé aucun indice permettant de l'affirmer. Le plus probable, comme ils l'avaient imaginé, était qu'elle avait prélevé cette somme pour rembourser une ou deux échéances de psf.com. Et si c'était le cas, Wallet n'avait aucune raison de l'avoir assassinée.

*

Wallet arrivait toujours très tôt à la salle. Sept heures, quel que soit le programme de la veille. Une habitude qu'il avait prise à l'usine et qui ne l'avait jamais quitté. Il aimait le petit matin. Il se réveillait à cinq heures avec les merles qui font un raffut d'enfer pendant une demi-heure avant de se taire jusqu'au lendemain. Il rêvait que les humains fassent de même. Qu'ils poussent une fois par jour une bonne gueulante où ils expulseraient tout ce qu'ils avaient sur le cœur, l'envie de dénoncer leur voisin aux flics, de dire merde à leur patron, d'écrabouiller l'automobiliste qui les doublait. Tout ça emballé dans un bon gros cri de désespoir quotidien et ensuite : silenzio, toute la journée jusqu'au lendemain. La vie aurait été belle comme dans un rêve. Mais la réalité, c'est que ce sont les piafs qui mènent cette vie de rêve et c'était quand même pas sa faute à lui si les humains avaient une vie de merde. Chaque matin à cinq heures, en entendant les oiseaux chanter, il se faisait la même réflexion sans jamais avoir su dire si ça le plongeait dans la déprime ou si ça l'aidait à traverser la journée jusqu'au soir.

Mardi 3 février. 7 h 10. Le portable gigota sur la table. Wallet décrocha et ses traits s'assombrirent. Puis il sortit de son bureau en short et débardeur, deux gants de boxe aux lourdes, et se jeta contre les sacs de frappe. Sa routine du matin était millimétrée. Boxe jusqu'à 7 h 40. Douche. Café. Paré pour la journée à 8 heures. À partir de là, en revanche, l'emploi du temps pouvait varier du tout au tout. Il pouvait se consacrer au travail de bureau, ce qu'il détestait, ou bien rester à la salle à suivre les entraînements. Il pouvait recevoir des représentants en matériel de sport, partir en rendez-vous chez ses clients, ou bien se faire une petite virée avec Gigi pour tirer les oreilles à quelque emprunteur oublieux. La plupart du temps, c'était des petites promenades tranquilles. On arrivait avec la BMW noire bien lustrée pour montrer qu'on n'était pas n'importe qui. On roulait un peu des mécaniques et on discutait tranquillement avec le type, en prenant son temps et en dodelinant de la tête comme ces teckels en plastique sur les plages arrière des bagnoles de vieux. La tête qui bouge, ça faisait mafieux. Il avait vu ça dans les films. Ça faisait le type qu'en a rien à foutre de ce qu'on lui raconte et qui compte jusqu'à dix dans sa tête avant de sortir un gros flingue pour tirer sur tout ce qui bouge. Et ça marchait du tonnerre. Dès qu'ils bougeaient la tête, les types chiaient dans leur froc et leur filaient le fric illico. Après, il fallait leur faire un peu de morale, toujours comme dans les films. Ils tapotaient la joue du type avec le plat de la main, gentiment, à la cool. Il fallait lui faire comprendre qu'il était passé à côté de la catastrophe, histoire qu'il en cauchemarde une bonne semaine et qu'il apprenne bien la leçon. Ensuite, c'était tout bon. Le payeur rentrait dans le droit chemin et, la plupart du temps, ils ne le revoyaient jamais. Il paraît même que ceux à qui ils faisaient leur petit cinéma devenaient par la suite des clients exemplaires et réglaient leurs échéances avec la régularité d'un coucou suisse. 95 % des visites s'effectuaient sur ce modèle. Et ça leur allait, parce que c'était très bien payé pour ce que c'était.

Mais bien entendu, chaque métier a ses petits inconvénients, et pour eux ils étaient concentrés dans les 5 % des excursions qui ne se passaient pas comme prévu. Soit que les types aient plus de cran, soit qu'ils n'aient jamais vu de films de gangsters, soit qu'ils n'aient absolument pas un radis sur eux, même pas un billet, rien qui puisse témoigner de leur bonne foi. Et à partir de là, il fallait montrer qu'on ne rigolait vraiment pas. Ça se faisait avec le poing ou la semelle, mais pour les récalcitrants Freddie avait toujours dans son coffre deux tubes en plomb qui avaient le pouvoir de les ramener dans le droit chemin. Ce n'était pas, quoi qu'on en pense, le programme qu'il préférait, mais c'était parfois indispensable autant qu'imprévisible. Et c'est pour ça et pas pour les visites de courtoisie que ses clients le payaient grassement.

C'était le cas aujourd'hui. Le type s'appelait Bocquet. Pierre-Jean Bocquet. Il tenait un bar-tabac à Haveluy. Son chiffre d'affaires, qui tenait de l'encéphalogramme plat depuis dix ans, s'était mis brusquement à piquer du nez vingt mois auparavant. Un type débarqué d'on ne sait où avait ouvert un bistrot en face de chez lui et il avait bien fallu se partager la clientèle. Bocquet ne l'avait jamais accepté, alors il avait décidé d'ouvrir une petite salle de restaurant derrière son troquet. Un resto sans prétention avec de la bonne cuisine régionale qui colle au bide et où on en a pour son argent. Sa femme et quelques autres avaient essayé de le dissuader. Le problème à Haveluy, c'est les jeunes qui se débinent avec l'idée de ne jamais remettre le pied dans ce bled, et ce n'était pas un resto à la bonne franquette qui allait inverser la tendance. Bref, comme aucune banque ne voulait lui prêter vu que son projet ne tenait pas la route et comme il était têtu comme une mule, Bocquet s'était tourné vers ces empaffés de psf.com. Wallet lui-même en convenait, même si c'est pour eux qu'il travaillait. Prêt sans formalités. Ça oui, on pouvait le dire. On te file une valise de biffetons sans analyse d'urine. Par contre, à la première échéance en retard, c'est l'avertissement. Et si t'as toujours pas raqué après l'avertissement, tu dérouilles. Gigi et lui avaient payé une petite visite à Bocquet il y a un mois et psf.com venait de l'appeler pour lui annoncer que malheureusement Bocquet n'avait toujours pas payé et qu'il était donc candidat à la branlée.

À huit heures moins dix, Wallet appela Waterlos en lui demandant de se grouiller. Freddie n'éprouvait aucun plaisir à cogner des types. Mais puisqu'il fallait le faire, il le ferait, et tout de suite pour en être débarrassé. Il s'affala dans son fauteuil en cuir noir et croisa les pieds sur son bureau. Il n'y avait plus qu'à attendre.

Il balada son regard sur les murs où il avait accroché quelques photos dans des cadres bon marché. Les photos des grandes luttes. Elles remontaient toutes au début des années quatre-vingt. C'était l'époque où on pouvait se taper sur la gueule en toute légalité. Sur les CRS et surtout sur ces jaunes de la CSL. L'époque des cocktails Molotov, des piquets de grève, des fumigènes, des pneus qui brûlent, des montées à toute berzingue dans les escaliers du château pour aller foutre la trouille au patron. C'était l'époque où tout le monde pointait au bon vieux Crédit du Nord. Psf.com et compagnie n'étaient pas encore nés. C'était l'époque où les troquets étaient pleins à la débauche et vides quand c'était l'heure de bosser. L'époque où la terre tremblait sous les coups des machines, où les ministres venaient couper les rubans. C'était sa jeunesse et Wallet comme tout le monde en gardait un peu de nostalgie.

On frappa à la porte en tôle de Muscle Connection. Gigi avait fait vite. Wallet se traîna nonchalamment jusqu'à l'entrée. Il déverrouilla la serrure trois points et tira la porte à lui. Il y eut un coup de tonnerre. Il sursauta, baissa la tête et découvrit une tache humide sur son jogging, juste en dessous de la cuisse. Un jogging tout neuf. Un léger voile tomba devant ses yeux, ses forces l'abandonnèrent et il tomba à genoux. Une odeur de soufre. Des cris lointains. Comme deux personnes qui s'engueulent derrière une cloison capitonnée. On ouvre la porte. Ça jure. Ça casse les oreilles. Ils le prennent à partie. C'est sur lui qu'on gueule à présent. Qu'est-ce qu'ils veulent ? Savoir, qu'ils disent. Savoir quoi ? La vérité. La vérité ? Il voudrait bien leur dire, mais il fait chaud et froid à la fois, il est à genoux et son jogging est trempé. La vérité, qu'ils redemandent. Il faut répondre, mais ils ne vont jamais l'entendre avec tout ce raffut. Alors il murmure, comme il peut. La vérité. Elle est bien bonne. Un deuxième coup de tonnerre et voilà une belle tache sur son T-shirt blanc.

L'expression qui court sur son visage à cet instant est un mélange de surprise, de lassitude et de soulagement. Que tout ce merdier se termine enfin, cette vie de terreur foireuse, de syndicaliste raté, de bodybuilder nostalgique, de mentor pathétique pour petites frappes à la dérive. Du regret aussi. C'est drôle comment ça lui revient à ce moment précis. Son rêve, c'était de traverser les États-Unis à moto. On dira ce qu'on voudra, c'est peut-être un peu ringard, mais c'est son fantasme depuis qu'il est adolescent. Le soir, il se couchait en s'imaginant à califourchon sur une grosse cylindrée avec une tente, quelques sandwichs et de la bière dans les sacoches, prêt à mettre les gaz vers la Californie. Il avait fait plusieurs fois la route 66 sur Google Maps. Certains tronçons avaient été rénovés, mais si on voulait, si on était mordu, on pouvait encore emprunter la route d'origine. C'est ce qu'il aurait fait s'il avait eu un peu de temps. Mais la tache rouge grandissait. D'ailleurs ce n'était pas une tache, mais un trou. Un trou sombre de la taille d'un poing par lequel son sang s'écoulait à gros bouillons.

Freddie releva la tête vers une ombre noire et fumante. L'odeur de soufre le prit à la gorge. Le rideau rouge tomba devant ses yeux. Il lâcha la poignée et s'écroula.

*

L'embouteillage sur la D13 commençait avant Écaillon et se prolongeait sur deux kilomètres jusqu'à Magny. La lieutenant Bouazem déboîta sur la file de gauche pendant que Buchmeyer, vitre baissée, collait un gyrophare sur le toit. Ils arrivèrent sur les lieux toutes sirènes hurlantes. C'était un ballet d'ambulances, de cars de pompiers et de voitures de flics. Muscle Connection donnait sur la départementale, et le moins qu'on puisse dire, c'était qu'il y avait foule pour le spectacle. Saliha passa le cordon de gendarmes qui tentaient tant bien que mal de faire circuler les curieux, puis se gara sur le côté droit du parking. Les deux flics passèrent sous les rubans jaunes à rayures noires et s'avancèrent vers l'entrée de la salle de fitness.

— Commandant, c'est ici.

Tellier, qui était arrivé sur les lieux le premier, se pressa au-devant de Buchmeyer. Sur la gauche, l'air hagard, Waterlos était interrogé par le lieutenant Jerzak et un flic en tenue. Erik reconnut quelques têtes de tueurs qu'il avait aperçues lors de sa première visite à la salle. La plupart étaient gigantesques, des épaules larges comme des armoires, des pattes de lions, des pectoraux saillants. Ils baissaient les yeux comme des gamins pris la main dans un pot de confiture. Par terre, devant la porte d'entrée, une couverture isotherme était déployée sur un corps étendu d'où s'était écoulée une flaque brune.

— Il semble avoir perdu beaucoup de sang…

— Il s'est totalement vidé, dit le brigadier en relevant le drap argenté.

Buchmeyer ne put retenir une moue de dépit. Wallet figurait toujours parmi les suspects dans l'affaire Leroy. Sa disparition juste avant son interrogatoire n'était pas de nature à simplifier les choses. Un deuxième meurtre sur les bras et un recul de trois cases sur l'affaire Leroy.

— Qui l'a découvert ? demanda Buchmeyer.

— C'est lui, dit le brigadier en désignant un jeune bodybuildé au crâne rasé. Il est arrivé à huit heures et quart et il a découvert le corps de Wallet étendu devant la porte.

— Il n'y avait personne d'autre ?

— Pas selon lui.

— Et Waterlos ?

— Il est arrivé cinq minutes plus tard. C'est du moins ce qu'il prétend.

— Je peux le voir ? dit Buchmeyer.

Buchmeyer se fit conduire auprès de Gigi Waterlos. Jerzak l'interrogeait et Erik prit son collègue en aparté.

— Alors ?

— Il est arrivé après la bataille. Selon lui, Wallet était déjàmort mais encore chaud. Il n'a pas l'air très clair.

— Il sait qu'il va figurer en bonne place sur la liste des suspects, dit Saliha qui les avait rejoints.

— La longue liste des suspects, renchérit Buchmeyer. Wallet s'était mis tout le département à dos avec ses conneries. Retrouver le type qui a fait ça, ça va être coton.

— Tu penses que c'est lié à l'affaire Leroy ? demanda Saliha.

— Je ne sais pas. Mais c'est forcément un deuxième tueur, dit Buchmeyer.

— Pourquoi ?

— Le mode opératoire. Deux balles dans le bide à bout portant. Les types que fréquentait Wallet n'étaient pas des enfants de chœur. Et je ne parle pas seulement de psf.com. Il rudoyait personnellement quelques-uns des malabars qui viennent s'entraîner ici et ça peut aussi être lié à une quantité de magouilles dans lesquelles il a trempé. Le retrouver va nous prendre des semaines. Bref, on revient à la case départ.

— Shit.

— Sauf, releva Buchmeyer, si on trouve des indices qui nous permettent de brûler les étapes.

Le commandant et Saliha s'étaient approchés du cadavre. Le brigadier avait à nouveau retiré la couverture. Toute la morgue de Wallet, toute sa suffisance s'était envolée. Il n'était plus qu'un corps criblé de balles, tordu dans une posture ridicule, le visage déformé, les intestins à l'air. Buchmeyer l'observa. On lui avait tiré dans le ventre à bout portant. Un gros calibre.

— Vous avez retrouvé les balles? demanda-t-il à Tellier.

— Cartouches super speed 70 mm.

Un fusil de chasse. Ça ne réduisait même pas la liste des suspects. Buchmeyer écarta le tissu du jogging au niveau du genou droit.

— Regardez. Il y a deux blessures.

Saliha se pencha sur la victime et constata qu'en effet, on voyait l'os poindre sous les chairs ouvertes. L'artère fémorale était certainement sectionnée étant donné l'épanchement de sang à cet endroit.

— On lui a tiré dans le genou et dans le ventre, dit Tellier.

— Dans le genou, PUIS dans le ventre, corrigea Buchmeyer.

Le commandant se releva. Il demanda à Tellier d'entrer dans la salle et de refermer la porte derrière lui. Puis il fit semblant de tenir un fusil de chasse dans sa main droite, s'approcha de la porte et frappa. Il recula et prit son fusil imaginaire à deux mains. Tellier ouvrit la porte. Buchmeyer mima le tir dans le ventre de Wallet. Il se retourna, considéra Wallet au sol, puis Tellier dans l'embrasure de la porte.

— Qu'est-ce que tu fabriques ? demanda Saliha.

— Le meurtrier vient à huit heures alors que Wallet est tout seul dans la salle. Il a un fusil de chasse et la ferme intention de le tuer. Il sonne, puis recule comme je l'ai fait pour laisser la porte s'ouvrir. Il tient son fusil à deux mains pour bien assurer son coup. Wallet ouvre. Il tire. D'abord dans le genou pour le blesser. Un coup risqué. Il faut incliner le canon vers le sol et bien viser. Le genou, c'est moins large que le ventre et ça bouge beaucoup. Conclusion ?

— Il avait une bonne raison de le faire, dit Saliha.

— Je dirais même une excellente raison. Parce que attaquer un costaud comme Wallet, c'est une chose, mais le louper, c'est prendre un risque inconsidéré. Donc le meurtrier a mûrement réfléchi. Il arrive tôt. Personne aux alentours. Il sonne. Wallet ouvre. Il le blesse au genou. Wallet s'effondre. Et il l'achève d'une cartouche en plein abdomen.

— Et son excellente raison ? demanda Saliha.

— Le blesser avant de le tuer, rétorqua Buchmeyer.

— Parce qu'il a quelque chose à lui dire ?

— Ou à lui demander... Quelque chose qui vaut la peine d'être entendu.

— Il veut qu'il sache pourquoi il va mourir. Il est là pour rendre justice, proposa Saliha.

— À la place des flics puisqu'ils n'ont rien compris, conclut Buchmeyer.

Le commandant enchaîna après un moment de silence :

— Je suis allé chez Vanderbeken dimanche. Delcourt était là. Je leur ai dit que Wallet n'était plus le suspect numéro 1. Or, Delcourt prend son petit déjeuner au bar de la place du Marché tous les matins à sept heures. Comme on ne parle que de ça, il aura certainement lâché le morceau, hier, l'air de rien, sans penser à mal. Du genre : « Vous ne connaissez pas la meilleure ? Les flics abandonnent la piste Wallet... »

— Tu penses que le meurtrier était là ?

— Je n'en sais rien. Une chose est sûre, depuis vingt-quatre heures, tout le monde sait que nous étions sur le point de blanchir Wallet.

— Et le meurtrier ne l'aurait pas supporté, dit Saliha.

Buchmeyer hocha la tête.

— Rémy Leroy.

*

Saliha et Tellier arrivèrent à quatorze heures sur le terrain municipal des minimes. Ils traversèrent la

290

pelouse jusqu'au garde-corps qui ceinturait le terrain de foot. C'était une belle surface. Une pelouse bien grasse d'un vert profond, tondue à l'intérieur des barrières et échevelée, piquée de pâquerettes, tout autour. Le terrain jouxtait la salle omnisports, une grande bâtisse en tôle grise, relevée d'un liseré rouge sur toutes ses arêtes et de deux grandes portes donnant sur un terrain bituminé dont les marquages au sol témoignaient qu'il pouvait servir indifféremment de terrain de basket, de tennis ou de handball. Au fond, on apercevait les maisons bien alignées de l'autre côté de la rue Maurice-Ravel tandis que sur la gauche, une haie de peupliers ondulait mollement, ce qui était fort pratique pour connaître le sens du vent. Derrière chaque but, un panneau publicitaire à la gloire des chaussures Patrick. Le ciel était encombré de nuages blancs, et parsemé de rares trouées bleu pâle. Bien qu'il fît froid, l'air était sec et c'était suffisant pour faire de ce mercredi une belle journée du mois de février.

Saliha et Tellier tombèrent en plein entraînement d'une équipe de cadets, une bonne quinzaine de garçons courant après le ballon comme si leur vie en dépendait. Sur le côté, avec quelques jeunes restés sur la touche, un homme hurlait de ne pas laisser l'axe ballon-but à découvert.

— Protégez votre cage ! Ils sont démarqués à droite !

Les gamins s'essoufflaient en tournant alternativement la tête vers le banc de touche et l'aile droite du terrain.

— Marc, qu'est-ce tu fous ? Bibi va cadrer et y a personne en défense ! C'est quoi ce gruyère ? s'époumonait l'entraîneur.

Sur le terrain, le jeu s'accélérait vers les cages côté rond-point. Deux petits gars aux cuisses rougies par la course et le froid se télescopèrent près de la surface de réparation. Les cris fusèrent. La balle ricocha. La brèche avait été colmatée. Les milieux rappliquaient. L'attaque s'emmêlait les pinceaux.

— À gauche, centre… Centre !

Le ballon partit en cloche et rebondit vingt mètres plus loin, en lobant l'attaquant qui tourna sur lui-même comme un coq sans tête. Tout le monde lui hurla dessus, mais rien n'y fit et la balle partit en touche. L'équipe adverse remit en jeu et le pugilat se poursuivit de l'autre côté du terrain, vers les peupliers.

Saliha et Tellier s'avancèrent à pas lents sur le bord de la pelouse. Quelques joueurs les avaient remarqués et leur envoyaient des coups d'œil curieux avant de se faire rabrouer par le banc de touche.

— Votre bloc défensif n'est pas synchro, les rouges ! C'est pas comme ça qu'on récupère les ballons !

Les gamins s'activaient tant qu'ils pouvaient. Ça tenait plus de la ruche que de la Mannschaft, mais ça s'accrochait et Leroy en avait le cœur en joie.

— Cadreur, couvreur… Cadreur, couvreur, hurlait-il en faisant les gros yeux pour de faux.

— Monsieur Leroy ?

— Messieurs dames de la police, répondit Leroy sans tourner la tête, vous venez voir le match ?

Saliha soupira. Tellier se sentit merdeux. Il se revoyait lui-même quinze ans auparavant courir après les ballons et s'en voulait un peu d'interrompre l'élan de ces enfants.

— Est-ce que vous voulez bien nous suivre ?

— J'en meurs d'envie, répondit Leroy en se tournant vers les deux flics.

Puis il s'appuya des deux mains sur la barrière en acier et fit face aux deux policiers.

— Vous voulez que je vous dise ce que j'ai fait aujourd'hui, c'est cela ? Eh bien je vais vous le dire. J'ai acheté une bouteille de champagne et je me la suis sifflée en entier pour fêter la balle dans la paillasse que s'est prise cet enfoiré de Wallet.

— Vous nous expliquerez tout ça au commissariat, monsieur Leroy.

— Entendu, répliqua Leroy avant de se tourner vers le terrain en hurlant. Ça va pas du tout. On arrête le match et on travaille l'axe ballon-but par groupes de six attaquants et six défenseurs. C'est Stéphane qui prend le relais. Allez hop ! Exécution.

Les gamins s'agitèrent sur le terrain, un œil en coin vers les deux policiers. Un gaillard bondit du banc de touche et reprit l'entraînement en main. Tellier saisit la paire de menottes accrochée à sa ceinture.

— On peut peut-être éviter ça ! demanda Leroy.

— Pas de blague alors, répondit Saliha.

— Pourquoi voulez-vous que je me tire ? J'ai rien à me reprocher.

Et Leroy passa sous la barrière pour rejoindre les deux flics.

*

Depuis la veille, on ne parlait plus que de l'assassinat de Wallet. Et bien qu'ils ne fussent pas nécessairement liés, tout le monde envisageait les meurtres de Pauline et de Freddie comme les deux faces d'une même pièce. Abattus tous deux alors qu'on ne s'y attendait pas, l'une à la nuit tombante et l'autre au petit matin. Leur seul point commun était la sauvagerie qui s'était déchaînée contre eux. En dehors de ça, les deux crimes n'avaient rien à voir. Pauline était une gentille fille dont la mort inspirait de la commisération à tous ceux qui la connaissaient et une réelle compassion à l'égard de son père. Wallet, un voyou dont la disparition réjouissait tout le monde. La nouvelle de la garde à vue de Leroy s'était répandue comme une traînée de poudre. C'était la consternation. Une vive émotion face à ce dénouement tragique, car en dépit de l'affection pour Rémy, peu de monde avait émis des doutes sur l'éventualité de sa culpabilité. Au bar de la Place comme au café des Sports, l'affaire était entendue : il avait tué Wallet pour venger sa fille, un point c'est tout.

Vanderbeken, qui avait dû supporter les hypothèses de chacun de ses patients sur l'affaire Wallet, en avait la tête farcie si bien qu'il décida après ses consultations du mercredi matin de sauter le déjeuner qu'avait préparé Madeleine pour sortir s'avaler une frite chez Millet.

À Wollaing, il y avait deux places. La première, par ordre protocolaire, était la place Auguste-Lainelle, ou place de la Mairie, ou encore place du Marché. On y trouvait un arrêt de bus, des bancs en ciment, une cabine téléphonique en état de marche, un monument aux morts et une demi-douzaine de jardinières en béton d'où jaillissaient dès les premiers jours de printemps des gerbes de géraniums rouge capucine. La seconde, la place Graslin, se trouvait à l'entrée de la ville, à proximité de la nationale. Beaucoup plus grande, elle n'était pas bituminée et servait de parking sauvage aux voitures comme aux semi-remorques. Bordée de maisons modestes aux peintures écaillées, de murs aveugles en briques, de clôtures en panneaux de béton préformés donnant sur les arrière-cours des magasins, c'était la place favorite des enfants qui s'y adonnaient à des courses de vélo dantesques entre les camions et les flaques de boue. Plus tard, quand ils avaient l'âge de conduire une mobylette ou un 50, les adolescents s'y retrouvaient pour fumer des cigarettes et se rouler des patins. Grégory Millet y avait installé sa baraque à frites.

Millet était le fils d'un contremaître de Berga. Un bosseur, un vrai «baudet» qui avait sombré avec l'usine. Grégory s'en souvenait comme si c'était hier. Son paternel faisait corps avec Berga. Quand la ligne de production imposait des rythmes continus, son père donnait le sentiment d'être toujours dedans, de vivre exclusivement pour cela. Il partait toujours en avance pour aller travailler, que ce soit le soir de Noël ou un jour ordinaire. Les soirs de fête, il décampait même plus tôt que d'habitude, sans rien avaler, préférant ne pas se mettre à table plutôt que d'être obligé de se lever au milieu du repas. Son existence entière, il l'avait offerte à l'usine. Sa santé, son mariage, ses enfants, tout. Leur mère avait mis les bouts en 1982 et leur père était mort dix ans plus tard, dans la misère. De cette expérience, Grégory n'avait tiré qu'un seul enseignement : jamais il ne travaillerait pour un patron. Il avait ouvert sa friterie en 2001, après les événements du 11 Septembre, et depuis, ma foi, il était toujours là.

Vanderbeken s'emmitoufla dans son manteau de laine et remonta la rue vers la place Graslin. Le froid sec tailladait les doigts et le visage. Le médecin arriva sur la place quand un ballon de foot lui passa par-dessus tête. Des gamins surgirent et traversèrent la rue sans regarder, mi-rigolards, mi-penauds, à la poursuite de leur balle folle. Vanderbeken traversa et croisa devant la friterie quatre VTT posés à même le sol. Grégory poussa un coup de gueule depuis sa roulotte et les cris des enfants s'évanouirent, momentanément.

— Bonjour docteur, dit Grégory, occupé à servir un autre client.

— Bonjour Grégory.

Vanderbeken salua également Clément Lemaire qui lui tendit une main vigoureuse avant de ranger son porte-monnaie dans sa poche.

— Comment allez-vous, Antoine ?

— Bien, je vous remercie.

— Vous avez vu ce drame ? C'est insensé. On est à Wollaing, pas à Paris, que je sache.

— Vous avez raison, dit Vanderbeken.

— Qu'en pensez-vous ? Vous croyez que c'est Rémy Leroy ?

— Je ne sais pas. Je…

Lemaire trempait ses frites dans un petit ramequin de mayonnaise en attendant la réponse du médecin.

— Ça ne lui ressemble pas.

— Ah ! s'enflamma Lemaire. Vous aussi. Je suis du même avis. On est toujours enclin à accuser les honnêtes citoyens alors que la racaille, elle, court toujours.

Sentant le terrain quelque peu glissant, Vanderbeken opina du chef et se rapprocha du comptoir pour commander.

— Enfin, bon. J'espère qu'on coincera le type qui a fait ça, continua Lemaire, et si c'est un étranger, j'espère que le ministre de l'Intérieur aura le courage de le foutre dans un charter. Voilà ce que je dis.

Et, bien content que tout le monde ait entendu son avis sur la question, Lemaire s'éloigna tout sourire.

— Qu'est-ce que vous prendrez, docteur ? demanda Millet.

— Une fricadelle frites et un demi Pelforth.

— Ça roule.

Grégory se retourna, empoigna un sac de frites congelées qu'il déchira avec deux doigts. Un nuage de vapeur d'huile envahit la roulotte. C'était plus qu'une odeur de frites et de saucisse dans le matin frais. Plus qu'un arôme aigre-doux, fait de sucre et de vinaigre, de tomate, de bière et de mayonnaise. C'était l'odeur de son pays, de son enfance, l'odeur du Nord, et les gamins qui jouaient à cache-cache entre les camions, lui-même comme Grégory, comme Leroy et tous les habitants de ce foutu bled écrasé par la crise, tous ceux qui contre vents et marées resteraient vissés à ce bout de terre grise et plate à en pleurer, tous partageaient cette odeur comme une seconde lymphe qui les rassemblait comme les doigts d'une main, les membres d'une même famille.

— Trois euros cinquante, demanda Millet en tendant sa fricadelle à Vanderbeken.

Le médecin lâcha son téléphone dont il caressait le clavier depuis cinq minutes et sortit un billet de dix de la poche de son manteau.

— Tiens. Comment ça va, les affaires ?

— Bof. L'avantage avec la bouffe, c'est qu'on en a toujours besoin. J'ai pas à me plaindre. Je m'en tire. C'est pas comme d'autres.

— Tu le mérites, Grégory, répondit le médecin en reprenant sa monnaie. Tu es un exemple pour eux.

Vanderbeken désignait les gamins qui s'étaient remis à jouer près de la baraque. Millet haussa les épaules.

— Tu ne t'es pas laissé abattre. Tu t'es pris en main.

— C'est pas grand-chose. C'est qu'une friterie…, répondit Millet.

— Au contraire, c'est beaucoup. Tu leur montres qu'on peut s'en sortir. Je pense que c'est pour ça qu'ils te tournent autour.

— Moi je pense que c'est plutôt à cause des frites. Ils espèrent toujours que je vais leur en filer une barquette gratis.

Vanderbeken sourit en mordant dans sa fricadelle. Il devisa encore un peu avec Grégory, frappa une fois dans le ballon qui lui était arrivé dans les pieds, l'envoya complètement de travers, suscitant les rires des enfants. Il avala sa bière. Lentement. Il aurait voulu étirer le temps. Passer l'après-midi ici avec Grégory et les gosses. Mais quand il eut tout fini, jeté ses papiers gras dans la poubelle et sucé ses doigts pleins de mayonnaise, il salua Millet et replongea la main dans sa poche. Il en sortit un carnet qu'il ouvrit à la première page et composa sur le clavier de son mobile le numéro qui y était inscrit. Son correspondant décrocha à la troisième sonnerie.

— Agence de location Hertz, bonjour monsieur, dit une voix teintée d'un fort accent belge.

Quelques instants plus tard, Vanderbeken raccrocha. Devant la baraque à frites, un nouveau ballon courut près de lui, poursuivi par un bouquet de rires, mais cette fois-ci il n'eut aucune envie de taper dedans.

Bruxelles

Buchmeyer se trompa deux fois de rond-point avant d'accéder au parking de La Rose des vents : un cube de trois étages planté dans un no man's land à proximité de la zone artisanale de Denain.

Le hall d'accueil, désert, sentait l'hôpital. Le mobilier était hors d'âge, l'éclairage au néon repoussant. Sur le bureau de la réception traînaient quelques présentoirs à prospectus à moitié vides. Erik n'eut pas le temps de poursuivre son inventaire. Une grande porte à double battant couina pour laisser passer une femme rondelette et souriante, d'une cinquantaine d'années, qui portait un badge sur sa blouse blanche.

— Bonjour Jeanine. Commandant Buchmeyer, police nationale, lança-t-il en présentant sa carte.

L'expression du visage de la femme changea.

— Vous avez un pensionnaire du nom de Pierre Thury, je crois.

— C'est exact.

— J'aimerais lui parler.

— Ça va être compliqué, répliqua-t-elle, embarrassée.

— Pourquoi ?

— M. Thury n'est plus très souvent parmi nous.

Elle avait prononcé ces mots d'une voix douce et triste. Buchmeyer comprit tout de suite.

— Alzheimer ?

— Oui. Un stade assez avancé.

— Je peux le voir ? demanda le policier.

— Bien sûr. Venez. Il est dans la grande salle avec les autres pensionnaires.

Suivie par Buchmeyer, elle poussa à nouveau la porte battante et une odeur de cantine les saisit à la gorge.

— Tous les mercredis matin, reprit-elle, nous avons droit au spectacle des Amis de La Rose des vents, une association de bénévoles. Ils font de petites chorégraphies sur des airs connus. Ça pourra vous paraître peu de chose, mais nos pensionnaires attendent ce jour avec impatience.

Ils entrèrent dans une sorte de réfectoire aux murs un peu défraîchis. Le sol était recouvert de lino. Les deux premiers rangs d'une cinquantaine de chaises disposées en quinconce étaient occupés par des vieillards, sagement assis, immobiles, les yeux rivés sur quatre bénévoles qui se tenaient par la main. La première, une énergique sexagénaire, était déguisée en Indienne, les autres étaient vêtues de tuniques colorées. Un magnétophone à cassette crachotait une vieille chanson de Fernandel, «C'est comme ça à Calcutta», tandis que les comédiennes roulaient des hanches de façon peu convaincante. Autour du réfectoire, plusieurs aides-soignants en blouse blanche se tenaient les bras croisés. Certains bâillaient, d'autres discutaient ou examinaient leurs ongles en attendant que ça passe. Jeanine désigna l'un des pensionnaires. Il était assis sur une chaise, le dos courbé et la bouche légèrement ouverte.

— Je peux vous demander d'attendre la fin du spectacle ? dit-elle à Buchmeyer.

— Bien sûr.

Le policier s'adossa au mur, s'attirant les regards des aides-soignants, mais aucun des pensionnaires ne l'avait remarqué. Le spectacle enchaîna plusieurs tableaux, dont « la complainte du footballeur », « la surprise du chef », « Betty Boop, Popeye et Olive », et le final « la salsa des Ch'tis ». Il y eut des applaudissements puis les aides-soignants emmenèrent les vieillards tandis que Jeanine leur faisait signe de laisser Thury dans la pièce.

Buchmeyer s'avança vers le grabataire, un peu incertain de la manière dont il devait s'y prendre. Il s'assit et lui tendit la main mais Thury était occupé à se tordre les doigts d'une façon presque cruelle. Erik posa sa main sur son genou.

— Monsieur Thury ?

Thury leva les yeux vers lui.

— On se connaît ?

— Non, monsieur. On ne se connaît pas. Je suis de la police. Je voudrais vous parler quelques instants. Vous permettez ?

Thury hocha la tête. Buchmeyer lui montra une photo qui le représentait en compagnie de Michel Caron au milieu d'un piquet de grève, trente ans auparavant.

— Connaissez-vous cette personne ? dit-il en indiquant Caron.

— Oui…, répondit Thury en faisant un effort de concentration. Je le connais. Comment s'appelle-t-il ?

— Michel Caron. Vous vous souvenez ?

— Michel Caron, répéta-t-il lentement. Non… Je me souviens pas.

— Il était à la CGT avec vous à Berga. Berga, l'usine, vous vous souvenez ?

— Berga… Oui… Peut-être… Je ne sais pas… Vous êtes de la police ?

— Oui. Je suis commandant de police.

— Enfin ! Vous êtes venu.

— Oui. Je suis venu. Pourquoi dites-vous cela ?

— Je vous ai appelé plusieurs fois.

Thury avait les larmes aux yeux. Buchmeyer décida d'entrer dans son jeu.

— Pourquoi m'avez-vous appelé ?

— Ils veulent me tuer, fit-il à voix basse en se penchant vers le policier.

— Qui veut vous tuer ?

— Eux…

Il désigna du menton les aides-soignants en blouse blanche en train de bavarder.

— Les infirmiers ?

— Ce ne sont pas des infirmiers. Ce ne sont des imposteurs. Ils essaient de me tuer quand les autres ne sont pas là. Quand je suis seul dans ma chambre. Je ferme la porte, mais ils veulent quand même ouvrir.

304

Buchmeyer ne savait comment réagir au délire du vieil homme quand soudain, la porte du réfectoire grinça et une silhouette familière apparut.

— Erik, bonjour! Comment allez-vous?

— Henri!

Delcourt jeta un œil sur Thury, puis sur les aides-soignants qui observaient la scène.

— Vous avez pu apprendre quelque chose? demanda le médecin.

— Il connaît Caron, mais il ne sait plus pourquoi. Berga ne lui évoque plus rien. Et il est très préoccupé par un soi-disant complot du personnel de l'hôpital.

— Il a besoin de repos, dit Delcourt. Ses journées sont totalement déréglées. Il fait un raffut d'enfer pendant la nuit et il dort le jour. Je le fais ramener si vous en avez fini avec lui.

Delcourt fit un signe de tête aux infirmiers qui approchèrent d'un pas traînant. Buchmeyer ressentit une gêne lorsque Thury lui lança un ultime regard, tel un naufragé voyant s'éloigner la bouée de la dernière chance. Les deux types en blouse blanche empoignèrent le vieil homme par les bras et le levèrent de sa chaise. Il gémissait en dodelinant de la tête.

— C'est l'avant-dernier stade de la maladie, commenta Delcourt. Dans un an, il ne parlera plus.

Puis le médecin prit Buchmeyer par le bras et l'entraîna hors de la cantine.

— Il ne faut rien prendre au pied de la lettre de ce qu'il dit, commandant. Cette saloperie d'Alzheimer vous bouffe la moitié du cerveau et la mémoire n'est pas la seule affectée. Dérèglement du sommeil, incapacité à accomplir les gestes du quotidien, la toilette, le repas et j'en passe. Dans son état, la paranoïa envers le personnel soignant est un classique.

Il soupira en regardant Erik dans les yeux.

— Malheureusement, il n'y a rien à faire. Au fait, je vous ai apporté ce que vous m'avez demandé. Vous venez avec moi ?

Le médecin sortit sur le parking et conduisit Erik jusqu'à l'antique 205. Il ouvrit le coffre et en sortit un carton.

— Je vous remercie, dit Buchmeyer. J'en prendrai le plus grand soin.

— J'espère bien. Je ne suis pas très fier de moi. Mais si c'est pour aider la police... Quand pourrez-vous me le rendre ?

— Dès que l'enquête sera terminée.

— C'est-à-dire ?

— Avec la mort de Wallet, c'est reparti pour un tour. Nous avons une seconde commission rogatoire. Ce nouveau meurtre complique tout.

— Tout ce que je vous demande, c'est de me le rendre en parfait état.

— Vous pouvez compter sur moi.

Le médecin lui serra la main et s'éloigna sur le parking avant de disparaître dans le hall du bâtiment.

Buchmeyer retourna à sa voiture. Il ouvrait son coffre pour y déposer le carton quand son téléphone sonna.

— Allô.

— ...

— Bernard ! Quoi de neuf ?

— …

— Tu es sûr de toi ? Michel Caron ?

— …

— Au port d'Anvers ? Bonne pioche, mon vieux.

— …

— Quand est-ce que tu m'invites à manger une boulette ?

— …

— Après-demain ? Bernard, je ne sais pas ce que je ferais sans toi.

*

Saliha examina le calendrier suspendu au mur de son bureau. Ça faisait exactement trois semaines jour pour jour que Pauline Leroy avait été assassinée. En trois semaines, ils avaient déféré Serge Maes devant le juge et s'apprêtaient à déférer un second suspect, Rémy Leroy, pour le meurtre de Frédéric Wallet. Cette enquête avançait vite, très vite même, et ils avaient toutes les raisons d'être satisfaits.

La lieutenant venait de croiser le commissaire Delcroix, avec qui elle avait échangé quelques mots. Celui-ci lui avait distillé quelques conseils, avait pris des nouvelles, façon à peine déguisée de lui demander si elle s'accommodait de son tandem avec Buchmeyer. Mais la conversation n'était pas allée beaucoup plus loin. Elle s'en était tirée avec une tape dans le dos un brin paternaliste, signe que le divisionnaire n'avait rien à redire sur le fond.

Marie-Ange Brès, la juge d'instruction, avait mené un interrogatoire approfondi de Serge Maes et acquis la conviction que le truand en savait plus qu'il ne le disait sur le meurtre de Pauline. Ne disposant en revanche d'aucun indice sérieux quant à sa culpabilité directe, elle avait demandé à Erik et Saliha, qu'elle avait copieusement félicités pour la qualité de leur travail, de pousser Maes dans ses retranchements. Ils avaient convenu de jouer l'intimidation et Saliha avait convoqué Maes à dix heures.

Quand il se présenta au commissariat, Saliha était assise à son bureau, décontractée, en train de siroter un café noir. Elle fit asseoir Maes et prit son temps avant de lui adresser la parole.

— Alors, content de ton audition chez la juge? demanda-t-elle sur un ton désinvolte.

— Mon avocat gère. Il dit que vous n'avez rien contre moi.

— Ton avocat, c'est Xavier Armand? L'avocat des Boggaert, pas vrai?

Maes ne répondit pas.

— Alors tu peux lui faire confiance. Il va te sortir de ce mauvais pas. C'est pour ça qu'il est grassement payé.

Maes jeta un regard haineux sur Saliha. Cette garce l'avait convoqué pour jouer avec ses nerfs.

— Écoute, Maes, je ne sais pas ce que t'a raconté ton avocat, mais moi j'ai eu la juge Brès au téléphone hier soir. Elle est convaincue de ta culpabilité. Tout le dossier t'accuse. Son overdose de coke, l'argent introuvable, votre histoire rocambolesque à

Fortaleza. Tu l'as manipulée. Tu lui as piqué son fric et tu l'as butée. C'est simple comme bonjour. Il n'y a pas de nœuds à se faire au cerveau.

— C'est faux ! dit Maes en se levant de sa chaise.

— Calme-toi, ça ne sert à rien de crier. Qui va croire à la sincérité de votre relation ? Pauline, tombée dans la drogue plusieurs fois, fragile, sans argent, un petit boulot à 400 balles par mois. Toi, dealer à Saint-Waast. C'est cousu de fil blanc.

— C'est pourtant la vérité, se borna à dire Maes en rentrant la tête dans les épaules. Mon avocat…

— Réveille-toi, rétorqua Saliha en se redressant sur sa chaise. Ton avocat est là pour protéger les intérêts de ton patron, pas les tiens. Tu n'as rien à attendre de lui. Et en face, c'est Marie-Ange Brès, une magistrate respectée dans toute la profession pour sa ténacité, et d'une sévérité exemplaire dès que la victime est une jeune fille de moins de vingt ans. Elle est convaincue que tu es coupable et, crois-moi, ton avocat lui apportera les preuves qui manquent à son dossier.

— C'est faux. Vous essayez de m'impressionner. Vous croyez que je vous vois pas venir avec vos gros sabots ?

— OK. J'ai des gros sabots et toi tu as trois jours avant de te prendre une mise en examen pour homicide volontaire sur mineure. C'est perpète. Ta vie s'arrête ici. Vas-y. Insulte-moi. Passe tes nerfs sur une flic, parce que c'est une des dernières que tu vois. Après, ça sera des matons, jusqu'à ce que tu te pisses dessus et que tu marches en déambulateur.

Le visage de Serge Maes devint livide. Ses mains moites tremblaient sur ses genoux. Saliha bascula en arrière sur son fauteuil et prit son temps pour boire son café. Il fallait que ça prenne et elle n'avait rien d'autre à faire qu'à attendre. Maes se recroquevilla sur lui-même. On n'entendait plus que sa respiration. Il devait s'imaginer passer trente ou quarante ans derrière les barreaux, pour un crime qu'il prétendait ne pas avoir commis. Il mesurait l'importance du capital le plus important qu'il lui avait jamais été donné de posséder : sa propre vie. Que voulait-il en faire ? La jeter aux ordures comme un vulgaire bout de papier gras ou bien parler, comme la flic le lui demandait… Ils restèrent ainsi pendant de longues minutes. Saliha souriait intérieurement. La sauce prenait. Puis un souffle à peine audible rompit le silence.

— Que dis-tu ? J'ai pas entendu.

— Si je parle, je suis un homme mort…, souffla Maes sans relever la tête.

Saliha inspira profondément.

— Si tu n'as pas tué Pauline, tu n'as aucune raison de passer ta vie en prison. Tous ceux qui te diront le contraire sont des enfoirés qui comptent sur ton sacrifice pour sauver leur peau.

Maes regarda Saliha. Sa décision était prise. Il allait sauver son cul, du moins provisoirement. Un jour ou l'autre, il se prendrait une bastos dans la paillasse, il n'avait aucun doute là-dessus, mais quelques années de liberté valaient mieux que des dizaines d'années d'enfermement. Voilà la conclusion à

laquelle il était parvenu dans le bureau de la lieutenant. Non. Il ne vivrait pas vieux. Il n'aurait jamais
de cheveux blancs. C'était son destin, qu'il en soit
ainsi.

— Ce sont les Boggaert qui ont tué Pauline, avoua
Maes sur un ton grave. Ça n'aurait jamais dû arriver.
C'est un manque de bol incroyable. Et vous devez
me croire. Je l'aimais. Vraiment. C'était pas une fille
comme les autres. Elle savait ce qu'elle voulait. Elle
n'était pas du genre à se laisser marcher dessus par
la vie.

— Les 50 000 euros?

— C'était pour partir au Brésil. C'est la vérité.
Tout ce que je vous ai dit est vrai. Elle avait gardé
l'argent, je ne l'ai jamais touché. Elle m'avait dit que
des gros bras menaçaient de s'en prendre à elle si
elle ne remboursait pas, alors je lui ai conseillé de
rembourser une partie du prêt. Elle l'a fait. C'est ce
qu'elle m'a dit.

— Donc ce n'est pas Wallet qui l'a tuée.

— Non. Dès qu'il a eu son fric, il est rentré chez
lui.

— Que s'est-il passé alors?

— Vous avez entendu parler de Polito Peres?

Maes expliqua toute l'affaire à Saliha. Au point
où il en était, il n'avait plus aucune raison de
cacher quoi que ce soit. Et il n'avait pas tort sur
un point au moins, Pauline et lui avaient cruel-
lement manqué de chance. En décembre de l'année précédente, Ron Boggaert s'était mis sur un
gros coup. Une livraison à Anvers de dix kilos de

cocaïne en provenance de Colombie. Une petite quantité pour Boggaert, mais la came provenait du cartel de Polito Peres et ça faisait des années que Boggaert voulait traiter avec lui. Polito vendait la meilleure marchandise de tout le golfe du Mexique, ses filières étaient sûres et ses prix tout à fait raisonnables. Boggaert avait tenté plusieurs fois le coup sans succès, et quand un de ses clients avait finalement fait défaut, Ron avait sauté sur l'occasion. C'était un coup pour voir, mais l'enjeu était de taille. Polito prenait beaucoup de précautions. Il voulait un seul contact. Maes, qui parlait espagnol, avait été désigné. Ron lui avait filé la clé d'un coffre contenant 100 000 euros. C'est lui qui devait procéder à la collecte et au paiement. La livraison était prévue pour le 18 janvier et, depuis le début de l'année, Ron était très nerveux. Il savait qu'au moindre pet de travers, Polito plierait les gaules et qu'il n'aurait pas de seconde chance.

De son côté, Maes avait prévu de raccrocher. Il s'était pris une balle dans le ventre l'été précédent et il savait que l'heure de la retraite avait sonné s'il ne voulait pas finir prématurément entre quatre planches. Il avait rencontré Pauline à Saint-Waast. Il s'était amouraché, sincèrement. Au bout de quelques semaines, ils avaient échafaudé leur plan pour l'Amérique du Sud. Maes s'était fait du fric et il avait toujours imaginé partir loin le jour où il arrêterait. Leur plan avait pris du retard. Maes n'avait bien entendu rien dit à personne, mais son plan avait fuité au pire moment qui soit. C'était le 12 janvier, trois jours avant la mort de Pauline. Ils étaient sortis à l'Amnézia, une boîte branchée de Valenciennes où Serge avait ses habitudes. Ils y avaient croisé des hommes de Boggaert. Pauline avait bu. Elle avait lâché le morceau sur Fortaleza. Boggaert avait été mis au courant dès le lendemain. Il était tellement parano avec tout le monde sur l'affaire Polito qu'il s'était imaginé des trucs pas possibles. Il avait cru que Maes allait filer à l'anglaise avec les 100 000 balles qu'il lui avait confiées pour Polito. Sa première réaction avait été de faire buter Maes, mais comme c'était leur seul contact avec Peres, il avait préféré buter sa copine. Un malentendu. Le fruit de la malchance. Un coup du sort. On peut appeler ça comme on voulait, mais Ron Boggaert avait perdu son sang-froid sur ce coup et Pauline en avait payé le prix.

Quand Maes eut terminé son récit, il sembla vidé, délesté d'un poids énorme. Il avait tout balancé. Nul doute que la flic allait refiler les tuyaux aux stups. Il venait d'ouvrir la trappe et sous lui, c'était le vide. Le plongeon était imminent. *Hasta la vista*. Contre toute attente, Maes se rendit compte qu'il s'en foutait.

Saliha lui tapa sur l'épaule. Elle avait une proposition à lui faire. Il n'était pas obligé d'apparaître comme une balance. S'il collaborait, s'il marchait avec eux main dans la main, ils pourraient coincer Boggaert. Maes n'avait plus rien à perdre. Lorsqu'il avait vidé son sac, toute la crainte que lui inspiraient Boggaert et ses sbires s'était évanouie. Seule subsistait la haine de celui qui avait fait abattre Pauline comme un chien. Il acquiesça à la proposition de Saliha. Ils allaient piéger Boggaert.

*

Madeleine s'apprêtait à frapper avant d'entrer quand elle constata que la porte était déjà ouverte. Le détail la surprit. Elle s'annonça mais ne reçut aucune réponse. Elle passa la tête à l'intérieur et ce qu'elle vit lui serra le cœur. Assis au bout du lit, sa valise à moitié faite, Antoine Vanderbeken se tenait immobile, comme pétrifié dans un rêve éveillé. Il ne la vit pas entrer. Elle s'avança. Il semblait épouvanté. Comme s'il avait vu quelque chose que les mots ne pouvaient décrire. Sur ses joues coulaient deux larmes. Elle ne l'avait jamais vu pleurer. Elle tendit son mouchoir au médecin. Pour la première fois, elle réalisait qu'Antoine avait sans doute autant besoin d'Adèle et d'elle qu'elles avaient besoin de lui.

— Que se passe-t-il?

Antoine avait du mal à parler.

— Cette agression vous a secoué, c'est normal. Je vais vous aider à boucler votre valise.

Il ne répondit toujours pas. Madeleine lui prit le bras. Elle voulait trouver des mots de réconfort mais elle préféra le presser de se préparer à partir.

— Il faut vous dépêcher. Le train pour Bruxelles part bientôt. Ce congrès va vous changer les idées. Ça vous fera le plus grand bien.

Vanderbeken se rendit en voiture à la gare de Valenciennes et monta dans le TER de 12 h 23 pour Lille-Flandres. Le trajet jusqu'à Bruxelles-Midi devait lui prendre un peu plus de deux heures par le train et il aurait aussi vite fait de s'y rendre en voiture, mais les laboratoires Pfizer, qui organisaient le congrès, avaient tout prévu et il était plus simple de se laisser faire que d'obtenir des dérogations. Il prit place dans un wagon surchauffé, moderne et confortable. Sièges en velours rayés. Vitres immenses. Il déposa sa valise, replia son manteau qu'il logea sur la tablette au-dessus de son siège, sortit son journal et entama un article sur les pourparlers de paix au Proche-Orient sans parvenir à dépasser le premier paragraphe.

Il fouilla dans ses poches, sortit le carton d'invitation : *7th Annual Proteins and Antibodies Congress. Brussels, 2015*. Le prospectus lui collait aux mains. Il serra les accoudoirs, plissa les yeux, porta ses doigts sur ses tempes. C'était une impression vague, irrationnelle et persistante. L'impression d'être, comment dire… suivi. Il secoua la tête. C'était absurde. Il était dans un train. On ne suit personne dans un train. Il respira profondément. Après tout, les wagons communiquaient et il en aurait vite fait le tour. Si ça pouvait le rassurer…

Antoine se leva et entreprit d'avancer jusqu'à l'avant du train. Malgré la vitesse réduite, un roulis l'obligeait à se tenir fermement aux dossiers des sièges. Il progressait lentement, ballotté de droite à gauche, observant discrètement les visages des passagers. Une mère et son enfant mangeant un sandwich, une personne âgée somnolant à côté d'un jeune homme au crâne rasé plongé dans une vidéo sur son ordinateur, deux adolescentes pianotant sur leur téléphone, un trio de quadragénaires endormis, des passagers pelotonnés sur leur siège, deux vieilles dames lisant des magazines. Antoine baladait son regard à droite et à gauche mais ne reconnut personne. Parvenu au dernier wagon, il revint sur ses pas jusqu'à l'autre bout du train puis s'en retourna à sa place. Il se rassit et respira profondément en regardant les grandes étendues défiler à travers la fenêtre. Les routes droites, les terrils hérissés de végétation, les zones industrielles, les villages déserts, d'autres routes, d'autres zones industrielles et toujours la même grisaille qui estompait sans relâche les couleurs de ce pays.

Le train arriva en gare de Lille à 13 h 12. Antoine ne disposait que de quinze minutes pour rejoindre à pied la gare de Lille-Europe d'où partait son TGV pour Bruxelles. Il traversa l'avenue Willy-Brandt. L'effervescence de la ville le rasserénait. Ces gens qui couraient avec leur valise à roulettes en faisant des bruits de Boeing au décollage, cette circulation, ces vendeurs à la sauvette, ces odeurs de saucisses qui embaumaient les trottoirs… À chaque fois qu'il remettait un pied à Lille, il regrettait de s'être enterré à Wollaing. Il longea l'avenue Le Corbusier, descendit sur la voie n° 2 alors que le TGV en provenance de Paris entrait en gare.

Au moment où il allait monter, il sentit à nouveau un regard se poser sur lui. Il se retourna, saisi d'effroi, un pied sur le marchepied, incapable d'avancer. Une grosse dame pesta derrière lui car il bloquait l'accès au wagon. La rumeur s'amplifia dans son dos et il entra, poussé par les autres passagers. Il se mit de côté, près de la porte ouverte. Quand tous les voyageurs furent montés et que les portes allaient se refermer, l'employé de la SNCF lui fit signe de reculer. Il jeta un dernier coup d'œil sur le quai désert et disparut à l'intérieur du train.

Trente-cinq minutes plus tard, le TGV terminait son voyage en gare du Midi. À l'arrivée, les invités du congrès étaient attendus à un point de ralliement, d'où une navette devait les conduire à l'hôtel. Au bout du quai, une jeune femme brune entourée d'une brochette de quinquagénaires grisonnants agitait une pancarte portant l'inscription *Pfizer*, blanche sur fond bleu.

— Antoine ! Ravi de vous revoir.

Un homme svelte, plutôt grand, les cheveux en bataille, serré dans un loden vert boutonné jusqu'au cou, s'était précipité sur Vanderbeken.

— Docteur Villandier. Ravi de vous revoir !

— Heureusement qu'il y a ces congrès pour nous donner l'occasion de nous rencontrer.

— Vous avez raison. Comment s'est passé votre voyage ?

— Un peu long. Vous savez, je viens de Clermont.

Les deux hommes devisèrent sur l'activité de leurs cabinets, les cas les plus fréquents qu'ils avaient eu à soigner et les nouveaux traitements qu'ils avaient prescrits durant l'année. Ils rencontrèrent et saluèrent d'autres confrères. Des généralistes de Reims, Toulouse et Bordeaux. Un oto-rhino de Chambéry, un allergologue de Lyon. La jeune femme à la pancarte mena son petit monde jusqu'au minibus gris et bordeaux qui les attendait tous feux clignotants. Quelques minutes plus tard, la navette se garait en face de l'hôtel Bedford.

Ces retrouvailles avec des confrères venus de France et d'Europe représentaient, à part égale avec les conditions exceptionnelles d'hébergement, l'essentiel de l'intérêt de ces congrès annuels. Le laboratoire mettait chaque année les petits plats dans les grands pour rendre ces événements attrayants et cette édition promettait d'être, comme les précédentes, au vu des sourires des invités, une incontestable réussite. Vanderbeken bavarda avec un certain Paul Moreau, un gastro-entérologue de Sète qu'il avait rencontré des années auparavant lors d'un congrès organisé à Nice. Moreau avait un don exceptionnel pour raconter les histoires et peindre avec un humour décapant certaines scènes vécues dans son cabinet. Antoine riait donc de bon cœur avec lui, pendant qu'un chasseur en liquette s'occupait de leurs valises, quand soudain son regard traversa la vitrine qui donnait sur la rue. Le rire déserta son visage.

Il poussa la lourde porte à tambour et se retrouva sur le trottoir à regarder à droite et à gauche, devant l'hôtel, parmi la foule des piétons, mais il eut beau s'y reprendre à plusieurs fois, ne pas négliger le trottoir d'en face ni le flot des passants qui montaient ou descendaient la rue, la silhouette qu'il avait cru apercevoir en transparence dans la vitre demeurait introuvable.

*

Accoudé à la rambarde qui longeait la promenade, Buchmeyer tirait sur une cigarette en regardant glisser le *Puccini*, une de ces péniches monumentales aux soutes remplies d'hydrocarbures, au pont supérieur encombré d'un entrelacs invraisemblable de tuyauteries de métal luisant au soleil, de réservoirs et de vannes à volants rouges, qui remontait paisiblement l'Escaut vers Bruxelles, Lille ou Charleroi. Erik était arrivé un peu en avance à son rendez-vous et en avait profité pour attraper un cornet de frites à la Frituur't Steen. Les doigts enduits de mayonnaise, il mâchonnait ses pommes de terre brûlantes en profitant du spectacle. Regarder les péniches en mangeant des frites était un bonheur simple, un plaisir d'enfance qui le replongeait quelques années en arrière à Haguenau, sur les rives du canal de la Marne au Rhin.

Il avait donné rendez-vous à Lamblin à onze heures sur le Steenplein, en face de l'entrée du tunnel reliant les deux rives de la ville, sous l'immense panneau *Antwerpen*. À 11 h 10, Lamblin apparut et ouvrit les bras en apercevant son ami.

— Erik, mon vieux, comment vas-tu ?

— Pas trop mal, grâce à toi…

Les deux hommes se serrèrent chaleureusement les mains.

— Je t'ai pas dit, mais c'était pas de tout repos. Sois gentil, ne me refais pas le coup de sitôt. Comment ça s'est passé avec Delcroix ?

— Il n'a pas apprécié. Il m'a mis sur une affaire de chat écrasé.

— Le meurtre de la jeune camée ?

— Oui. Sauf que ça se complique. La fille était la première victime mais on en a une deuxième sur le dos.

— Ça apprendra à Delcroix à te mettre au placard, dit Lamblin en souriant.

— Je crois qu'il s'en mord déjà les doigts. Frites ?

Lamblin déclina d'un signe de la main et emmena Buchmeyer le long du Steenplein.

— Pourquoi ?

— Le premier meurtre, c'est très probablement un règlement de comptes, mais le second a peut-être un lien avec le passé.

— Quel passé ?

— Celui de Wollaing. Et de Berga, la grande usine de la région qui a fermé au début des années quatre-vingt.

— Je me souviens. Un des plans sociaux les plus sanglants de l'époque dans le nord de la France. En Belgique, les patrons des charbonnages envoyaient en catimini des cadres chez Berga pour apprendre à casser les grèves.

320

— Sans blague?

— Bien sûr. La solidarité des patrons, mon ami. En 1995, on a coincé un type dans une affaire de blanchiment qui n'avait rien à voir, un pur hasard. Eh bien, le type avait participé à ces missions pour la Compagnie métallurgique de Liège dans les années quatre-vingt. Il nous l'a avoué. C'est comme ça que je le sais.

— On n'arrête pas le progrès…

— Et le Caron que tu cherches travaillait à Berga, c'est ça?

— C'est ça.

Lamblin invita Buchmeyer à prendre l'escalier menant au parking situé sous la promenade du Steenplein.

— Bon. Je te propose de remettre notre boulette à ce soir. Ça serait pas mal de coincer ton gars à la pause déjeuner.

Les deux flics empruntèrent la voie rapide jusqu'à l'entrée du port d'Anvers. Lamblin était chez lui et ça se voyait. Il naviguait avec aisance dans ce dédale infernal d'entrepôts s'étalant sur des kilomètres, de plateformes, de zones restreintes, d'usines gigantesques crachant des nuages blancs dans le ciel immaculé.

— Je ne me souvenais pas que c'était si grand, dit Erik en se penchant par la fenêtre.

— Le port fait dix fois la taille de la ville. C'est le deuxième d'Europe après Rotterdam, annonça fièrement Lamblin.

Les deux hommes s'enfonçaient dans les méandres de la zone portuaire quand Lamblin arrêta la Saab devant une barrière. Un planton en uniforme vint à leur rencontre. Ils baragouinèrent quelque chose en flamand et le garde leva la barrière.

— C'est là. Katoen Natie. Caron travaille sur ce dock.

Lamblin se gara à côté d'un préfabriqué d'où sortaient des types aussi épais que des armoires, des sacs en papier kraft à la main, jetant des regards méfiants aux visiteurs. Il cogna à la porte de la baraque pendant que Buchmeyer levait la tête vers l'impressionnante araignée de métal qui les surplombait. Tout ce qui était à l'échelle humaine – les hommes, les baraquements, les voitures – était écrasé par les dimensions monumentales du port, par ses bassins gigantesques où un tanker pouvait manœuvrer sans gêne, par ses porte-conteneurs hauts comme des buildings et par ces immenses grues vert d'eau formées de plusieurs bras articulés tenus ensemble par des batteries de câbles et de poulies herculéennes, posées sur des plateformes flottantes. Comme les bateaux, elles étaient baptisées et celle qu'un gros type au crâne rasé et au blouson de laine à carreaux désigna à Lamblin, sans que Buchmeyer réussisse à comprendre un traître mot de ce qu'ils se racontaient, se prénommait *Portumus*. Lamblin remercia le docker et fit signe à Buchmeyer de l'accompagner.

— Michel Caron est chef de cabine sur cette grue. Il devrait être en pause. Allons-y.

Sur le quai, les deux hommes firent un signe de la main vers la cabine de pilotage. Un type en blouson bullait sur la passerelle. Lamblin demanda Caron. Quelques instants plus tard, un autre type en bleu de travail, les cheveux attachés en catogan, sortit.

— Vous êtes Michel Caron?

— C'est moi.

— Police. Nous voudrions vous parler.

Nullement surpris, l'homme leur fit signe de monter. Les deux flics sautèrent sur la plateforme. Un escalier de métal courait le long des cadres articulés jusqu'au sommet de la dernière rotule qui défiait les nuages à cinquante mètres de hauteur. Lamblin et Buchmeyer l'empruntèrent jusqu'à la plateforme de pilotage. Caron les invita à entrer. Ils étaient deux dans la cabine, occupés à manger. Un grand costaud au cou épais et un jeune aux bras couverts de tatouages. Caron proposa un café aux flics et les invita à s'asseoir autour de la table en bois sur laquelle était étalé le déjeuner.

— On peut vous parler seul à seul? demanda Buchmeyer.

— Monsieur l'inspecteur, les deux hommes qui ont tué la petite fille et qui l'ont jetée dans le port sont derrière moi, le grand et le petit. Vous pouvez leur passer les menottes.

Interloqué, Buchmeyer regarda Lamblin qui semblait aussi étonné que lui. Puis il considéra les deux compagnons de Caron, qui n'avaient pas moufté et continuaient de mâchonner leur sandwich comme si de rien n'était.

— Vous voyez. Ils ne parlent pas un mot de français.

Buchmeyer se détendit. Caron le fixait, impassible. C'était un homme trapu, aux pommettes saillantes et aux petits yeux verts. À l'évidence un dur à cuire. Buchmeyer ne savait pas quel avait été son rôle à la CGT, mais assurément, il faisait partie de ces types qu'on redoute d'avoir en face de soi à une table de négociation.

— Je suis le commandant Erik Buchmeyer de la police française. Commissariat de Valenciennes. J'enquête sur le meurtre de Frédéric Wallet. Vous le connaissiez ?

— Ça remonte à des années, dit Caron.

— Vous avez coupé les ponts avec Wollaing ?

— Depuis trente ans environ.

— Pourquoi êtes-vous venu vous installer ici ?

— M'installer, reprit Caron en souriant, c'est un bien grand mot… Je suis plutôt venu galérer.

— Alors pourquoi ?

— Parce que la France, c'est foutu. Et que le Nord, c'est encore pire. Ici, on vous fait pas de cadeau, mais au moins quand on veut bosser, on peut. Il y a 200 000 tonnes de marchandises qui transitent chaque année à Anvers. Les mines, l'acier, l'industrie, tout ça c'est mort. Les chinetoques font ça bien mieux que nous. Ça leur coûte pas un rond. Ils foutent tout sur des bateaux et ils nous les envoient à la queue leu leu. Et tout ça arrive à Rotterdam et à Anvers. Point final. Regardez celui-là.

Il montra par la fenêtre un navire gigantesque dont on n'apercevait que la coque, un mur de métal s'élevant de l'eau jusqu'au ciel.

— Deux mille cinq cents conteneurs en provenance de Shanghai.

— D'accord, fit Buchmeyer. Et si la Belgique, c'est mieux que la France, il y a bien quelques anciens de Berga qui ont dû vous suivre, non?

Le docker soupira. Il observa le flic.

— Je n'ai rien à dire sur Berga, sauf…

— Sauf quoi?

Caron hésita avant de continuer. C'était une histoire qu'il avait enfouie depuis longtemps au fond de sa mémoire, qu'il avait tenté d'oublier sans jamais vraiment y parvenir. Buchmeyer l'avait effleurée et elle avait maintenant une furieuse envie de sortir.

— Sauf qu'on s'est fait avoir comme des bleus.

— Vous aviez quel poste à l'époque?

— J'étais soudeur et délégué du personnel.

— Qu'entendez-vous par «on s'est fait avoir»?

— C'était Devrard. Le patron. Un bel enfoiré, celui-là. Pourquoi ça vous intéresse?

— J'ai mes raisons. Et alors, Devrard…

— Il a tout manigancé, ce salaud. On était en lutte depuis des années. On soupçonnait Debaas, l'actionnaire principal de Berga, d'avoir commencé à transférer une partie de la production au Mexique et au Maroc en catimini. Par petits bouts pour pas que ça se voie, surtout des autorités. Mais nous, on voyait bien ce qui se tramait. Alors on s'est bagarrés et on n'était pas loin de gagner. En 81, la gauche est passée et on était sûrs qu'on aurait le gouvernement avec nous. La CGT a décrété la grève générale. Tous les ateliers étaient à l'arrêt à partir du mois d'août. La direction a plié sur la majorité de nos revendications, limitation des cadences de nuit, augmentation des temps de pause, renforcement des mesures de sécurité. Tout sauf une prime de dix francs par jour, jugée inacceptable par Devrard. Au bout d'un mois, ça s'est terminé en eau de boudin. Certains camarades voulaient aller jusqu'au bout. D'autres ont voté la reprise. L'unité syndicale a volé en éclats.

— Et ensuite ? demanda Buchmeyer.

— En 83, il y a eu les accidents. Ils s'en sont servis comme prétexte pour fermer l'usine. En réalité, la fermeture était prévue depuis des années.

— Vous faites référence au suicide du chef du personnel ?

— Vanderbeken. Un salopard de la pire espèce, lui aussi. Quand Radio Quinquin a sauté, on a tous su qu'il était derrière.

— Radio Quinquin, j'ai vu ce nom quelque part.

— C'était la radio de la CGT. Une radio pirate, comme on disait à l'époque. On s'en servait pour donner des nouvelles des luttes dans les usines. Pour les patrons, c'était Radio Moscou.

— Revenons aux accidents. J'ai lu qu'au printemps 83, un homme était mort écrasé par une poutrelle. Un syndicaliste d'Oran.

— Mahklouf Zermani. Un collègue et un camarade.

326

— Que s'est-il passé?

— Un portique qui a lâché. L'usine était vétuste. Devrard en a profité pour précipiter la fermeture. Un camarade était mort et Berga était rayée de la carte. On s'était fait baiser.

Buchmeyer marqua une pause. Il réfléchissait à toute vitesse. Dans son esprit, de nouvelles lignes brisées s'ajoutaient à celles qu'il avait montrées à Saliha sur l'organigramme de l'ancienne usine.

— Pour Zermani, ça s'est vraiment passé comme ça? lança-t-il après quelques secondes.

Caron haussa les épaules, visiblement surpris par la question.

— Oui, pourquoi pas?

— J'ai de bonnes raisons de vous poser cette question, dit Buchmeyer. Croyez-vous que Zermani ait vraiment eu un accident?

— J'en sais rien, bon Dieu! jura Caron. *Het is goed*[1], ajouta-t-il à l'intention des deux dockers qui s'étaient levés en entendant le ton monter.

Il attrapa sa tasse de café et la vida d'un trait en basculant la tête en arrière avant de la reposer bruyamment sur la table en bois.

— Maintenant, si vous permettez, j'ai deux mille conteneurs à décharger et ça va pas se faire tout seul.

Il fit mine de quitter la cabine. Lamblin voulut s'interposer, mais Buchmeyer le retint par le bras. Caron se passa la main dans les cheveux et sortit, suivi par le gros docker.

---

1. Tout va bien.

— Je suis désolé, dit Lamblin. C'est une maigre récolte. Tu as fait tout ce trajet pour pas grand-chose…

— Détrompe-toi, Bernard, dit Erik en tournant la poignée de la porte en métal. Je suis très content d'être venu.

Ils sortirent tous deux sur la passerelle du *Portumus*. Un vent glacé mêlé aux remugles de diesel et d'iode leur caressa le visage, ce qui faisait un bien fou après l'atmosphère confinée de la cabine.

— D'autant que tu me dois une boulette au Falafel Tof.

*

Buchmeyer était descendu au Rubenshof, un hôtel abordable, à la façade clinquante style Art nouveau et au confort sommaire façon «pension de famille». Les chambres étaient bien chauffées et recouvertes d'une moquette épaisse dans laquelle on s'enfonçait comme dans du sable sec. L'hôtel fournissait à chaque client, détail appréciable, une dosette de bain moussant. Erik s'était souvent demandé pourquoi on trouvait plein de trucs inutiles dans les salles de bains des hôtels, des kits de couture, des bonnets ou même des chaussons, mais jamais de bain moussant. Toujours est-il qu'après avoir quitté Lamblin à vingt et une heures, le ventre plein, il avait filé à l'hôtel pour se glisser dans un bain brûlant débordant de mousse parfumée. Il avait attrapé une bouteille de gin dans le minibar et s'était roulé un stick maousse sur lequel il tirait comme un sapeur tandis que son corps rougissait comme celui d'une écrevisse. Il relâcha tous ses muscles et laissa son attention se fixer sur une tache brune au plafond, vestige probable d'une fuite de la salle de bains du dessus. On aurait dit les contours d'un territoire ou d'un légume. Quelque chose entre les Vosges, l'Afghanistan et la pomme de terre. Il prit son pétard entre pouce et index et s'enfouit la tête dans l'eau, le bras tendu au-dessus de la mousse.

Une demi-heure plus tard, les cheveux plaqués en arrière, le corps encore fumant serré dans son peignoir de bain, il s'assit sur son lit. Près de lui, le carton que lui avait confié Delcourt à la maison de retraite. Il entailla le scotch du bout de l'ongle, ouvrit les deux rabats et saisit à pleine main le premier des trois albums que Delcourt y avait déposés. C'était de beaux volumes comme on n'en faisait plus, lourds, au dos et aux coins en maroquin vert, au plat décoré d'une représentation florale, aux folios anthracite sur lesquels étaient soigneusement collées, protégées par des feuilles de papier cristal, les photos en noir et blanc de la famille Vanderbeken.

Le premier album commençait avec les portraits austères de grands-pères à moustaches, d'oncles militaires et de familles rassemblées autour du patriarche. Les femmes étaient pour l'essentiel vêtues de noir et personne ne souriait, sauf quelques gamins en uniforme ignorant probablement encore ce que les tranchées leur réserveraient. Parmi les images prises en extérieur, Buchmeyer remarqua la présence de montagnes. Puis venaient des photos de la Seconde

Guerre mondiale. Des soldats, des photos à la campagne, des scènes bucoliques qui n'étaient pas prises dans le Nord mais sans doute en zone libre.

Buchmeyer s'arrêta sur des clichés de troufions en bras de chemise. On riait. On faisait du vélo. Au second plan, on voyait des Asiatiques. L'Indochine. Il repéra un individu de taille moyenne, assez beau garçon, sourire aux lèvres. Il devait avoir dix-huit ans. Il remarqua une ressemblance avec Antoine Vanderbeken. Sans doute le père. Il continua de feuilleter. Des camarades en armes, tout sourire. Des rizières. Un grand type blond et un jeune Asiatique posant fièrement devant leur camion, une montagne de métal et de poussière. Puis quelques clichés sur les bords de la mer du Nord. Des gens emmitouflés. Des paysages d'hiver. Les embruns et le vent qui défaisaient les cheveux. Puis de nouveau des photos de guerre où il retrouvait celui qu'il imaginait être le père. Plus âgé. Plus épais. Il avait pris du poids et du galon. Il reconnut certaines têtes. Des camarades. Des photos d'Algérie. Des paysages surtout. Pas d'autochtones. Puis des images d'Adèle, jeune. Assez jolie. Des demi-sourires. Des regards fuyants. Visiblement, elle n'aimait pas se faire photographier.

Buchmeyer passa au deuxième volume. Il commençait par les photos de nouveau-nés. *Paul & Antoine*, inscrit à la craie sur le papier noir. La saga Vanderbeken continuait. Les parents. Les grands-parents. Les bébés sous toutes les coutures. Des pages et des pages. Des photos de famille sans grand intérêt.

Troisième volume. La couleur. La famille au grand complet. Les deux garçons à dix ans dans le Nord. Impossible cependant de reconnaître Wollaing. Toujours des photos d'enfants, jouant au ballon, en vacances, à Noël. La campagne enneigée. Peut-être chez les grands-parents. Ça ressemblait au Vercors. Puis une photo du père en costume devant une Dauphine. Une autre, en face d'un bâtiment. « Nom d'un chien », murmura Buchmeyer. Édouard posant devant l'entrée de l'usine Berga. D'autres photos d'Adèle, toujours discrète. De nouveau les enfants. Deux faire-part de communion avec liserés dorés et le nom de chaque enfant gravé en lettres cursives. En médaillon, Paul et Antoine en aube blanche, les cheveux peignés et les mains jointes. Deux petites statues. Buchmeyer remarqua les deux doigts manquants à la main droite d'Antoine. Il continua sans trop savoir ce qu'il espérait trouver. Les garçons à dix-huit ans environ, puis subitement, les pages devinrent noires. L'histoire de la famille s'arrêtait avec la mort de Paul.

Erik revint en arrière, période indochinoise. Une image l'avait intrigué. Elle représentait Édouard Vanderbeken, en tenue de combat, avec deux autres soldats. Il appuya légèrement sur le coin droit. La colle était cuite et elle se détacha toute seule. Buchmeyer retourna la photo. Elle portait une inscription au dos : *Douve, Dubus et Barjo. 1954*. À l'évidence des surnoms que s'étaient donnés les soldats. Si l'on suivait l'ordre, le premier sur la gauche devait être Douve. Buchmeyer réfléchit. Il murmura plusieurs fois ce nom. Cela sonnait comme la contraction d'Édouard Vanderbeken, la deuxième syllabe d'Édouard et la première de Vanderbeken. Les deux autres, il ne les connaissait pas, mais ça pouvait être quelque chose du même tonneau. Encore que Dubus était peut-être tout simplement chauffeur de camion et Barjo complètement timbré.

Il déposa les trois albums photo par terre et ouvrit son ordinateur portable. Il entra « mahklouf zermani berga » dans le moteur de recherche et, sur la troisième page de réponses, il tomba sur un site amateur dédié à la mémoire des métallos du Nord. Au milieu d'une rétrospective au style ampoulé, l'auteur avait rédigé un petit paragraphe sur Berga et inséré une série de photos de provenances diverses. Parmi elles, un tirage mal cadré, surexposé et abîmé par le temps dont les personnages étaient difficiles à reconnaître. Daté de 2001, il avait à l'évidence été numérisé à partir d'une photo prise par un appareil de mauvaise qualité, mais l'intérêt du cliché résidait surtout dans la légende. *Ouvriers en grève contre la vétusté des installations de Berga. Mahklouf Zermani (au micro), Dominique Lemay, Frédéric Wallet.* Derrière le voile rose, trois hommes. Celui qui parlait dans un porte-voix devait être ce fameux Zermani. Lemay était sans conteste celui qui portait un casque blanc, car Buchmeyer n'avait aucun doute sur l'identité du troisième. Il tenait là sa première photo d'époque de Frédéric Wallet. Tout jeune, vingt ans à peine, il était animé de cette même lueur dans le regard qui avait impressionné Buchmeyer lors de sa visite au club de musculation : le mépris pour tout ce qui avait la mauvaise idée de se mettre en travers de son chemin. Il chercha d'autres éléments sur la mort de Zermani et ne trouva rien à se mettre sous la dent. Sur Lemay, même chose. La petite photo rose était son seul indice de la proximité entre ces trois hommes et Buchmeyer savait parfaitement qu'il n'irait pas très loin avec cela.

Il sourit en imaginant la tête que ferait Delcroix s'il lui ramenait l'hypothèse farfelue qui était en train de germer dans son esprit, avec, pour seul indice, cette photo à peine déchiffrable. Delcroix l'avait mis en garde. Il se souvenait de ses mots, «Pas de vague, Buchmeyer. Piano, piano», et son intuition aurait dû lui commander de tout arrêter là. Faire marche arrière, revenir à Valenciennes, suivre les recommandations de la juge, se tenir à carreau et surtout éviter tous ces trucs alambiqués vers lesquels il se sentait irrésistiblement attiré. Saliha aussi l'avait mis en garde, à sa manière. Peut-être avait-elle raison, après tout. Maes avait tué Pauline et, convaincu que Wallet avait fait le coup, Leroy l'avait dézingué à son tour au fusil de chasse. Pourquoi chercher midi à quatorze heures? Buchmeyer ferma son ordinateur et s'allongea sur son lit. Il voulait faire le vide, mais il n'y parvenait pas. Son portable sonna sur la table de chevet.

— Erik?

— Saliha. Justement je pensais à toi.

— Je cherche à te joindre depuis hier, mais tu es toujours sur messagerie. J'ai du nouveau. Pauline.

Elle a été assassinée par des hommes de main des Boggaert. Maes a craché le morceau. Tout concorde. Je voudrais tendre un piège aux Boggaert pour apporter des preuves solides à la juge.

— Quel type de piège?

— Des micros. Je pense que ça peut marcher.

Saliha expliqua par le menu la nature de la petite mise en scène à laquelle elle songeait et Buchmeyer lui donna son feu vert.

— Ce n'est pas tout, continua Saliha. La garde à vue de Rémy Leroy est terminée. On a cuisiné deux types qui travaillent pour la société de nettoyage en contrat avec le club de foot de Wollaing. Mardi matin, ils étaient au club et ils ont vu Leroy.

— À quelle heure?

— Huit heures moins dix. Il préparait un entraînement. Il y est resté une heure. Les deux types sont formels. Leroy a un alibi en béton. Il n'a pas tué Wallet.

Buchmeyer sourit. Il n'avait jamais cru à la culpabilité du père de Pauline. Wallet avait trop d'ennemis. Il pouvait avoir été assassiné, pour ainsi dire, par n'importe qui.

— Saliha? Je voudrais que tu m'accompagnes à Lille, lundi.

— Pour quoi faire?

— On va interroger Arnaud Devrard.

— L'ex-PDG de Berga? demanda Saliha avec un soupçon d'exaspération dans la voix.

— Lui-même. Lundi matin. Neuf heures trente.

— Mais nous n'avons aucun indice permettant de relier les deux meurtres à Arnaud Devrard. À moins que tu aies du nouveau…

Saliha se tut un instant. On frappait à la porte de la chambre de Buchmeyer.

— On ne peut pas fonder notre enquête sur des suppositions. Je…

— Merci Saliha. J'y réfléchirai. Maintenant, je dois raccrocher, excuse-moi.

Buchmeyer reposa le combiné, se leva, resserra son peignoir et se pressa pour aller ouvrir. La créature qui apparut dans l'embrasure mesurait un mètre soixante-quinze. Mince, la peau laiteuse, parsemée de taches de rousseur. Sa chevelure frisée dessinait un halo. Ses lèvres rouges luisaient dans la pénombre. Son corps longiligne serré dans une combinaison bleue en matière synthétique que laissait entrevoir un manteau en faux lapin était perché sur une paire de chaussures à plateforme jaune citron.

— C'est toi le petit Français ? dit-elle avec un accent belge à couper au couteau.

— C'est moi, se borna à répondre Buchmeyer.

Et la fille entra, laissant derrière elle un sillage saturé de guimauve signé Dolce & Gabbana.

*

Vanderbeken introduisit la carte à puce dans la fente de la serrure électronique et pénétra à l'intérieur de la chambre 212. Il déposa son sac, abandonna son manteau sur le lit, entrouvrit la porte-fenêtre et sortit sur le balcon. Il avait besoin d'air. Appuyé à la rambarde, il jeta un rapide coup d'œil autour de lui. Comme d'habitude, la prestation offerte par Pfizer était impeccable. La chambre donnait sur un jardin paysager mis en valeur par un éclairage tamisé. Les rumeurs de la ville n'y parvenaient qu'assourdies et lointaines. Il y régnait un calme presque parfait, exceptionnel pour un établissement de centre-ville. L'hôtel formait un U et, dans les deux premiers bâtiments, les chambres donnaient sur le jardin ou sur la rue. Les salles de congrès et de réunion se trouvaient dans la troisième aile dont elles occupaient le soussol, le rez-de-chaussée et le premier étage. Il était six heures du soir. Les conférences du jour étaient terminées et la nuit était déjà tombée. Pfizer avait réservé la moitié de l'hôtel et les invités se préparaient pour le dîner. Antoine se massa les tempes pour atténuer la douleur qui le tenaillait.

Il retourna à l'intérieur, tira les rideaux et gagna la salle de bains surchauffée. Il se déshabilla et posa ses deux mains sur le lavabo. Son estomac était noué, il frissonnait et la sueur perlait à son front. Il avait pris un cachet qui n'avait eu aucun effet et résolut de se faire couler un bain chaud. Il se glissa dans l'eau brûlante qui l'apaisa un temps, mais dès qu'il ressortit les frissons et le mal de crâne l'assaillirent de nouveau.

Dans la glace, il ne se reconnaissait pas : épuisé, les traits creusés, une lueur sombre au fond des yeux. La journée qu'il avait passée semblait suspendue en dehors de toute réalité, comme si l'angoisse qui l'avait tourmenté depuis le matin avait fini par avoir le dessus. Il songea à Madeleine. Changer d'air n'y avait rien fait. Il sortit de la salle de bains, ouvrit le minibar et s'avala une mignonnette de Johnnie Walker. Il sentit alors un courant d'air dans son dos. La porte de la chambre était entrouverte. Il se précipita, une simple serviette autour de la taille, et la claqua violemment. Il était pourtant certain de l'avoir fermée. Devenait-il dingue ? Il ouvrit les placards, la porte des toilettes, revint dans la salle de bains.

Il voyait distinctement un mot de sept lettres danser autour de lui. Meurtre. Celui qui avait tiré à bout portant sur Wallet était ici, dans cet hôtel. Il était le prochain sur sa liste. Il se mit à trembler. S'il était dans cette chambre, où se trouvait-il maintenant ?

Le téléphone bourdonna. Vanderbeken hésita avant de décrocher.

— Antoine ?

— Oui.

— C'est Villandier. J'essaie de vous joindre depuis ce midi. Comment allez-vous ?

— Je vais… bien, mentit Vanderbeken.

— Je ne vous ai pas réveillé au moins ?

— Si, mais ce n'est pas grave. Je suis épuisé. Je crois que j'ai attrapé une gastro. J'ai une migraine carabinée.

— Pardonnez-moi. Je suis désolé. Je vous avoue que je me suis un peu inquiété de ne pas vous voir aux conférences aujourd'hui.

— Je sais, c'est vraiment dommage. Comment était-ce ?

— Très bien. Surtout l'exposé du professeur Boda de Minneapolis. J'ai gardé une présentation papier pour vous.

— Merci beaucoup.

— Bon, remettez-vous bien et j'espère vous voir au dîner. Vous devriez avaler quelque chose, ne serait-ce qu'un bol de riz. Je vous garde une place.

Vanderbeken raccrocha d'une main tremblante. Il ouvrit le mini-frigo et attrapa une fiole de gin qu'il avala d'un trait. Il devait se ressaisir. Son front était en nage. Il sortit sur le balcon. L'air froid l'enveloppa. Rasséréné, il s'appuya contre la rambarde et examina les fenêtres allumées dans les chambres. Derrière les voilages, il devinait ses confrères se préparant pour le dîner. Le souffle vint à lui manquer quand il perçut un crissement dans son dos. Il se retourna mais n'eut pas le temps de crier. Une ombre avait fondu sur lui. La gorge nouée, il sentit la rambarde lui comprimer les reins et il bascula dans le vide.

*

La 205 tourna à gauche au niveau du portail électrique et s'engagea sur la rampe d'accès de l'hôpital Saint-Joseph, une voie en bitume rouge bordée de murets blancs par-delà lesquels s'étalaient des pelouses impeccablement tondues. Elle fit un demi-tour avant de se garer sur une place réservée au personnel médical. Delcourt et Buchmeyer sortirent ensemble de la voiture pour gravir à toute vitesse les marches de l'escalier de pierre. On était dimanche et malgré cela Delcourt, quand il avait reçu le coup de fil de Madeleine le matin même, n'avait pas hésité à appeler le commandant de police pour lui proposer de l'accompagner à Bruxelles. Le médecin demanda la chambre de M. Vanderbeken pendant que Buchmeyer s'entretenait avec un policier en faction dans le hall.

— Commandant Buchmeyer. Police française. L'inspecteur Lamblin est arrivé?

— Il est en haut. Deuxième étage.

Buchmeyer et Delcourt montèrent par l'escalier. Devant la porte de la chambre 254, un jeune type en blouse blanche interpella Delcourt qui lui montra son caducée avant d'entrer dans la chambre sans se soucier de Buchmeyer resté dans le couloir.

— Dis donc, Buch, je vais finir par me lasser de voir ta sale gueule d'Alsacien par chez nous autres, dit Lamblin en lui tapant sur l'épaule.

— Moi aussi, je commence à en avoir plein le cul de ta tronche de bouffeur de frites, répondit Erik en lui serrant chaleureusement la main. Bon, puisque je suis là, raconte-moi ce qui s'est passé.

— On a reçu un coup de fil d'un hôtel en centre-ville hier. Une auberge chicos. Le Bedford. Ils accueillent un séminaire donné par un labo pharmaceutique et…

— Abrège, Bernard, je sais ça, le coupa Buchmeyer.

— C'est un des employés qui l'a découvert. Il était complètement à poil, étendu dans l'herbe, les quatre fers en l'air. Sonné. Apparemment il est tombé du balcon de sa chambre, au deuxième étage. Ça s'est passé à dix-neuf heures environ. Il a été transféré tout de suite.

— Quelqu'un a vu ce qui s'est passé ?

— Sur le coup, personne.

— Vous avez été sur place ?

— Affirmatif. On a tout ratissé et on n'a rien vu, mis à part deux mini-bouteilles d'alcool vides dans la chambre. Pas de signes de lutte, pas d'empreintes… On a entendu un de ses confrères, le docteur Villandier. Il l'a appelé sur son téléphone juste avant qu'il fasse le saut de l'ange. Apparemment, Vanderbeken n'était pas dans son assiette. Toujours selon Villandier, il serait resté dans sa chambre toute la journée.

— Et il se serait jeté par la fenêtre le soir ? demanda Buchmeyer.

— C'est pas exclu. Une crise de délire. La migraine, ça peut rendre fou.

— L'autre hypothèse est qu'il se soit fait aider, reprit Buchmeyer.

— J'ai pas trouvé de traces, mais ça n'exclut rien. Pourquoi, il t'intéresse, le docteur ?

— J'en sais trop rien… Il est impliqué de loin dans le double meurtre de Wollaing. Cette affaire commence à m'emmerder. Plus j'avance, plus j'ai l'impression de reculer.

— Tu patines. C'est l'âge.

À ce moment, un médecin sortit de la chambre 254, un dossier sous le bras.

— Bonjour. Vous êtes le commandant Buchmeyer ?

— Oui.

340

— Vous pouvez y aller. Il est réveillé. Pas plus de cinq minutes.

— Entendu.

Buchmeyer poussa la porte. Delcourt était déjà au chevet de Vanderbeken, allongé, une minerve autour du cou.

— Venez voir notre miraculé! dit Delcourt, guilleret.

— Comment allez-vous? demanda le policier.

Vanderbeken ferma les paupières en esquissant un timide sourire.

— Antoine a eu beaucoup de chance, continua Delcourt. Il est tombé sur un buisson et il a roulé sur la pelouse. Il s'en tire avec quelques hématomes et une sévère entorse. À quelques mètres près…

— Que s'est-il passé?

— Je ne sais plus très bien. J'avais une migraine terrible. Je suis sorti sur le balcon pour prendre l'air.

— Êtes-vous tombé tout seul?

Vanderbeken faisait des efforts, plissait les yeux pour tenter de mobiliser ses souvenirs tandis que Delcourt l'observait.

— J'ai l'impression qu'une ombre a bondi sur moi.

— Une ombre?

— Oui. Je ne suis pas sûr. Ça n'a duré que quelques secondes.

Son visage s'assombrit.

— Vous étiez malade et vous êtes resté dans votre chambre toute la journée. C'est bien cela?

— Oui.

— Vous pensez que votre état aurait pu provoquer une hallucination ?

— C'est possible.

Vanderbeken semblait perdu. Les mots franchissaient ses lèvres avec difficulté. Delcourt invita Buchmeyer à se retirer pour laisser le médecin se reposer, mais le commandant avait une dernière question. C'était une question irrationnelle, une hypothèse qui, la première fois qu'il l'avait envisagée, lui avait semblé si farfelue qu'il ne l'avait partagée avec personne. Mais en feuilletant l'album de famille il avait continué à la tourner dans sa tête et il voulait en avoir le cœur net à présent. Il se pencha vers le malade.

— Antoine, une dernière question. Vous seul probablement connaissez la réponse. Êtes-vous certain que votre frère Paul est bien décédé ?

Vanderbeken blêmit. Delcourt fusilla Buchmeyer du regard.

— Que voulez-vous dire ?

— C'est une simple question. En êtes-vous sûr ?

— C'est… absurde, dit Vanderbeken. Absurde.

— Laissez-le maintenant, interrompit Delcourt, visiblement agacé par l'acharnement de Buchmeyer.

Le policier n'eut pas le temps de prendre congé que Delcourt le poussait déjà hors de la chambre.

— Bon sang, Erik ! Antoine n'est pas en mesure de soutenir un interrogatoire. Il est en état de choc. Il s'en remettra, mais pour l'heure, il a besoin de repos. Et puis… Les médecins lui ont administré de sérieuses doses de sédatifs contre la douleur. Il est un peu dans les vapes.

— Très bien. Je comprends.

— Qu'est-ce que c'est que cette histoire de Paul qui ne serait pas mort ?

— Une vague idée...

Delcourt fixa Buchmeyer avec sévérité.

— Erik, je m'en veux de vous avoir parlé de l'histoire de cette famille et d'avoir cédé à votre demande concernant les albums photo. Je me sens coupable, croyez-moi. La mort de Paul a été un traumatisme terrible pour Antoine et sa mère. Ils ont eu le plus grand mal à s'en remettre. Vous ne pouvez pas les replonger là-dedans.

— D'accord. Excusez-moi.

— Je vais vous faire une confidence. Pendant des années, Adèle et Antoine se sont rendus sur la tombe de Paul à Talloires, près d'Annecy. Ce pèlerinage les mettait dans un état de déprime tel que c'est moi qui leur ai conseillé de ne plus y aller et de tourner définitivement la page. Tout cela n'a rien à voir avec l'enquête que vous menez et je vous conjure de ne pas rouvrir les plaies qui ont mis si longtemps à se refermer.

Buchmeyer hocha la tête.

— Vous avez sûrement raison. Je vous remercie pour tout, Henri.

Delcroix

Saliha gara la Renault avenue Gustave-Delory, sous un immense platane abritant les larges trottoirs de cette rue paisible située au cœur du quartier Barbieux, l'un des plus huppés de Roubaix. Elle se pencha sous le pare-brise pour admirer les pignons à redents et les balcons néoclassiques des hôtels particuliers aux jardins verdoyants protégés de la vue des passants par des murs couverts de lierre et de hautes grilles en fer forgé.

— Ça change des corons, plaisanta Buchmeyer en sortant de la voiture sous le léger crachin qui embrumait l'air.

Les deux flics s'acheminèrent vers le numéro 13 et sa porte d'entrée couleur d'ébène sur laquelle brillait une sonnette en laiton impeccablement lustrée.

— Erik, je te suis car tu es mon supérieur hiérarchique, mais je te l'ai dit, nous perdons notre temps, dit Saliha en remontant la fermeture éclair de son manteau jusqu'au cou.

La porte s'entrouvrit et une petite femme d'une soixantaine d'années apparut dans l'embrasure.

— Commandant Buchmeyer et lieutenant Bouazem, nous sommes attendus.

— Entrez, je vais prévenir Monsieur.

Elle referma la lourde porte et les fit entrer dans un salon donnant sur la rue avant de s'éclipser à pas de souris.

Les murs de l'antichambre étaient couverts de tentures brodées qui lui donnaient un air de vieux musée sans tableaux. Quelques instants plus tard, des pas résonnèrent dans l'escalier et une silhouette longiligne parut.

— Commandant Buchmeyer ?

— Monsieur Devrard, répondit le policier en s'avançant main tendue vers son interlocuteur.

Ils montèrent à l'étage dans le bureau de Devrard, une pièce cubique meublée en acajou style Louis-Philippe.

Du haut de ses quatre-vingt-cinq ans, Arnaud Devrard n'avait rien perdu de sa superbe et l'on imaginait bien l'ascendant qu'il avait dû exercer quand il était aux affaires. Aujourd'hui, c'était un bel octogénaire, bien mis, costume-cravate, l'œil vif, le verbe sûr, des manières impeccables.

— Je vous remercie de nous recevoir, dit Buchmeyer. Comme je vous l'ai dit au téléphone, nous enquêtons sur une série de crimes impliquant d'anciens salariés de l'usine Berga. Nous pensons, je veux dire, c'est une hypothèse plausible, que des conflits remontant à cette époque ont pu ressurgir aujourd'hui. Nous sommes venus vous voir pour que vous nous parliez de Berga.

— J'espère que ma mémoire ne me jouera pas trop de tours, répondit Devrard avec un sourire charmeur.

— Commençons par le début, si vous voulez bien. Vous étiez PDG de la société jusqu'en 83, c'est bien cela ?

— En effet. Je suis entré comme comptable et j'en suis sorti président. J'y ai fait toute ma carrière.

— Avez-vous exercé d'autres fonctions après 83 ?

— Oui. J'ai été président du conseil d'administration du groupe SEG, la maison mère de Berga, pendant dix ans, jusqu'en 92, avant de prendre ma retraite.

— Parlez-nous un peu de l'usine ?

— Vaste sujet.

— Vous pouvez commencer par où bon vous semble.

— Si j'ai le choix, je commencerai peut-être par la fin. Berga était une usine formidable. Une ruche. Mille cent cinquante salariés à son plus haut, un des premiers employeurs du département. Premier producteur national de plomb, premier producteur de zinc avec 50 % du chiffre d'affaires à l'export. Nous faisions vivre tout un tas de boîtes autour de nous. L'industrie, le bâtiment, les PME, les cokeries, les mines... Tout se tenait. On a du mal à l'imaginer aujourd'hui quand on voit ce que la région est devenue...

— Pourquoi l'usine a-t-elle fermé si elle était si performante ? demanda Saliha.

— Gigantesque, pas performante, corrigea Devrard. Berga était un monstre, mais sur la fin, ses installations étaient devenues vétustes. Les syndicats empêchaient toute modernisation alors que nous étions confrontés à une concurrence terrible de la part des États-Unis et de l'Extrême-Orient.

— Pouvez-vous nous parler d'Édouard Vanderbeken ? intervint Buchmeyer.

— Douve…, dit Devrard en se rejetant en arrière dans son fauteuil. Un garçon compliqué… Je l'avais recruté à son retour d'Algérie. C'était un gamin à l'époque. Mais il avait vécu, je peux vous le dire. Je l'ai nommé chef du personnel. C'était un meneur d'hommes, rien à dire là-dessus.

— Comment est-il mort ?

— Il s'est suicidé. Au moment de la grève éclair de 83. Sa mort a été un coup terrible pour la direction. Notez bien que je l'avais prévenu, mais il prenait les choses trop à cœur. Il y a des moments où il faut savoir battre en retraite. Lui, il voulait passer en force, coûte que coûte.

— Mais…

Buchmeyer prit le temps de tourner sa phrase, car il avait senti à quel point Devrard était capable de reconstruire la réalité à son avantage.

— … Vanderbeken était un ancien de l'OAS. Un dur. Un habitué du combat. Comment expliquez-vous qu'il se soit suicidé après un banal conflit social ?

— Banal ? Comme vous y allez…

— Vanderbeken en avait vu d'autres. C'était quand même pas la guerre, coupa Buchmeyer.

Devrard marqua un temps.

— Je précise ma pensée. Pensez-vous qu'il ait été aidé ? continua Buchmeyer.

Devrard regarda les deux policiers. Il soupira avant de reprendre.

— La situation était complexe. La fermeture de l'usine était programmée depuis longtemps.

— C'est-à-dire?

— Oh, dit Devrard, je peux bien le dire aujourd'hui, il y a prescription. Le foutoir durait depuis plusieurs années. Vous voulez boire quelque chose? Un café, un thé?

Les deux flics acceptèrent. C'était une bonne manière de s'installer et de pousser Devrard à la confidence. Celui-ci appuya sur le bouton d'un interphone et la bonne entra dans la pièce deux minutes plus tard avec trois tasses de café sur un plateau d'argent. Devrard se versa un petit verre d'eau-de-vie.

— Je peux vous dire que j'en ai vu dans ma carrière, des grèves. Chez Berga, au début, je veux dire dans les années soixante, on en avait une tous les deux ans, en moyenne. C'était pas encore la mode. Par contre après 68! Nom d'un chien. Ils ont mis le paquet. D'un coup, plus rien ne leur convenait. Les salaires, les pauses, la sécurité, les paniers, les locaux syndicaux, les primes… Ils discutaient tout. En 70, on était à peu près à une grève par an, mais en 79, il y en avait une tous les quatre mois. Faut vous imaginer le souk. Le contexte économique se dégradait. Nous, on le voyait venir. Les Marocains et les Mexicains avaient des coûts de production bien inférieurs aux nôtres. On n'avait pas le choix. Il fallait augmenter notre productivité ou bien baisser nos coûts. En réalité, il aurait fallu faire les deux en même temps. Question de survie. Si on ne faisait rien, les concurrents prendraient une avance qu'on n'arriverait jamais à rattraper. Mais ça, la CGT n'a jamais voulu l'entendre. Leur obsession était la préservation des acquis. Dès qu'on proposait de changer quelque chose, grève ! Et pendant ce temps-là, l'usine perdait des clients. C'est triste à dire, mais durant toute cette période, j'ai eu le sentiment d'être un capitaine qui assistait, impuissant, au naufrage de son navire.

Devrard se resservit un verre d'alcool en s'essuyant le front. Les deux policiers ne bronchèrent pas. Le vieil homme avait envie de parler.

— Au début des années quatre-vingt, ça a été une autre chanson. Les Asiatiques inondaient le marché. Ça faisait longtemps qu'ils étaient moins chers que nous, mais là, ils commençaient à produire de la bonne qualité. On a constaté que notre modèle de production « à la française » avait vingt ans de retard. On le savait déjà en 72, vous allez me dire. Sauf qu'en 80 on n'avait plus le temps de corriger le tir. C'était trop tard. Les Chinois couraient trop vite. Même si on avait eu tous les gars derrière nous, même si la CGT était devenue giscardienne, on n'y serait pas arrivés. En 78, le conseil d'administration a décidé de fermer Berga. On devait mener l'affaire avant les présidentielles. Mais on a pris du retard et en 81, quand Mitterrand est arrivé à l'Élysée, on a révisé notre plan en visant 85. Les syndicats ont cru que le Grand Soir était arrivé et, pendant un an, les socialistes leur ont donné raison. L'argent a coulé à flots. Subventions et compagnie. Et puis en 82, la gauche s'est rendu compte de ses conneries… Du jour au lendemain, les robinets ont été coupés et on a reparlé plans sociaux avec le gouvernement. Du coup, les syndicats sont tombés de l'arbre et ont durci leur position. On est entrés dans une période de conflit très dure. En 82, l'usine a tourné six mois dans l'année, c'est vous dire…

— Je me permets de revenir à Vanderbeken, suggéra Buchmeyer.

— L'accident de Douve est survenu à cette période. En réalité, ça a commencé avec un autre accident, celui de Mahklouf Zermani, un délégué du personnel, CGT lui aussi. Il venait d'Oran. Un type charismatique qui avait fait trente ans de maison et que j'appréciais, à titre personnel. Un pragmatique. Il n'était pas englué dans des discours idéologiques comme ce stalinien de Thury. Il se battait pour augmenter les salaires, pas pour faire la révolution, vous voyez ce que je veux dire ? Toujours est-il qu'il avait une assez bonne cote dans l'usine, surtout auprès des travailleurs immigrés. Eh bien, en 83, c'était en mars, le 22, je crois, le voilà qui succombe à un accident.

— Un accident ?

— Une rupture de câble de soutènement dans un atelier. Une demi-douzaine de poutrelles se sont effondrées. Zermani était en dessous. Il a été tué sur le coup. Les syndicats ont décrété une grève éclair pour cause de non-respect des clauses de sécurité. L'usine était en voie de liquidation. C'était un baroud d'honneur. Ils voulaient ameuter les politiques, les médias, gagner du temps.

Devrard s'arrêta pour reprendre son souffle, comme si, trente ans plus tard, la blessure était toujours vive.

— Côté direction, la position était claire. Ne pas réagir aux provocations. La boîte était en train d'étouffer et nous avions convenu d'appuyer de toutes nos forces sur l'oreiller.

Saliha fit une grimace qui n'échappa pas à Devrard.

— Que voulez-vous, mademoiselle, les affaires ne sont pas toujours une partie de plaisir.

— Et Vanderbeken ? retenta Buchmeyer.

— Le mot d'ordre du conseil d'administration était de laisser couler et de se coucher devant les syndicats. Mais Vanderbeken n'a jamais pu s'y résoudre. Il voulait se battre. Question d'honneur. J'ai eu beau lui expliquer qu'on n'était pas sur un champ de bataille mais dans une usine et que c'étaient les actionnaires qui décidaient, c'était plus fort que lui. Par-devant, il était très respectueux de la hiérarchie, mais dans le feu de l'action, au milieu des heurts avec les syndicats, il leur rendait coup pour coup. C'est à ce moment-là, en avril 83, qu'on l'a retrouvé dans la cour de l'usine. Il s'était jeté par la fenêtre.

— Vous voulez dire qu'on l'y a peut-être poussé ? tenta Buchmeyer.

Devrard soupira une nouvelle fois.

— Comment savoir? Toujours est-il que nous avons immédiatement fermé l'usine et c'en a été fini de Berga.

Saliha, qui avait écouté le vieil homme sans rien dire, ne parvenait pas à dissimuler son dégoût. Elle se rappelait son père, ses oncles, les pères de ses amies. Elle en avait tellement entendu sur l'arrogance des patrons, leur cynisme, leur appât du gain, qu'elle ne put réfréner un rictus. Devrard s'en rendit compte.

— Ça vous choque, mademoiselle?

— Lieutenant Bouazem, corrigea-t-elle.

— Vous devez savoir, lieutenant, qu'un capitaine ne regarde jamais son navire périr de gaieté de cœur. Si nous ne mettions pas un terme aux activités de Berga, c'était tout le groupe qui était menacé. Dix mille salariés dans le monde.

— Toujours la même rengaine, coupa Saliha.

— Eh oui. Toujours la même histoire. On taille d'un côté pour faire repartir de l'autre.

— Je m'excuse de revenir à Vanderbeken, monsieur Devrard, interrompit Buchmeyer. Si je comprends bien, il se mettait en travers de votre stratégie. Vous aviez peut-être intérêt à ce qu'il disparaisse.

Devrard éclata de rire.

— Ha ha ha! Vous lisez trop de romans policiers, commandant.

— Savez-vous si quelqu'un en particulier pouvait avoir le projet de supprimer Vanderbeken?

— Aucune idée, je vous assure…

— Frédéric Wallet? Ça vous dit quelque chose?

— Rien du tout.

— Vous êtes sûr?

— Absolument certain.

*

Saliha et Buchmeyer sortirent de l'hôtel particulier après trois heures d'entretien. Devrard devenait intarissable sur Berga et ils avaient dû prétexter un rendez-vous, sans quoi ils y auraient passé la journée. Très rétive au début, Saliha avait fini par poser pas mal de questions. Elle avait vu dans la bouche du vieil homme s'animer la carcasse de béton et de métal bouffé par la rouille qu'elle avait explorée avec Jérémy. Elle avait encore en tête les immenses plateaux déserts et silencieux, les murs de brique mangés par les herbes, les fenêtres explosées, les sols couverts de fientes d'oiseaux et elle avait imaginé dans la voix frémissante de Devrard les mêmes ateliers grouillant de monde, le bruit infernal des machines, les roulements des tapis mécaniques, le va-et-vient incessant des hommes, des camions, des monte-charge et les porte-voix, les ouvriers serrés les uns contre les autres, les harangues enflammées au milieu de la cour. Même s'ils n'étaient pas du même côté du fusil, Buchmeyer avait ressenti chez l'ex-PDG une nostalgie en beaucoup de points semblable à celle qu'il avait perçue chez les anciens ouvriers de l'usine, les mêmes accents de colère, les mêmes trémolos dans la voix, la même impression que le monde d'aujourd'hui leur était étranger, le même doute, mais aussi la même conviction, chevillée au corps, que Berga avait été, et resterait, l'usine de leur vie.

— J'ai faim, dit Buchmeyer.

Sur la proposition de Saliha, ils optèrent pour «Charlotte», un restaurant bio à côté de la gare de Roubaix.

— Tu en penses quoi? demanda Buchmeyer une fois qu'ils furent installés.

— De la soupe?

— Non, de Devrard.

Saliha haussa les épaules.

— C'est une fausse piste. Je pense qu'il n'a plus rien à voir avec Wollaing. Il habite à Roubaix dans sa maison bourgeoise, il rabâche ses souvenirs. Tout ça c'est très loin pour lui.

— Et en 83? demanda Buchmeyer en mordant dans son sandwich au saumon.

— En 83, il a tiré les ficelles mais ça m'étonnerait qu'il ait fait assassiner qui que ce soit.

— Moi aussi, dit Buchmeyer. Ces types préfèrent que les fruits tombent de l'arbre plutôt que de se salir les mains à les cueillir. En revanche, je suis presque certain que les syndicats ont joué un rôle dans la mort d'Édouard Vanderbeken.

Saliha leva la main pour demander de l'eau gazeuse.

— Et l'estropié de Bruxelles. Quelles nouvelles?

— Il s'en remettra. Il a eu beaucoup de chance. Il est tombé sur un buisson.

— Qu'est-ce qu'il dit ?

— Qu'il était malade comme un chien et qu'il a été poussé de son balcon. Cela dit, on l'a retrouvé à poil avec un joli taux d'alcool dans le sang. Il peut aussi avoir sauté pour voir s'il volait.

Saliha acquiesça et changea de sujet.

— Au fait, ça y est, le piège des Boggaert est prêt. Maes a collaboré. À partir du moment où il a pris la décision, ça a marché comme sur des roulettes.

— Tu m'étonnes. Il peut plus reculer. Dès que Boggaert va apprendre qu'il s'est fait doubler, il va lâcher ses chiens.

— Si on se débrouille bien, il ne l'apprendra pas. Quoi qu'il en soit, le piège est tendu et il n'y a plus qu'à attendre.

Un jeune serveur à lunettes, jean trop court et baskets bleues, vint desservir leur table et leur proposer un dessert. Ils choisirent une salade de fruits et un muffin.

— Pour le meurtre de Wallet, j'ai repensé à Leroy, reprit-elle. C'est quand même lui qui a le meilleur mobile. Même si Wallet est innocent du meurtre de Pauline, Leroy était convaincu de sa culpabilité. Nous savons qu'il a un alibi, mais qu'est-ce qui l'empêche d'avoir payé quelqu'un ?

— Il n'a pas les moyens, répliqua Buchmeyer.

— Et s'il avait trouvé les moyens ? S'il s'était procuré une bonne valise de billets sous le manteau ? Je vais creuser un peu. Si tu n'y vois rien à redire.

— OK, lieut'nant, dit Buchmeyer en se levant pour aller payer. Moi, je vais continuer ma plongée dans le Wollaing des années quatre-vingt. Au fait, je voudrais que tu jettes un œil sur l'album de famille des Vanderbeken. Je n'y ai pas trouvé grand-chose, mais peut-être que tu y verras plus clair, toi.

Jerzak l'appela à ce moment-là. Buchmeyer lui avait demandé de retrouver Dominique Lemay, l'ancien délégué syndical de Berga. Le commandant de police sortit un Bic de sa poche et nota sur un bout de serviette en papier l'adresse que lui dictait son jeune collègue : 15, rue de la Piperie à Onnaing. Avec un peu de chance, c'est-à-dire s'il restait à ce Dominique Lemay autre chose que de la farine entre les deux oreilles, une petite visite pourrait sans doute lui apprendre des choses.

*

Le lendemain, pour la première fois depuis des mois, Saliha se prit à rêver d'une semaine de vacances. Elle imaginait une plage à Djerba, sans rien à foutre pendant huit jours, juste dormir, se baigner et laisser la chaleur écrasante amollir son corps. Elle avait eu cette vision au bout du cinquième dépôt de plainte pour vol à l'arraché. Il y avait des jours comme ça. Ils débarquaient tous en même temps, on ne savait pas pourquoi, fous à lier parce qu'on leur avait piqué leur scooter, leur bagnole, leur portable. C'était le hasard des statistiques, mais quand ça tombait, ça faisait mal. À seize heures, Saliha se leva de sa chaise, exténuée, confia la suite des dépositions à Tellier et rentra directement chez elle.

Elle se servit une soupe lyophilisée, s'affala sur son canapé et dormit trois heures d'affilée. Elle aurait sans doute fait le tour du cadran si le téléphone n'avait pas sonné. Elle entendit le répondeur se déclencher et un message court dont elle reconnaissait vaguement la voix. Elle se traîna vers le combiné, allongea le bras, mais au bout du fil, le correspondant avait raccroché.

Saliha alla jusqu'au frigo, ouvrit la porte fumante du freezer, attrapa une poignée de cubes de glace qu'elle jeta dans un verre avant de les arroser d'une sérieuse dose de Bushmills. Puis elle s'installa confortablement et ouvrit machinalement un des albums que lui avait confiés Buchmeyer. Elle les avait déjà feuilletés la veille et n'y avait rien trouvé d'intéressant. Buchmeyer avait ses marottes, mais c'était loin d'être le plus chiant des chefs. Il y avait largement pire dans la grande maison. Elle avala une gorgée de whisky et appuya sur la touche du répondeur. Elle n'attendit pas la fin du message pour rappeler Jérémy. Vingt minutes plus tard, il sonnait à sa porte.

— Salut.

— Tes papiers ? dit Saliha, adossée au mur.

— Qu'est-ce tu racontes ?

— Rien, je déconne. Il pleut ?

— Ouais. Des cordes.

— Tu entres ?

Elle referma la porte sur le jeune homme qui entra dans le deux-pièces avec sa parka mouillée. Saliha, pieds nus, portait un pantalon de jogging gris et un T-shirt blanc distendu sans soutien-gorge, laissant deviner les bouts bruns de ses seins. Jérémy faisait l'impossible pour ne pas la reluquer de façon trop appuyée. Saliha s'avança vers lui, les yeux brumeux.

— T'as bu? dit Jérémy.

— Ouais, un verre, répondit Saliha qui avait descendu la moitié de la bouteille de scotch.

Elle s'avança encore. Jérémy ne bougea pas. Elle plaqua les mains sur son torse, serra les bords glacés de sa parka, les repoussa sur ses épaules et fit glisser son manteau à terre. Jérémy déglutit. Bon Dieu, ce qu'elle était belle. Sa gorge devint sèche. Il la laissa faire. Elle se colla à lui. Il sentait ses seins s'écraser contre sa poitrine, lourds et chauds. Il sentait son haleine qui puait l'alcool. Elle exsudait le désir par tous les pores de sa peau. Elle se colla. Il sentait ses jambes l'enrouler. Jérémy ne bougea pas. Il préférait lui laisser l'initiative. Elle se hissa sur ses pieds, approcha sa bouche de la sienne. Il la prit dans ses bras et elle l'embrassa avec une fougue inouïe. Elle le dévora littéralement, lui serra les joues, les tempes, les cheveux. À son tour, ses mains couraient sur son corps à elle comme pour la prendre tout entière en une seule fois. Son sexe était si raide qu'il lui faisait mal. Ils s'étreignirent comme des affamés et soudain leurs habits volèrent dans la pièce. Jérémy plaqua Saliha à terre et se rua sur elle. Saliha s'abandonna à lui en fermant les yeux.

Le lendemain à six heures, Saliha se réveilla avec une enclume sur la tête. Elle se traînait au salon comme une petite vieille, quand une chevelure brune dépassant du canapé l'aida à remettre en ordre les événements de la veille. Jérémy buvait un café en feuilletant l'album photo qu'elle avait laissé ouvert sur la petite table.

— Ça va ? demanda-t-il, ne sachant pas trop ce qu'il fallait dire.

— Noonnn… Mal à la tête.

— Tu as beaucoup bu.

— Sans blague ? Tu fais quoi ?

— Je regarde les photos. Je kiffe les vieux tirages. Il y a un grain qu'on ne retrouve que là.

Saliha haussa les sourcils et se dirigea vers la cuisine comme si elle avait des chaînes aux pieds pour se servir un noir super serré pendant que Jérémy continuait de tourner les pages en sirotant le sien. Elle tâta au jugé dans le placard pour prendre un bol.

— Saliha ? C'est incroyable !

— Quoi ?

— Y a un type que je connais. Là. Regarde.

Jérémy pointait une des photos de l'album. C'était celle qui montrait trois militaires, côte à côte.

— Tu es sûr ? demanda Saliha.

— Oui. C'est celui-là. Il a vieilli mais c'est bien la même tronche. Il habite dans mon quartier. Je le vois souvent au Carrefour Market.

— C'est lequel ?

— Celui-là.

Jérémy désigna le troisième garçon sur la droite. En tenue militaire. C'était le seul à ne pas porter de chapeau. Un visage taillé à la serpe. Saliha prit la photo et la retourna. Trois noms y étaient inscrits. Douve, Dubus et Jo Barjo. S'ils étaient écrits dans l'ordre, le troisième sur la droite était Jo Barjo.

— Tu es sûr ? Jo Barjo ?

— C'est lui. Je ne sais pas comment il s'appelle, mais c'est lui.

*

Buchmeyer était passé au commissariat de bonne heure pour jeter un coup d'œil sur les affaires courantes. Dans la seule nuit de mardi à mercredi, les collègues avaient cumulé un casse dans un hôtel Formule 1 à Douchy-les-Mines et une tentative de suicide sur l'autoroute A23, un type complètement imbibé qui s'était promené nu au milieu des voies en pleine nuit comme s'il avait perdu ses clés. À huit heures, il y avait encore pas mal de rapports à taper et il délégua tout ce qu'il pouvait à Tellier. Il enfilait son blouson quand un gardien de la paix passa la tête dans son bureau.

— Commandant, le commissaire veut vous voir.

Merde. Il l'avait presque oublié, celui-là. Buchmeyer monta chez Delcroix à reculons, anticipant la soufflante. Le commissaire, visage fermé, entra en matière sans préliminaires.

— Erik, vous êtes infernal. Je vous colle sur une petite affaire de junkie qui se fait trouilloter au coin d'un bois et vous m'en faites une affaire d'État.

— C'est Devrard ? demanda Erik. Il vous a téléphoné ?

— Non. C'est le préfet. Vous me faites chier à la fin. Je vous rappelle que jusqu'ici, j'ai supporté vos méthodes car elles produisaient des résultats, mais je commence à me demander si vous m'êtes toujours aussi indispensable au regard des emmerdes que vous me causez.

— Commiss…

— Taisez-vous! Je ne vous ai pas fait monter pour vous faire la morale. Nous sommes mercredi 11 février. Je vous donne exactement sept jours pour me rendre vos conclusions sur l'affaire Leroy. Pas neuf, pas huit, sept. Mercredi prochain, votre rapport doit être sur mon bureau. S'il n'est pas conclusif, je mettrai quelqu'un d'autre sur le coup. Est-ce clair?

— Mais la juge Brès…

— La commission rogatoire a été délivrée aux services de police, pas à Erik Buchmeyer, que je sache.

— Mais, je ne peux quand même pas boucler une affaire de meurtre en un mois, protesta Buchmeyer.

— Ce n'est pas ce que je vous demande, Erik. Ne me prenez pas pour un con. Je veux votre rapport, c'est tout.

— Et si je ne vous livre pas un coupable dans une semaine, vous transférez le dossier à Briard ou à Sibony qui s'empresseront de ne rien faire, c'est cela?

— Vous avez sept jours, conclut Delcroix en replongeant dans la lecture de son journal.

Buchmeyer quitta le bureau en claquant la porte. Puis il dévala les escaliers, poussa l'épaisse porte battante en acier et verre trempé et sortit du commissariat.

Il emprunta la A2 et prit la première sortie pour la zone d'activité d'Onnaing. Le rond-point après la bretelle était en travaux et il dut faire le grand tour par la campagne. Il se trompa deux fois de chemin avant de retrouver la rue de la Piperie, une petite voie sans issue, dans tous les sens du terme.

Dominique Lemay habitait un demi-pavillon au numéro 15. Toutes les maisons de la rue étaient construites sur le même modèle. Un bâtiment carré en brique divisé en deux habitations parfaitement symétriques. Quatre fenêtres en façade et les portes sur les côtés. Le bâtiment était posé au milieu d'un terrain, séparé lui-même en deux parties égales, et les deux locataires devaient partager un unique abri de jardin en ciment et tôle ondulée. Buchmeyer se posta devant le portillon et vérifia le numéro. Le petit jardin de Lemay était envahi par les mauvaises herbes et borné par un grillage usagé. Sur la gauche, quelques mètres carrés étaient réservés à la culture des endives et des pommes de terre tandis qu'un empilement de gravats, un arbuste chétif et une corde à linge semblaient avoir été jetés là au hasard comme dans une installation d'art contemporain. Buchmeyer emprunta l'allée de terre qui serpentait jusqu'à la porte d'entrée. Un type rougeaud vint lui ouvrir.

— Commandant Buchmeyer.

— Entrez.

Des cheveux blancs coupés court, un double menton et des poches sous les yeux donnaient à Lemay l'air d'un boxeur en fin de carrière. Il portait un pantalon de survêtement, une chemise à carreaux et des chaussons d'intérieur en velours. Il était dix heures et tout le rez-de-chaussée embaumait le poireau cuit. Lemay invita son hôte à s'asseoir à la table de la salle à manger.

— Je vous offre quelque chose?

— Un café si vous avez, dit Buchmeyer.

— Mariette! Un café pour le commandant, dit-il en élevant la voix.

Buchmeyer regarda autour de lui. L'intérieur était confortable, bien en ordre. Une odeur d'encaustique pointait derrière celle du poireau.

— Je vous ai dit au téléphone que j'enquêtais sur le meurtre de Frédéric Wallet, dit Buchmeyer. C'est un ancien collègue à vous, n'est-ce pas?

Lemay hocha la tête en souriant.

— Ça remonte à près de trente ans... Qu'est-ce qui s'est passé?

— Il a été tué au fusil de chasse à bout portant en sortant de son club de sport.

— Eh ben mon vieux, dit Lemay en se servant une rasade d'eau-de-vie dans un petit verre Duralex. Vous en voulez?

— Sans façon. Ça n'a pas l'air de beaucoup vous étonner...

— Je suis en retraite depuis vingt-cinq ans, commandant Buchmeyer, et je n'ai pas revu Freddie ni les autres depuis tout ce temps. Mais je peux vous dire qu'à l'époque, Freddie était déjà une sacrée buse. Je me souviens de m'être fait la réflexion que ça finirait mal pour lui.

Il hocha la tête en avalant son verre de genièvre.

— Je vais être franc avec vous, je suis presque étonné que ça soit pas arrivé plus tôt.

— Vous n'avez jamais revu aucun collègue de Berga?

— Non.

— Pour quelle raison?

Lemay soupira en caressant la tranche de son verre.

— Peut-être qu'on n'avait plus rien à se dire…

Buchmeyer remercia la femme qui lui avait apporté une tasse d'où émanait une forte odeur de goudron brûlé.

— Je vais vous faire un aveu, monsieur Lemay, dit-il. Je me suis mis dans l'idée que c'était peut-être un de ses ex-collègues qui avait tué Wallet. Je ne sais pas pourquoi, mais cette idée ne me lâche pas. Je voudrais que vous me parliez d'eux.

Lemay regarda Buchmeyer dans le blanc des yeux. Il essayait sans y parvenir de déceler quelque chose, une intention cachée. Mais le flic était indéchiffrable. Lemay en revanche ne parvenait pas à dissimuler son trouble. Ses doigts tapotaient plus vite sur la table. Il passa deux fois sa langue sur ses lèvres. Buchmeyer comprit qu'il avait visé juste. Ce lascar-là avait des choses à dire…

— Par où voulez-vous que je commence?

— Par vous par exemple.

Lemay se resservit une rasade de gnôle qu'il avala d'un trait. Cette fois, Buchmeyer accepta d'en prendre un verre pour masquer le goût du café brûlé.

— Je suis entré à Berga en 63, l'année de mes seize ans, commença-t-il en se calant dans son fauteuil, les yeux brillants.

Comme Devrard, une fois lancé, il était impossible de l'arrêter. Il raconta son histoire en prenant soin de commencer par le début. Ses parents habitaient Haveluy, à quelques kilomètres de Wollaing, alors chez eux c'était Usinor ou Berga. Personne n'avait l'idée d'aller tenter sa chance ailleurs. Son frère et plusieurs de ses cousins étaient partis à Denain. Lui avait choisi Wollaing et ne l'avait jamais regretté. Usinor avait fermé quatre ans avant Berga. Un coup de bol car, en 1963, personne n'aurait imaginé cela. À l'époque, Berga était là pour mille ans. Pour parler de l'usine, il utilisait les mêmes images que Devrard. Une ville de métal avec ses rues, ses immeubles, ses feux rouges. Un puzzle de mille cinq cents pièces dans lequel les hommes entraient avec leurs casques blancs avant de disparaître, avalés par la machine. La loi, précisait Lemay avec orgueil, était celle du travail. Il fallait turbiner et les gars avaient une vraie mentalité de bosseurs.

— Quand ils étaient aux trois-huit, les ouvriers avaient le sentiment de ne jamais décrocher, de vivre uniquement pour l'usine. Pour la vie de famille c'était l'enfer et deux ouvriers de Berga sur trois divorçaient. On en parle peu mais c'est la réalité. De toute façon, qu'est-ce qu'ils pouvaient faire ? Se mettre à mi-temps ? Trouver un salaire ailleurs ? Ils n'avaient pas le temps de se poser toutes ces questions et puis, malgré tout, ils aimaient leur boulot. Pourtant ça ne rigolait pas. C'était un boulot dangereux et la chaîne de commandement était militaire. Comme dans les mines, comme à la guerre, comme partout quand les hommes sont en première ligne.

Et Lemay, trente ans plus tard, déplorait toujours que la direction n'ait jamais compris la mentalité des ouvriers.

— Malgré ce qu'ils pouvaient dire, les patrons n'avaient pas de respect. Ils nous prenaient pour des moins que rien. C'est pour ça que je suis entré à la CGT. En 65. J'avais dix-huit ans.

La fin de la guerre d'Algérie avait redonné un coup de fouet aux syndicats. Pendant les événements, les prises de position anticoloniales passaient mal auprès de ceux qui avaient un fils ou un cousin mobilisé. Mais en 1965, changement de décor. Les syndicats avaient le vent en poupe. Ils avaient des exigences, les patrons avaient des carnets de commandes bien remplis et on trouvait toujours un terrain d'entente. C'est à ce moment que Lemay avait rencontré Pierre Thury, un gars formé par le parti communiste. Il avait été adhérent de la Fédération syndicale mondiale et avait pris à une époque des responsabilités à Prague à la Fédération professionnelle des métaux. Il avait fait de nombreux voyages en URSS, en RDA, en Pologne, au Vietnam, à Cuba, et savait toujours expliquer en quoi les combats de Berga étaient aussi ceux du prolétariat mondial. Avec lui, on avait l'impression d'écrire l'Histoire. Il était très charismatique, c'était aussi un idéologue plutôt sectaire.

Dominique Lemay précisa un peu le profil de Mahklouf Zermani, un tribun au caractère bien trempé. Berga comptait un quart d'ouvriers maghrébins et les relais vers les travailleurs immigrés représentaient un enjeu capital pour la fédération. Dans les années cinquante, la CGT avait établi des liens étroits avec le MNA de Messali Hadj. Mais dans les années soixante, quand l'obédience FLN plus radicale était en conflit ouvert avec le MNA, la CGT s'était retrouvée dans une position inconfortable.

— Vous vous souvenez du chef du personnel? demanda Buchmeyer.

— Vanderbeken? Un peu que je m'en souviens! C'était un type qui avait du franc-parler. Un dur, pas commode, mais un homme de terrain qui ne méprisait pas les ouvriers. Quand il est arrivé, on a cru qu'on pourrait s'entendre. Mais on a vite déchanté.

— Pourquoi?

— C'était un militaire. Le respect des ordres, pour lui, c'était sacré. Et les ordres, ils venaient de la direction. Il était intraitable. Il ne lâchait pas un centimètre sans combattre. Il nous a fait une vie d'enfer.

Buchmeyer chercha dans sa poche la feuille sur laquelle il avait reproduit l'organigramme de Berga. Lemay y reconnut son nom ainsi que ceux de Devrard, Vanderbeken, Thury, Caron, Leroy, Wallet et Zermani. Il scruta la feuille avec attention, faisant quelques observations sur les liens qu'avait tracés Buchmeyer.

— Dites-moi franchement, monsieur Lemay. Croyez-vous vraiment qu'Édouard Vanderbeken se soit suicidé?

Lemay fut pris de court. Buchmeyer enfonça le clou.

— C'était un militaire, vous venez de le dire. Croyez-vous vraiment qu'il était du genre à se jeter par la fenêtre?

— Je… je ne sais pas.

— Monsieur Lemay. Quoi qu'il se soit passé, il y a prescription. Votre témoignage peut peut-être nous aider à coffrer le responsable d'un meurtre, c'est tout ce qui compte.

Subitement, Lemay changea de physionomie. Ses traits étaient ceux d'un gamin pris en flagrant délit de bavardage. Il avait compris qu'il était tombé dans un traquenard. Ce commandant de police était un petit malin. Il en savait bien plus long qu'il ne le laissait croire. Et Lemay s'était laissé prendre comme une mouche dans une toile d'araignée.

— La vérité, s'il vous plaît.

Il tenta de fuir le regard brûlant du policier mais n'y parvint pas.

— Peut-être. Je n'y étais pas. Je vous jure.

— Qui a poussé Vanderbeken?

— Je… Je crois que c'était Wallet, dit-il en avalant ses mots.

— Et?

— Et Caron, lâcha-t-il mécaniquement.

Buchmeyer se détendit. Lemay confirmait ses hypothèses.

— Monsieur Lemay, j'ai rencontré Arnaud Devrard lundi. Nous avons aussi évoqué un autre accident, celui de Mahklouf Zermani. Vous vous en souvenez ?

Lemay hocha la tête.

— Je me souviens, dit-il. Mais il faut savoir qu'à l'époque, on n'avait pas le même souci de la sécurité qu'aujourd'hui. Quand j'étais sur les presses, parfois, on travaillait à plat ventre, sans couper le courant ni arrêter les machines, pour aller plus vite…

— Zermani aurait été écrasé par des poutrelles d'acier. Est-ce la vérité ?

— Je n'étais pas présent quand c'est arrivé, mais je peux vous dire que j'en ai vu des types mourir à Berga. Des types transpercés par la ferraille après des chutes sur les toits de béton. Je vous l'ai dit. À l'époque, nous prenions tous des risques. On ne respectait les consignes que lorsqu'on voyait le casque jaune d'un ingénieur.

— La concomitance de ces deux morts m'intrigue, mais passons. Pour Vanderbeken, vous confirmez l'assassinat ?

Lemay protesta. Buchmeyer plantait ses banderilles.

— Quand on pousse quelqu'un par la fenêtre, monsieur Lemay, c'est un assassinat. Mais pourquoi un tel déchaînement de haine ? Vanderbeken était un dur, mais était-ce la seule raison pour le supprimer ? Je ne pense pas… Quelle pourrait être l'autre raison, monsieur Lemay ?

— Je ne vois pas ce que vous voulez dire, répondit Lemay, sans croire lui-même à ce qu'il disait.

— Ce que je veux dire, c'est qu'on ne tue pas un cadre sans raison. Et de raison, j'en vois une autre, plus naturelle : la vengeance. Zermani était kabyle, militant CGT et sympathisant du FLN. Vanderbeken, qui détestait à peu près tout ce qu'il représentait, a très bien pu l'assassiner pour l'exemple, pour se défouler, parce que l'époque était ce qu'elle était. Il a pu maquiller son crime en accident, induire les autorités en erreur, mais pas les ouvriers de l'usine, qui connaissaient très bien les risques que l'on prenait à chaque poste et dans chaque atelier. Qu'en pensez-vous, monsieur Lemay ?

Lemay sentit son estomac se contracter.

— Je crois que Zermani a été tué par Vanderbeken et vengé par ses camarades, dit Buchmeyer en haussant le ton.

Lemay ne parvenait pas à parler. Pour la deuxième fois, il hocha la tête en baissant les yeux.

— Oui. C'est ce qui s'est passé.

Buchmeyer se tut un moment pour permettre à cet aveu de prendre toute sa place entre eux.

— Il y a beaucoup de secrets liés à Berga, dit Buchmeyer. Pensez-vous que Frédéric Wallet pourrait avoir été rattrapé par l'un d'eux ?

— Que voulez-vous dire ?

— Pensez-vous que lui aussi aurait pu être éliminé par un ancien de Berga ?

— Je ne vois pas pourquoi.

— Wallet avait un talent hors du commun pour se faire des ennemis.

— C'était un gamin à l'époque, dit Lemay. Un chien fou. Thury l'envoyait à la baston parce que Freddie ne réfléchissait pas quand il s'agissait de cogner.

— Sur qui cognait-il?

— Sur les services d'ordre, dans les manifs. Et sur les types de la CSL.

— Les jaunes?

— Oui. Un syndicat créé de toutes pièces par le patronat pour contrer les syndicats ouvriers.

— Ils étaient en concurrence avec vous?

Lemay sourit.

— Vous plaisantez. C'était les ennemis jurés. Pire que les patrons eux-mêmes. Quand on lançait des appels à la grève et que les gars de la CSL continuaient d'aller bosser, on se battait au marteau et à la clé anglaise.

— Rémy Leroy était à la CSL, c'est bien cela? demanda Buchmeyer.

— C'était leur leader et il a pris sa part dans des bagarres mémorables avec la Cégette. Il est parti de Berga en 78, avant que ça pète. Il était dans les petits papiers de la direction qui lui a fait un traitement de faveur. Il a pris son chèque et il s'est mis à son compte.

— Et Wallet?

— Un casseur, rien de plus, dit Lemay en se resservant une rasade d'eau de genièvre. Il n'a jamais eu de conscience politique, ni de suite dans les idées.

Il était syndicaliste par opportunisme et il est devenu voyou pour la même raison. Il naviguait en eaux troubles, il s'est pris un récif, et hop.

Lemay recula sur sa chaise et considéra Buchmeyer attentivement.

— Wallet a refait sa vie, comme nous tous. Il s'est certainement fait buter par un voyou. Berga n'a rien à voir dans tout ça. C'est de l'histoire ancienne. Ce que je vous ai raconté n'existe plus que dans la mémoire de quelques retraités comme moi. Le monde d'aujourd'hui va bien trop vite. En dehors de nous, tout le monde a tout oublié.

Lemay regardait Buchmeyer avec une certaine mélancolie et le policier n'était pas loin d'admettre qu'il avait raison. Considérant qu'il avait tiré à peu près tout ce qu'il pouvait de son interlocuteur, Buchmeyer prit congé.

*

La Lexus noire entra au ralenti dans la rue Desaubois, tourna à droite au niveau de la place Taffin, longea les jardins communaux, l'épicerie arabe, et se gara en épi près du terrain de basket où quelques gamins s'échangeaient des ballons pendant que la plupart discutaient assis sur les murets en béton.

— J'ai faim, dit Jimmy. On peut prendre des chips ?

— Putain, Jimmy, tu penses qu'à bouffer. Tu peux pas attendre cinq minutes ?

— Ça fait déjà une heure que j'attends. J'ai le ventre qui gargouille. On peut acheter à bouffer, on n'a pas de train à prendre.

Decoopman grogna tandis que Jimmy ouvrit la porte du 4 × 4.

— Putain, tu peux pas te concentrer deux secondes? On part pas à la cueillette aux champignons, merde.

Jimmy regarda Steve d'un air bovin et Steve comprit que pour Jimmy le job était comme une putain de cueillette aux champignons sans champignons.

— OK, Jimmy. Du coup…

— Quoi, Steve?

— Tu me prends un paquet de Pépito.

— Et s'il y en a pas, je prends quoi?

— Putain, j'm'en fous. Des BN au chocolat.

Jimmy haussa les épaules et traversa la rue en remontant le jogging qui glissait sur son gros cul blanc de Vlaam[1]. Steve le regarda s'éloigner dans le rétroviseur, puis jeta un coup d'œil sur le terrain de basket et dans les rues adjacentes. Les vigies de Maes devaient monter la garde pas loin et il ne se faisait aucune illusion, ils avaient certainement déjà été repérés. Quelques minutes plus tard, Jimmy sortit de l'épicerie un sac à la main et réintégra l'habitacle.

— Grouille-toi.

Les deux hommes avalèrent leurs gâteaux et leurs chips en silence puis Steve lança un « on y va » et tous deux sortirent de la Lexus parfaitement synchrones.

_____

1. Flamand.

Une légère pression du pouce sur la clé électronique et le coffre du véhicule s'ouvrit au ralenti. Ils empoignèrent chacun un Beretta 9 mm qu'ils fourrèrent dans leur froc. Steve se planta au coin de la rue et Jimmy se pointa sur le terrain goudronné jusqu'au banc de touche. Trois gamins continuaient de s'envoyer la balle et de la faire rebondir sur le sol, tandis que sur les bords, les yeux se croisaient à toute allure.

Jimmy repéra un gringalet qui avait l'air plus malin que les autres. C'était Mehdi, la main dans la poche sur son téléphone portable. Ahmed, un basané d'un mètre quatre-vingts, sportif, cheveux coupés court, s'avança vers lui en roulant des mécaniques. Jimmy, avec son bide qui dépassait du T-shirt, ne payait pas de mine et le gamin, un peu trop sûr de lui, commença à l'embrouiller. Jimmy le laissa approcher jusqu'à un mètre, avec son air con qui mettait en confiance, puis il sortit son flingue, le fit voler en l'air, l'attrapa par le canon et releva le bras comme une fusée en direction de la mâchoire du gamin. Le bruit d'un marteau sur un poteau de bois. Ahmed n'eut pas le temps de gueuler. En une demi-seconde, il avait les mains au visage et la bouche en sang. Sur le banc de touche, les autres se tenaient à carreau. Jimmy reprit son Beretta par le bon bout et le pointa sur Mehdi.

— Toi. Tu sais où il habite, Serge Maes?

Sur le trottoir d'en face, tapis au fond d'une camionnette blanche de livraison, trois flics harnachés de gilets pare-balles ne perdaient pas une miette de la scène. Jerzak gardait l'œil sur le péri-scope.

— Appelle la lieutenant Bouazem. Dis-lui de rappliquer dare-dare. Les sbires des Boggaert sont de sortie.

Mehdi suivit Jimmy et ils rejoignirent Steve qui jetait des coups d'œil panoramiques autour de lui. Il lui demanda encore une fois de le mener chez Serge. Mehdi protesta pour la forme et se retrouva avec un canon de Beretta sous la mâchoire. Steve lui expliqua que c'était pas ses oignons et ils traversèrent la rue.

Serge Maes était sorti de garde à vue dix jours plus tôt avec interdiction formelle de quitter l'agglo. Il avait repris sa place à Saint-Waast et s'était remis aux affaires comme si de rien n'était. Les flics avaient truffé son appart de mouchards et le sous-marin qui planquait en bas de chez lui faisait aussi partie du deal. La lieutenant Bouazem avait tout prévu. Il avait réfléchi a posteriori mais était forcé d'admettre qu'il s'était mis dans une seringue d'où il ne pouvait pas sortir à reculons. Saliha lui avait répété plusieurs fois les termes de leur accord pour bien se faire comprendre : soit il aidait les flics, soit elle le balançait aux Boggaert. Maes avait réalisé un peu tard que les flics n'avaient pas suffisamment de pièces au dossier pour le faire plonger et qu'ils avaient bluffé. Il avait hurlé à la manipulation avant de faire ses comptes et d'accepter la proposition. Son job consistait à glander sur son canapé en attendant que les Boggaert montrent le bout de leur nez. Ainsi, depuis une semaine, il tournait en rond comme un rat au fond de sa cage, à bouffer des plats surgelés, à fumer clope sur clope et à mater des films porno en espérant que Decoopman mordrait bientôt à l'hameçon.

— Vous les suivez à distance, on arrive ! avait commandé Saliha avant de sauter dans un fourgon de flics armés et casqués.

Maes avait voulu mettre Mehdi dans le coup, mais Saliha s'y était opposée catégoriquement. Les risques de fuite étaient trop élevés et personne n'avait rien à y gagner. C'était lui et lui seul.

L'ascenseur était foutu et les deux gros lards suaient comme des bêtes à trimballer leur graisse jusqu'au septième. Steve s'arrêtait tous les deux étages et s'essuyait le front en pestant contre «cet enculé de Sergio » et, à chaque étage, il ajoutait une ligne sur l'ardoise de Maes. Mehdi ne forçait pas l'allure et se demandait comment prévenir Serge. Ils arrivèrent au septième et Steve poussa Mehdi en lui faisant signe de frapper à la porte.

— Serge ! C'est Mehdi Elfassi.

Mehdi ne donnait jamais son nom de famille et Serge flaira immédiatement l'embrouille. Les Boggaert étaient là. L'adrénaline lui monta au cerveau. Ce qui le démangeait, c'était de se jeter sur sa table de nuit, d'attraper son flingue, de bondir par la fenêtre, s'accrocher à la gouttière, faire le tour par le toit pour les prendre à revers et les allumer par le vasistas, bam-bam. Deux bastos chacun. Simplement voilà, c'était pas le plan de cette pute de flic. Le plan c'était qu'il se reboutonne et qu'il se traîne comme un gentil gibier d'abattoir jusqu'à la porte pour que les deux bouledogues lui fondent dessus. Il respira profondément, déverrouilla et, comme prévu, les deux tueurs déboulèrent en braillant. Mehdi recula sur le palier, n'intéressant plus personne. Ce fut une avalanche de coups, de bris de glace et de cris. Maes reculait en se couvrant la tête pendant que Steve et Jimmy hurlaient en le menaçant de leurs flingues.

— Arrêtez! Ne tirez pas! Ne tirez pas, putain! hurla Serge en s'écroulant sur la petite table du salon qui éclata d'un coup en mille morceaux.

En bas de l'escalier, Jerzak et un autre flic en liaison radio avec le sous-marin ne perdaient pas un mot de ce qui se disait dans l'appartement. Tout était maintenant entre les mains de ce connard de dealer.

— Tu entends? dit Jerzak dans son microphone.

— Cinq sur cinq, répondit le flic dans le sous-marin. Ils sont en train de se bastonner.

— OK. On monte.

Dans l'appartement, les deux brutes avaient coincé Maes sur le canapé.

— Alors, Sergio, tu veux monter tes tarifs? demanda Decoopman. Tu penses que tu peux demander 20 % et qu'on va te les filer avec le sourire? Tu te fous du monde, dis.

— Y a des flics partout maintenant, répondit Maes. Saint-Waast, c'est plus aussi tranquille que c'était. Je prends des risques.

Jimmy décocha une gifle à Maes qui valdingua.

— Tu te crois où ? Au souk ? dit Jimmy.

— J'avais dit à Ron qu'il fallait le descendre dans la forêt, reprit Steve. Maintenant regarde, il nous chie dessus.

Maes réfléchissait à toute allure. Les flics devaient être en train de tout enregistrer. Il fallait qu'il les fasse parler. S'ils avaient dit vrai, les flics devaient se trouver sur le palier, prêts à bondir, mais ils ne bougeraient pas le petit doigt tant que Steve et Jimmy n'auraient pas craché le morceau.

— OK, les gars. On ne s'énerve pas. Pourquoi vous déboulez comme des tueurs, alors qu'on parle juste bizness. On peut pas discuter ? dit-il au bluff en élevant la voix.

— Il y a des sujets tabous. Le pourcentage en fait partie. Tu devrais le savoir. De toute façon, Ron n'est pas prêt à négocier.

Steve appuya sur le chien de son Beretta.

— Attends ! Attends ! dit Maes. OK. Je savais pas. Ron n'arrête pas de dire qu'on fait du commerce comme tout le monde, et dans le commerce, on discute, on négocie. Merde. C'est pas vrai ? J'ai pas raison ? C'est Ron lui-même qui le dit, non ?

Jimmy se figea. Ces subtilités le dépassaient. Steve ne savait trop comment réagir. Maes enfonça le clou.

— OK. Je négocie plus. Je garde 10 %. Plus de problème. On est bon. On rentre chez soi. On annule tout.

Les deux malabars se regardèrent. Ils ne s'étaient pas préparés à ce scénario. Fallait-il appeler Ron ? Ils hésitèrent. Maes en profita.

— Je veux juste un truc, les gars.

— Quoi? dit Jimmy.

— Que vous me disiez quel est le fils de pute qui a flingué Pauline.

— Comment ça? dit Steve.

Il regarda Jimmy et ne put réfréner un fou rire.

— Ron t'a rien dit?

— Il m'a dit que c'était un de ses hommes, mais il ne m'a pas donné son nom.

— Quoi? Tu plaisantes là? dit Decoopman. Ta copine, c'est Jimmy et moi qu'on s'en est occupés. Un vrai petit démon. Pas vrai, Jimmy? Et on s'est bien marrés, si tu veux savoir.

Maes dardait sur eux un regard saturé de haine. Les flics avaient ce qu'ils voulaient. Pas lui. Pas encore tout à fait. Il s'était réservé une petite improvisation de dernière minute et c'était le moment d'envoyer la sauce.

En un éclair, Maes plongea la main entre les deux coussins du canapé.

— Crève!

Jimmy réagit immédiatement et un coup partit qui toucha Maes à l'épaule. Ce dernier cria, sortit l'arme du canapé et visa Steve qui l'avait vu et eut le temps de s'écarter. Des morceaux de plâtre giclèrent du mur. Au même moment, une déflagration retentit. Le Beretta de Jimmy fuma et la carotide de Maes explosa pendant que la porte de l'appartement tapait violemment contre le mur.

— Police! Lâchez vos armes! Lâchez vos armes! Maintenant!

*

Dès que Jérémy avait reconnu Jo Barjo sur la photo, Saliha avait appelé Buchmeyer qui s'était frotté les mains. Un des bras droits de Douve allait peut-être révéler des secrets qu'il était le seul à connaître. Erik aurait volontiers interrogé le vieux lui-même, mais il avait déjà pris pour ce vendredi un rendez-vous d'importance avec un personnage discret évoqué en passant par Madeleine Durlin et qui pouvait détenir lui aussi des informations de première main. Ce fut donc Saliha qui se chargea de partir à la recherche de Jo.

Elle avait demandé à Jérémy de l'accompagner. Elle lui avait donné rendez-vous à dix heures au Carrefour Market de la rue de la Halle, à l'endroit où il disait avoir aperçu Barjo. Il arriva le premier et piétina un bon moment à l'extérieur du magasin avant qu'elle ne le rejoigne. Il faisait un froid de gueux et la brume épaisse qui s'était abattue sur la ville donnait l'impression de nager dans du coton glacé.

— Salut, désolée pour le retard.

Jérémy ne répondit pas. Il avait invité Saliha à passer la soirée chez lui la veille et elle avait refusé. Il avait insisté mais elle avait dit non. Et quand elle lui avait donné rendez-vous pour le lendemain devant la supérette, Jérémy l'avait franchement mal pris. Il s'était néanmoins pointé avec la ferme intention de lui dire ses quatre vérités. Mais quand il l'avait vue débouler sur le boulevard, il s'était contenté de la boucler et de faire la gueule.

— Tu fais la tête à cause d'hier soir. C'est ça ?

Jérémy haussa les épaules.

— Écoute, l'autre jour, j'en avais besoin et toi aussi. Mais l'autre jour, c'était l'autre jour, et aujourd'hui, c'est aujourd'hui. C'est pas contre toi, j'ai juste pas envie d'une histoire sentimentale.

Jérémy tournait le dos à Saliha. Il était tétanisé, incapable de sortir la phrase qui tue et qui l'aurait remise à sa place une bonne fois pour toutes. Saliha secoua la tête puis se remit en mode flic.

— Bon, on n'est pas là pour ça. Tu l'as vu entrer dans la supérette, le Barjo ?

— Va te faire foutre, lui décocha Jérémy avant de tourner les talons et de remonter la rue de la Halle sans un regard en arrière.

Saliha resta sans voix alors que le jeune homme disparaissait dans la brume.

Elle tâta l'intérieur de la poche de son blouson, sortit la petite photo aux contours découpés, l'observa une nouvelle fois pour bien s'imprégner de la silhouette de l'homme qu'elle recherchait et la fourra dans sa poche. Elle entra dans le magasin, se balada nonchalamment entre les rayons et en ressortit deux minutes plus tard en regardant sa montre. Le vieux n'était pas là et elle allait devoir attendre. Elle traversa la rue. Il y avait un bar en face du supermarché. Elle commanda une bière et s'installa près de la baie vitrée. Elle repensa à Jérémy. En dehors de lui et d'un coup vite fait à la sortie d'une boîte techno de Thionville, elle n'avait couché avec aucun mec depuis Stéphane. Elle se rendit compte que pendant toutes ces années, elle n'avait jamais prononcé son nom. Ce nom qui lui déchirait les entrailles, lui donnait l'envie de fondre en larmes. Elle s'y essaya tout doucement comme pour s'infliger un châtiment, souffla contre la vitre. Stéphane. Et c'est comme si une dague d'acier glacée lui entrait dans les chairs. La douleur était intacte, intolérable. Elle avala sa bière d'un trait quand elle aperçut, de l'autre côté de la rue, une silhouette voûtée aux cheveux courts qui traînait un chariot à roulettes en direction du magasin.

Elle laissa deux euros dans la coupelle en plastique, sortit dans la rue et manqua se faire renverser par une Clio qui la klaxonna furieusement. Le vieux était entré dans le supermarché. Elle le suivit et se posta à l'entrée. Il se retourna pour attraper un sac et elle sut tout de suite que c'était l'homme de la photo. Cinquante ans plus tard, elle avait retrouvé Jo Barjo.

Saliha poussa le tourniquet et lui mit une main sur l'épaule.

— Monsieur?

L'homme sursauta. Il avait les cheveux blancs, la peau ridée et de petits yeux humides.

— Saliha Bouazem, police nationale. J'ai quelques questions à vous poser.

Barjo se raidit. La brème tricolore brandie par une femme au nom berbère lui jetait à la figure une réalité à laquelle il n'avait toujours pas eu le temps de s'habituer. Il déclina son identité comme la lieutenant le lui demandait : Joseph Béranger, retraité de la fonction publique. Il bredouilla quelques paroles de protestation, mais en guise de réponse, Saliha lui présenta la photo en noir et blanc des trois soldats en armes et le vieux d'un coup perdit son assurance.

— Est-ce vous sur cette photo ? Avec Douve et Gégé Dubus ?

Béranger ouvrit une bouche tremblante.

— Où avez-vous trouvé cette photo ?

— Je vous le dirai. Mais il faudra d'abord répondre à mes questions.

Saliha emmena Béranger dans le café de l'autre côté de la rue.

— Où avez-vous eu cette photo ? répéta-t-il une fois qu'ils furent installés.

— Grâce au docteur Vanderbeken. Le fils de Douve. C'est bien comme ça que vous l'appeliez ?

— Oui. On s'était tous donné des surnoms. Le capitaine, c'était Douve, moi c'était Barjo parce qu'à l'époque j'étais capable de tout. Dubus, il avait déjà un nom à la con et puis c'était notre chauffeur… On n'a pas trouvé mieux. Pourquoi ça intéresse la police ?

— Nous sommes sur une affaire de meurtre à Wollaing. Nous pensons qu'il peut y avoir un lien avec Édouard Vanderbeken.

Béranger écarquilla les yeux.

— Où cette photo a-t-elle été prise ? demanda Saliha.

— À Hanoï. On s'est connus en Indo, en 53. On a fait la guerre ensemble pendant un an. Après, je suis revenu en métropole. Je suis reparti en Algérie en 59. Douve avait remis ça depuis trois ans déjà. On y est restés jusqu'à la fin.

— Vous étiez tous du Nord?

— Oui. Trois Ch'tis. Ça crée des liens.

— Et vous avez gardé contact après la guerre?

— Un peu. Douve s'est fait engager dans une usine. Directeur du personnel, je crois… Une belle situation.

— À Berga?

— Oui. C'est ça. Ça tapait dur là-bas.

— Que voulez-vous dire?

— Les grèves. Sans arrêt. Putains de cocos. Douve ne pouvait pas les encadrer, et là-bas il devait en bouffer tous les jours. Remarquez, c'était pas le genre à se faire marcher sur les pieds. Il savait se faire respecter, mais des fois, la situation était incontrôlable.

Il hésita et Saliha le relança.

— Alors Douve vous appelait à la rescousse?

Béranger se raidit sur sa chaise.

— C'est arrivé peut-être deux ou trois fois en quinze ans. Pourquoi vous m'interrogez? Je n'ai rien à vous dire. Je suis accusé de quelque chose?

— Calmez-vous, répondit Saliha en lui prenant le bras. Vous n'êtes accusé de rien, mais vous avez sûrement des informations qui pourraient nous aider à comprendre pourquoi votre copain Douve s'est fait jeter par la fenêtre de son bureau en 83. Vous voulez nous aider ?

Béranger accusa le coup mais resta silencieux.

— Vous disiez que Douve vous appelait parfois à la rescousse, reprit Saliha.

— Il appelait ça des punitions, comme à l'école. Il disait que les syndiqués se comportaient comme des gamins et qu'ils avaient besoin d'une bonne correction, pour apprendre qui c'est qui commande.

Il avala une gorgée de vin blanc.

— Dubus et moi, on aurait donné notre vie pour Douve. On a vécu des choses ensemble qui faisaient qu'on était unis comme les doigts de la main. Alors si Douve avait besoin de nous, on se posait pas de questions.

— C'était quoi les punitions ?

— Je me souviens plus.

— Monsieur Béranger, tout ça s'est passé il y a plus de trente ans. Il y a prescription. Vous pouvez parler sans crainte.

Béranger s'était renfrogné. Il observait Saliha. Une Algérienne portant les couleurs de la République et qui l'interrogeait comme un suspect. Décidément, l'ordre des choses était cul par-dessus tête.

— Monsieur Béranger. C'était quoi ces punitions ?

— On cassait la gueule à quelques types, c'est tout.

— C'est tout ?

— Oui. On leur filait deux ou trois baffes et on leur faisait peur pour qu'ils retiennent la leçon.

— Peur comment?

— Vous savez, dit-il en remuant les bras, excédé, avec la famille, les gosses…

— Vous menaciez de vous en prendre à leur famille s'ils ne rentraient pas dans le rang, c'est ça?

— Oui. C'est ça! Vous êtes contente?

Le vieux détourna la tête pour éviter le regard de Saliha. Celle-ci profita de sa confusion pour enfoncer le clou.

— Monsieur Béranger, je vous rappelle que vous ne pourrez, ni vous ni personne d'autre, être poursuivi pour des faits remontant aux années quatre-vingt. Répondez-moi franchement. Est-ce vous qui avez réglé son compte à un syndicaliste de Berga nommé Mahklouf Zermani?

Béranger releva lentement la tête. Son visage était dur, impassible. Comme quelqu'un qui a appris à dompter ses sentiments, à les enfouir et à les enfermer à double tour.

— Oui.

— Tous les trois? Douve, Dubus et vous?

— Oui, et…

— Et quoi?

Béranger pâlit.

— J'avais dit à Douve que j'étais pas d'accord. C'est une des seules fois où je lui ai dit ça pendant toutes ces années. Mais il n'a rien voulu entendre. Il a dit que c'était pas mes oignons et, d'une certaine façon, il avait raison.

— Que s'est-il passé? le pressa Saliha. Une quatrième personne était avec vous, c'est cela?

— Son gosse était dans la voiture.

Saliha sentit un frisson sur sa peau.

— Douve disait qu'il fallait qu'il s'endurcisse. Qu'à son âge, il faisait déjà la chasse aux Viets dans les rizières d'Indochine.

— Comment s'appelait-il?

— Paul.

— Vous êtes sûr?

— Absolument. Douve avait un autre fils, je ne sais plus comment il s'appelait, qui restait dans les jupons de sa mère, et il disait qu'au moins, celui-là, il en ferait un homme. Ce soir-là, je l'ai gravé ici, dit Béranger en se tapotant le front. Dubus conduisait. Douve était devant et moi j'étais à l'arrière avec le gamin. J'ai discuté un peu avec lui.

— Qui de vous a tué Zermani?

— C'est Douve.

— Savez-vous si Édouard Vanderbeken a été assassiné en représailles de ce meurtre?

— J'en suis pratiquement sûr. Il nous a appelés la veille de sa mort. Il avait reçu des menaces et il avait besoin de nous. Mais on a été pris de vitesse. On l'a retrouvé mort le lendemain.

Saliha recula sur sa chaise. Béranger pencha la tête en avant, totalement vidé. À l'évidence, il n'avait parlé de rien de tout cela à personne pendant de longues années. Quelques instants s'écoulèrent, puis Béranger releva la tête et dans son regard Saliha vit qu'il disait vrai.

*

À la sortie d'Anneville-en-Saire, Buchmeyer rangea sa voiture sur le bas-côté. Il était parti de Valenciennes le matin de bonne heure, le réservoir plein, et s'était enquillé près de cinq cents kilomètres d'une traite. Il sortit de l'habitacle, raide comme un bout de bois, et s'étira en faisant craquer son dos. Une trouée bleue déchirait le ciel gris. Les rayons de soleil faisaient scintiller l'asphalte mouillé. Il déploya sa carte routière sur le capot, repéra Anneville, puis Montfarville. Il n'était qu'à deux kilomètres du but. Il replia sa carte, respira l'air à pleins poumons et rentra dans la voiture. C'est Madeleine qui, à sa demande, lui avait donné l'adresse de Jeanne, la première bonne des Vanderbeken.

Quelques instants plus tard, Buchmeyer garait sa Renault au hasard à Montfarville, un petit bled du nord du Cotentin, à un kilomètre de la mer. Après son service chez les Vanderbeken, Jeanne était revenue habiter dans le village de ses parents, une petite maison en granit coincée entres deux autres lui ressemblant comme deux gouttes d'eau. Buchmeyer sonna au numéro 13 de la rue du Secret. La porte s'entrouvrit et une vieille femme lui fit signe d'entrer. À soixante-dix-neuf ans, sèche mais toujours alerte, Jeanne portait sur elle les stigmates d'une vie passée au service des autres. Son intérieur, sombre et simple, sentait la cire d'abeille. Elle invita le policier à s'asseoir et lui proposa du thé dans une tasse qu'elle posa sur un guéridon à côté de la fenêtre.

Elle avait été au service des Vanderbeken pendant douze ans, de 1972 à 1984. Elle s'en souvenait comme d'une famille heureuse. M. Édouard travaillait beaucoup. C'était un homme ordonné qui aimait que la maison soit bien tenue. Mme Adèle était une femme plutôt effacée. Jeanne se souvenait très bien des deux garçons, bien qu'ils ne fussent pas très souvent à la maison. Paul et Antoine. Deux petits coquins, toujours prêts à faire des blagues, dit-elle un sourire aux lèvres. Leur père voulait en faire des militaires et les avait mis en pension à La Malassise. Ils ne revenaient qu'aux vacances et, quand ils étaient à la maison, ils ne fréquentaient pas les autres jeunes de Wollaing. Bien qu'elle mît un point d'honneur à traiter les deux enfants de la même manière, Jeanne devait avouer une préférence pour Paul. Antoine aussi était gentil, mais Paul était son préféré. Il entraînait toujours son frère dans les mauvais coups, ce qui avait le don d'exaspérer sa mère. Le petit faible de Jeanne pour Paul était sans doute lié à la volonté de contrebalancer le désamour maternel.

Buchmeyer conversa pendant plus d'une heure avec l'ancienne employée de maison et collecta une somme impressionnante de détails sans importance sur la vie de cette famille coincée entre une mère soumise et un père taciturne et autoritaire. Quand il lui demanda pourquoi elle était partie en 1984, elle répondit qu'après la mort de M. Édouard, elle était devenue inutile. Paul était décédé quelques mois plus tard, au cours d'un séjour à la montagne, et Mme Adèle avait plongé dans la dépression. Antoine quant à lui était entré à la faculté de médecine de Grenoble où un cousin d'Adèle avait proposé de l'héberger.

Elle avait vu les enfants pour la dernière fois en janvier 1984. Quand le policier lui demanda avec insistance si elle les avait jamais revus depuis cet événement, Jeanne se referma comme une huître. Elle baissa les yeux vers sa tasse de thé, attrapa l'anse de ses gros doigts déformés par le temps. Buchmeyer insista avec tact. Avait-elle eu des nouvelles d'Antoine depuis qu'elle était revenue habiter ici ? Non. Et de Paul ? Elle se recroquevilla un peu plus sur elle-même. Buchmeyer relança poliment la conversation sur quelques banalités avant de se lever pour prendre congé.

Jeanne le raccompagna à petits pas jusqu'à la porte, acquiesça quand le policier lui demanda de l'appeler si un détail qui pourrait l'intéresser lui revenait en mémoire. Buchmeyer monta dans sa voiture et se retourna pour voir si elle l'observait depuis sa fenêtre, mais il n'y avait personne. Un instant, un doute le prit : et s'il se plantait totalement ? Mais il écarta vite cette pensée. En contrepartie de son périple, il avait engrangé une certitude. La vieille bonne du Cotentin mentait.

*

La passion secrète et tardive d'Arnaud Devrard s'appelait Yolande d'Aragon. Il allait la retrouver tous les après-midi, dès que le beau temps le permettait, vêtu d'une veste de toile enduite, d'une casquette de velours et de ses bottes en caoutchouc. À chaque fois, il y restait une heure, la faisait boire, lui faisait les yeux doux, s'enivrait de son parfum. Le gouvernement pouvait sauter, la Bourse piquer du nez, la terre trembler au Népal ou ailleurs, Devrard s'en moquait tant qu'il se pâmait devant Yolande. Avant elle il y avait eu Albertine, la belle de Baltimore, Mme Ernest Calvat, mais aucune n'avait, à son goût, égalé l'ineffable Yolande. Debout sous sa verrière, dans l'air humide et chaud, il semblait lui murmurer des mots d'amour. Et par la fenêtre de la cuisine, d'où elle pouvait tout voir, la bonne couvait Devrard du regard. Un si grand homme, si puissant qu'il parlait d'égal à égal avec le préfet, tellement redoutable que le pays tout entier avait tremblé au son de sa voix, un homme qui avait cumulé tant de responsabilités, qui était jadis occupé par mille affaires pressantes et qui passait ainsi, la retraite venue, de longues heures à parler de la façon la plus tendre qui soit à ses roses. N'était-ce pas là le couronnement d'une existence exceptionnellement bien remplie ?

Dans la cellule aux barreaux d'acier épais comme des bois de chaise, Steve Decoopman faisait les cent pas, marmonnant dans sa barbe, passant la main dans sa tignasse noire et graisseuse. Il avait fait appeler Rooseels, l'avocat des Boggaert, et celui-ci avait promis de rappliquer d'ici une heure. C'était un rapide, il n'avait aucun doute là-dessus – il était payé pour ça, du reste – mais Steve ne supportait pas d'attendre. Les minutes s'égrenaient au compte-gouttes.

Jimmy, lui, était assis sur la paillasse, amorphe, l'œil rivé sur la plinthe grise. Il avait vu un cafard sortir d'un trou gros comme une tête d'épingle. L'insecte avait fait un petit tour et était rentré dans sa cachette. Steve passait devant lui toutes les dix secondes. Il faisait des ronds dans la cellule, près d'exploser. Jimmy ne l'avait jamais vu comme ça. C'était à cause de l'avocat. Il allait arriver d'un moment à l'autre et Steve n'avait aucune raison de se faire du mouron, mais c'était plus fort que lui. Jimmy lui aurait volontiers conseillé de se calmer, mais son petit doigt lui disait que ce n'était pas le moment. Soudain, le corps visqueux sortit de son trou, sembla hésiter, flairant l'embrouille. C'est malin ces saloperies, mine de rien. Jimmy le fixait de ses yeux ronds, retenant son souffle. Alors le cafard se tortilla sur le carrelage avant de lancer son thorax luisant en ligne droite. Jimmy ouvrit grand les yeux, le laissa venir sans bouger puis lança sa jambe et écrasa la blatte d'un coup sec.

Buchmeyer avait quitté le commissariat à quinze heures ce vendredi et filé sur Lille, direction l'hôtel de l'Escaut. Il avait récupéré Magali toute pomponnée, vêtue de rouge et de noir, et il avait emmené sa belle au Kinepolis de Lomme, un multiplexe de vingt-trois salles, grand comme un centre commercial, idéal pour une petite soirée en amoureux. Magali avait exigé un Buffalo Grill, où elle s'était avalé un «Texas combo» sans fléchir. Puis ils avaient continué la soirée à bouffer des pop-corns devant le remake de *Taken* avec Liam Neeson, avant d'échouer chez elle, un petit F2 de Marcq-en-Barœul, propret, mignon, sans plus. Buchmeyer avait été scotché par la résistance de Magali. Une pêche de dingue. C'est ce qui l'avait séduit chez elle. Quand elle était lancée, on ne l'arrêtait pas. Elle aurait pu faire danser la polka à un bataillon de bénédictins. Et puis, elle était folle de lui. Il avait vingt ans de plus qu'elle, ce qu'il s'efforçait d'oublier tant qu'il le pouvait pour ne pas passer pour un pervers à ses propres yeux. Mais au lit, elle était insatiable, sans tabou. Il était deux heures du mat au réveil à diodes luminescentes. Ils avaient fait l'amour deux fois et Buchmeyer n'arrivait pas à s'endormir. Son *chuque*, elle, dormait à poings fermés, et Erik ne pouvait s'ôter de l'esprit qu'il allait devoir mettre un terme à cette relation. Cette perspective lui brisait le cœur, mais leur histoire n'allait nulle part. Il lui avait fait le coup du flic à l'épaule solide et elle était tombée dans le panneau sans demander son reste, mais ça ne pouvait pas durer. Il y avait pensé toute la soirée et il avait été incapable de lui dire. Il avait gambergé au ciné et avait lâchement oublié d'en parler avant leur partie de jambes en l'air, mais maintenant… Maintenant qu'il avait bien mangé, bien bu et bien baisé… Buchmeyer soupira. Demain, il lui dirait, les yeux dans les yeux. Demain matin.

Dominique Lemay avait mangé tôt pour ne pas louper une minute du match de ce soir. Lens-Metz. Un match sans intérêt pour le championnat, les deux équipes étant en queue de tableau, mais décisif pour l'équipe du Pas-de-Calais qui risquait la relégation. Tous les commentateurs s'accordaient à dire que du point de vue arithmétique, comme du point de vue psychologique, seul le gagnant du match de ce soir resterait en ligue 1. Lemay s'était enfilé sa poêlée de haricots à la tomate avec un verre de rouge, fin prêt pour deux heures de foot enflammées devant la télé, mais à cause de ce salaud de flic, la soirée était gâchée. Les fantômes du passé s'étaient invités à sa table. Des types qu'il avait tout fait pour oublier définitivement. Wallet, Thury, Leroy, Caron, Zermani... Ces noms l'obsédaient, tournaient dans sa tête sans parvenir à en sortir. Qu'est-ce que ce flic cherchait dans ce nid de guêpes ? Il y avait des cloaques qu'il valait mieux ne pas remuer, des histoires dont le destin était de demeurer enterrées au fond des mémoires. Ce qui était fait était fait, nom de Dieu, et rien n'y pourrait jamais rien changer. Lemay soupira. Sa soirée était gâchée... À moins... À moins que Lens mette la balle profond dans la cage des Lorrains.

Que s'était-il vraiment passé ? Il l'ignorait. Il avait beau essayer, chercher dans le tréfonds de sa mémoire, il ne se souvenait plus. De rien. Pourquoi était-il attaché sur son lit ? Thury baladait son regard sur les murs de sa chambre. Cette même

395

chambre qu'il occupait depuis des années et qui lui semblait changer un petit peu chaque jour. Un nouveau détail dont il ne se souvenait plus le lendemain. N'était-ce pas plutôt une nouvelle preuve du complot des hommes en blanc? Ils l'avaient attaché. Ils allaient passer à l'action. Ce n'était qu'une question de jours, d'heures peut-être. Pourquoi avait-il l'impression de crier dans le désert? Autour de lui, tout n'était qu'ombres et chimères. Était-ce lui le malade? N'était-ce pas plutôt ce monde qui mourait à petit feu, qui périssait le sourire aux lèvres? N'était-ce pas les autres tout autour de lui qui s'étaient bercés d'illusions aveuglément? Les autres qui sombraient avec le navire quand lui le voyait s'enfoncer dans le néant et dans l'oubli avec effroi.

Après son dernier rendez-vous du vendredi, Henri Delcourt sauta dans sa voiture pour rejoindre l'A21 en direction de Béthune. Les événements des dernières semaines l'avaient éprouvé nerveusement et il avait décidé de passer le week-end en baie de Somme, histoire de recharger ses batteries. Il avait ses habitudes au Crotoy, dans une vieille demeure bourgeoise reconvertie en hôtel trois étoiles où il aimait se rendre quelques jours, une à deux fois l'an, pour manger des huîtres et dormir la fenêtre ouverte. À marée basse, la mer se retirait très loin, découvrant une prairie herbeuse où l'on pouvait marcher pendant des heures en admirant le vol des avocettes et des bécassines des marais. À marée haute, l'hôtel avait les pieds dans l'eau et l'on pouvait se promener le long de la plage jusqu'au parc du Marquenterre. Après une cinquantaine de kilomètres, son esprit était déjà plus léger. Puis il songea à son métier. Comme beaucoup de ses confrères, c'était l'intérêt pour la science qui l'avait poussé vers la médecine. La détresse, la maladie, la douleur, il n'y avait pas trop songé au début. Il s'y était fait, mais avec le temps tout cela finissait par lui peser. Il pensa à Pauline, à ses patients à Wollaing, aux petits vieux de La Rose des vents, et quand il passa la rocade de Lens, il était de nouveau déprimé.

Saliha reposa le verre de gin sur le comptoir humide embrasé de rais de lumière rouges et verts. Le serveur, crâne rasé, bras tatoués, T-shirt noir zébré du logo du Black Diamond, la surveillait du coin de l'œil. C'était le troisième verre qu'elle s'avalait d'un trait en un quart d'heure et sa tête lui semblait plus légère que jamais. Dans la discothèque, la sono hurlait «I wanna know your name» sur une rythmique techno qui paraissait littéralement soulever le sol. Saliha était prise par la musique. Elle s'infiltrait dans son corps, ses doigts, ses veines. Elle la brûlait de l'intérieur. Une bonne demi-douzaine de paires d'yeux la dévoraient sans oser s'approcher. Les synthétiseurs martelèrent une note unique pendant deux minutes. La tension monta jusqu'à la folie. Saliha dansait sur place à côté du bar quand elle attrapa le bras d'un jeune type à la peau brune. Elle l'attira à lui. Il se laissa faire. «I wanna know your name» «I wanna…» Les lèvres de Saliha murmuraient les paroles. Le type la saisit à la taille. Il était

397

fort, sentait la sueur, mais pas âcre. Elle voulait le tenir à distance. La basse ronfla, monta en puissance accompagnée par le crissement des synthés puis finit par exploser dans un grondement de tonnerre, et au moment où tous sautaient en l'air pour se perdre dans la musique, elle tira le type par le bras et l'entraîna derrière le bar, porte à droite, porte à gauche. Toilettes des mecs. Ils entrèrent dans une cabine, se ruèrent l'un sur l'autre, s'embrassèrent comme des affamés. Saliha saisit les épaules du type et appuya de toutes ses forces. Il plia les jambes, s'agenouilla. D'une main, Saliha, à bout de souffle, déboutonna son pantalon, le fit descendre sur ses hanches en se contorsionnant, découvrit son sexe noir, cala sa main derrière la nuque du type et le colla contre sa toison.

Le docteur Goosens entra dans la chambre 254 située au premier étage de l'hôpital Saint-Joseph de Bruxelles. Il avait sympathisé avec son patient et confrère, Antoine Vanderbeken. Deux ou trois hématomes et une côte fêlée. Ce dernier avait fait une chute vertigineuse et, sans les branches qui avaient freiné sa course et les buissons qui avaient amorti sa chute, le médecin de Wollaing serait mort à l'heure qu'il est. Antoine avait eu une veine de cocu, pour parler vulgairement. Goosens venait le voir deux fois par jour pour prendre de ses nouvelles et avait été heureux de constater qu'Antoine se remettait bien. Il ne faisait pas de sport mais il avait une assez bonne condition physique. Encore deux à trois jours et il pourrait rentrer chez lui. Une minerve pendant un mois et il serait tiré d'affaire, comme neuf. Quand il entra dans la chambre, Vanderbeken somnolait. Le bruit le réveilla et Goosens lui apporta un exemplaire du *Soir* ainsi que deux petites fiches cartonnées. Antoine avait reçu un nombre considérable de messages de sympathie de la part de ses confrères. Il le remercia et ils discutèrent quelques instants du congrès Pfizer avant que Goosens ne se retire. Vanderbeken prit le journal mais n'eut pas la force de le lire et le reposa pour s'endormir.

Paul

Les abords d'une maison de retraite, un dimanche soir de février, donnent la mesure de ce qu'est l'abandon. La nuit était tombée depuis plus de deux heures et le vent soufflait sur le parking désert de La Rose des vents. À l'étage, seules quelques fenêtres encore allumées suggéraient que les lieux étaient habités. Le rez-de-chaussée était plongé dans l'obscurité, à l'exception de la faible lueur des appliques de sécurité indiquant les sorties de secours. Vers vingt-trois heures, un véhicule entra au ralenti dans le parking. Alors que toutes les places devant le bâtiment étaient vacantes, il se gara sur le côté, un peu en retrait. Un homme en descendit, une valisette à la main, et se dirigea vers l'entrée. Il ouvrit la mallette, sortit un outil oblong, l'introduisit dans la serrure, le tourna d'un quart de tour et la porte céda sans un bruit. Il monta à l'étage par l'escalier. Hormis deux ou trois postes de télévision qui dispensaient çà et là des filets de bruits nasillards, tout était silencieux. L'homme avançait à pas de loup. Arrivé sur le palier, il se dirigea vers le fond du couloir, prit à gauche puis immédiatement à droite. Soudain, une porte s'ouvrit. Un rai de lumière jaune. Un infirmier. L'homme se plaqua contre le mur, écoutant attentivement le bruit de succion des mules en vinyle sur le lino. Les pas s'éloignèrent. L'homme mit la main sur la poignée de la chambre 43 et poussa la porte.

La chambre était petite. Il y régnait une sorte de nuit électrique légèrement bleutée. Au centre, le lit surélevé monté sur roulettes. Sur le mur, une série d'appareils, des bras articulés. Sur les côtés, deux sièges en skaï gris. Au bout du lit, un dossier médical. L'homme l'empoigna et vérifia le nom. Dans le lit, le cou renversé et la bouche ouverte, Pierre Thury dormait comme un nourrisson. Ce bagarreur, ce révolutionnaire acharné, admiré pour son franc-parler, haï pour son intransigeance, luttait à présent pour faire entrer un peu d'air dans ses poumons. Plus exactement, son corps luttait, quand son âme déjà vaincue s'était retirée par pans entiers du champ de sa dernière bataille.

L'homme le contempla. Il n'éprouvait ni haine ni compassion. Juste une certaine lassitude face à l'absurdité du geste qu'il s'apprêtait à accomplir. Il se rapprocha du lit, retira doucement l'oreiller sur lequel Thury reposait et saisit la télécommande à pleine main. Le haut du lit se releva doucement, sans que le vieux s'aperçoive de rien. Quand il fut en position assise, il ouvrit légèrement les paupières et distingua la silhouette en face de lui qui tenait son coussin à deux mains. L'homme ne bougea pas, comme s'il voulait donner à Thury le temps de comprendre ce qui allait se passer. Le cerveau atrophié du syndicaliste mit un temps infini à comprendre que son cauchemar était en train de se réaliser. Qu'il était seul dans sa chambre et que celui qui se tenait là en voulait à sa vie. Il l'avait toujours su. Ceux qui refusaient de le croire s'étaient trompés. Enfin la preuve était faite qu'il n'était ni fou ni malade. Il aurait voulu que tous voient cela, qu'ils admettent leur erreur et demandent pardon pour les brimades et les moqueries. Thury écarquillait les yeux. Il agita les mains, tenta d'appeler au secours, mais aucun son ne sortit de sa bouche. L'homme s'avança vers lui et, au moment où le coussin lui recouvrit le visage, ses facultés mentales se dérobèrent une ultime fois. Et il mourut sans savoir pourquoi.

*

À 7 h 10 le lendemain, les gyrophares clignotaient sur le parking de La Rose des vents. Au premier étage, quelques vieillards s'étaient collés aux fenêtres pour profiter du spectacle. Christian, un aide-soignant guadeloupéen, avait donné l'alerte un peu avant sept heures et les flics avaient mis moins d'un quart d'heure pour arriver sur place toutes sirènes hurlantes. Tellier avait immédiatement appelé Buchmeyer qui avait déboulé vingt minutes plus tard, d'une humeur de chien. Ce troisième mort était une catastrophe. On était lundi et il ne lui restait que deux jours avant d'être dessaisi de l'affaire Leroy. Ce troisième meurtre, dont il n'arrivait pas à croire qu'il soit totalement indépendant des deux précédents, rendait sa mission tout simplement impossible. Il avait refait les comptes dans tous les sens sur le trajet de Valenciennes à Denain et il parvenait toujours à la même conclusion : c'était plié. Dans quarante-huit heures, Delcroix sifflerait la fin du match.

Il surgit au milieu de l'attroupement qui s'était formé à l'entrée. Il reconnut Jeanine et les deux infirmiers qu'il avait vus dix jours auparavant. Tous étaient visiblement choqués. Le directeur se précipita vers lui, bredouillant, désemparé. «Pauvre M. Thury… quelle tragédie… une personne si gentille…» Le ton de sa voix trahissait le véritable objet de son inquiétude : que sa responsabilité soit engagée. Buchmeyer l'ignora pour s'adresser à Tellier.

— Qui l'a découvert ?

— Christian, un aide-soignant. Il est là, dit Tellier en désignant le jeune homme assis dans le hall, accablé. Il est entré dans la chambre et il a vu Thury étendu dans son lit, dur comme du bois.

— La mort remonte à quelle heure ?

— Difficile à dire. Le légiste n'est pas encore passé.

— Est-ce qu'il peut s'être étouffé seul ?

— M'étonnerait…

— Il y a des caméras ?

— Oui. À l'entrée et à l'étage. On n'a pas encore eu le temps de tout regarder mais on est dessus. Je vous préviens dès qu'on a quelque chose.

Buchmeyer s'approcha de Christian. Il était assis sur un des sièges en skaï du hall d'entrée, prostré et recouvert d'une couverture de laine.

— Ça va?

L'aide-soignant leva la tête vers Buchmeyer. Il avait les yeux rouges.

— Pauvre M. Pierre. Il était si gentil. Je l'appelais « petit oiseau ». Il était grand mais il n'avait plus que du vent entre les oreilles.

— Vous discutiez avec lui de temps en temps?

— Pas vraiment. Il faisait des phrases mais on ne comprenait plus rien à ce qu'il disait.

— Il y a dix jours, il m'a dit qu'il se sentait menacé. Il ne vous en a jamais parlé?

— Non...

— Il s'entendait bien avec le personnel?

— Oh... Il y en a qui sont plus rudes que d'autres...

— Qui, par exemple?

— Je ne sais pas, répondit Christian qui sentit qu'il s'était embarqué sur un terrain glissant.

— Essayez de vous rappeler.

Le jeune homme répéta qu'il était désolé pour M. Pierre mais qu'il ne savait pas qui pouvait lui en vouloir à ce point. Soudain, Buchmeyer se retourna.

— Erik, comment allez-vous? demanda Henri Delcourt, qui tendit son duffle-coat à une infirmière avant de s'engouffrer dans l'escalier qui menait au premier étage.

— Henri, attendez-moi! lança Buchmeyer en montant les quelques marches avec lui. Vous vous souvenez de ce qu'a dit Thury l'autre jour? Le fait qu'il se sentait menacé?

Delcourt marmonna sans s'arrêter.

— Je vais devoir interroger tout le monde, dit le commandant.

Puis il l'attrapa par la manche.

— Vous y compris.

Mais Delcourt n'y prêta aucune attention et se dégagea.

— Erik, ne vous fiez pas trop à ce que Thury vous a raconté. Il était en phase terminale d'Alzheimer. Il entendait des voix, il voyait des ennemis partout, il ne reconnaissait pas ses propres enfants. Cette maladie est une vraie saloperie.

Il s'arrêta et se planta devant le policier.

— Moi, si un jour je suis diagnostiqué Alzheimer, je me tire en Suisse. Et couic. Fin du voyage. Je ne finirai pas comme ça. Jamais.

Il monta les dernières marches au pas de course et entra dans la chambre de Thury, suivi par Buchmeyer. Le vieillard était allongé sur son lit, raide, tordu comme une branche de bois sec. La peau blanche, les os saillants, la bouche ouverte et les mains recroquevillées sur une forme imaginaire.

— Vous en dites quoi? demanda Buchmeyer.

— Il a été étouffé. On dirait qu'il s'est agrippé à quelqu'un avant de mourir. C'est terrible à dire, mais je suis presque content pour lui. Il aurait pu vivre encore cinq ans et ça n'aurait pas été beau à voir.

— Vous pensez que quelqu'un aurait pu vouloir abréger ses souffrances?

Delcourt haussa les épaules.

— Ce n'est pas impossible.

Sur ce, Tellier débarqua dans la chambre et interrompit la conversation.

— Commandant, il faut que vous veniez voir ça.

— Vous m'excusez? dit Buchmeyer à Delcourt qui continua sans un mot son inspection du cadavre.

Tellier emmena Buchmeyer dans un petit réduit qui servait de poste de sécurité. Un policier scrutait un écran vidéo à côté du gardien de nuit. Celui-ci avait dormi sur ses deux oreilles de minuit à six heures. Il n'avait rien vu et vivait un enfer depuis le matin avec les flics qui lui tournaient autour comme des mouches.

— Regardez. Onze heures et vingt-trois minutes. On le voit arriver dans le hall.

Le flic en tenue fit défiler les plans. On y voyait un homme traverser le hall, monter les escaliers, prendre le couloir. Les caméras étant fixées aux plafonds, on ne voyait la silhouette qu'en plongée. Plutôt grand, encore que ce fût difficile à apprécier avec certitude. Mais impossible d'en distinguer le visage. Les plans se succédèrent les uns après les autres, puis l'écran devint noir.

— C'est tout?

— Oui. C'est tout.

Buchmeyer lança un regard furibond au gardien de nuit qui s'était recroquevillé sur sa chaise.

— Eh bien, on est au moins fixés sur un point, dit-il. Le meurtrier connaissait la maison. Il savait qu'il y avait des caméras et peut-être même que le gardien était un trou du cul.

Son téléphone vibra et il sortit du poste de sécurité.

— Allô. Saliha ?

— Erik. Les deux malabars des Boggaert nient tout en bloc. Leur avocat a débarqué en furie et il en a sous le pied. Il va nous pourrir la vie.

— T'inquiète pas. Il fait le paon avec les poulets, mais il va changer d'attitude devant la juge.

— Mais les Boggaert ont le bras long…

— Marie-Ange Brès est une pointure. Ce n'est pas le genre à se laisser impressionner et si elle doit envoyer un ténor du barreau aux orties, elle le fera sans hésiter.

— Erik, il y a autre chose. J'ai retrouvé Jo Barjo, de son vrai nom, Joseph Béranger. Il a reconnu avoir participé à une ratonnade avec Édouard Vanderbeken et Gérard Dubus en 83. Tu avais raison. Ce sont eux qui ont tué Mahklouf Zermani.

— Comme au bon vieux temps de l'OAS…

— Le truc qui va t'intéresser, c'est que ce jour-là, le père Vanderbeken a emmené son fils Paul, le frère d'Antoine, pour qu'il assiste au crime.

— Quoi ? Dis-moi que je rêve. Le père a amené son gamin de dix-sept ans voir un type se faire lyncher ?

— Béranger était avec eux. Il est formel et je crois qu'il dit la vérité.

Buchmeyer réfléchit à toute allure.

— Saliha, tout se met en place. Je suis à la maison de retraite. Pierre Thury a été assassiné cette nuit.

408

— Quoi ? Un troisième meurtre ?

— La bande des syndicalistes de Berga est en train de tomber et je suis convaincu que ça va continuer. Mais on risque d'échouer tout près du but. Delcroix m'a donné jusqu'à mercredi pour rendre mes conclusions sur l'affaire Leroy. Passé ce délai, il nommera un autre chef d'enquête.

— Mercredi ? C'est après-demain !

— Je sais. On a très peu de temps et j'ai besoin de toi… Je pense que le frère, Paul Vanderbeken, n'est pas mort. Mais Antoine est à l'hôpital, Adèle est hors service et leur ancienne bonne ne veut rien lâcher.

— Qu'est-ce que tu veux que je fasse ?

— Que tu descendes à Talloires, près d'Annecy. Paul est soi-disant enterré là-bas. Je veux en avoir le cœur net.

— Annecy ? Alors qu'il ne reste que deux jours et qu'on a un nouveau meurtre sur les bras ? se récria Saliha, interloquée.

— L'enquête est finie, Saliha. On n'a plus le temps. Il faut agir et je n'ai pas de meilleure méthode. On tente le coup. Ça passe ou ça casse. D'accord ?

Il y eut un blanc.

— OK, je prends Jerzak avec moi.

Quand Buchmeyer raccrocha, sa gorge était sèche. Ce qu'il avait redouté était en train de se produire. Il allait démasquer le coupable des meurtres de Wallet et de Thury, et le même jour, Delcroix lui retirerait le dossier. Les pistes qu'il ouvrirait se refermeraient alors aussitôt.

Il songea de nouveau à Thury. Le vieux n'avait pas été assassiné. Il avait été mis à mort. Il était sur la bonne voie mais ce troisième meurtre était le maximum de ce qu'il était capable d'encaisser. Le maximum avant la sortie de route. À cet instant précis, le téléphone de Buchmeyer vibra à nouveau dans sa poche.

— Vieux frère, ça fait plaisir de t'entendre, dit Erik dans le combiné.

Mais la voix de Lamblin était grave. Le sourire qui avait fleuri sur la face de Buchmeyer s'évapora comme une goutte d'eau sur une pierre brûlante.

— Je t'appelle d'Anvers. On a repêché un cadavre dans une darse. Il est abîmé, mais il n'y a aucun doute. C'est Michel Caron.

*

Mardi matin, Delcourt arriva au cabinet de bonne heure. Une urgence l'avait tenu éveillé jusqu'à minuit et il n'avait pas fermé l'œil de la nuit. Il avait gardé un poste à l'hôpital et ne consultait au cabinet qu'un jour sur deux. À sept heures, ce mardi, il faisait encore noir. En quelques jours, le thermomètre avait plongé. C'était un vrai temps d'hiver du Nord. Delcourt s'engouffra à l'intérieur quand il aperçut une lueur dans le bureau d'Antoine. Il longea le couloir et frappa à la porte.

— Antoine ? C'est moi, Henri.

— Entre…

410

Delcourt poussa la porte et vit son confrère calé dans son fauteuil, raide comme un I. Sa minerve lui donnait un air martial.

— Antoine, comment vas-tu ? Quand es-tu rentré ? Tu aurais dû me prévenir, je serais venu te chercher.

Antoine esquissa un léger sourire.

— Je vais bien, tu vois. Le chef de clinique m'a laissé sortir hier après-midi. Je vais porter cette minerve pendant quelques semaines et ça sera tout.

— Antoine, il y a eu un autre drame. Dimanche soir. Pierre Thury a été assassiné.

— Thury, assassiné ? C'est affreux ! Et incompréhensible, dit Vanderbeken.

— Le commandant Buchmeyer était sur place hier matin. Je crois qu'il soupçonne un employé de l'établissement.

— C'est une malédiction.

— Je voulais te dire. Vermeersch est passé au cabinet vendredi dernier. Il te cherchait.

— Pourquoi ?

— Il veut te proposer une place sur sa liste aux prochaines municipales.

— Ah bon ? répondit Vanderbeken, surpris.

— Je pense que tu devrais y réfléchir. Tu as bonne presse à Wollaing et Vermeersch a des projets pour la ville. Tu connais la dernière du conseil départemental ? Ils ont voté la fermeture de la moitié des classes de l'école primaire. Vermeersch est comme fou. Il veut se battre et il a besoin de renforts.

— Vas-y, toi ! suggéra Antoine.

— Il ne me l'a pas proposé, répliqua Delcourt. Mais si tu permets que je te parle franchement, ça serait une bonne idée pour toi. Tu tournes en rond ici. Il faut que tu te changes les idées. En dehors de tes congrès, tu ne sors presque plus.

— Je chasse.

— Oui. Trois fois par an…

— Je dois m'occuper de maman.

— Madeleine est là pour ça. Antoine, Vermeersch est sur un gros projet. Il veut faire venir des Coréens à Wollaing. Une usine automobile. C'est un énorme dossier. Il est en pourparlers avec le ministère de l'Industrie, le Medef, les syndicats. Il a le soutien de Bercy et de Matignon. Il doit partir à Séoul le mois prochain. Trois mille emplois. Tu te rends compte ? Il a déjà négocié soixante hectares de friche et une exemption de taxes locales pendant dix ans. Tu imagines, Antoine ? Trois mille emplois à Wollaing. Trente ans après Berga.

— Ça serait fantastique, murmura Vanderbeken.

— Ce n'est pas gagné, mais il a de sérieux atouts. Il t'en parlerait beaucoup mieux que moi. Franchement, Antoine, c'est une chance pour l'avenir de Wollaing, mais c'est aussi une chance pour toi.

Delcourt, accoudé sur le bureau d'Antoine, le fixait d'un regard enfiévré. Le médecin détourna la tête.

— Antoine, écoute-moi. Il faut se battre. Tu sais que Lemaire va se présenter ?

— Clément Lemaire ? Sous quelle bannière ?

— FN.

— FN ? Il a bien caché son jeu…

— Lemaire est un opportuniste. Tu sais bien qu'il a toujours eu des ambitions politiques, même s'il n'en parle jamais. Ça fait trois ans qu'il tisse sa toile, match de foot après match de foot, kermesse après kermesse. Il s'est fabriqué une popularité et il l'a vendue au plus offrant. Le FN manque de candidats. Ils savent qu'il a de bonnes chances pour les municipales.

— Lemaire contre Vermeersch…

— Réfléchis à la proposition de Vermeersch. Pour l'avenir de Wollaing.

Vanderbeken se passa la main sur le crâne.

— L'avenir… Je vais m'allonger un peu.

— Repose-toi. Et réfléchis, répéta Delcourt en sortant du bureau.

Avant qu'il ait refermé la porte, Antoine l'interpella.

— Henri, je ne suis pas un homme d'avenir.

*

10 h 30. Buchmeyer faisait les cent pas dans son bureau. Il était arrivé au commissariat à neuf heures et demie, débraillé, les cheveux sales comme s'il venait de passer huit heures à une table de poker. L'ultimatum de Delcroix lui avait mis le moral à zéro et il n'en avait pas fermé l'œil de la nuit. Au fond, et c'est sans doute ce qui le révoltait le plus, il était bien obligé de reconnaître qu'il ne devait s'en prendre qu'à lui-même. Delcroix avait fait du Delcroix. Ça faisait

des années qu'il pestait contre la hiérarchie qui ne pensait qu'à intriguer et lécher les bottes aux préfets pendant que sur le terrain, les hommes prenaient des risques et des coups. La manœuvre de l'ultimatum était prévisible et pour ainsi dire dans les règles. Buchmeyer avait baissé la garde. Il s'était laissé aller, il avait tergiversé, il s'était perdu en conjectures quand il aurait fallu agir plus vite. Le commandant vida son gobelet de café. C'était cuit. Dès demain, le commissaire le mettrait sur la touche. Il avait songé à lui couper l'herbe sous le pied en demandant sa mutation, mais il s'était dégonflé.

Il avait commencé à rassembler les éléments de son rapport. Bien entendu, il y aurait eu encore un milliard de choses à faire pour faire avancer l'enquête. Interroger tout le personnel de La Rose des vents, tirer manu militari les vers du nez à Vanderbeken, cuisiner les dockers du *Portumus*, réentendre Leroy, Lemay, Devrard… Mais comme il l'avait dit à Saliha, l'enquête était terminée. Elle était en train de jouer le dernier coup et lui n'avait rien d'autre à faire qu'à attendre. Il allait l'appeler quand le téléphone sonna sur son bureau.

— Saliha. Où es-tu?

— À la mairie de Talloires. On a roulé toute la journée.

— Alors?

— Je te confirme que Paul Vanderbeken, né le 15 août 1965 à Lille d'Adèle et Édouard Vanderbeken, a bien été inhumé au cimetière de Talloires le 2 août 1984 à quinze heures. L'enterrement s'est déroulé en présence de sa mère, de son frère et de quelques membres de la famille.

Au bout du fil, Buchmeyer demeura muet. Il songea qu'à sa manière, Delcroix allait faire œuvre de salubrité publique en mettant un terme à cette enquête. Peut-être que lui-même se mettait le doigt dans l'œil depuis le début. Saliha avait raison. Il aurait dû l'écouter. Ses intuitions n'avaient rien à voir avec un sixième sens.

— Erik ? Tu es là ?

— …

— Tu ne dis rien ?

— Fais ouvrir ce cercueil. Je te parie qu'il est plein de sable, répondit le commandant.

*

Une fois Delcourt parti et la porte de son bureau refermée, Antoine s'affala dans son fauteuil. Il remua la tête. Sa minerve le gênait. Il sentait le sang affluer dans ses jambes par saccades douloureuses.

— Je ne suis pas un homme d'avenir… Félicitations, je n'aurais pas trouvé mieux.

Antoine fixait le recoin sombre derrière l'embrasure de la porte.

— Dommage. Avec un peu d'habileté, tu aurais pu devenir maire, peut-être même député. M. le député-maire Antoine Vanderbeken. Ça aurait eu de la gueule. Le paternel aurait été impressionné.

Cette voix sortie de l'ombre surgissait aussi des ténèbres. La main droite d'Antoine tremblait.

— Tu as perdu. Mais je reconnais que tu t'es bien battu. Toute cette énergie pour tenter de me faire échouer. Vraiment du beau travail.

La voix devint plus menaçante.

— J'avais tout préparé, tout organisé avec soin, et toi, tu as tout salopé.

Antoine ne parvenait plus à parler. Il murmurait.

— J'ai voulu t'empêcher de commettre l'irréparable.

— Foutaises ! L'irréparable est déjà commis.

— Tu as essayé de me tuer.

— Je voulais que tu marches avec moi. À deux, nous aurions été plus forts.

— Je ne voulais pas !

— Ça ne m'étonne pas. Tu as toujours fui tes responsabilités. Mais maintenant, ces ordures de Wallet, Thury et Caron sont mortes et justice est presque faite.

Vissé à son fauteuil, Antoine avait les larmes aux yeux.

— Tu es fou.

Les mots s'entrechoquaient sur ses lèvres.

— Je ne suis pas fou. Je punis ceux qui n'ont jamais été punis. Pourras-tu, une fois dans ta vie, faire preuve d'un peu de courage ? Regarde-moi.

Antoine baissa la tête.

— Lâche que tu es. Toutes ces années à faire semblant. Comme si je n'existais plus. Et aujourd'hui, tu n'arrives même pas à me regarder. Tu serais incapable ne serait-ce que de dire mon nom…

— C'est faux ! cria Antoine en se levant, les mains sur les accoudoirs.

— Alors, dis-le!

Antoine ouvrit la bouche, mais les mots demeuraient coincés dans sa gorge. Il resta ainsi, tétanisé, jusqu'à ce qu'un filet d'air s'échappe entre ses dents.

— Paul...

— Plus fort!

— PAUL!

Antoine suffoquait. Il mit les mains à sa gorge en suppliant pour un verre d'eau. Puis, profitant d'un instant de confusion, il attrapa les clés de la Land d'une main et bondit hors de son bureau. Son fusil? Il était dans la Land. Avec le Steyr C9. Il se précipita dans la cour.

Une demi-seconde, il fut frappé d'étonnement. Au-dehors, tout était blanc, immaculé, silencieux. Il avait neigé toute la nuit et il tombait encore de gros flocons épais et légers comme des aigrettes de pissenlit. C'était la troisième fois cet hiver mais il n'en était encore jamais tombé une telle quantité. Antoine mit un pied sur le perron, glissa et se retrouva trois marches plus bas, le cul dans la neige. Il se tordit à nouveau la cheville et grimaça de douleur en se relevant. Il se traîna jusqu'à la Land, se hissa à l'intérieur, introduisit la clé dans le Neiman et alluma l'essuie-glace qui émit un couinement plaintif sous la couche qui avait recouvert le pare-brise. Il sortit, dégagea la neige à la hâte puis aperçut une silhouette dans l'embrasure de la porte d'entrée. Il se glissa immédiatement dans la

voiture. Son cœur battait à tout rompre. Il enclencha la marche arrière et la Land recula, puis il
donna un coup d'accélérateur et le pot d'échap-
pement cracha une épaisse fumée blanche. Il jeta
un coup d'œil dans son rétroviseur, tourna violemment le volant sur la droite, enclencha la première
et passa le portail. Il saisit son téléphone, pressa
une touche et le coinça contre sa joue.

— Allô? Commandant Buchmeyer? C'est Antoine
Vanderbeken! hurla-t-il.

— Vous êtes rentré? Que se passe-t-il?

Les mots se télescopaient dans la gorge d'Antoine.

— Je suis sur la D13. J'ai été attaqué.

— Par qui? demanda Buchmeyer.

— Par mon frère.

— Votre frère? Vous êtes sûr?

— Oui. C'est lui qui a tué Wallet, Thury et Caron.
Maintenant, il en a après moi. Il m'a menacé. Vous
devez venir. Vite.

À ce moment précis, Antoine aperçut dans son
rétroviseur une 205 déglinguée qui lui filait le train.
Reconnaissable entre mille.

— Il est derrière moi! Il a pris la voiture d'Henri.
Il me suit, dit Vanderbeken dans le téléphone.

— Où allez-vous? Quelle direction?

— Je ne sais pas… Je remonte la D40. Il fait un
temps de chien. On n'y voit rien.

À l'autre bout du fil, Buchmeyer réfléchissait à
toute allure.

— Antoine, calmez-vous. On va envoyer du
monde.

— Je vais au pavillon de chasse. Forêt de Raismes. Dépêchez-vous.

*

Saliha n'avait pas eu le temps de protester. En quelques coups de fil, Buchmeyer avait obtenu l'autorisation d'exhumer et elle n'avait eu qu'à signer la décharge remise par l'adjoint au maire. Sans perdre de temps, les deux employés municipaux poussèrent l'énorme bloc de granit gris qui portait cette simple inscription : *Paul Vanderbeken 1965-1984*. Sous la pierre se trouvait un coffrage en maçonnerie, rempli de terre de remblai. Le plus jeune des deux retroussa ses manches. À quelques pas derrière lui, Jerzak l'observait, prêt à lui prêter main-forte en cas de besoin. Saliha, les bras croisés, se tenait en retrait. Le dernier acte de l'affaire Leroy était en train de se jouer sous ses yeux, à huit cents kilomètres de Wollaing. Demain, le rapport d'Erik serait sur le bureau du commissaire. Delcroix le féliciterait et confierait le dossier à un autre flic plus contrôlable et Erik irait se faire voir ailleurs. Saliha se dit qu'elle l'avait sans doute jugé un peu trop rapidement. Sa façon de faire n'était pas la sienne, mais au final, elle ne l'avait pas conduit si loin du but et même s'il allait trébucher il louperait la cible de peu.

Du trou dans lequel l'employé municipal avait disparu, on ne voyait plus sortir que des jets de pierres et de terre noire. Soudain, ils entendirent un bruit sourd. Le vieux balança deux cordes. Le jeune

419

homme s'extirpa du trou, écarlate. Jerzak et Saliha aidèrent à tirer sur les cordes, doucement, pour remonter le cercueil à la surface.

La boîte était noire, rongée sur les bords, éventrée à plusieurs endroits, friable, mais entière. En redoublant de précautions, ils la déposèrent sur le sol.

— Du bon chêne, dit le vieux. Je peux vous poser une question?

Saliha hocha la tête.

— Vous cherchez quoi dans ce cercueil?

— Du sable, répondit-elle.

Le vieux la regarda avec étonnement et renonça à en savoir plus.

— On y va?

Tous étaient immobiles, suspendus aux ordres de la lieutenant. Saliha était hypnotisée par la boîte noire qui gisait à ses pieds. Buchmeyer avait peut-être raison : huit cents bornes pour une poignée de sable dans un putain de cercueil...

— On y va, dit-elle.

Le vieux introduisit la pelle entre la paroi et le couvercle, appuya légèrement le pied sur la tranche, leva le manche et l'abaissa d'un coup sec. Le couvercle se disloqua. Il répéta l'opération à l'avant et à l'arrière. La troisième fois, le couvercle vermoulu se désolidarisa de la boîte. Pendant un instant, personne ne dit plus rien. Saliha eut un mouvement de recul, chercha son téléphone dans sa poche puis composa le numéro de Buchmeyer. Occupé. Elle regarda sa montre. 11 h 56.

— Putain, Erik, réponds... Réponds...

*

Vendredi 21 mars 1983.

Édouard Vanderbeken poussa le portillon de sa maison vers dix-huit heures. Il traversa la cour, monta les quelques marches du perron d'un pas pressé et poussa la porte d'entrée. Adèle, qui l'avait entendu, vint à sa rencontre, remarquant qu'il portait un pantalon de velours et une veste de chasse, une tenue inhabituelle pour un vendredi soir.

— Où est Paul ? demanda Édouard.

— Dans sa chambre.

Il cria le nom de son fils.

— Que se passe-t-il ? demanda Adèle.

Édouard la fusilla du regard. Il était à cran. En ce moment, plus rien ne tournait rond à l'usine. Les ouvriers se mettaient en grève pour un oui ou pour un non, les machines étaient à l'arrêt, les clients annulaient leurs commandes. La direction se plaignait qu'elle ne tiendrait pas longtemps à ce régime. Édouard passait le plus clair de son temps dans les ateliers, les cantines, sur les quais ou dans la cour à parlementer avec des types qui ne voulaient rien entendre à rien. Il rentrait tous les soirs épuisé et d'humeur exécrable. Adèle tentait d'aplanir tout ce qui aurait pu le contrarier. Elle veillait à ce que la maison soit impeccable, que le dîner soit prêt à huit heures et calmait les chamailleries des garçons dès que leur père poussait le portail. Les enfants avaient passé la première semaine des vacances de Pâques à Wollaing et Édouard n'en pouvait déjà plus. Même si elle l'appréhendait, Adèle attendait avec

421

impatience le retour de ses fils à la pension. Ce soir-là, le regard d'Édouard lui était apparu particulièrement ombrageux. Elle savait que ses nerfs pouvaient lâcher sans prévenir et que les conséquences étaient imprévisibles. Le mieux en ces circonstances était de faire le dos rond. Mais elle était inquiète et demanda une seconde fois à son mari ce qu'il voulait à leur fils.

— C'est une affaire d'hommes, répondit-il sèchement. Paul ! cria-t-il à nouveau.

Adèle n'avait pas bougé. Elle voulut répondre et réfléchit à la bonne manière de tourner sa phrase. La cage d'escalier gronda. Paul apparut, immédiatement suivi par son frère.

— Qu'est-ce qu'il y a ?

— Tu viens avec moi.

— Pour quoi faire ?

— Ne discute pas. Tu mets ta parka et tu viens.

— Et moi ? dit Antoine.

— Tu restes avec ta mère, dit Édouard en regardant sa femme.

Tout était dit. Adèle était pétrifiée. Elle voulait protester mais ne trouva pas les mots. Les larmes lui montèrent aux yeux.

— Les enfants doivent passer à table, répondit-elle d'une voix cassée.

— Le dîner attendra, répliqua Édouard. Paul, allons-y.

Paul descendit les dernières marches de l'escalier et se dirigea vers le portemanteau. Antoine regardait son frère sans rien dire. Il aurait voulu les suivre. Le paternel avait sûrement dans l'idée de

422

lui montrer quelque chose d'excitant. À l'usine, en ce moment, ça pétait dans tous les coins. Il y avait sûrement des trucs à voir. C'était une virée entre hommes et il aurait donné cher pour en être. Mais apparemment, il n'y avait qu'une place et elle était pour Paul. Il interrogea sa mère du regard mais n'obtint aucune réponse. Son frère non plus ne dit rien. Quand il était de cette humeur, personne n'avait l'audace de contredire Édouard. Paul enfila sa parka sous les yeux impatients de son père puis ils sortirent tous les deux dans la cour, suivis des yeux par Antoine et Adèle qui avait refermé les bras autour de son fils.

La R21 était garée devant la maison. Le moteur tournait. Il y avait du monde à l'intérieur. Édouard ouvrit la porte arrière droite, fit signe à son fils d'entrer, prit place à l'avant et enjoignit au conducteur de démarrer. Sur la banquette arrière, Paul était installé à côté d'un homme râblé aux cheveux noirs coupés en brosse.

— Joseph Béranger, dit-il en lui tendant la main. Et toi, tu es Paul, c'est ça ?

Paul hocha la tête.

— Tu peux m'appeler Jo.

— Moi, c'est Dubus, dit le conducteur. On est de vieilles connaissances à ton père. Pas vrai, Douve ? dit-il en se tournant vers Édouard.

Mais celui-ci s'était subitement éteint comme si l'altercation avec sa femme l'avait épuisé ou comme si quelque chose de plus important occupait maintenant son esprit. Dubus enclencha la seconde. Béranger reprit la conversation.

— Tu as quel âge ?

— Dix-huit ans, répondit Paul.

— Eh bien… Tu veux savoir ce que je faisais à dix-huit ans ? Je courais dans les rizières avec un MAS à bout de bras. Tu sais ce que c'est qu'un MAS ?

Béranger marqua une pause.

— C'est le fusil de l'armée française en Indo. Le MAS 49. Le meilleur ami du soldat. On y était tous les trois avec Dubus et ton père. Il t'a raconté ?

Paul haussa les épaules en faisant non de la tête. Alors son interlocuteur se pencha vers lui comme s'il voulait lui faire une confidence.

— Les Viets se cachaient derrière les arbres, les bosquets ou les buffles. Ils étaient épais comme des roseaux, les salopards. Ils se fondaient dans le paysage. Parfois, ils s'approchaient jusqu'à dix mètres. On les pratiquait, on savait ce qu'ils manigançaient. On se tenait accroupis dans les camions avec nos fusils bien en main. On ne quittait jamais nos jumelles et, quand on en repérait un, on faisait ralentir l'allure des convois pour qu'ils s'approchent encore un peu. Et, d'un coup, on sortait de nos cachettes et on ferraillait tout ce qu'on pouvait. Ta-ta-ta-ta-ta… On arrosait la rizière. Ah… Putain… Fallait les voir détaler comme des lapins.

— Comme à la foire, renchérit Dubus.

Les deux hommes soupirèrent, le sourire aux lèvres. Puis on entendit plus que le ronron du moteur et le chuintement des pneus sur le macadam.

424

— On va faire quoi? demanda Paul d'une voix incertaine.

Dubus et Béranger jetèrent un œil à Douve qui ne mouftait toujours pas.

— On va donner un petit coup de main à ton père, dit Béranger. Il y a quelques fortes têtes dans son usine qui sont bien excitées, alors on va les calmer.

Ils roulèrent une dizaine de kilomètres à travers champs, puis Douve fit un signe à Dubus qui prit la première à droite. Une communale qui menait vers un village en retrait de la nationale. Douve vérifia sa montre. 18 h 28. Ils étaient dans les temps. Ils roulèrent cinq cents mètres puis ralentirent. La communale coupait le chemin des loups et à ce croisement se tenait celui qu'ils étaient venus chercher. Douve l'observa à la jumelle. Paul s'était écrasé au fond de son siège.

— On y va.

Douve plongea la main dans la boîte à gants et en retira un Colt 45 qu'il ficha dans sa ceinture. Dubus déboîta à toute allure et fit ronfler le moteur. Les pneus crissèrent sur la chaussée. La voiture eut à peine le temps de s'arrêter que les portières étaient déjà ouvertes et que Douve et Béranger encerclaient Mahklouf Zermani. Douve sortit son arme et fit signe au syndicaliste de les suivre. Béranger le fit monter à l'arrière et Dubus démarra en trombe. Zermani était tétanisé. Les choses ne s'étaient pas du tout passées comme prévu. En un clin d'œil, il se retrouva au milieu de la banquette arrière, pressé entre un gamin et un type qu'il ne connaissait pas.

Blotti contre la porte, Paul était terrorisé. L'adrénaline, ces hommes, le visage de son père braquant un pistolet sur un inconnu, tout l'effrayait. Son univers familier, ses certitudes, toutes ces choses auxquelles on s'attache quand on est gosse venaient de voler en éclats en un instant. Bien sûr, il savait qu'Édouard avait été militaire même si ce dernier était toujours resté évasif sur cette période de sa vie. Son frère et lui avaient essayé plusieurs fois de lui faire raconter ses histoires de guerre, mais ils s'étaient toujours fait rabrouer. Les vagues commentaires qu'il avait accepté de donner sur les photos en noir et blanc le représentant, lui et ses camarades, en tenue militaire, étaient les seules entorses à cette stricte loi du silence.

La petite route se transforma en chemin puis Dubus tourna à gauche dans un nuage de poussière et continua encore cinquante mètres jusqu'à l'orée d'un bois. Il coupa le moteur, les portières s'ouvrirent et subitement, Zermani retrouva sa langue.

— Qu'est-ce que vous faites ? Vous n'avez pas le droit !

Béranger sortit le syndicaliste de la voiture sans ménagement. Douve était déjà dehors qui le tenait en joue.

— Et toi, tu as le droit de foutre le souk à l'usine ? peut-être ? Tu crois qu'on va baisser notre froc et te laisser faire ?

— Bien sûr qu'on a le droit, répondit Zermani. Droit de grève. 1946. Vous vous croyez où ?

— On se croit chez nous, répondit Douve. Et toi, t'as rien à foutre ici.

Béranger fit mettre les mains de Zermani sur le capot de la voiture pendant que Dubus fouillait dans le coffre ouvert. Il sortit un tube de plomb et, quand il l'aperçut, Zermani urina sur ses cuisses.

— Vous n'avez pas le droit ! hurlait-il.

— On a tous les droits, répliqua Dubus en empoignant le syndicaliste par l'épaule.

— Jo, tu restes avec Paul, dit Douve en poussant Zermani devant lui.

Douve, Dubus et Zermani s'éloignèrent de la voiture. Les portes de la R21 étaient toutes ouvertes à l'exception de celle de Paul. L'adolescent était prostré. Béranger remonta dans la voiture et le regarda en esquissant une sorte de sourire.

— Il a fait de grosses conneries, le crouille, tu sais. Lui et ses copains, ils veulent mettre le pays à sac. Ils rêvent que l'Armée rouge débarque en France et qu'elle nous envoie tous au goulag. Toi, moi, ton père, tout le monde. Et ils sont organisés, tu peux me croire. Ils ont infiltré les syndicats pour pourrir les usines. Ils savent bien que les usines, c'est le nerf de la guerre, pas vrai ? Ils ne s'arrêteront pas tant qu'on n'aura pas les chaînes aux pieds. Ce qu'ils veulent, c'est la révolution. Et quand ça sera fait, ils ameuteront tous leurs copains métèques. Et là, mon garçon, c'en sera fini de ton beau pays de France. Ces gars-là, les syndiqués, les cocos, les crouilles, c'est de la vermine. Faut se défendre. Et ton père, il hésite pas à se défendre et à nous défendre. C'est un héros, tu sais ? Il t'a raconté ?

Paul fit non de la tête.

— L'Indo, l'Algérie ? Il t'a rien dit ?

Paul nia une deuxième fois.

— Moi j'y étais, mon petit. Et tu peux être fier de ton père. C'est un courageux. Les gens savent plus ce que c'est que le courage, aujourd'hui. C'est passé de mode, on dirait.

Au-delà du chemin, on entendait des cris monter du bois. Des vociférations, des plaintes atroces et des chocs secs et sourds. Ces bruits s'entrechoquaient et s'amplifiaient dans la tête de Paul qui mit les mains sur ses oreilles. Ses yeux s'étaient voilés. Béranger lui parlait mais il n'entendait plus rien. Soudain, le toit de la R21 trembla. C'était Douve qui frappait la tôle du plat de la main. Béranger sortit.

— Jo, tu restes là. J'emmène Paul.

La porte contre laquelle il était blotti s'entrouvrit et Paul manqua basculer à l'extérieur. La voix terrifiante de son père, cette voix familière qui leur commandait de se laver les mains ou de monter faire leurs devoirs, cette voix lui ordonnait de se lever et de le suivre. Édouard se tenait debout, les manches relevées sur ses avant-bras. Son pantalon était taché, son regard dur comme l'acier. Il fit passer Paul devant lui et tous deux avancèrent vers le bois. Au milieu des frênes et des bouleaux, derrière un épais buisson de ronces, il distingua d'abord

Dubus. À ses pieds, recroquevillé, un corps meurtri et tremblant.

— Gégé, retourne à la voiture. Je prends le relais.

Dubus fit demi-tour, les bras maculés de sang, le cou rubicond, le torse gras de sueur. Son visage déformé par la haine ne laissait transparaître ni pitié ni remords. Paul le fixait, épouvanté. Dubus confia le tube de plomb à Douve avant de se retirer d'un pas lourd sans même un regard en arrière.

Ils se retrouvèrent seuls avec Zermani. Douve se planta devant sa victime, les jambes solidement ancrées au sol, le tube dans la main droite, son revolver toujours fiché dans le pantalon. Il l'interpella par son nom. Zermani releva la tête. Paul eut un mouvement de recul. Le visage de l'homme n'était plus qu'une plaie. Son œil droit était noir et difforme. Ses joues étaient tuméfiées, ses lèvres violettes pendaient affreusement du côté droit, et sa barbe, ses cheveux étaient couverts de terre et de sang. Il respirait avec difficulté. Il leva la tête vers l'adolescent mais son regard ne parvenait pas à le fixer. Il tenta d'articuler quelque chose mais il avait perdu des dents, sa langue avait gonflé dans sa bouche et ses mots n'étaient que des borborygmes informes.

— Il refuse d'avouer, dit Édouard à son fils.

— Avouer quoi ? supplia Paul.

— Leur plan. Qui complote derrière les syndicats. Qui les paye. Qui veut tout saccager. Il est endoctriné, dit Édouard. Il n'y a rien à faire.

Zermani gémit, rampant vers Paul qui ne savait que faire. Soudain, un sifflement, puis le tube de plomb s'abattit sur le bras du syndicaliste qui s'effondra.

— ARRÊTE! cria Paul.

— TAIS-TOI! Je ne t'ai pas amené ici pour que tu pleurniches. Tu as dix-huit ans. Tu es un homme. Ce bicot est un traître, il veut détruire notre usine, notre pays, tout ce qu'on a construit pendant des années. Il faut nous défendre. Je l'ai fait à ton âge. C'est ton tour.

Paul sentit ses jambes défaillir. Sa vessie lâcha d'un coup.

— Prends ça. Et fais ce que je te dis. Il faut le finir et c'est toi qui vas le faire, lui dit Édouard en lui tendant le tube de plomb.

Édouard mit le tube dans les mains de son fils. Il était lourd, impossible à soulever. Son père lui cria de frapper, mais Paul était paralysé. Zermani leva la tête vers lui. Il mettait toutes ses forces dans ce regard.

— Tue-le! Il est presque mort.

— Il n'est pas mort, gémit Paul. Il n'est pas mort…

— C'est l'ennemi et tu vas le tuer car c'est ton devoir, cria Édouard en détachant chaque syllabe.

Paul était incapable de bouger. Édouard saisit alors son revolver et le pointa sur la tête de son fils. Il mit le doigt sur la détente, et dans son regard intraitable, Paul comprit que s'il n'obéissait pas, son père n'hésiterait pas à tirer. Ou plutôt, cet homme qui n'était plus son père mais un soldat qui donnait un ordre et que rien au monde n'empêcherait de se faire obéir. Paul, le canon sur la tempe, serra le tube de plomb à deux mains. Il pleurait. Son corps tout entier tremblait. Il s'avança vers Zermani en gémissant. Il leva l'arme au-dessus de ses épaules et l'abattit sur sa victime en rugissant pour couvrir ses cris. Zermani hurla de douleur. Édouard tenait toujours son fils en joue. Paul frappa une nouvelle fois pour mettre un terme à ce cauchemar. Zermani se tortilla. Le sang gicla, les cris déchirèrent la nuit, mais il refusait de mourir. Alors Paul frappa au hasard, dans le dos, sur les flancs, à la tête, et le corps ensanglanté du syndicaliste sursautait hideusement sous les coups.

Paul tomba à genoux dans la boue, tremblant et gémissant, pris de soubresauts incontrôlables. Il n'y voyait plus rien. Les arbres, le ciel tournaient à pleine vitesse autour de lui. Les remugles de la terre et du sang mélangés lui soulevaient le cœur. Sa peau le brûlait, le souffle lui manquait. Il crut sa dernière heure venue. Que Zermani ne mourrait jamais et qu'il mourrait à sa place. Alors Édouard colla son arme sur la nuque de son fils en répéta calmement son ordre.

— Achève-le.

Le bruit du chien se relevant, prêt à lui brûler la cervelle, résonna dans tout son crâne. Dans un ultime effort, tremblant, sanglotant, il plongea les mains autour du cou de sa victime, appuya de tout son poids et l'étrangla. Quand enfin Zermani ne bougea plus et que Paul, courbé sur le cadavre, ne bougeait plus non plus, son père le releva par le bras. Édouard serra son fils contre lui avec force et une fierté qu'il n'avait encore jamais éprouvée auparavant.

— C'est fini, souffla-t-il. C'est fini.

*

En se levant ce mardi, Buchmeyer avait eu dans l'idée de passer une journée de merde tranquille à faire la gueule, mais Vanderbeken en avait décidé autrement. Il descendit quatre à quatre l'escalier qui menait à la salle de permanence où quatre brigadiers discutaient des performances de Lens, vendredi au stade de la Beaujoire.

— Vous deux, vous venez avec moi. Direction la forêt de Raismes.

— Commandant !

Tellier passa la tête dans la salle de perm.

— On vient d'avoir le signalement d'une patrouille de la gendarmerie. Ils ont croisé une Land Rover à pleine vitesse sur la D40 vers Saint-Amand.

— Demandez-leur s'ils ont vu une 205 à ses trousses.

Tellier se précipita sur le téléphone. Buchmeyer enfila à la hâte son manteau et sortit du commissariat, précédé par les deux brigadiers. Ils s'installèrent dans un véhicule banalisé. La voiture démarra quand Tellier courut vers eux. Buchmeyer baissa sa vitre.

— Affirmatif. Une 205 verte.

— Monte.

Quand la voiture quitta la cour du commissariat, Buchmeyer avait oublié Delcroix. À peine avaient-ils fait cent mètres sur la route enneigée que son téléphone portable sonna. C'était Saliha.

— Erik, on vient d'ouvrir la tombe de Paul Vanderbeken. Il n'y a pas de sable. Tu t'es planté.

432

— Qu'est-ce que tu as trouvé ?

— Un beau cadavre de trente ans d'âge, bouffé jusqu'à l'os. Tout indique qu'il s'agit bien de Paul Vanderbeken.

— Non ! Ils ont pu mettre n'importe qui à l'intérieur, un accidenté, un clodo quelconque, j'en sais rien… Paul Vanderbeken est vivant. Il a été repéré par une patrouille de gendarmerie et je suis en train de lui filer le train. Et si on ne finit pas tous cramés dans un accident de voiture, j'ai une petite chance de lui mettre la main dessus avant ce soir.

— OK. Quels sont les ordres ?

— Tu peux rentrer. Désolé, Saliha. On a été pris de vitesse. Je tente un dernier coup. Si ça rate, c'est terminé.

*

La neige continuait de tomber sur la petite départementale et les essuie-glaces de la Land Rover s'agitaient à pleine vitesse sous les flocons. Antoine serrait le volant, le dos raide, le cou bloqué par sa minerve. Il avait mis le chauffage au maximum, mais tous ses muscles étaient durs comme du bois et sa douleur à la cheville lui remontait dans la jambe. Il n'était pas encore midi mais le ciel s'était assombri. Les rares voitures qui venaient en sens inverse s'écartaient à l'approche de la Land Rover qui leur fonçait dessus, pleins phares allumés. Dès le mois de novembre, Antoine faisait monter des pneus hiver qui lui permettaient de rouler à vive allure sur la neige. Ironie du sort, c'est sur sa recommandation que Delcourt avait fait de même sur la 205 qui, depuis la sortie de Wollaing, semblait incrustée dans son rétroviseur.

Aux abords de l'A23, Antoine dut réduire l'allure. Il redoutait l'embouteillage imprévu, la voiture dans le fossé, le camion qui bloque tout sur des kilomètres, mais ce n'était qu'un ralentissement. Il déboîta, accéléra et passa sans encombre de l'autre côté de l'autoroute. Il roula encore cinq kilomètres avant de tourner sur la droite et de s'engager sur la voie forestière qui menait au relais de chasse. De chaque côté, c'était une forêt de glace. Antoine avait toujours aimé la neige. En d'autres circonstances, il se serait certainement arrêté pour écouter le silence, ce moment magique où tous les animaux sont blottis dans leur terrier, au creux des arbres, où rien ne crisse ni ne craque, où le vent même semble interdit. Il jeta un coup d'œil dans son rétroviseur. Les deux phares avaient disparu.

Il prit à gauche. Sur cette portion de chemin, la végétation formait un tunnel naturel. La Land plongea dans les ornières, se balança, cogna, tangua plusieurs fois avant de pénétrer sur l'aire de stationnement. Antoine donna un violent coup de frein à main et sortit de l'habitacle en grimaçant. Il ouvrit le hayon, empoigna sa carabine à lunette, fourra son Steyr de défense et une boîte de balles dans la poche de sa veste avant de grimper les marches qui menaient à la grande salle.

Il tira deux balles sur le cadenas qui vola en éclats. À peine avait-il mis un pied à l'intérieur qu'il entendit un bruit de moteur. Deux faisceaux lumineux balayèrent la brume neigeuse. Il jura, se mit à genoux, épaula sa Remington et la 205 perdit un phare dans un éclat de verre. Il se barricada à l'intérieur, chargea deux nouvelles balles et attendit trente secondes.

— Paul ! hurla-t-il, dos au mur. Je suis armé.

Il tendit l'oreille. Aucune réponse. Il revint sur le pas de la porte, mit son arme à l'épaule et, d'une pression sur la détente, pulvérisa le pare-brise. Cette fois, un cri retentit. Il regarda par l'embrasure de la porte. La 205 était vide. Il fallait décamper au plus vite s'il ne voulait pas se faire coincer à revers comme un renard dans son terrier. Il plongea la main dans la poche intérieure de sa veste et composa le numéro de Buchmeyer. Le téléphone sonna deux fois et à la troisième il émit une petite musique. L'écran devint noir. Antoine jeta le portable par terre en maugréant. Il se précipita, carabine à la main, contre la porte de service qui donnait directement sur la forêt. Elle ne servait qu'occasionnellement et résista avant de s'ouvrir. Il tira des deux mains, fit levier avec son corps et le verrou céda. Une épaisse couche de neige s'était amoncelée derrière la porte et il dut donner plusieurs coups d'épaule pour se frayer un passage. Il se glissa à l'extérieur. Devant lui s'étendait la forêt, opaque et silencieuse. Il ferma le col de sa veste d'une main, empoigna son arme de l'autre et s'enfonça dans les bois.

*

Quand Saliha raccrocha, Jerzak discutait avec les deux employés municipaux autour du cercueil ouvert. Derrière eux se dressait l'impressionnant massif de la Tournette aux parois sombres et abruptes et aux cimes recouvertes de neige. Saliha lui tapota sur l'épaule.

— J'ai eu Buchmeyer. On remballe et on rentre.

— Ça l'intéresse plus ?

— Il dit qu'il a ce qu'il lui faut. La vérité, c'est qu'il perd l'enquête demain et qu'il a déjà lâché l'affaire.

— Tu lui as dit ce qu'on a trouvé ?

— Je lui ai parlé de notrc bcau macchabée bouffé par les vers et apparemment il n'en avait rien à foutre. Il a dit que ça pouvait être n'importe quel clodo qui passait par là. De toute façon, sans analyse ADN, on ne peut rien conclure.

— On ne peut rien conclure sur l'identité du cadavre, mais je peux t'assurer que ce n'est pas un clodo.

Saliha jeta un regard de biais à Jerzak.

— Tu veux voir ?

Jerzak passa devant l'employé municipal qui se tenait les hanches devant la dépouille. Bien entendu, le cadavre, réduit pour l'essentiel à un squelette noirci recouvert par endroits de lambeaux de peau desséchée, était impossible à identifier. Pour son dernier voyage, il avait été habillé d'un costume et de chaussures de cuir. Jerzak se pencha et pointa du doigt un endroit précis sur le bras droit du squelette.

— Regarde.

Autour de ce qui avait été le poignet du défunt subsistait une montre dépourvue d'aiguilles, une simple fenêtre noire dans un bracelet en inox corrodé.

— C'est une montre à LED, dit Jerzak. À ne pas confondre avec les montres à cristaux liquides qui sont apparues dix ans plus tard. Typique des années soixante-dix. Je le sais, mon père a eu la même. Regarde ce bouton. Il fallait appuyer dessus pour voir l'heure. Ça bouffait tellement de batterie, ces machins, que l'heure ne s'affichait pas en permanence. Dingue, non ? À l'époque, c'était une montre ultramoderne, et c'était pas donné, si tu vois ce que je veux dire.

Saliha s'était penchée sur le poignet du cadavre et l'observait avec grand intérêt.

— Primo, continua le lieutenant, ce cercueil date bien d'une trentaine d'années car dans les années quatre-vingt ce type de joujou était complètement passé de mode. Secundo, c'est quasi impossible, vu le prix, que cette montre se soit retrouvée au bras d'un clodo comme l'a dit le commandant.

Jerzak se releva, content de lui, ajouta quelques détails à son histoire de montre, mais Saliha, obnubilée par le poignet décharné, ne l'écoutait plus. Elle prit une série de photos et se mit à tapoter à toute allure sur son portable.

— Saliha ? Qu'est-ce qui se passe ?

La lieutenant leva les yeux vers Jerzak.

— Buchmeyer avait raison. Depuis le début, il avait raison. Viens, on rentre.

*

Buchmeyer guida avec difficulté la voiture de police sur la D40 en direction de la forêt de Raismes. La Kangoo bleu marine roulait à faible allure sur la départementale enneigée. À chaque virage, elle chassait de l'arrière et les quatre flics se tinrent aux portières pendant tout le trajet. Ils descendirent vers l'autoroute à peu près sans encombre, mais sur la montée qui suivit, le véhicule ralentit son allure pour finir par s'immobiliser, les roues patinant dans la neige.

— On est bloqués. Faut mettre les chaînes, dit le conducteur.

— Merde. Bon, allez-y. Ne perdons pas de temps, rouspéta Buchmeyer.

Les deux brigadiers sortirent et s'activèrent tandis que Buchmeyer essaya par trois fois d'appeler Vanderbeken. À chaque fois, il tombait sur sa messagerie. Il tenta alors le numéro du cabinet médical, mais une petite voix nasillarde crachotait dans le combiné : *Bonjour, le cabinet des docteurs Vanderbeken et Delcourt est fermé pour le moment mais…* À cet instant, il aurait donné cher pour joindre Delcourt mais il n'avait pas noté son numéro et s'en voulait terriblement de cette négligence. Henri Delcourt… Depuis le matin, plusieurs épisodes récents lui étaient revenus à l'esprit, la partie de chasse, le sanglier fou, l'histoire de Berga et de la famille Vanderbeken, l'hôpital de Bruxelles et la mort de Thury. À chaque fois, Henri était là, à l'arrière-plan. Et

438

encore aujourd'hui, la Land Rover de Vanderbeken était poursuivie par la 205 furieuse du docteur Delcourt. La sonnerie de son portable tira Buchmeyer de ses pensées. C'était Lamblin. Buchmeyer le laissa parler sans l'interrompre puis raccrocha au moment où les deux brigadiers refermaient le coffre. Son taux d'adrénaline était en train de monter en flèche. Erik leur demanda de se grouiller. Ils remontèrent tous en voiture et redémarrèrent en direction de Raismes.

Au bout de quelques kilomètres, Buchmeyer fit signe au brigadier de prendre à droite sur une route forestière recouverte d'un manteau blanc sur lequel on voyait nettement des traces de pneus filer tout droit. Bientôt, il aperçut un panneau sur le côté de la route et ordonna au conducteur de prendre à gauche. Quelques minutes plus tard, il fit arrêter le véhicule avant le parking. Quoi qu'il doive trouver ici, il ne voulait pas se priver de l'effet de surprise.

— Tellier, tu contournes le pavillon par la droite. Vous deux, vous venez avec nous. Moi, j'avance tout droit. Pas de conneries. Ils sont armés.

Les quatre hommes enfilèrent leurs gilets pare-balles et se dispersèrent en deux groupes. Les bois étaient terriblement silencieux. Aucun oiseau, aucun écho, aucun bruissement. La couche de ouate qui enveloppait la forêt absorbait tous les sons, y compris leurs voix, jusqu'à leur propre respiration. Buchmeyer marchait avec précaution. À une cinquantaine de mètres devant lui, la Land Rover de Vanderbeken barrait la route, hayon ouvert et feux de croisement allumés. Derrière elle, la 205 de Delcourt, vide.

— Le moteur est chaud, dit le commandant en ôtant la main du capot de la Peugeot.

Il se pencha, remarqua les débris de verre dans la neige, les impacts de balles, puis il lança un regard inquiet au brigadier qui l'accompagnait sans quitter des yeux les alentours comme s'il redoutait de se trouver dans la ligne de mire d'un sniper. Un instant, le temps se comprima jusqu'à s'arrêter. Les deux flics retinrent leur souffle. Alors, une terrible déflagration déchira le silence. Sans réfléchir, Buchmeyer courut vers le pavillon.

— Police, lâchez vos armes! POLICE!

Sur la droite Tellier et l'autre flic firent écho aux semonces de Buchmeyer en vociférant leurs menaces comme des soldats sous le feu de l'ennemi et tous débarquèrent avec fracas, arme au poing, dans la pièce principale du pavillon de chasse. Il y faisait sombre, mais Buchmeyer reconnut tout de suite la silhouette qui se tenait au milieu, un fusil à la main.

— Lâchez votre arme, docteur Delcourt! cria-t-il.

Le petit homme posa son fusil par terre sans opposer de résistance.

— Erik, c'est vous? Dieu soit loué!

Il tenta de s'avancer vers Buchmeyer mais le brigadier le tenait en joue et lui ordonna de rester où il était.

— Où se trouve Vanderbeken?

— J'ai cru qu'il était entré ici, mais je n'ai vu personne. Je le suis depuis qu'il a quitté le cabinet à toute allure.

— Avec un fusil? le coupa Tellier qui s'était rapproché et avait sorti ses menottes.

— Je voulais l'aider. Erik, enfin! C'est une terrible méprise, se défendit Delcourt. Il avait l'air épouvanté. J'ai cru qu'il était en danger, que quelqu'un le menaçait.

— Vous avez cru ou vous croyez? questionna Buchmeyer.

— Je crois. Je vous assure, Erik. C'est la vérité.

Buchmeyer observait Delcourt sans parvenir à démêler le vrai du faux.

— Je suis arrivé il y a cinq minutes à peine, continua Delcourt. On m'a tiré dessus. C'est une histoire de fou.

— Fouillez-le, ordonna Buchmeyer.

Les deux flics avaient passé les menottes à Delcourt qui protestait qu'ils étaient en train de perdre un temps précieux, qu'Antoine avait pris la fuite dans la forêt et qu'il était certainement en danger. Erik, qui avait senti son téléphone vibrer dans sa poche, l'alluma. C'était un message de Saliha. Deux photos avec un seul commentaire : *Urgent*. Il les ouvrit et ce fut comme s'il découvrait le petit fil qu'il cherchait depuis longtemps. Un petit fil magique. Il le tira et d'un seul coup tout se délia. L'embrouillamini dans son esprit, les trames enchevêtrées, les hypothèses farfelues s'évanouirent. Les causes et les conséquences s'enchaînèrent parfaitement, les mobiles s'emboîtèrent à la perfection. Buchmeyer allait donner un ordre à ses brigadiers quand soudain, un deuxième coup de feu retentit dans la forêt.

*

Antoine avait marché vers le nord, dans une partie des bois où les arbres étaient plus espacés et où la neige tombée depuis le matin recouvrait le sol sur une dizaine de centimètres. Ses pieds glacés avaient gonflé dans ses souliers de ville. Son entorse lui faisait mal et il marchait avec difficulté. Son pantalon était trempé jusqu'aux mollets. Il avançait en maintenant fermée sa veste de tweed des trois doigts de sa main droite. Paradoxalement il ne sentait plus le froid qui le tenaillait, comme s'il s'était dilué dans une souffrance plus grande, plus pernicieuse et plus cruelle. Cette oppression qui l'empêchait de respirer, ces migraines qui lui faisaient parfois annuler une journée de rendez-vous, ces bourdonnements au fond de son crâne qui le poussaient à se recroqueviller, en pleine nuit, au fond de son lit, cette douleur intime et intolérable le reprenait ici, dans le froid et le silence, avec plus d'intensité. Quiconque connaissait le chasseur et son pas assuré n'aurait pas reconnu le fugitif qui se traînait dans la boue glacée. Sa carabine lui semblait anormalement lourde, les moindres branches au sol, des obstacles pénibles à enjamber. Antoine avançait sans but, poursuivi par une ombre. Une ombre, ô combien hostile, qui avait un sérieux compte à régler avec lui et dont il ne parvenait pas à se débarrasser. Personne au demeurant n'aurait jamais su l'en débarrasser sauf, peut-être, il l'espérait, le commandant Buchmeyer.

Dès qu'il l'avait rencontré, il avait compris que le commandant n'était pas un policier comme les autres. Ni procédurier ni expéditif, il n'était pas du genre à s'en laisser conter et savait prendre son temps quand il l'estimait nécessaire. Doué d'une remarquable intuition, il avait la particularité de mettre son intelligence à son service, et non l'inverse, conscient sans doute qu'il manipulait dans ses raisonnements de flic une matière infiniment complexe, fluide et floue, rétive à toute forme d'enfermement dans des équations trop simplistes. Cette matière, Antoine la connaissait bien. Il la fréquentait tous les jours, l'auscultait, l'étreignait, la malaxait. Elle était l'âme humaine et, la première fois qu'il avait vu Buchmeyer, il avait ressenti une sorte de fraternité avec le commandant. Dans leurs bureaux respectifs, combien d'estropiés de la vie, que le médecin comme le policier se devaient de reconnaître au premier coup d'œil, sur un simple mouvement de tête, un regard, une intonation de voix? Pour dans la plupart des cas aboutir au même diagnostic effarant : un trou béant ouvert sur le néant. Antoine avait compris que le policier savait lire les lignes de fracture de l'âme. Non seulement celles qui se donnaient à voir, évidentes comme des taches sur la peau, mais aussi celles qui affleuraient sous la surface, invisibles, enfouies, assoupies, et qui le moment venu faisaient irruption, bouillantes et rouges comme des feux surgissant des enfers.

Buchmeyer se précipita sur la porte de derrière et sortit dans la neige, suivi par le brigadier. Il n'était que midi passé d'une demi-heure, mais cette partie de la forêt était nimbée d'une nappe de brouillard et il faisait sombre comme en fin d'après-midi. La neige avait cessé de tomber. Tout était calme. Au sol, les traces de pas étaient fraîches et faciles à suivre. Les deux flics s'engouffrèrent dans les bois au pas de course. Les traces filaient droit devant à travers les fossés, les buttes et les ronces. Le brigadier s'immobilisa et empoigna la crosse de son fusil d'assaut.

— Commandant !

À quelques mètres sur la gauche, la neige était tassée autour d'une trace de sang. Buchmeyer fit quelques pas pour voir. Devant lui, un petit corps gisait dans une mare de sang givré.

— Un renard, dit Erik.

— Il a trouvé le temps de buter un renard ?

— Tiens-toi sur tes gardes, il doit être tout près.

Buchmeyer n'eut pas le temps de finir sa phrase que l'écorce d'un chêne vola à côté d'eux. Ils se jetèrent à terre.

À quelques mètres, Vanderbeken était adossé au tronc d'un aulne, transi et épuisé. L'écho de la détonation se propagea de telle sorte qu'il semblait venir de toutes parts. Il voulut saisir sa carabine mais ses doigts étaient durs comme du bois. Il tenta de se relever. Ses pieds refusaient de le porter et il glissa contre le tronc pour s'affaisser dans la neige. Sa gorge se noua. Deux larmes perlèrent sur ses joues. Il rassembla ses forces, releva le verrou de son arme, saisit deux balles dans la poche de sa veste et les introduisit dans la culasse.

Buchmeyer était tendu, silencieux, les poils dressés sur la peau, à quelques mètres seulement du fugitif. Le froid lui piquait les doigts et le visage. Le voile cotonneux qui s'était abattu sur la forêt depuis une demi-heure avalait les formes et les sons, créant une sorte de cocon autour des trois hommes. Buchmeyer se releva et s'approcha avec précaution. Cinq pas derrière, le brigadier suivait le commandant, prêt à tirer. Derrière l'aulne montait un gémissement à peine audible. Il fit un pas de plus et distingua la silhouette du médecin, cramponnée à sa carabine. Il fallait rester vigilant. Ce n'était pas encore tout à fait le bout du chemin.

— Docteur Vanderbeken ! C'est moi, Erik.

— Erik, méfiez-vous, il est armé, souffla Vanderbeken en serrant son fusil contre sa poitrine.

Buchmeyer n'était plus qu'à une dizaine de mètres de lui.

— Docteur Vanderbeken, donnez-moi votre arme, dit-il en tendant la main. C'est fini. Il faut rentrer, maintenant.

— Non ! protesta le médecin. Je ne rentre pas.

— Paul...

Buchmeyer laissa résonner ce prénom quelques instants, comme on écoute le bruit d'une pierre jetée au fond d'un puits. Paul. Quatre lettres qui représentaient à elles seules la clé de tant de portes demeurées closes depuis le meurtre de Pauline.

— Vous n'avez plus besoin de vous cacher. Tout est fini. Je sais qui vous êtes. Votre frère est mort il y a trente ans. Antoine est mort, Paul. Rendez-vous, je vous en prie.

Vanderbeken ne répondit pas.

— Depuis combien de temps ne vous a-t-on pas appelé par votre vrai prénom? Depuis qu'Antoine est tombé de ce glacier?

— Oui, murmura-t-il.

Et cet aveu l'affligeait en même temps qu'il le soulageait.

— Nous avons exhumé le corps de votre frère au cimetière de Talloires, en pensant que c'était le vôtre, mais… nous avons compris qu'il s'agissait d'Antoine. Que s'est-il passé à Chamonix?

— Je savais que vous comprendriez un jour ou l'autre. Ce n'était qu'une question de temps…

Vanderbeken marqua une pause et inspira profondément. Les deux policiers étaient immobiles, suspendus aux lèvres du médecin. Ses paroles se délièrent lentement, remontant des abysses de son âme.

— Nous sommes arrivés au camp de vacances en juillet 84. Notre mère nous avait mis au train à Lille. Pendant le voyage, nous avons décidé d'intervertir nos prénoms. Nous nous faisions souvent passer l'un pour l'autre. Ce n'était qu'un jeu.

— Mais cette fois, il y a eu l'accident…, continua Buchmeyer.

— Je marchais à quelques mètres d'Antoine quand c'est arrivé. Je l'ai vu s'approcher d'une crevasse. Nous n'étions pas encordés. Le sol s'est dérobé et il est tombé.

La voix de Vanderbeken s'enraya. Des images vieilles de trente ans défilaient devant ses yeux, aussi nettes que si tout s'était passé la veille.

— Je me suis précipité. Les autres gamins aussi, et quand ils ont vu mon frère inanimé, ils ont crié : Paul est tombé dans le trou ! Paul est tombé ! J'étais tétanisé. Il fallait porter secours à mon frère. C'est tout ce qui comptait. Ce n'était pas le moment de rétablir la vérité sur qui était qui.

— Et par la suite vous vous êtes dit que c'était un signe du destin, qu'une seconde chance vous était offerte, une chance inespérée.

— Oui.

— À cause de Zermani, n'est-ce pas ? Vous avez assisté à son meurtre…

— C'est moi qui l'ai tué, Erik. C'était abominable, sanglota le médecin. Atroce. Je l'ai frappé jusqu'à ce qu'il meure. Un homme ne meurt pas facilement, vous savez. Il se défend. Zermani a supplié, il m'a imploré et j'ai continué de frapper jusqu'à ce qu'il se taise… C'était tout ce que je voulais. Qu'il se taise et qu'on en finisse. J'étais devenu un monstre. J'aurais voulu mourir. J'aurais dû mourir, ce jour-là.

— Vous auriez dû mourir et subitement, dans ce ravin à Chamonix, Paul était mort et vous étiez Antoine.

— J'aimais mon frère, commandant. Mais ce jour-là, le hasard m'offrait de repartir à zéro.

— Et votre mère, quelle a été sa réaction ?

— Quand elle est arrivée à Chamonix, elle était bouleversée. Elle s'est décomposée quand elle a compris que c'était Antoine et non moi qui avait disparu. Alors j'ai pris les devants et, sans ciller, je lui ai dit : « Paul est mort », d'une façon qui ne laissait aucun doute sur mes intentions. Elle est devenue livide et s'est évanouie.

— Et ensuite ?

— Nous sommes rentrés à Wollaing, et quelques jours plus tard, je suis allé à l'atelier de mon père et je me suis tranché les deux doigts de la main droite, exactement comme mon frère. Depuis ce jour, elle n'a jamais remis en cause ma version.

— Elle se sentait responsable de ce qui vous était arrivé ?

— Le soir où mon père est venu me chercher pour aller régler son compte à Zermani, elle n'a pas eu le courage de s'opposer à lui. Nous ne l'avons jamais oublié. Ni elle, ni moi.

— Elle a su ce qui s'était passé, ce soir-là ?

— Elle ne l'a jamais dit, mais une mère ne peut ignorer quand son propre enfant devient un criminel.

Vanderbeken ne sentait plus le froid qui s'était immiscé partout dans son corps. Il était submergé par l'émotion. Il attendait le moment de cet aveu depuis de si longues années.

— Si Wallet n'avait pas tué Pauline, personne d'autre n'aurait jamais rien su.

— Ce n'est pas Wallet qui a tué Pauline, dit Buchmeyer. Ce sont les frères Boggaert. Une histoire d'argent et de drogue. Vous vous êtes trompé de coupable. Comme tout le monde à Wollaing.

— Wallet était coupable de toute façon. C'est lui qui a poussé mon père dans le vide.

— Vous avez voulu venger votre père, c'est cela?

— Non. Mon père était un salaud. Wallet, Thury, Caron étaient des salauds. Mais mon père avait payé ses crimes et pas eux. Erik, vous êtes un homme de justice. J'ai raison, n'est-ce pas?

Buchmeyer ne sut quoi répondre.

— C'est écrit. Dans le code pénal comme dans la Bible : un jour, les salauds devront payer.

— Donnez-moi votre fusil, dit Buchmeyer en tendant la main vers le médecin qui se cramponnait à sa Remington.

À deux pas derrière le commandant, le brigadier tenait toujours Vanderbeken en joue. À sa ceinture, son talkie crépitait. Un fourgon bourré de flics armés et casqués venait de débarquer au pavillon de chasse. Les deux flics avaient pour instruction de ne rien tenter avant que les gorilles soient sur place.

— Donnez-moi votre fusil, répéta doucement Buchmeyer. S'il vous plaît. C'est fini.

Il fit un pas de plus vers Vanderbeken, allongea le bras, saisit le canon tiède et retira doucement l'arme des mains du médecin. Buchmeyer recula, soulagé. Des tréfonds de la forêt montait la rumeur des hommes et des chiens. Le brigadier attrapa son talkie et appuya sur le bouton pour donner sa position.

Les cris semblaient venir de toutes parts mais Paul Vanderbeken ne les entendait plus. La glace lui paralysait les membres, ses yeux étaient voilés. Il revoyait Pauline, Antoine, son père, Wallet, Thury, Caron… et ils s'évanouissaient presque aussi brusquement qu'ils étaient apparus. Bientôt il n'y eut rien d'autre que le noir et le silence. Et face à lui, dans la pénombre, il discerna une masse noire, épaisse et fumante. Deux yeux jaunes, incandescents, dont il émanait une force prodigieuse venue du fond des âges, et qui le regardaient. « Neandertal. » Des épaules de centaure, une crinière de lion, un volcan à la place du groin. La bête n'avait ni peur ni courroux, mais un regard fier, accusateur. Vanderbeken sentit le poids de ce regard sur ses épaules. Il glissa la main dans sa poche, empoigna le Steyr C9 et murmura quelques mots qui semblaient le début d'une prière :

— Tous les salauds…

Et un coup de feu retentit dans les bois.

Épilogue

Buchmeyer ne ferma pas l'œil de la nuit. Les images des jours précédents ne cessaient de l'obséder. Vanderbeken dans la forêt, Thury les yeux révulsés dans sa chambre, Pauline étendue dans le terrain vague, le club de musculation, le port d'Anvers, l'hôpital de Bruxelles. Il avait eu beau se retourner un nombre incalculable de fois dans son lit, s'enfouir la tête sous les coussins, rien n'y faisait et il avait fini par se lever et débouler au commissariat à cinq heures du matin. Le thermomètre avait plongé bien en dessous de zéro et la neige tombée la veille tenait encore dans les rues. Il grilla une cigarette avant d'avaler son deuxième double café noir. Il lui restait une page à taper et son rapport serait prêt.

Il sourit en imaginant la tête que ferait le commissaire en lisant ses conclusions. Tel qu'il le connaissait, Delcroix avait certainement préparé un petit discours pour le pot de départ de ce cher Erik, lyrique, spirituel, truffé d'anecdotes amusantes. De la belle ouvrage qu'il allait pouvoir se mettre dans le cul. Mon heure n'est pas encore venue, songea Buchmeyer. Au contraire, c'est lui qui organiserait un pot avec les collègues pour célébrer la mise sous les verrous de deux hommes de main du clan Boggaert et l'élucidation des meurtres de Pauline Leroy, Frédéric Wallet, Pierre Thury et Michel Caron grâce à l'excellente coopération entre la police française et son homologue du royaume de Belgique. Quatre affaires en une. Ça méritait bien une petite fête. Une overdose de Tuc et de Jenlain, de cahuètes et de clairette de Die. Sans oublier le petit encouragement de la hiérarchie. Il inviterait Delcroix à dire un mot et celui-ci s'exécuterait de bonne grâce comme le talentueux animal politique qu'il était.

Une vague de bien-être se répandit en lui. Il s'appliqua à taper les derniers paragraphes de son rapport, cliqua sur la petite icône et se leva pour aller chercher les feuilles à l'imprimante. Puis il s'affala sur sa chaise en skaï pour relire sa prose. Il était sept heures et demie quand la porte de son bureau couina dans ses gonds.

— Salut chef !

Saliha vint vers lui et l'embrassa sur la joue. Il était heureux de la revoir.

— Je te dérange ?

— Tu ne me déranges jamais. Je relisais mon rapport.

Il lui serra le bras.

— Bravo pour la photo. Tout est devenu limpide d'un seul coup. Comment ça s'est passé ?

— Le hasard, dit Saliha. Au moment de partir, j'ai dit à Jerzak que tu croyais qu'ils avaient mis un clodo dans le cercueil et qu'on abandonnait la piste.

Il m'a raconté une histoire de montre et il a voulu me la montrer. Elle était au poignet droit du cadavre, et quand j'ai vu sa main, j'ai su que ça t'intéresserait.

Buchmeyer acquiesça et tendit son rapport à Saliha.

— Tu veux le relire ? Ça commence comme une histoire à l'eau de rose. Un petit truand tombe amoureux d'une junkie. Ils mettent de l'argent de côté pour tout plaquer et partir à l'autre bout du monde refaire leur vie.

— Faut que tu te mettes à écrire des livres.

— Ouais, comme ça je plaquerais tout et je partirais au soleil. À Fortaleza, au hasard.

— Ça marcherait pas, t'es pas amoureux.

— Qu'est-ce que t'en sais ?

— Donne, dit-elle en souriant.

Saliha se plongea dans la lecture du rapport en marmonnant. Elle s'arrêta au bout de quelques paragraphes.

— C'est quand même incroyable. Boggaert qui tue Pauline parce qu'il soupçonne Maes de vouloir le doubler. Quel salaud, dit Saliha.

— Un salaud doublé d'un con, corrigea Buchmeyer. Il n'a jamais lu de conte de fées et c'est son erreur. Il pense que Pauline est la pute de Maes alors qu'il est dingue d'elle.

— Du coup, retourner Maes contre Boggaert a été un jeu d'enfant, dit Saliha. J'espère que ces enfoirés de Jimmy et Decoopman vont écoper de ce qu'ils méritent. Quant à Boggaert, à l'heure qu'il est, il doit tranquillement dormir sous sa couette.

— J'ai confiance en la juge Brès, dit Buchmeyer. C'est un vrai teckel.

Saliha continua de lire le rapport et s'arrêta une page plus loin.

— Vanderbeken est aussi coupable du meurtre d'un docker à Anvers ?

— Oui. La suite de la série. Il est allé à Bruxelles pour un colloque le 6 février. Le lendemain, il prenait une voiture de location chez Hertz et filait au port d'Anvers. Il a buté Caron et l'a poussé dans le port avant de revenir à Bruxelles en fin d'après-midi, complètement lessivé. Wallet et Caron. Deux crimes dans la même semaine. Il a pété les plombs et s'est jeté du balcon de sa chambre. On ne l'a pas vu de la journée à son colloque, mais Lamblin a tout retrouvé, le cadavre, la bagnole de loc, le flingue.

— Quatre meurtres et un suicide élucidés en un mois. Tu es bon pour la prime.

— Pas sûr. Il me manque une dernière pièce.

— Quoi donc ?

— Juste avant de se tirer une balle dans la bouche, Vanderbeken m'a dit « Un jour, les salauds devront payer »… Il parlait de la vengeance qui l'obsédait depuis des années et il se mettait lui-même dans le sac. Une fois qu'il a aligné Thury, Wallet et Caron, il a retourné l'arme contre lui. La boucle était bouclée. Pourtant, quand je lui avais demandé si c'était son père qu'il voulait venger, il a nié car, selon ses propres mots, son père était un salaud qui avait déjà payé. Alors, qui a-t-il vengé ?

— Pauline ? suggéra Saliha.

454

— Ça pourrait expliquer le meurtre de Wallet, mais pas les autres.

— L'important c'est de coincer les coupables, non ? Vanderbeken est coupable de trois meurtres et s'est donné la mort. Ça suffit à classer l'affaire.

— Tu ferais une bonne flic, dit Erik.

Saliha se renfrogna. Ses traits s'assombrirent subitement.

— Il faut que je te dise… Je vais démissionner.

Erik se redressa sur sa chaise.

— J'ai bien réfléchi. Je crois que je n'ai jamais voulu faire ce métier.

Elle marqua une pause.

— Je me suis engagée dans la police parce que je voulais me venger. Venger quelqu'un plus précisément… Maintenant c'est fini. J'ai décidé de tourner la page.

Erik observa longuement Saliha.

— Qu'est-ce que tu croyais ? finit-il par dire. Qu'on était des héros ? Des justiciers, des redresseurs de torts ? Non. On est juste des flics qui font leur boulot. Un petit maillon de la chaîne. Tout seuls, on ne peut rien et on ne vaut rien. On prend les problèmes en route et on passe le témoin à d'autres. C'est notre job. Mais ce job, il peut faire la différence. Tu as tout pour être une excellente flic, Saliha.

Buchmeyer se reprit.

— Saliha, tu ES une excellente flic. Regarde-moi.

Saliha leva la tête vers lui.

— On est tous venus à ce métier bardés d'illusions, de rêves, de colères. Qui d'entre nous avait de bonnes raisons de devenir flic? Mes raisons ne sont pas meilleures que les tiennes et d'ailleurs je n'ai pas envie de t'en parler. Delcroix a les siennes. Là je peux t'en parler. Toute sa vie se résume à un drame : son père et son frère ont fait l'ENA. Lui, il a raté Sciences-Po. C'est ce qui lui donne la niaque tous les matins pour venir bosser. Tu trouves que c'est une bonne raison? Moi pas. Pourtant, c'est un bon flic. Un con, mais un bon flic. Et toi, Saliha, tu n'es pas différente des autres. Tu as tes mauvaises raisons, comme tout le monde, et il faut les mettre derrière toi. Tu as ta place ici. Personne n'est en droit de te la contester, y compris toi-même.

Saliha avait la gorge nouée. Erik parlait comme son père. Pendant une fraction de seconde, elle avait entendu la voix lente et bienveillante de l'ouvrier tourneur de Thionville. Ces paroles pleines de sagesse de celui qui, même s'il ne savait pas lire, avait une compréhension subtile des arcanes de l'âme humaine. Elle secoua la tête comme pour signifier qu'elle avait bien entendu et sortit du bureau en refermant la porte derrière elle. En reprenant les feuilles de son rapport, Buchmeyer s'en voulut de ne pas avoir eu le cran de lui dire la vérité. Car la vérité, c'est qu'il ne voulait pas qu'elle s'en aille.

*

Le lendemain soir, Magali avait appelé Buchmeyer et celui-ci avait enfin trouvé le courage de lui annoncer qu'ils ne se reverraient plus. Il avait tenté de positiver la chose, en n'hésitant pas au passage à dresser de lui-même un portrait peu flatteur. Mais rien n'y avait fait. Elle lui avait raccroché au nez en larmes, et il s'était senti merdeux. Il avait déambulé au hasard des rues et était finalement entré dans le premier bar pour s'enfiler deux verres de cognac cul sec. Sur l'écran plat suspendu au plafond, un match de catch faisait rage entre « The Undertaker » et un certain « Tyrus » bodybuildé au crâne lisse et brillant. Son portable n'arrêtait pas de vibrer mais Erik était résolu à ne pas reprendre la conversation, quand soudain, un autre nom s'afficha sur son écran.

— Commandant Buchmeyer ?

— Henri, comment allez-vous ?

— Mal… La mort d'Antoine… Je suis…

— Vous n'avez rien à vous reprocher, Henri.

— Je le connaissais depuis vingt ans. Et je n'ai jamais rien soupçonné. Je suis médecin tout de même.

— Tout le monde était dupe, à l'exception de sa mère et de leur vieille bonne.

— Vous saviez qu'il consultait un psy depuis des années ?

— Non, j'ignorais.

— De toute façon, soupira Delcourt, il est des traumatismes dont on ne se remet jamais. L'analyse permet d'essayer de vivre avec, jamais de les éradiquer. Le trouble dont il souffrait, c'est un peu comme deux plaques tectoniques qui luttent l'une contre l'autre pendant des années. Quand soudain, dans les profondeurs, une pierre lâche, c'est le tremblement de terre. Personne n'a rien vu venir et c'est déjà trop tard.

— Vous avez certainement raison.

— C'est une histoire incroyable.

Delcourt avait besoin de parler et Buchmeyer, qui n'avait rien d'autre à faire, l'écouta pendant une demi-heure. Quand il raccrocha, le commandant se mit à ressasser la dernière inconnue qui l'empêchait de clore définitivement cette affaire en sifflant son quatrième verre d'alcool. La dernière pièce du puzzle ne cessait de lui résister. Il s'était remémoré plusieurs fois le déroulé complet des événements depuis le meurtre de Pauline jusqu'au suicide de Vanderbeken. À l'évidence, celui-ci avait mis à exécution un plan minutieusement prémédité. Wallet, Thury et Caron, les trois victimes d'une même vengeance. Mais laquelle?

Sur le ring, The Undertaker attaqua Tyrus par-derrière, d'une façon totalement déloyale, et le mit à terre. L'autre faisait un cinéma d'enfer, tapait des pieds, des mains en faisant semblant de hurler de douleur. Les spectateurs gesticulaient dans les gradins et les commentateurs tançaient l'arbitre incapable. Soudain, Tyrus se retourna d'un coup sec et ce fut l'allégresse dans le public. Ce salopard d'Undertaker allait voir ce qu'il allait voir. Tyrus était debout et il allait se venger. Buchmeyer se leva sur sa chaise, au même instant que la foule en délire. Il venait de mettre la main sur la dernière pièce du puzzle.

*

Il était six heures du soir et Valenciennes n'était plus baignée que des dernières lueurs du crépuscule quand Saliha remonta à petite foulée la rue de Lille depuis le chemin de halage bordant l'Escaut. Elle avait couru pendant plus d'une heure et elle était en nage, les muscles chauds, le visage écarlate. Au moins deux fois par semaine, elle sortait courir, ses écouteurs enfoncés dans ses oreilles, concentrée sur son souffle, sa foulée et la rythmique entêtante d'Avicii, Disclosure ou de Wekeed. Elle tournait au bord de la rivière sur un chemin de terre bordé de pelouses, de bouleaux et de peupliers d'où l'on apercevait des entrepôts de brique aux toits ondulés, un paysage urbain réaménagé de force, une zone industrielle désaffectée charcutée d'implants de verdure comme un visage dont on aurait tenté d'effacer les rides. C'était un moment précieux de solitude auquel elle ne dérogeait jamais et pendant lequel elle parvenait à ne penser à rien d'autre qu'à l'air qui entrait dans ses poumons et au sang qui circulait dans ses veines. Elle tourna à droite, rue Derrière-les-Murs-de-Bavay, avant de déboucher sur l'avenue Clemenceau et de grimper jusque chez elle au dixième étage.

Elle jeta ses habits sur le canapé et s'avala un verre de vodka Smirnoff cul sec en lançant un regard mauvais à son téléphone. Elle hésita, toucha le combiné plusieurs fois avant de le reposer sur sa base. Puis elle le saisit brusquement et composa un numéro.

— Allô ?

— Saliha ? Où es-tu ?

— Chez moi. J'ai besoin de te parler.

— Je t'écoute.

— Pas au téléphone. Viens.

Elle se déshabilla et se réfugia sous la douche pendant de longues minutes, jouissant du relâchement de ses muscles endoloris sans cesser de penser à ce plan qu'elle ruminait depuis une semaine. À Paris, elle connaissait des amis d'amis. Elle commencerait par là et puis elle trouverait bien un boulot dans un bureau ou ailleurs. N'était-ce pas ce dont elle avait toujours rêvé? Tout plaquer. Tout recommencer à zéro. Elle n'avait que vingt-neuf ans. Tout était possible. Pourtant une voix sourde, étouffée au fond d'elle-même, lui murmurait qu'elle faisait fausse route. Que ce n'était ni Valenciennes ni ce boulot de flic qu'elle devait fuir et qu'en fuyant, elle ne résoudrait rien. Mais les conséquences immédiates de cet aveu lui faisaient peur. Il fallait sortir du bois et c'était bien plus difficile que de prendre le train.

Elle sortit de la douche, se sécha méticuleusement et enroula une serviette autour de ses cheveux. Son visage n'était plus le même. Plus fin et plus doux. Elle s'observa dans la glace, les genoux, les cuisses, son ventre, ses seins, ses épaules. Puis elle enfila un jean et un T-shirt propre et revint quelques minutes plus tard dans la salle de bains, un petit sac en papier mat à la main. Elle s'inspecta à nouveau, de profil puis de face. Elle avait perdu l'habitude de se regarder dans la glace, de se regarder vraiment, avec attention. Elle sentait sa respiration et son cœur qui battait. Elle écarta les cheveux bouclés de son visage, se caressa les joues, puis, avec un sourire timide, glissa ses doigts dans le sac et attrapa un bâton de rouge à lèvres.

*

Buchmeyer tourna deux fois autour de la place Pasteur avant de trouver. C'était une vaste esplanade goudronnée bordée de prunus et de bouleaux, servant de parking en dehors des jours de marché. Sur la gauche, trois cafés étaient alignés en rang d'oignons, le café Scooter, la Tabatière et le Vincennes. Le Bon Accueil, quant à lui, était caché dans un coin, tout à fait de l'autre côté. Un petit troquet à la façade crème et blanc mitée d'emplâtres de ciment. Dans l'unique salle où étaient alignés quelques tables fatiguées, un comptoir en bois recouvert d'un zinc usé jusqu'à la corde, un baby-foot et deux jeux vidéo antédiluviens. L'endroit sentait le bois imbibé de bière brune. Au bar, un homme sans âge et de petite taille louchait sur son verre de Jupiler. Dans un coin, trois vieux aux trognes cérusées tapaient le carton en silence tandis qu'un autre se tenait assis sur sa chaise, le regard absent, les lèvres violettes.

Buchmeyer poussa la porte, jeta un coup d'œil circulaire, mais personne ne sembla le remarquer. Il commanda une bière, s'assit près de la fenêtre et promena son regard dans la rue déserte en faisant rouler une pièce de deux euros entre ses doigts. Il portait son verre à ses lèvres pour la troisième fois quand il aperçut la silhouette ronde de Dominique Lemay poussant la porte du bar. L'ouvrier en retraite salua la compagnie et les autres le saluèrent en retour par des onomatopées et des hochements de tête. Il s'assit

à la table d'Erik et fit un signe au patron qui lui pré-
para son apéritif.

— Commandant.

— Monsieur Lemay.

— Comment avance votre enquête ?

— Elle est terminée. Enfin, presque. Il me manque
une dernière pièce et je me suis dit que vous pourriez
m'aider.

Le patron apporta un verre de pastis et Lemay le
remercia d'un mouvement de menton.

— C'est pour cela que vous vouliez me voir ? Trop
d'honneur.

— J'ai bien peur que l'honneur n'y soit pas pour
grand-chose, dit Buchmeyer sur un ton dur qui
chassa le petit sourire qui avait fleuri sur le visage
de Lemay. Je suis venu vous voir car je crois que
vous seul pouvez m'aider. Avant toute chose, je vous
reprécise que les faits sur lesquels je vais vous interroger remontent à…

— Oui, je sais, il y a prescription, coupa Lemay.

— Ce qui veut dire que vous pouvez, que vous
devez parler sans crainte.

Lemay porta son pastis à ses lèvres.

— Lors de cette fameuse nuit de mars 83, Vanderbeken, Gérard Dubus, Jo Barjo et Paul, son
propre fils, cueillent Zermani au coin d'une route et
l'emmènent dans un bois, c'est exact ?

— Exact, répondit Lemay en baissant la voix.

— Comment se fait-il que Zermani se soit trouvé
là ? Qu'est-ce qu'il peut bien foutre un soir de mars
au coin d'un bois ?

462

— Il attend, dit Lemay.

— Il est tout seul. Pourquoi ?

— Nous devions passer le prendre…

La voix de Lemay trébucha.

— Pour aller à Valenciennes. Coller des affiches.

— Mais vous n'êtes pas venus.

— On a dû arriver plus tard…

— Combien de temps ?

— Je ne sais pas, quelques minutes peut-être.

— Peut-être ?

— Je ne sais pas. Je ne sais plus, bredouilla Lemay. C'est loin dans ma mémoire.

— L'autre jour, vous m'avez donné des détails très précis sur des faits remontant à cette époque, alors ne jouez pas à ce petit jeu avec moi.

Buchmeyer darda un regard sévère sur l'ancien ouvrier de Berga.

— Zermani vous attendait ce soir-là à un carrefour, dit Buchmeyer d'une voix calme, mais vous n'êtes pas venus et c'est Vanderbeken qui s'est pointé à votre place. Quand la voiture s'est approchée, Zermani a sans doute cru que c'était vous et il ne s'est pas méfié.

Les doigts de Lemay étaient blancs à force de serrer son verre. Buchmeyer ne le quittait pas des yeux.

— Qui l'a vendu ?

Lemay se décomposa. Il renversa son verre dans son gosier et le liquide s'évapora comme sur une pierre brûlante. Il leva le doigt pour commander la même chose. Buchmeyer opina du chef et le patron apporta deux verres.

— Qui a vendu Zermani?

Lemay n'eut pas le temps d'attraper la bouteille d'eau que le patron lui tendait.

— Qui l'a vendu, bon Dieu? Qui?

Lemay tremblait et bredouillait.

— Thury. Je vous jure que c'est vrai. C'est pour ça que j'ai quitté le syndicat. C'est pour ça que Caron s'est fait la malle. Zermani… Il suffisait qu'il monte sur une estrade… Personne ne pouvait lui résister. Il y avait deux ou trois cents Nord-Africains à Berga et ils lui mangeaient dans la main. Ce gars-là valait de l'or.

— Alors qu'est-ce que Thury lui reprochait? demanda Buchmeyer.

Lemay remplit son verre à ras bord avant d'avaler deux ou trois gorgées de pastis. Il se remit à parler, aussi calmement qu'il le pouvait.

— Zermani avait une vision très personnelle des revendications. Il se battait pour les salaires, les conditions de travail, les avantages qui améliorent le quotidien des ouvriers. Pour ça, il pouvait déplacer des montagnes, mais fallait pas lui parler de l'Internationale socialiste et de la révolution. Il n'en avait rien à cirer. Thury c'était l'inverse, un type brillant, mais avant tout un politique. Pour lui, le combat syndical n'avait de sens que s'il permettait de préparer la révolution prolétarienne. Ça peut vous paraître un détail, d'ailleurs pendant des années, ça s'est bien passé entre eux. Zermani était un second couteau. Mais quand son influence a grandi, les relations avec Thury se sont dégradées. Notez bien que ça n'avait rien de personnel. Du point de vue de Thury, je veux dire. Et puis, aucun racisme là-dedans, n'allez pas croire. Thury était un pur, voué corps et âme à la cause. Il pensait que Zermani était un réformiste, et pour lui, c'était une erreur, pire, un danger.

— Un danger pour quoi?

— Pour la révolution. Les réformistes permettaient au capitalisme de s'adapter. Ils représentaient un frein pour l'accès au pouvoir de la classe ouvrière. Et ça, commandant, Thury ne pouvait pas l'admettre. Il a décidé de se débarrasser de Zermani par fidélité au communisme, à la révolution, et parce qu'on ne fait pas d'omelette sans casser des œufs.

— Comment ça s'est passé?

Lemay tremblait. Il parlait à mi-voix, comme si les murs avaient des oreilles.

— Thury savait très bien que Vanderbeken était un ancien de l'OAS et qu'il ne pouvait pas voir en peinture ni les communistes, ni les syndicalistes, ni les Algériens. Zermani était tout cela à la fois, alors il a conçu un plan. On devait faire croire à une séance de collage d'affiches, mais on n'irait pas. Il a fait en sorte que Vanderbeken soit au courant. Il savait très bien qu'il en profiterait. Il nous a expliqué le plan deux jours avant qu'il soit mis à exécution.

— Qui, nous? demanda Buchmeyer.

— Michel Caron, Freddie Wallet et moi. J'ai refusé. Mais pour Thury, c'était non négociable, alors j'ai quitté le syndicat. Ils m'ont fait jurer de ne jamais les trahir.

— Et les autres?

— Wallet était pour. Caron n'était pas chaud, mais Thury était très persuasif. Michel s'est laissé faire mais il ne l'a jamais assumé. C'est pour ça qu'il s'est tiré en Belgique.

— Et ensuite ?

— On a trouvé le corps de Zermani le lendemain à Berga, complètement bousillé. Il s'était fait torturer de la pire manière qui soit. Personne ne s'attendait à ça. C'était…

Lemay ne parvint pas à finir sa phrase. Sa voix tressaillit et il dut s'interrompre.

— C'était terrible. Il était allongé par terre, deux poutrelles croisées sur lui, mais ça ne faisait aucun doute que ce n'était pas un accident. Vanderbeken avait quasiment signé son crime. Le syndicat a accusé la vétusté de l'usine et décrété une grève éclair. Nous, on a joué le jeu, comme des petits soldats… Une semaine plus tard, sous la pression des gars, Thury envoyait Wallet et un autre type chahuter le chef du personnel. Wallet a poussé le bouchon un peu fort et Vanderbeken est passé par la fenêtre.

— Qui était au courant pour Zermani ?

— Qu'est-ce que vous croyez ? Beaucoup de camarades ont flairé l'embrouille. Zermani n'avait pas eu d'accident, c'était évident.

— Rémy Leroy ?

— Peut-être. Pourquoi vous me demandez cela ? En quoi ça vous intéresse ?

Buchmeyer se redressa sur sa chaise et avala une gorgée de bière. Il fit claquer les deux euros sur la

466

table en considérant Lemay. La dernière petite pièce du puzzle venait de se loger à sa place.

— Ce n'est pas Édouard Vanderbeken qui a tué Zermani. C'est son fils, dit le commandant. Antoine, ou plutôt Paul, le médecin de Wollaing, celui qui s'est suicidé dans la forêt de Raismes. Cet acte barbare a détruit sa vie. Pendant trente ans, il a essayé de surmonter ce drame en luttant contre lui-même jour après jour et en tenant son père pour unique responsable. Mais un jour, suite au décès de Pauline Leroy, il a appris, par Rémy Leroy j'en donne ma main à couper, qu'Édouard avait été manipulé. Parmi les responsables : Frédéric Wallet. Alors il a décidé de se venger, de se faire justice lui-même en tuant Wallet. Et avant de mourir, celui-ci lui a donné les autres noms du complot contre Zermani : Thury et Caron. Et Vanderbeken a décidé de les punir. Trente ans après, il leur a fait payer le crime qui a foutu sa vie en l'air, son crime, leur crime à tous.

Buchmeyer se tut. Lemay regardait le fond de son verre, incapable de soutenir le regard du policier. Sur la place Pasteur, un rayon de soleil caressait les arbres dépourvus de feuilles. Buchmeyer posa un billet sur la table et se leva.

En retournant à sa voiture, Buchmeyer écouta le message téléphonique que lui avait laissé Delcroix. Le commissaire le félicitait pour sa gestion de l'enquête sans oublier de se jeter au passage quelques fleurs. L'échéance ambitieuse qu'il lui avait fixée avait incontestablement stimulé son subordonné. D'ailleurs, il était impatient de le revoir au plus vite pour lui parler d'une affaire délicate qu'il ne pouvait confier à personne d'autre, etc. Foutu renard, pensa Erik en raccrochant. Tu vas prendre ton ticket et je t'appellerai quand je serai prêt.

Il coupa son téléphone et s'engouffra dans l'habitacle de sa Renault. Car, pour l'heure, il avait autre chose en tête. Il avait besoin d'être seul, de prendre provisoirement congé du genre humain, de sa folie et de sa rage, de ses convoitises, de ses frustrations et de ses haines, d'oublier quelques jours les vicissitudes de cette matière organique instable, capricieuse, importune, à laquelle son métier l'obligeait à se frotter jusqu'à l'excès. Il avait envie de silence, envie de cailloux et d'immensité. Envie d'eau, de sable et de vent.

REMERCIEMENTS

Je tiens à remercier ma famille et en particulier ma femme et mes enfants pour le soutien et la joie qu'elles m'apportent chaque jour.

Merci à Anne et Hilde de m'avoir initié aux beautés austères de leurs pays, le nord de la France et la Belgique flamande.

Merci à Xavier et Jean-Michel, les deux ex-flics les plus déjantés et désopilants qu'il m'ait été donné de rencontrer, pour leurs conseils et anecdotes.

Merci à Saliha, la vraie, à laquelle le personnage de Saliha Bouazem est dédié.

Merci à Marc pour une partie de chasse inoubliable, sur ses terres, dans le Perche.

Je voudrais rendre hommage à Raymond Cloarec, ancien parachutiste repenti, dont l'histoire a inspiré certains passages de ce livre.

Merci à toute l'équipe des Éditions Liana Levi.

Merci à tous ceux que j'ai eu le plaisir de rencontrer dans les salons et les librairies pendant plusieurs mois, auteurs, lecteurs, libraires, blogueurs, journalistes, qui font à eux tous la vitalité de la littérature dans notre pays.

Et pour finir, merci à toi, cher lecteur, de t'être laissé embarquer dans cette histoire. Je l'ai écrite en noir sur fond blanc. Je sais que tu y as apporté tes propres couleurs. Elle est à toi, maintenant.

Table

Du même auteur :

Terminus Belz, Liana Levi, 2014
(et « Points Seuil », 2015).
Prix PolarLens 2015, Prix Tenebris 2015.